Sur l'auteur

Anne Perry, née en 1938 à Londres, est aujourd'hui célébrée dans de nombreux pays comme la reine du polar victorien grâce au succès de ses deux séries, les enquêtes de l'inspecteur amnésique William Monk, et celles du couple Charlotte et Thomas Pitt – dont le fils, Daniel, a pris ensuite la relève à l'orée du XXe siècle. Elle s'est également intéressée à d'autres périodes historiques telles que le Paris de la Révolution française (*À l'ombre de la guillotine*), la Première Guerre mondiale (la saga des Reavley), ou encore Byzance au XIIIe siècle (*Du sang sur la soie*). Anne Perry partage sa vie entre Inverness (Écosse) et Los Angeles.

ANNE PERRY

LE MANOIR D'ALDERNEY

Traduit de l'anglais
par Florence Bertrand

10
18

Grands détectives

créé par Jean-Claude Zylberstein

Titre original :
Triple Jeopardy

ISBN 978-2-264-07640-3
Dépôt légal : août 2020

À Victoria Zackheim,
pour son amitié et son aide si précieuse.

LISTE DES PERSONNAGES

Daniel Pitt – avocat récemment admis au barreau.
Jemima Flannery – sœur de Daniel.
Patrick Flannery – mari de Jemima.
Cassie – fille aînée de Jemima et de Patrick.
Sophie – seconde fille de Jemima et de Patrick.
Sir Thomas Pitt – père de Daniel, directeur de la Special Branch.
Charlotte – Lady Pitt, mère de Daniel.
Rebecca Thorwood – héritière américaine.
Tobias Thorwoood – son père.
Bernadette Thorwood – sa mère.
Philip Sidney – employé à l'ambassade de Grande-Bretagne à Washington.
Impney – premier clerc chez fford Croft et Gibson.
Toby Kitteridge – avocat principal chez fford Croft et Gibson.
Roman Blackwell – détective privé et ancien policier.
Mercedes Blackwell – mère de Roman Blackwell.
Marcus fford Croft – directeur de fford Croft et Gibson.
Miriam fford Croft – sa fille.
Sir John Armitage – diplomate britannique.

Morley Cross – travaille à l'ambassade de Grande-Bretagne à Washington.

Mr. Ullswater – juge.

James Hillyer – avocat.

Mr. Partington – employé aux Affaires étrangères.

Mr. Edgeley – témoin pour l'accusation.

Mr. Stains – témoin pour l'accusation.

Miss Westcott – receveuse des postes à Sainte-Anne, Alderney[1].

Dr James Mullane – médecin à Sainte-Anne, Alderney.

1. Aurigny.

1

Daniel sonna à la porte, puis recula d'un pas. Il se rendit compte avec stupeur de sa soudaine nervosité. Quelle en était la raison ? Il allait chez ses parents, dans la maison où il avait grandi. Âgé de vingt-cinq ans, il revenait assez souvent pour dîner, échanger des informations, entretenir une conversation tranquille et agréable, ou partager des réflexions, un moment qui l'avait marqué. Qu'y avait-il de différent ce jour-là ?

La réponse était la suivante : sa sœur aînée, Jemima, était arrivée d'Amérique avec son mari et ses deux petites filles, Cassie et Sophie. Daniel, qui ne l'avait pas vue depuis quatre ans, n'avait jamais rencontré Patrick Flannery ni ses nièces. Durant cette période, la vie de Jemima et la sienne avaient changé du tout au tout. Il avait obtenu sa licence à Cambridge, été reçu au barreau et exerçait désormais le droit, comme il en rêvait depuis si longtemps. Jemima s'était mariée et avait vécu à New York avant de déménager à Washington. Elle l'avait autrefois accusé d'être « naïf et idéaliste ». Naturellement, il n'était plus tout à fait le même, mais peut-être était-ce encore plus vrai pour elle. Il n'avait jamais douté de la solidité de leur relation. Ils se comprenaient ; ils pouvaient être en désaccord sur des sujets importants comme sur des détails insignifiants, parce qu'ils savaient que, au fond, tout ce qui comptait entre eux était indestructible. De trois ans son aînée, elle avait toujours été présente dans sa vie.

Lui en voulait-il d'avoir épousé un Américain et d'être allée vivre à l'étranger ? Pas vraiment, si elle était heureuse. Il était inévitable qu'elle se marie : les liens familiaux évoluaient au fil du temps, s'étendaient à de nouvelles personnes. Quand elle avait neuf ans et lui six, elle lui donnait des ordres. Il ne tolérerait plus cela désormais, même si elle allait sans doute essayer parce que c'était une vieille habitude. Elle concéderait certainement la défaite de bonne grâce.

Cependant, elle lui avait manqué. Ils avaient grandi ensemble, partagé les bons moments et, surtout, les plus difficiles. Il se rappelait avec acuité le jour où ils avaient été mesurés contre la porte et que, pour la première fois, il la dépassait. Les rôles s'étaient inversés. Douze années durant, elle l'avait protégé, du moins avait-il eu cette impression. Dorénavant, avait expliqué son père, ce serait à lui de la protéger. Mais ce n'était pas toujours nécessaire. Sa mère n'avait besoin de personne pour la protéger. Quand elle était en colère, elle était l'égale de n'importe qui, et ne connaissait pas la peur ! Parfois, Jemima était pareille, ou voulait l'être.

Désormais, on pouvait traverser l'Atlantique en cinq jours seulement ! Malgré tout, cinq jours pour l'aller et autant pour le retour, plus le séjour, cela signifiait une longue absence. Trop longue pour qu'il eût pu se permettre d'aller lui rendre visite pendant ses études. De plus, le voyage était trop coûteux pour un simple étudiant.

Avait-elle changé ? Allait-il découvrir que la complicité et la bonne entente d'autrefois avaient disparu ? C'était de cela qu'il avait peur.

Il tendait la main pour sonner de nouveau lorsque la porte s'ouvrit. Au lieu d'un domestique, sa mère se tenait sur le seuil. C'était une belle femme, plutôt grande, aux cheveux teintés de reflets auburn dont Daniel avait hérité. Elle avait maintenant dépassé la cinquantaine et, si des fils gris étaient visibles dans sa chevelure, elle n'avait rien perdu de sa vitalité.

— Daniel !

Elle lui ouvrit les bras et le serra étroitement contre elle un instant, avant de faire un pas en arrière.

— Entre ! Jemima meurt d'envie de te voir, et il faut que tu fasses la connaissance de Patrick. Et de Cassie et Sophie ! Tu vas les adorer !

Il n'avait pas de manteau à retirer car, en ce mois d'août londonien, il faisait trop chaud pour porter une veste, même en ce début de soirée. Il suivit sa mère dans le salon, où la porte-fenêtre était encore ouverte aux derniers rayons du soleil qui chatoyaient sur les feuilles des peupliers. Tout était si incroyablement familier que c'était comme s'il avait quitté la maison le matin même. Son père était là, debout près de Jemima et de l'homme qui devait être son mari.

Jemima s'avança. Elle lui était familière, elle aussi, et pourtant des changements subtils s'étaient opérés chez elle. Vêtue d'une robe vert pâle toute simple, elle était ravissante, dotée de la grâce si particulière que confère le bonheur intérieur. Il se demanda si elle allait le trouver différent et à quel point de vue : il était aussi grand qu'autrefois, bien sûr, et aussi mince, ses cheveux bruns étaient toujours rebelles, son visage ni beau ni laid.

Il lui tendit aussitôt les bras, et elle vint droit vers lui, l'étreignant avec force. Puis, tout aussi vite, elle se dégagea et pivota :

— Voici mon mari, Patrick. Patrick, mon frère, Daniel.

Patrick Flannery était grand, à peu près aussi grand que lui, mais la ressemblance entre eux s'arrêtait là. Il avait les cheveux noirs, les yeux très bleus, des traits moins réguliers que ceux de Daniel, plus rudes, mais empreints d'un humour et d'une personnalité qui le rendaient attirant.

— Jemima m'a tellement parlé de vous ! Je suis heureux de vous rencontrer enfin.

L'intonation chantante de ses ancêtres irlandais perçait clairement à travers son accent américain. Daniel lui serra la main avec chaleur.

— Bienvenue à Londres.

— Merci. Je pensais que New York était vaste, mais cette ville est… énorme, dit-il en souriant pour indiquer qu'il nc s'agissait pas d'une critique.

— C'est toute une série de villages qui se touchent, répondit Daniel. Il faudra qu'on vous fasse visiter. Qu'on descende la Tamise en bateau, peut-être ? Ou qu'on la remonte ?

Il jeta un coup d'œil en direction de Jemima pour voir si elle approuvait.

— C'est prévu, affirma-t-elle avec un sourire. Cependant, il y a encore deux personnes que tu dois rencontrer avant le dîner. Sophie dort à poings fermés et Cassie à moitié, mais elle était résolue à rester debout pour saluer son oncle Daniel. Viens avec moi…

Elle lui tendit la main, le visage éclatant de plaisir, de fierté et de nervosité.

— Excusez-moi, murmura Daniel à ses parents, à

son père, surtout, auquel il n'avait même pas encore parlé, avant de suivre docilement Jemima.

Au premier étage, sa sœur lui montra d'abord le bébé, Sophie, qui reposait dans son berceau dans la chambre qu'elle partageait avec Patrick. L'enfant dormait à poings fermés, le duvet sombre de ses cheveux se détachant sur l'oreiller blanc. Ils la contemplèrent en silence, échangèrent un clin d'œil et traversèrent le couloir sur la pointe des pieds.

Dans la nursery, la première pièce que Daniel avait connue enfant, Jemima lui désigna le lit. Une toute petite fille s'y était endormie assise, et était tombée de côté sur les oreillers. Elle avait les cheveux bruns, presque noirs, et un teint délicat, parfait. L'eût-il ignoré, il aurait deviné qu'elle avait trois ans.

Avant que Daniel eût pu lui dire de ne pas la déranger, Jemima s'agenouilla à côté d'elle et la réveilla en douceur.

Elle se redressa lentement, puis fixa Daniel derrière sa mère. Elle ne possédait pas les yeux bleus de son père. Les siens étaient gris clair, comme ceux de Jemima et de Thomas Pitt.

— Bonjour, Cassie, dit-il en s'avançant vers elle. Je m'appelle Daniel. C'était très gentil de ta part de m'attendre, merci.

Il hésita, ne sachant s'il devait lui tendre la main ou non.

Elle battit des cils une ou deux fois.

— Il n'y a pas de quoi, répondit-elle. On est venus de loin pour vous voir. Dans un gros navire.

— Comme c'est excitant ! Je ne suis jamais monté à bord d'un gros navire.

La fillette esquissa un sourire et, un peu gênée, se détourna à demi pour se rapprocher de sa mère.

— Tu me raconteras ton voyage un jour ?

Elle hocha la tête.

— Mon papa est policier…

— C'est drôle, le mien aussi.

Elle regarda Jemima de nouveau.

— C'est ton papa aussi ?

— Oui. Nous appartenons tous à la même famille. Ta famille.

Cassie poussa un long soupir et sourit jusqu'aux oreilles.

— Je crois qu'il est temps que tu te couches, jeune fille.

Sans attendre ses protestations, Jemima entreprit de la border et regarda Daniel.

— Dis à maman que je descends dans quelques minutes. Ne m'attendez pas pour commencer à dîner. Et… merci…

— Elle est adorable. Elles le sont toutes les deux, répondit-il.

Jemima serra un peu plus fort contre elle la fillette qui s'était déjà assoupie.

— Merci, murmura-t-elle, un mélange de fierté et de soulagement dans les yeux.

S'était-elle vraiment imaginé que Daniel pût ne pas être tout à fait conquis, et un soupçon envieux ?

Daniel regagna le palier et descendit les marches, songeant que Jemima n'avait pas beaucoup changé. Enfant, elle n'avait jamais désiré de poupées, mais elle traitait ses peluches avec exactement la même tendresse. C'était étrange de constater quels souvenirs restaient gravés dans la mémoire.

Il transmit à sa famille le message de sa sœur mais, bien sûr, ils patientèrent. Daniel en profita pour parler avec son père. On était en 1910, et Pitt avait un peu plus de soixante ans. Ses tempes grises lui allaient bien. Il était toujours à la tête de la Special Branch, le service consacré à la lutte contre le terrorisme, créé à l'origine pour éliminer les poseurs de bombes féniens. Son travail était en grande partie secret, et cela depuis qu'il avait quitté les rangs de la police métropolitaine. Il avait été anobli pour services rendus à la Couronne lors de la dernière année du règne de Victoria, mais sa famille elle-même ne connaissait pas la nature exacte desdits services. Quoique ouvert à bien des égards, il se montrait d'une grande discrétion concernant ses secrets professionnels. Il répondait aux questions par un silence ou un sourire, et Daniel s'efforçait de prendre exemple sur lui.

— Tout se passe bien avec Marcus ? demanda son père d'un ton dégagé.

Il faisait allusion à Marcus fford Croft, l'homme qui dirigeait le cabinet où Daniel faisait ses premiers pas en tant qu'avocat.

Daniel aimait bien Marcus. Il appréciait sa personnalité insolite – excentrique semblait presque un mot trop faible pour la décrire –, mais il ne travaillait que très peu avec lui, et la plupart des affaires qu'on lui permettait de traiter étaient plutôt banales et ennuyeuses. Il ne pouvait cependant s'en ouvrir à son père car il savait que c'était à lui qu'il devait ce poste. Un poste qui pourrait devenir excitant, prestigieux et extrêmement satisfaisant, à supposer que Daniel se montrât à la fois assez consciencieux et assez talentueux.

Il sourit.

— Rien d'aussi excitant que l'affaire Graves[1], admit-il à regret, une allusion au dossier qui l'avait occupé au début de l'été.

1. Voir *Un innocent à l'Old Bailey*, 10/18, n° 5444.

C'était une remarque à double tranchant. Malgré le ton léger qu'il avait adopté, il se souvenait de la crainte très réelle que l'affaire Graves leur avait causée, de la terrible menace de déshonneur qui avait pesé sur eux tous. Sir Thomas lui-même aurait été ruiné si Russell Graves avait été autorisé à publier ses accusations mensongères, scandaleuses.

— Mais je n'ai pas besoin d'en repasser par là.

— La plupart des affaires sont ordinaires, commenta Pitt. Elles possèdent néanmoins une importance capitale pour ceux qu'elles concernent. On t'en confiera de plus sérieuses et de plus complexes à mesure que tu développeras tes compétences. Il vaut mieux ne pas être confronté à un dossier qui te dépasse.

Daniel hésita un instant. La lueur sombre qu'il décelait dans le regard de son père était-elle liée au procès de Graves ? S'il n'avait manifesté que peu d'émotion sur le moment, il avait dû sentir son univers s'écrouler autour de lui. Le soulagement de Daniel avait déferlé en lui tel un raz-de-marée, éloignant la douleur. Peut-être son père était-il encore affecté ? Il se promit de ne pas oublier cela. Les affaires qui tournaient mal pouvaient faire souffrir beaucoup de gens, tous dignes de considération.

Lorsque Jemima redescendit, ils entrèrent dans la salle à manger et le dîner fut servi. La conversation devint générale, plaisante sans pour autant être remarquable. Jemima évoqua leur maison à Washington, le quartier et le climat. Patrick parla peu de son travail, mais décrivit avec une affection manifeste les membres de sa famille : ses frères et sœurs, sa mère au grand cœur, son original de père, ses nombreux oncles et tantes.

Daniel écouta avec attention, non seulement parce

que le récit était charmant et haut en couleur, mais parce que les gens dont Patrick parlait avec tant d'amour étaient la nouvelle famille de Jemima, si différente de celle qu'elle avait laissée en Angleterre. Pitt n'avait aucune famille. Il était enfant unique et ses parents étaient l'un et l'autre morts avant son mariage. C'était une histoire qu'ils gardaient pour eux.

Charlotte avait une sœur encore en vie, Emily, qui jouait un grand rôle dans leur existence, ainsi que leurs cousins. Manquaient-ils à Jemima ?

Ils n'abordèrent que d'heureux souvenirs ce soir-là, pourtant Daniel eut toute la soirée l'impression que Patrick était préoccupé.

La raison lui en fut révélée alors qu'ils flânaient seuls dans le jardin où flottait le parfum des roses.

Daniel se demandait comment en venir au fait quand Patrick le devança.

— Il y a une autre raison qui m'a poussé à venir en Angleterre, avoua-t-il au bout de quelques secondes.

C'était comme s'il savait que le temps pressait et qu'il dût lui confier quelque chose de très important à ses yeux.

— Ah bon ? Une raison qui me concerne ? Ou voudriez-vous que j'en parle à quelqu'un ?

Daniel s'était efforcé de parler sur un ton amical, anodin. Il s'abstint de dire à son beau-frère qu'il avait remarqué sa préoccupation.

Je veux que cela vous concerne, déclara Patrick, la voix déjà assourdie par l'émotion. Il faut que je vous raconte toute l'affaire depuis le début, sans quoi elle n'aura aucun sens.

— Si Jemima vient nous rejoindre…

— Elle ne le fera pas. Elle sait ce que je vais vous dire.

— Elle n'a fait allusion à rien…

— Je suis sûr que non, murmura Patrick. Mais cela compte pour elle. Autant que pour moi, je crois.

Daniel s'adossa au tronc d'un bouleau et attendit.

Patrick s'éclaircit la gorge.

— Les Thorwood sont une des familles les plus anciennes et les plus en vue de Washington. Non sur le plan politique, mais ce sont des philanthropes respectés. Ils soutiennent maintes bonnes causes, notamment la police.

Il hésita, peut-être pour vérifier que Daniel saisissait leur importance. Ce dernier acquiesça.

— Je vois. Continuez. Les Thorwood…

— … n'ont qu'une fille, Rebecca.

La nuit tombait et, si Daniel distinguait à peine les traits de Patrick, il ne pouvait en revanche ne pas saisir la tension dans sa voix.

— Elle a vingt ans. Elle a de l'argent, une place dans la société. Elle est très séduisante à sa manière, discrète.

Non sans mal, Daniel réprima l'envie de l'interrompre pour lui dire d'aller droit au but. Patrick l'avait prévenu que le récit serait long.

Patrick poursuivit, d'une voix de plus en plus crispée.

— Voici un peu plus d'un mois, elle s'est réveillée en pleine nuit et a surpris un inconnu dans sa chambre. Il l'a attaquée, a arraché un pendentif en diamant qu'elle portait à son cou, a déchiré sa chemise de nuit.

Daniel était tout ouïe maintenant, horrifié.

— Elle a poussé des cris et essayé de se débattre. Il l'a frappée assez violemment. Comme il prenait la fuite, le père de Rebecca l'a surpris dans le couloir et a tenté de le rattraper, mais il a dévalé les marches.

Mr. Thorwood est entré dans la chambre de Rebecca. Elle était hystérique, le visage meurtri, le cou tout égratigné. Bouleversée au plus haut point. Je… je ne sais pas si l'homme lui a fait subir autre chose…

Daniel imaginait la terrible scène, songeant qu'elle marquerait la jeune fille à jamais.

— En quoi puis-je vous aider ? demanda-t-il, perplexe.

— Tobias Thorwood a reconnu cet homme. Il l'avait déjà rencontré.

La posture de Patrick était rigide ; c'était évident même dans l'obscurité.

— Vous l'avez donc arrêté ?

— Non. Nous n'avons pas pu, parce qu'il s'agissait d'un diplomate anglais. Un certain Philip Sidney. Il s'est réfugié à l'ambassade, et nous n'avons pas été autorisés à y pénétrer. Légalement, elle se trouve en territoire britannique.

— Oh !

— Et il a plaidé l'immunité diplomatique, par conséquent il est de retour ici, à Londres.

La voix de Patrick frémissait de rage.

À dire vrai, Daniel partageait son émotion. Ç'avait été un acte épouvantable, choquant. Il connaissait tous les arguments en faveur de l'immunité diplomatique et de la protection d'innombrables diplomates à l'étranger, mais elle n'était en aucun cas conçue pour leur permettre de se soustraire au châtiment lors de délits tels que celui-là. Il était embarrassé au nom de son pays, humilié d'apprendre un fait pareil de la bouche de son propre beau-frère, et ne trouvait aucune défense à invoquer.

— Je suis désolé, fut tout ce qu'il put dire.

— Bien sûr, murmura Patrick. Je savais que vous

le seriez, mais je ne veux pas en rester là. Je ne sais pas comment m'y prendre. Cela dit, s'il était possible de l'inculper d'un délit, quel qu'il soit, et de le juger, toutes sortes de questions pourraient être soulevées. Pourquoi un tel homme occupait-il ce poste à Washington ? Pourquoi, s'il est innocent de l'agression perpétrée contre Rebecca Thorwood, est-il parti du jour au lendemain, sans même avoir donné de préavis au propriétaire de son appartement ? Il n'a emporté que ses vêtements, a évité la police en quittant l'ambassade la nuit suivante pour aller chercher ses affaires chez lui. Ensuite, il s'est rendu à New York et il a embarqué sur le premier paquebot à destination de Southampton. Cela ressemble à une fuite, n'est-ce pas ? Pourquoi ?

De nouveau, l'émotion altérait sa voix.

— Cette accusation d'agression et de vol serait bien sûr mise au jour s'il comparaissait devant un tribunal ici, en Angleterre, non ? Il suffit qu'un procès ait lieu.

Il n'avait pas demandé ouvertement à Daniel de l'aider, mais c'était sous-entendu.

Daniel réfléchit. Il comprenait l'indignation de Patrick. Il aurait ressenti la même si un Américain s'était rendu coupable d'un acte aussi répugnant à Londres et s'était enfui sous couvert d'immunité diplomatique.

— Un procès pour quoi ? demanda-t-il avec calme. Il a passé ces dernières années en Amérique, non ?

— Oui, mais l'ambassade est un territoire britannique, argua Patrick. S'il avait commis un délit là-bas…

Il s'interrompit, fixant Daniel avec intensité.

— Je suppose que ce serait…

Daniel hésita. Il voulait être prudent. L'affaire sortait du cadre de son expérience et, pourtant, il était aussi révolté que Patrick par cette injustice.

— Allez-vous m'aider ? Si vous pouvez faire quelque chose ?

— Oui… oui, bien sûr.

Patrick se tourna vers les fenêtres allumées du salon et Daniel vit son visage éclairé d'un grand sourire. Aucune autre réponse n'était nécessaire.

2

Après le départ de Daniel, assez tard dans la soirée, Jemima remarqua à quel point Patrick semblait plus détendu. C'était leur deuxième soirée à Londres et elle se sentait bien dans la chaleur de cet univers familier. Elle devina que Patrick commençait à l'apprécier, lui aussi, à être plus à l'aise. Elle se rendait compte maintenant de l'importance que cela revêtait pour elle. Avait-elle eu conscience de la nervosité de Patrick alors qu'elle l'emmenait rencontrer le seul membre de sa famille qui n'était pas allé à New York pour le mariage ? Cela n'avait pas été par choix, naturellement : Daniel ne pouvait manquer ses examens. Néanmoins, cela faisait de lui un inconnu pour Patrick, en dehors des fréquentes allusions de Jemima à son frère.

Ils étaient dans leur chambre au premier étage, la porte fermée et le reste de la maisonnée silencieux. Jemima était allée voir Cassie et l'avait contemplée quelques instants, endormie avec sa poupée au creux de ses bras. Sophie aussi dormait paisiblement. C'était un bébé si placide !

Jemima enfila sa chemise de nuit et se prépara à se coucher, ses cheveux dénoués flottant sur ses épaules. Patrick se tenait debout devant les rideaux tirés. Elle s'était inquiétée à son sujet. En arrivant à New York, elle ignorait que les Irlandais y étaient victimes de certains préjugés. Elle ne l'avait compris que peu à peu : un incident lui avait mis la puce à l'oreille, puis un autre ; un jour, elle avait remarqué un panneau accroché à la fenêtre d'une pension avertissant juifs et Irlandais qu'ils n'étaient pas les bienvenus dans l'établissement. On voit toujours les préjugés d'autrui plus clairement que les siens. Elle avait eu l'impression de recevoir une gifle en plein visage en comprenant que, pour certains, son mari, si charmant, si drôle, si courageux, n'était pas le bienvenu à cause de ses seules origines irlandaises. Lui-même ne les aurait jamais niées. Les attaques extérieures ne font parfois que renforcer la loyauté éprouvée envers les siens. En fait, lorsqu'on attaque votre culture, vous définissez votre personnalité en décidant d'abandonner ou de renforcer votre loyauté envers elle. Patrick l'avait renforcée. Jemima s'en félicitait : l'attitude contraire l'eût amèrement déçue.

Et pourtant, elle aussi ressentait envers son pays d'origine une loyauté d'ailleurs ravivée avec acuité par ce séjour dans cette maison si anglaise où elle avait grandi. Peut-être n'aurait-elle pu décrire le décor de mémoire, mais tout lui avait paru familier à son retour : les aquarelles de scènes anglaises, les livres de son père sur les étagères, classés non par taille mais par sujet. Les bouquets confectionnés d'une main désinvolte par sa mère, des assemblages de fleurs disparates qui, aux yeux de Jemima, étaient toujours réussis. Elle avait honte qu'un jeune diplomate anglais eût agressé Rebecca. C'était une trahison de toutes les valeurs auxquelles sa famille était attachée.

Jemima se souvenait comme si c'était hier de la

naissance de Daniel. Elle se le rappelait à l'âge de Cassie. Elle était frappée de constater combien elle était protectrice envers lui. Elle ne le lui montrerait jamais, bien entendu. Ce serait embarrassant pour lui et pour elle aussi, certainement. Cela susciterait une gêne dans leur relation, un certain déséquilibre. Il était un homme et en tirait une certaine supériorité, qu'elle se refusait à lui accorder. Elle était l'aînée, encore que la différence d'âge eût depuis bien longtemps cessé d'avoir de l'importance.

— As-tu parlé à Daniel ?

— De quoi ?

— De Rebecca… de son agression.

Patrick s'approcha et s'assit sur le lit moelleux.

— Oui, bien sûr. Le temps presse si nous voulons agir. Nous ne resterons pas plus d'un mois ici. Je ne peux pas me permettre de m'absenter plus longtemps. J'ai épuisé mes congés de cette année et ceux de l'année prochaine aussi, je le crains.

Il se pencha et effleura doucement le bras de Jemima.

— Je suis désolé, ma chérie, mais cette affaire a une énorme importance. As-tu vu Rebecca ces derniers temps ?

— Oui…

Quiconque avait rencontré la jeune fille avait dû percevoir le changement qui s'était produit chez elle. Elle était maintenant pâle, nerveuse, elle parlait tout bas, et seulement si on lui adressait la parole. Jemima savait qu'elle dormait peu et qu'elle mangeait sans appétit ni plaisir.

— Je sais, ajouta-t-elle. Sans doute a-t-elle l'impression que, à l'exception de sa propre famille, nul ne se soucie de ce qui lui est arrivé. Qu'a dit Daniel ?

— Qu'il va nous aider.

Patrick eut un sourire amusé.

— C'est quelqu'un de plutôt bien, ton frère. Un avocat tout frais émoulu, c'est sûr. Et prudent ! Très anglais !

— Bien sûr qu'il est anglais !

Patrick devait s'imaginer que son père et son frère étaient des figures de l'establishment, mais Jemima savait tout du passé peu conventionnel de Sir Thomas Pitt.

D'aussi loin qu'elle s'en souvînt, il avait été quelqu'un de rassurant à ses yeux. Lorsqu'elle était enfant, il n'était qu'un policier ordinaire. Un homme élancé, gentil, aux cheveux en bataille, toujours trop longs, revêtu de son éternel costume froissé, au col de travers et aux poches remplies d'objets dont il pourrait avoir besoin un jour : crayons, paquets de berlingots à la menthe, bouts de papier, petites pelotes de ficelle ! Et une écharpe en laine l'hiver.

Au fond, Sir Thomas Pitt, qui avait l'allure d'un gentleman et se conduisait et s'exprimait comme tel, était toujours ce fils de garde-chasse éduqué avec celui du châtelain, afin de stimuler ce dernier et le conduire dans la voie de la réussite. Au lieu de quoi, c'était le fils du garde-chasse qui avait brillé.

Cependant, Patrick ignorait cela. Il ne devait en tout cas pas apprendre que le père de Pitt avait été déporté en Australie pour braconnage. Pitt, qui l'avait toujours cru innocent, n'était jamais parvenu à en apporter la preuve. Elle ne savait pas quand il avait renoncé.

Peut-être le dirait-elle à Patrick un jour, mais pas encore. Sa loyauté filiale lui imposait le silence. Parfois, très rarement, elle avait saisi une tristesse sur le visage de son père et deviné que la souffrance ne le quittait jamais tout à fait ; il aurait aimé que sa mère, morte hélas ! trop tôt, ait pu bénéficier de sa réussite.

Elle repoussa ces pensées.

— Que vas-tu faire ?

Il la regarda d'un air interrogateur.

— Concernant Philip Sidney ? Quel nom honorable ! Il ne le mérite pas, reprit-elle, soudain en colère.

Il parut complètement perplexe.

— Il y a eu un autre Philip Sidney, expliqua-t-elle. Sir Philip Sidney. C'était un de mes héros. Il a vécu sous le règne de la reine Élisabeth, je crois. Il gisait blessé sur un champ de bataille, avec beaucoup d'autres soldats, et on manquait cruellement d'eau. Quelqu'un s'est approché et lui a proposé une gourde. Il était mourant et il lui a dit de la donner à quelqu'un près de lui qui avait une chance de survivre.

Patrick l'observait ; la tendresse qu'elle lisait sur ses traits la stupéfia. Elle se détourna, les larmes aux yeux, mais tendit la main vers lui et il la tint trop serrée pour qu'elle pût la retirer. Non qu'elle l'eût souhaité, et c'était un grand bonheur que de ne pouvoir le faire.

— Tu as raison, dit-il. Ce nom est beaucoup trop bien pour lui. Cela me déplaît qu'il le porte. Et qu'il le salisse. Je suis navré d'avoir à le dénoncer, mais il le faut.

— Je sais. Mais comment ?

— Je trouverai un moyen. Les Thorwood sont ici, le sais-tu ?

Elle le dévisagea.

— Tu ne leur as pas dit qu'il y avait un espoir de… Comment as-tu pu ? Ils vont s'attendre à quelque chose et il n'y a rien de plus que… si ?

— Tu ne termines jamais une phrase ?

— Ne change pas de sujet ! Que leur as-tu dit ?

— Je ne leur ai rien dit.

Ils connaissaient tous les deux assez bien la famille Thorwood, en dépit de l'immense différence de fortune et de rang qui les séparait. Patrick avait eu à plusieurs reprises l'occasion d'apporter une aide professionnelle à Tobias Thorwood. Jemima avait rencontré Rebecca lors d'une exposition de portraits de peintres britanniques à l'ambassade. La jeune femme était seule devant un portrait d'Anne Boleyn, l'air perplexe. Jemima l'avait abordée, lui avait donné un petit cours d'histoire sur Henry VIII, ses six épouses et ses trois enfants qui lui avaient succédé sur le trône, dont la dernière, la brillante Élisabeth, avait vécu jusqu'à un âge avancé.

Elles avaient regardé ensemble le reste de l'exposition et étaient devenues amies.

— La présence des Thorwood ici n'a rien à voir avec moi ni avec Philip Sidney.

— Qu'est-ce qui les amène, dans ce cas ?

— Leur tante, May Trelawny.

— Tante May…

— Trelawny, répéta Patrick. C'était la marraine de Rebecca. Elle vivait sur une des îles Anglo-Normandes et elle vient de mourir.

— Ce n'était pas dans les Cornouailles ? Trelawny est un nom de là-bas. Comment se fait-il que Rebecca soit ici précisément maintenant, alors que tu traques Sidney ?

Jemima était soupçonneuse et elle savait que cela s'entendait.

Patrick eut un sourire gêné.

— C'étaient peut-être les Cornouailles. Et Rebecca est ici en tant qu'héritière.

— Je suis désolée. C'est très triste. Quel que soit

l'héritage, si Rebecca avait de l'affection pour sa marraine, je suis sûre qu'elle préférerait de loin qu'elle soit toujours en vie. C'est une épreuve de plus. La pauvre !

— Je sais où ils séjournent. Tu pourrais aller la voir… tant que tu ne parles pas de Sidney, ça va de soi. J'espère qu'il n'aura pas l'audace de se montrer.

— Sûrement pas ! Londres est une très grande ville. Il est difficile de trouver des gens que l'on cherche, sauf si l'on sait où ils habitent, quels clubs et quelles soirées ils fréquentent.

— Je doute que Rebecca se rende à des soirées. Mais il est important qu'ils soient ici. Si je parviens à faire inculper Sidney et à obtenir qu'il soit jugé…

— Patrick, coupa-t-elle avec douceur, s'efforçant de ne pas montrer combien elle était effrayée, es-tu sûr que ce soit bien ?

— Bien ? rétorqua-t-il, stupéfait. Tu crois que c'est bien que Sidney reste impuni, Jem ? Tobias Thorwood l'a vu s'enfuir. Il n'y a pas de doute possible quant à son identité.

— Je sais ! Ce n'est pas ce que je voulais dire.

Elle faisait de son mieux pour ne pas élever la voix, mais elle était profondément bouleversée. Elle n'osait même pas imaginer ce que Rebecca avait ressenti et ressentait encore : les cauchemars qui devaient hanter ses nuits. Jemima n'avait jamais oublié la gentillesse de la jeune fille envers elle lorsqu'elle venait d'arriver à Washington. Elle était une étrangère en Amérique, et commençait tout juste à s'habituer à New York quand Patrick s'était vu offrir une promotion à Washington, accompagnée d'un meilleur salaire. Jemima avait été fière de lui, et contente qu'il ait reçu une augmentation. Elle n'était pas habituée à vivre avec assez peu d'argent. Elle avait à tout prix essayé de le lui cacher, mais les difficultés qu'elle avait à gérer les dépenses du foyer n'étaient jamais loin de ses pensées.

Le déménagement avait été difficile, surtout avec la naissance d'un petit bébé qui exigeait toute son attention. C'était Rebecca Thorwood qui, après leur rencontre à l'exposition, s'était constamment proposée pour l'aider, qui l'avait écoutée avec patience, qui avait compris ses larmes, ses oublis, ses accès subits de mal du pays, sans jamais la juger.

Par conséquent, Jemima était partagée. D'un côté, elle voulait obtenir justice pour Rebecca, et de l'autre l'aider à se rétablir le plus vite possible, que cela impliquât ou non le châtiment de Philip Sidney.

Patrick attendait, non sans une certaine impatience.

— Que voulais-tu dire ?

Elle ferma les yeux pour ne pas se laisser distraire par son visage. Elle était encore très amoureuse, bien qu'elle le connût mieux de jour en jour. Elle connaissait ses petits travers ; elle ne les considérait pas comme des défauts. Il y avait encore quelque chose de magique à le voir rentrer chaque soir, à entendre son rire, à se réveiller chaque matin à côté de lui.

Elle choisit ses mots avec soin.

— Es-tu sûr que révéler au grand jour ce qui s'est passé soit vraiment dans l'intérêt de Rebecca, je veux dire, au tribunal ? N'importe quel accusé a le droit d'être défendu. Rebecca est la seule autre personne à savoir ce qui est arrivé…

— Et alors ?

— Alors… que va-t-il dire ? Elle le connaissait, Patrick !

— Es-tu en train de suggérer qu'elle l'a laissé entrer ?

Sa voix était pleine d'incrédulité.

— Non ! Je ne suggère rien de tel, mais la défense pourrait le faire. Il ne va pas se replier sur lui-même et maintenir un silence de gentleman ! Pas s'il est le genre d'homme capable de s'introduire ainsi dans la chambre d'une femme. Il pourrait prétendre qu'elle l'a invité et puis qu'elle s'est ravisée et mise à hurler !

Il arqua les sourcils.

— Par conséquent, il lui aurait arraché le pendentif et se serait enfui ? Allons, Jem, ce n'est pas une défense.

— Non. C'est une riposte. Mais es-tu prêt à courir ce risque ? Ou, ce qui est plus pertinent, Rebecca y est-elle prête ?

Il parut stupéfait. Il ouvrit la bouche et la referma, comme s'il se rendait compte qu'elle avait pensé à un aspect de la situation qu'ils n'avaient pas pris en considération.

— Je sais que Tobias veut que justice soit faite, reprit Jemima. Mais à quel prix ? Est-il conscient de ce qu'elle ressent, au moins ? J'ai beau essayer de l'imaginer, je n'y parviens pas !

— Si cet homme t'avait agressée ainsi, ne voudrais-tu pas le voir puni ?

— Je ne sais pas ! Peut-être que oui, jusqu'au moment de raconter à tout le monde ce qui s'est passé.

— Ce n'était pas sa faute ! s'écria-t-il, indigné. Elle est tout à fait innocente !

— Et elle était sans défense, en chemise de nuit, étendue dans son lit…

— Exactement ! Comment pourrait-on être plus innocent ?

— Ou vulnérable, sans défense, ou passif ?

Il la transperça du regard.

— Où veux-tu en venir ? Tu penses que c'est

sa faute, d'une certaine manière ? Qu'elle aurait dû prendre des... précautions ? Telles que ? Se coucher tout habillée ? Tu n'es pas raisonnable, Jem.

— Non, en effet ! Ou, si, au contraire. J'essaie de me mettre à sa place, expliqua-t-elle. Ce dont je suis tout à fait sûre, c'est que je ne voudrais pas qu'on parle de moi comme d'une femme restée sans réaction pendant qu'un homme faisait irruption dans ma chambre ni qu'on m'oblige à être présente au tribunal pendant que l'imagination du public... s'emballe. Je ne voudrais pas être considérée comme une victime !

Sa frustration allait croissant, se transformait en colère.

— Cela me serait intolérable ! Même si les gens ne le pensaient pas. Même si personne ne se demandait si je disais la vérité ou si, au contraire, je l'avais fait entrer.

— Elle ne l'a pas fait ! C'est ridicule !

— Et l'imagination des gens n'est jamais ridicule ? rétorqua-t-elle, stupéfaite.

Il resta silencieux.

— Tobias est persuadé que la condamnation de Sidney l'aidera à se sentir mieux, et peut-être a-t-il raison. Mais s'il se trompe ? Il ne pourra pas revenir en arrière.

— Tu penses qu'elle n'ira pas mieux ?

— Je ne sais pas ! Mais supposons que tout soit déballé durant un procès : Sidney tentera de nier.

— Il ne pourra pas. Tobias l'a vu. Tobias est un homme très important. Tout le monde le respecte.

— À Washington. Ici, c'est Sidney qui est respecté.

— Cela va vite changer quand on saura ce qu'il a fait ! lâcha Patrick avec mépris.

— Patrick... mon chéri... les gens à Londres sont

comme partout ailleurs : ils croient ce qu'ils veulent croire.

— Par conséquent, on ne devrait pas accuser des personnages en vue, parce que les gens préféreront les croire, eux, plutôt que le commun des mortels ? Pas étonnant qu'ils s'en tirent impunément et qu'ils comptent là-dessus. Voilà pourquoi sans doute ils se permettent des écarts de conduite n'importe où. Quelle raison auraient-ils de s'en abstenir ?

Elle lut le dégoût dans son regard et en fut blessée. Elle savait quels préjugés il avait affrontés. Du moins, elle en avait eu un aperçu. Elle s'appelait désormais Flannery – un nom manifestement irlandais – et on lui avait refusé l'entrée à deux ou trois endroits. D'abord déroutée, elle avait ensuite ressenti un curieux sentiment de fierté à être l'épouse de Patrick, à appartenir à sa famille, à son clan, même si c'était par le mariage et non la naissance. Enfin était venue la fureur à la pensée que quiconque pût être traité de la sorte. Si cela arrivait un jour à Cassie ou à Sophie, Jemima mettrait les coupables en pièces.

Elle savait que Patrick éprouvait le même mélange de douleur et de fierté. Et qu'il l'avait observée en se demandant si elle allait tenir bon ou s'effondrer.

Après la condamnation de son père, Pitt avait-il éprouvé lui aussi la piqûre de l'humiliation ? Y avait-il eu quelqu'un pour le protéger ? Oui, sa mère, et plus tard, la mère de Jemima, Charlotte. Malheur à celui qui aurait fait du mal à Thomas, alors ! Elle leva la main et effleura doucement la joue de Patrick.

— Si je me trouvais dans cette situation, j'espère que j'essaierais de prendre ma décision en tenant compte du prix à payer, que Sidney soit condamné ou non. J'ignore si elle y a réfléchi.

— Mais tu la crois ? insista-t-il. Tu ne penses pas qu'elle l'ait fait entrer ?

— Non, bien sûr que non. Cela dit, je sais qu'elle l'aimait bien. C'est pourquoi elle souffre autant.

Patrick se pencha vers elle et l'embrassa.

Durant un moment au moins, elle oublia Rebecca, même si elle savait que telle avait été l'intention de son mari. Elle garderait ses inquiétudes pour le lendemain.

3

Le lendemain matin, ce fut d'un pas pressé que Daniel grimpa les marches du cabinet fford Croft et Gibson. Il avait mal dormi après la soirée passée chez ses parents. À son grand soulagement, Jemima n'avait guère changé. Derrière son rôle d'épouse et de mère et les nouvelles responsabilités qui en découlaient, la Jemima d'autrefois était toujours là, tout juste cachée : elle avait gardé son sens de l'humour et de l'absurde, son goût pour l'aventure, la curiosité qu'il connaissait si bien.

Cependant, le récit de Patrick lui pesait. Il était révolté par la nature du délit, et plus encore par la fuite de Sidney. Bien que légal, le recours à l'immunité diplomatique était un acte lâche, qui le choquait profondément. Ce principe existait pour de bonnes raisons. Les diplomates en poste à l'étranger étaient particulièrement vulnérables. On pouvait les accuser de crimes dont ils étaient innocents et les condamner sans difficulté : en un sens, ils étaient des otages. Il leur incombait d'avoir une conduite irréprochable. Aucun pays ne pouvait se permettre de voir sa réputation ternie à cause d'eux ; il était impensable de tolérer la tromperie, la corruption, de menus larcins ou des factures impayées, sans parler d'un méfait aussi violent, aussi indigne que celui-ci.

Non seulement Rebecca Thorwood méritait mieux, mais Philip Sidney avait mis dans l'embarras et déshonoré la Grande-Bretagne et tous ses représentants, en Amérique ou ailleurs. Daniel en était mortifié et brûlait d'apporter la preuve que ces accusations étaient infondées, ou – si elles s'avéraient – de veiller à ce que Sidney fût puni, même si cela devait s'accomplir par des moyens détournés.

— Bonjour, Impney, dit-il au premier clerc.

— Bonjour, monsieur, répondit ce dernier en le saluant avec respect. Mr. fford Croft n'est pas encore arrivé. Voudriez-vous du thé, monsieur ? Il sera prêt dans cinq minutes.

Daniel réfléchit un bref instant.

— Non, merci, Impney. Mr. Kitteridge est-il ici ?

— Oui, monsieur. Je me permets d'ajouter qu'il n'y a personne dans son bureau. Il a environ une demi-heure de libre avant son premier rendez-vous.

Daniel le gratifia d'un sourire chaleureux.

— Merci, Impney, vous êtes une perle rare.

— Merci, monsieur.

Sa voix était grave, mais ses yeux souriaient.

Daniel se rendit droit au bureau de Kitteridge et toqua à la porte. La main sur la poignée, il hésita. S'il entrait sans attendre la réponse, ils partiraient du mauvais pied. Il toqua de nouveau.

— Entrez, Impney, lança Kitteridge.

Daniel pénétra dans la pièce, refermant le battant derrière lui.

— Bonjour.

Kitteridge leva les yeux, un peu surpris. Avocat principal, plus âgé que Daniel, il avait une bonne trentaine d'années. Il possédait un visage singulier : il n'était pas beau mais ses traits reflétaient une vive intelligence. Bien que coupés avec soin, ses cheveux demeuraient rebelles, comme s'ils n'appartenaient pas vraiment à son crâne. Lorsqu'il se levait, on s'apercevait qu'il était très grand, plus encore que Daniel, qui dépassait le mètre quatre-vingts. À la différence de ce dernier, Kitteridge n'était doté d'aucune grâce. Il semblait tout en coudes et en genoux.

— Pitt ! Désolé. Je pensais qu'Impney apportait le courrier. Qu'y a-t-il ? Vous avez l'air très… ?

Daniel s'approcha du bureau et s'assit en face de lui.

— Je me trouve confronté à une sorte de dilemme.

Kitteridge lui adressa un drôle de petit sourire, amusé plutôt que condescendant. Depuis l'affaire Graves, Daniel ne s'y méprenait plus.

— Et vous voulez m'en faire part ?

Quelques mois plus tôt, Daniel aurait été désarçonné par cette remarque, mais il avait vu – aperçu aurait été un terme plus approprié – une autre facette de Kitteridge. Sitôt entrevue, déjà disparue, comme s'il cherchait à se protéger.

— Oui.

Puis il adopta un ton plus respectueux. Il considérait Kitteridge comme un ami, mais un ami qui avait du droit une expérience plus vaste que lui et qui occupait, pour le moment du moins, un poste supérieur au sien.

— J'ai besoin de vos conseils, commença-t-il.

— Sur le plan juridique ?

— Et moral. Enfin, je crois connaître la réponse sur le plan moral.

Une lueur d'humour traversa les traits de Kitteridge.

— Ce qui signifie tout le contraire. Moralement,

vous êtes sûr de vous. Juridiquement parlant, vous ne savez pas comment procéder.

Daniel prit une profonde inspiration.

— Oui, c'est exactement ça, admit-il.

Il décida de poursuivre avant que Kitteridge ne l'interrompît. Il voulait éveiller son indignation avant d'aborder les difficultés juridiques.

— Un diplomate britannique à Washington est accusé de s'être introduit dans la chambre de la fille d'une famille distinguée de la ville. Il l'a agressée, a déchiré ses vêtements, volé un diamant qu'elle portait autour du cou et a pris la fuite, mais le père de la jeune fille, que ses cris avaient fait accourir, a eu le temps de le reconnaître. Ils s'étaient croisés en société.

Kitteridge, qui avait l'air nettement plus intéressé à présent, attendait la suite.

— Cet homme s'appelle Philip Sidney, et il…

— Sidney ? coupa Kitteridge, stupéfait. Vous parlez sérieusement ? Philip Sidney ?

— Oui. Vous le connaissez ?

— Pas personnellement. Nous n'évoluons pas tout à fait dans les mêmes cercles.

L'amusement se lisait sur les traits de Kitteridge, accompagné d'une indéniable trace de regret.

— Vous avez une bonne opinion de lui ? en conclut aussitôt Daniel.

— J'avais une bonne opinion de lui, en effet, admit Kitteridge. Si ce que vous dites est vrai, cela change tout. Dommage.

— Tobias Thorwood, le père, jure que l'intrus était Sidney. Sa fille, Rebecca, ne peut le confirmer, tellement elle a été secouée. Il lui a arraché son pendentif avec une telle violence qu'elle en a eu la peau éraflée. Il s'est réfugié à l'ambassade britannique et a sur-le-champ invoqué l'immunité diplomatique. Ensuite, il a quitté le pays.

— Lamentable, conclut Kitteridge, le visage crispé par le dégoût et une indéniable tristesse.

De toute évidence, cette désillusion le peinait.

— Je suis désolé…

— Eh bien, que voulez-vous savoir ? demanda Kitteridge d'une voix soudain plus sèche. Qu'y a-t-il à dire ? Il a invoqué l'immunité diplomatique et s'est enfui. Il n'a pas été inculpé, par conséquent il n'a pas été reconnu coupable. Vous le trahiriez en divulguant quoi que ce soit et il vous serait impossible d'apporter la moindre preuve, surtout ici. Désolé, Pitt, mais s'il est bel et bien coupable, il s'en est tiré. À sa grande honte et, j'imagine, en nous mettant dans l'embarras.

— Et s'il était accusé d'un délit sur le sol britannique, et inculpé ?

Kitteridge plissa les yeux.

— Vous voulez dire un délit commis après son retour ici ? À quand remontent ces faits ? Il doit être fou !

— Non, pas ici, mais techniquement sur le sol britannique, comme par exemple à l'ambassade, à Washington.

— Est-ce plausible ? objecta Kitteridge, sceptique.

Daniel ne l'était pas moins.

— Je sais. Mais admettons, insista-t-il.

— Un délit lié à l'agression et au vol du diamant ? A-t-il tenté de le vendre ? Voilà qui serait plutôt opportun.

— Non, concéda Daniel. Je sais qu'il l'a pris mais, à ma connaissance, on ignore ce qu'il en a fait.

— Vous savez qu'il l'a pris ?

Kitteridge haussa les sourcils.

— Vous voulez dire que vous savez, ou que Mr. Thorwood vous l'a dit ?

Daniel grimaça.

— Mon beau-frère m'a dit que Tobias Thorwood lui avait déclaré que Sidney l'avait volé.

Kitteridge cilla.

— Votre beau-frère ? répéta-t-il en étrécissant les yeux. Daniel, qu'avez-vous omis d'autre ? De quoi s'agit-il au juste ?

Daniel se rendit compte de l'incohérence de son récit. Il avait essayé d'attirer Kitteridge de son côté avant de lui révéler les aspects les moins convaincants de l'histoire. Il s'en voulut d'avoir été aussi maladroit.

— Pardon, dit-il avec gravité. Patrick et Jemima sont en visite ici. Il est policier là-bas, à Washington. C'est un Américain d'origine irlandaise.

— Ah ! Je commence à saisir, marmonna Kitteridge en secouant la tête. Et il est indigné !

— Pas vous ? riposta Daniel.

— Si c'est vrai, oui. Et embarrassé.

— N'est-il pas de notre devoir d'intervenir ?

— Non, je ne pense pas. Je doute que vous puissiez faire quoi que ce soit, répondit Kitteridge avec un regret sincère. J'aimerais penser que le service diplomatique va le congédier, et faire en sorte que la raison en soit connue.

— Oui, moi aussi, acquiesça Daniel avec ferveur. Mais Tobias Thorwood ne peut l'accuser sans preuve, pas sur la place publique. Il faut que cela soit exposé dans une cour de justice, sinon aucun journal n'en parlera. Sidney les poursuivrait pour diffamation. Et qui sait ce qu'il dirait au sujet de Rebecca ?

— Vous avez raison. Que vous reste-t-il à me demander ? Il semble que vous ayez songé à tout.

C'est affligeant. Mais vous ne pouvez pas traîner l'homme devant les tribunaux ici pour un délit qu'il peut ou non avoir commis à Washington, et pour lequel il a invoqué l'immunité diplomatique. Je suppose qu'il a perdu non seulement son travail, mais toute possibilité d'exercer au sein du service, et qu'il sera mis au ban de la société.

— Personne ne le saura, sauf si on l'a aidé à s'enfuir. Mais même dans ce cas, il est possible que cette personne ne sache pas ce qu'il a fait. Ou le croie innocent.

— Il est même possible qu'il soit innocent, Pitt ! Pas de preuve, pas de délit, selon le droit. Et d'après ce que vous avez dit jusqu'ici, aucune accusation ne pèse contre lui en dehors des dires de Tobias Thorwood, qui, s'il a le moindre bon sens, ne s'est pas exprimé en public !

Daniel, venu solliciter l'avis de Kitteridge quant à ce que Patrick avait suggéré ou, du moins, laissé entendre, était désormais partagé. Prêtait-il d'une certaine manière à Patrick des pensées qu'il n'avait pas eues ? Soudain, l'idée de faire comparaître Sidney devant un tribunal pour un délit quelconque et puis de l'acculer en abordant l'agression et le vol de Washington lui paraissait tirée par les cheveux, bizarre.

— Pitt !

La voix sèche de Kitteridge le ramena au présent.

— Avez-vous un plan derrière la tête ? Ne jouez pas au preux chevalier. Vous n'avez rien, hormis ce que votre beau-frère – Patrick, c'est cela ? – vous a raconté. Ou savez-vous réellement quelque chose ?

— Jemima sait. Elle connaît Rebecca.

Kitteridge se redressa.

— Jemima est votre sœur, je présume ?

— Oui. Excusez-moi si je ne vous l'ai pas dit.

Daniel avait conscience d'avoir fort mal présenté l'affaire, de s'être laissé guider par ses émotions. Il avait vu des clients commettre cette erreur et n'aurait pas pensé tomber lui-même dans ce travers.

Kitteridge se tassa un peu.

— Et vous avez peur que ce Patrick ne soit aussi romanesque que vous et qu'il... ne contribue... à d'éventuelles preuves ?

Daniel était pris au piège. C'était précisément ce qu'il craignait, mais il était réticent à l'avouer à Kitteridge. Cela reviendrait en quelque sorte à critiquer sa famille devant un tiers. Certes, il venait tout juste de faire la connaissance de Patrick, alors qu'il avait déjà collaboré plus ou moins étroitement avec Kitteridge sur de nombreuses affaires. Confrontés ensemble à l'horreur et à la tragédie, au mal, au courage, au talent et à l'amour, ils avaient ressenti toutes les émotions qui les accompagnent. Cependant, ceci ne justifiait pas tout à fait cela.

— Je crois...

Il s'interrompit. L'expression de Kitteridge reflétait la complexité de ses sentiments.

— Très bien, capitula-t-il. Oui. Je ne le connais pas. J'ai toujours connu Jemima, mais les gens changent, surtout les filles, quand elles tombent amoureuses. Que vous croyiez Patrick ou non, il ne fait pas de doute qu'un terrible méfait a été commis et que l'auteur a eu la lâcheté de s'enfuir au lieu d'y faire face.

— Il semblerait que oui... commença Kitteridge.

— Oh ! Pour l'amour du Ciel ! s'énerva Daniel. Cessez d'être si... sainte-nitouche ! C'était ignoble ! À tous points de vue. Et au cas où vous auriez négligé cet aspect de l'incident, il nous a déshonorés, en tant qu'Anglais, aux yeux des Américains. Nous allons baisser dans leur estime à cause de cela.

Kitteridge parut sidéré. Puis il se mit à rire tout bas.

— Qu'y a-t-il de si drôle ? demanda Daniel d'une voix glaciale, empreinte de sarcasme.

— Vous, répondit Kitteridge. Si votre sœur vous ressemble un tant soit peu, j'ai hâte de faire sa connaissance.

La légèreté et l'humour désertèrent ses traits.

— Hélas ! rien de tout cela ne constitue un argument légal. Ce que vous devriez savoir aussi bien que moi. Allez la voir, je vous en prie, et persuadez-l'en. Son mari, Patrick ou je ne sais qui, ne s'en rend-il pas compte ? Washington n'est pas l'Ouest sauvage. Je sais que c'est une ville très civilisée, pour un pays aussi récent.

Son visage était sombre en dépit de ses remarques ironiques.

— Bien sûr, admit Daniel aussitôt, mais les bas-fonds de n'importe quelle ville peuvent être plutôt dangereux. Londres en est la parfaite illustration.

— Voilà qui évoque des images assez révoltantes, commenta Kitteridge avec dégoût. Mais la famille Thorwood ne fait pas partie du fond du panier, et l'ambassade britannique non plus.

— Vous essayez d'éluder la question ! accusa Daniel.

Kitteridge devint grave.

— Avez-vous peur que Sidney n'échappe à la justice et par conséquent ne noircisse la réputation de la Grande-Bretagne à Washington et partout où cela se saura ?

Il prit une profonde inspiration.

— Ou craignez-vous en fait que votre beau-frère

n'essaie de contourner la loi en créant de toutes pièces des preuves visant à amener Sidney devant un tribunal ici, pour un crime inventé, de manière à pouvoir révéler son véritable méfait ?

Daniel se mordit la lèvre. Kitteridge avait su déchiffrer ses pensées.

— Oui, je suppose que c'est cela, mais je ne peux pas renoncer !

— Vous voulez dire que Patrick ne peut pas ? rectifia Kitteridge.

— Le pourriez-vous ?

— Il faut accepter l'inévitable. Je n'ai pas le choix.

Daniel se leva. Il était plus blessé qu'il ne s'y était attendu, déçu par Kitteridge qu'il en était venu à bien aimer, mais aussi un peu effrayé parce qu'il avait besoin d'aide dans cette situation avec Patrick et qu'il se sentait dépassé.

— Vous l'acceptez sans trop d'états d'âme, me semble-t-il, dit-il froidement.

En sortant, il faillit entrer en collision avec Impney qui apportait du thé sur un plateau.

— Mes excuses, monsieur, dit ce dernier, bien qu'il ne fût en rien responsable.

Daniel eut honte. Les jeunes gens fraîchement diplômés avaient souvent tendance à se juger supérieurs à Impney qui, bien qu'étant clerc et non avocat, devait en savoir beaucoup plus long qu'eux, et se conduisait avec davantage de dignité.

— C'était ma faute, se hâta-t-il de dire. Je ne regardais pas où j'allais. Peut-être parce que je ne sais vraiment pas où je vais !

— Une affaire délicate, monsieur ? demanda Impney avec sollicitude. Aimeriez-vous boire votre thé dans la bibliothèque de droit ? Je pourrais vous indiquer des ouvrages susceptibles de vous être utiles. Mr. Kitteridge la connaît très bien, mais je suis ici depuis encore plus longtemps que lui.

Il eut un léger sourire qui en disait long. Tout en appréciant Kitteridge, il était conscient de ses particularités. Sans doute, à sa manière discrète, était-il conscient des particularités de chacun. Il était le dévouement incarné.

— Je n'ai nul autre endroit à essayer, du moins pas encore, répondit Daniel. Oui. Merci.

— Bien, monsieur.

Dix minutes plus tard, Daniel était assis dans la bibliothèque, une vaste pièce confortable aux murs couverts de rayonnages qui abritaient des ouvrages de droit remontant à plus d'un siècle. Le silence était paisible et plaisant. Cependant, Daniel avait l'impression que la bibliothèque n'avait rien d'autre à offrir. Il prenait conscience de s'être plutôt mal conduit ou, en tout cas, de n'être arrivé à rien, ce qui revenait plus ou moins au même.

La porte s'ouvrit et Kitteridge entra, refermant le battant derrière lui. Il semblait plus grand encore que d'habitude, et avait tout d'un épouvantail, la paille en moins.

— S'attend-il à ce que vous fassiez quelque chose ? demanda-t-il de but en blanc. Hormis le tirer d'affaire s'il se fourre dans des ennuis ?

— Quoi ?

— Votre beau-frère, expliqua Kitteridge impatiemment, en prenant place en face de lui. J'essaie de réfléchir à une solution… une manière légale… d'aider, et je n'y arrive pas. Je ne peux pas me permettre de vous laisser vous attirer des ennuis. Nous avons mis assez longtemps à vous former pour que vous soyez utile ; je ne veux pas vous perdre à présent.

Daniel sourit malgré lui.

— Voilà qui est plein de tact, Kitteridge. Vous êtes le charme personnifié.

Son sarcasme n'échappa point à Kitteridge. Il avait conscience de sa maladresse et se la reprochait.

Daniel regretta aussitôt ses paroles.

— Cela dit, comme vous l'avez fait remarquer, le charme ne marche pas toujours.

Observant le visage de Kitteridge, il vit l'ombre de la gêne quitter son regard.

— Je n'ai toujours pas d'idées, répondit-il, mais je vais y travailler.

Daniel le remercia sincèrement, sinon pour son aide, du moins pour son amitié.

Ce soir-là, Daniel alla rendre visite à Roman Blackwell. Il n'était pas du tout sûr que ce fût une bonne idée, mais le temps pressait, car Patrick allait chercher le moyen de prendre Sidney au piège. Blackwell était une sorte d'aventurier, toujours à la limite de l'illégalité. Juste avant l'affaire Graves, quelques mois plus tôt, Daniel l'avait sauvé de la potence en prouvant, contre toute attente, son innocence alors qu'il était accusé d'un crime particulièrement odieux. L'une des plus grandes vertus de Blackwell était la reconnaissance généreuse et durable, qu'il avait témoignée durant l'affaire Graves.

Aux yeux de la justice, c'était une crapule. Daniel, en revanche, voyait en lui un homme inventif, aux valeurs morales très fortes, quoique personnelles, qui n'avait que peu de respect pour la loi.

Blackwell était chez lui et accueillit Daniel avec chaleur dans la maison haute en couleur et extrêmement désordonnée qu'il partageait avec sa mère, Mercedes Blackwell, connue sous le nom de Mercy. C'était une abréviation appropriée, tant que l'on tenait compte de son tempérament soupe au lait et de sa conception originale du bien et du mal. Elle était farouche, sentimentale, et en apparence n'avait peur de rien. Daniel n'avait vu qu'une seule fois cette façade se fissurer, lorsqu'elle avait craint pour la vie de Roman.

Il suivit Blackwell dans l'entrée, passa à côté du portemanteau encombré, des tableaux accrochés au mur et des multiples glaces. Le salon était à l'avenant, rempli de souvenirs de voyages à l'étranger et de reliques d'autres cultures. Les couleurs dominantes, le mauve et le pourpre, créaient une ambiance des plus confortables. En août, l'âtre était dissimulé à la vue par un écran en tapisserie au cadre délicatement sculpté.

Après avoir invité Daniel à s'asseoir, Blackwell prit place dans un fauteuil, enfonça une main dans ses cheveux noirs en bataille, qui rebiquèrent d'autant plus, et soupira. Il était, sans doute, du bon côté de la quarantaine, mais de justesse.

— Vous avez un problème, déclara-t-il. Ça se voit comme le nez au milieu de la figure. Expliquez-le-moi et dites-moi pourquoi vous ne pouvez pas le résoudre vous-même, et ensuite pourquoi mes solutions ne feront pas l'affaire non plus. Ou bien, je vous le dirai. Si le droit pouvait l'arranger, vous ou Kitteridge le sauriez. Et si c'était quelque chose d'illégal, vous n'y toucheriez pas, c'est bien ça ?

— À peu près, admit Daniel.

— Mercy peut-elle être mise au courant ?

Il ne disait jamais « ma mère », mais l'appelait toujours par son prénom.

— Bien entendu. Le délit a déjà été commis.

— Aux yeux de la personne que vous défendez ?

— Non, je suis du côté de l'accusation…

Blackwell écarquilla les yeux.

— Quoi ?

Daniel lui décrivit l'agression dont Rebecca Thorwood avait été victime.

Le dégoût se lut sur les traits de Blackwell.

— Je ne vois pas où est le problème. Son père l'a vu et l'a reconnu. Sa parole n'est-elle pas fiable ?

Daniel poursuivit, racontant comment Sidney avait utilisé sa qualité de diplomate pour fuir en Angleterre.

— Répugnant, acquiesça Blackwell, mais parfaitement légal. Qu'envisagez-vous de faire ? Vous renseigner pour savoir s'il a déjà commis ce genre d'acte ? C'est raisonnable. Un homme ne commence pas subitement à se conduire de la sorte.

Cette idée n'était même pas venue à l'esprit de Daniel, mais Blackwell avait tout à fait raison. Il se redressa, gagné par une soudaine vague d'espoir.

Blackwell sourit et leva les yeux au ciel.

— Vous manquez d'imagination, Daniel, dit-il tout bas. Combien de temps est-il resté en Amérique ? Il faudrait qu'un incident ait eu lieu ici. Peut-être est-ce pour cette raison qu'il est parti ? Y avez-vous pensé ? Il a pu quitter la mère patrie pour la plus vieille raison du monde. Voulez-vous que je cherche de ce côté-là ?

— Oui. Oui, s'il vous plaît, répondit Daniel aussitôt.

Il aurait dû penser à cette possibilité. Les gens ne sombrent pas du jour au lendemain dans la délinquance.

Cela vient peu à peu. Les signes sont là pour qui sait les reconnaître.

— Je vais me renseigner sur sa réputation, dit-il. Quelqu'un saura.

— Ne vous en mêlez pas, ordonna Blackwell sur un ton sec en se penchant vers lui. Vous ne savez pas où il faut aller. Vous ne réussirez qu'à vous attirer des ennuis.

— Et vous le savez, vous ? lança Daniel, sceptique.

Le visage de Blackwell s'éclaira d'un grand sourire.

— Moi non, mais Mercy, oui !

Daniel songea à l'aide que Mercy leur avait apportée dans l'affaire Graves. Il ne lui avait pas demandé d'où venaient ses informations parce que, au fond, il ne voulait pas le savoir. Cela ne satisfaisait pas sa conscience, mais répondait à son besoin d'être honnête au tribunal. Très belle, voire superbe, malgré sa petite taille, Mercy avait de la présence. Ses cheveux noirs, traversés d'une spectaculaire mèche blanche, lui arrivaient jusqu'à la taille lorsqu'ils étaient détachés. Empilés sur sa tête, ils formaient une couronne éblouissante. Son visage était frappant : des pommettes hautes, des yeux magnifiques. Cependant, c'était son intelligence qui retenait l'attention, et sa sensibilité à fleur de peau. D'une loyauté absolue, elle était profondément attachée à ses convictions, et son sens de l'humour en choquait plus d'un. Elle en terrifiait certains parce qu'elle n'oubliait pas un affront. Cela dit, elle n'oubliait jamais un service non plus.

— Je vous en prie, demandez-lui d'être prudente, se hâta de dire Daniel. Je ne sais pas à quel point cet homme est important…

— Bien sûr. Et il n'est pas impossible qu'il soit innocent !

Daniel ne prit pas la peine de protester. À cet instant, il se souciait moins de l'innocence de Sidney que de celle de Patrick. Il aimait bien son beau-frère, mais il aimait Jemima davantage encore et il avait peur pour elle.

— Merci, dit-il tout bas.

4

Trois jours s'écoulèrent sans nouvelles de Roman Blackwell ni de Patrick. Le soir du troisième jour, Daniel alla dîner à Keppel Street.

Il arriva un peu avant sept heures et fut accueilli dans l'entrée par sa mère, qui tenait Cassie par la main. La petite fille le considéra avec intérêt.

— Tu te souviens de ton oncle Daniel, n'est-ce pas ? l'encouragea Charlotte.

L'enfant n'hésita qu'un instant.

— Oui, dit-elle d'un ton solennel. Il a dit que son papa était policier comme le mien. Vous êtes policier aussi ?

— Non. Je suis avocat.

— Mais qu'est-ce que vous faites ? insista-t-elle.

— Je discute avec des gens… dans une grande salle qu'on appelle un tribunal. Quand les gens prétendent que quelqu'un a fait quelque chose de mal, je les contredis et j'affirme que ce n'est pas vrai !

Elle le dévisagea avec une stupeur qui céda bientôt la place au respect. Elle leva les yeux vers Charlotte.

— Grand-maman, quand je serai grande, c'est ce que je ferai. J'adore discuter !

Non sans mal, Charlotte étouffa un rire.

— Je le sais déjà, ma chérie. Tu es exactement comme ta mère. Elle pourrait convaincre une théière de faire du café !

Cassie la considéra, complètement perdue. Elle regarda Daniel.

— Vous discutez avec… les théières ?

— Non. Grand-maman raconte des bêtises. Si quelqu'un n'a rien fait de mal, j'essaie de convaincre les gens de ne pas le punir. Ou parfois, s'il a fait quelque chose de mal, j'essaie d'obtenir une punition moins sévère.

— Comme d'être privé de dessert ? Ou envoyé au lit ?

— C'est à peu près ça.

— Oh ! Vous le feriez pour moi ?

— Bien sûr que oui !

Elle lui sourit puis devint toute timide et cacha son visage dans les jupes de Charlotte.

— Tu as trouvé une nouvelle cliente, déclara celle-ci en réprimant un rire. Tu ferais mieux d'entrer sinon nous serons en retard pour le dîner. Je vais emmener Cassie se coucher. Je pense que tu as suffisamment semé le trouble pour ce soir. Viens, Cassie.

Jemima sortit du salon et les vit.

— Je vais la monter, maman, et jeter un coup d'œil à Sophie. Restez bavarder avec Daniel.

— Sois prudente, conseilla sa mère. Cassie vient de se procurer un avocat !

— Quoi ?

— Elle vient de se procurer un avocat pour la défendre en cas de besoin, répéta Charlotte.

— Elle est tout à fait capable de se débrouiller seule ! rétorqua Jemima avant de se tourner vers Daniel. Je suis désolée, mais nous allons avoir besoin de tes compétences pour quelqu'un de moins doué. Patrick te racontera tout… après dîner.

Elle se détourna, prit la main de Cassie et la guida vers l'escalier en lui parlant.

Daniel regarda Charlotte, s'efforçant de deviner ce qu'elle savait. C'était un exercice auquel il s'était essayé toute sa vie, sans grand succès. Il ne s'était jamais défait de l'impression qu'elle savait tout ce qu'il savait, lui, et même plus. Lisait-elle toujours en lui avec autant d'aisance ? Ou ce souvenir lui apportait-il du réconfort ?

— Sois prudent, conseilla-t-elle. Jemima est un peu… romantique.

Il s'apprêtait à l'interroger davantage mais elle pivota et le précéda pour gagner le salon où Pitt et Patrick, debout, regardaient les derniers rayons du soleil embraser les peupliers frémissants, dont les feuilles commençaient à jaunir. Ils parlaient des bateaux de plaisance qui descendaient la Tamise, passant sous le pont de Westminster, devant la Tour de Londres où la porte des traîtres donnait sur le fleuve, longeant Execution Dock, le quai où l'on noyait les pirates autrefois, puis la splendeur baroque du collège naval de Greenwich, avant de continuer vers le sud en direction de l'estuaire, pour atteindre Gravesend et, enfin, la mer.

Daniel écouta le récit de leur excursion, après quoi Jemima réapparut, et le dîner fut servi.

La conversation continua à tourner autour de leur journée sur l'eau. Daniel fut à la fois intéressé et amusé de constater combien Jemima était fière de sa ville natale, et les efforts qu'elle s'imposait pour ne pas trop le montrer devant son mari, dont les sentiments étaient visiblement partagés. Il croisa plusieurs fois le regard de ce dernier et fut soulagé d'y déceler une pointe d'humour. Sa sœur avait passé quatre ans en Amérique, dont une bonne partie à Washington. Daniel espéra avec ferveur qu'elle n'y vantait pas trop les mérites de Londres. En tout cas, elle s'était adoucie. Était-ce un effet du mariage ? Ou le fait de vivre dans un endroit nouveau, où peu de gens la connaissaient, où la culture lui était étrangère ? Elle était plus mesurée, moins critique. Cela plaisait à Daniel, mais c'était malgré tout une différence avec la Jemima qu'il connaissait et avec qui il était si à l'aise.

Il s'aperçut que ses mains étaient crispées sur ses couverts, les jointures de ses doigts toutes blanches. Ses yeux croisèrent ceux de son père et il tenta de déchiffrer ses pensées. Était-il au courant de l'agression subie par Rebecca Thorwood et de la fuite de Philip Sidney ? Il soutint son regard quelques instants sans pouvoir parvenir à une conclusion. Bien qu'entouré des membres de sa famille, il se sentait curieusement isolé.

Après le dîner, Patrick s'excusa pour faire quelques pas dans le jardin. Il jeta un coup d'œil en direction de Daniel et ouvrit la bouche pour dire quelque chose mais se ravisa.

Il y eut un moment de gêne. Jemima les regarda tour à tour, puis se décida à rompre le silence.

Elle se tourna vers Charlotte.

— Maman, permettez-moi de vous décrire ma maison. Je voudrais tant que vous puissiez l'imaginer.

Elle sourit, comme si c'était important pour elle. Presque nerveusement, elle s'adressa à Pitt.

— Papa ? Cela vous intéresserait ?

— Bien sûr que oui, répondit Pitt, comprenant combien elle y tenait. En attendant que nous la visitions un jour.

Daniel vit se détendre les épaules de Jemima alors

qu'elle glissait le bras sous celui de son père. S'agissait-il vraiment de la maison ? Ou était-ce un prétexte pour laisser Daniel seul avec Patrick ? Charlotte et Pitt en avaient-ils conscience ? Était-ce pour cela qu'ils avaient accepté si volontiers sa suggestion ?

Patrick ouvrit la porte-fenêtre et sortit dans le jardin. Daniel lui emboîta le pas, tira fermement le battant derrière lui et le rejoignit sur la pelouse. La terre sentait bon après l'averse. Une nuée d'étourneaux s'envola de la haie des voisins et s'éparpilla dans l'air. Son beau-frère l'observa avec un plaisir évident. Daniel se demanda si Jemima lui avait souvent parlé du jardin, du rosier grimpant, haut de trois ou quatre mètres, qui s'accrochait à la pergola.

Un moment s'écoula avant qu'il prenne la parole. Daniel attendit.

— Nous avons réussi, annonça-t-il sans ambages.

Sa voix était tendue, empreinte d'émotion, mais il était difficile de savoir si elle était entièrement triomphante. On y percevait aussi une pointe d'anxiété.

Daniel remarqua qu'il avait dit « nous » et non « je ».

— Réussi quoi ?

— La police a arrêté Sidney pour détournement de fonds.

Daniel voyait dans la semi-pénombre que Patrick le dévisageait, guettant sa réaction.

— Détournement de fonds ? répéta-t-il, surpris. Appartenant à qui ? Il n'est de retour que depuis deux semaines ! Un détournement de fonds prend beaucoup de temps.

— Des fonds appartenant à l'ambassade britannique à Washington. C'est un territoire britannique…

— Détournement, répéta Daniel de nouveau. Dans

ce cas, il devait se livrer à ces agissements lorsqu'il était là-bas. Et quelqu'un vient de s'en apercevoir ? Cela… tombe plutôt bien, non ?

— Pas pour Sidney, répondit Patrick avec ironie. Mais s'il est coupable, il n'est guère surprenant qu'une enquête sur un délit mène à la découverte d'un deuxième, voire à un autre encore !

Daniel étudia de son mieux le visage de Patrick à la lueur presque diffuse du soleil couchant, qui flottait encore au-dessus de l'horizon, et éclaboussait l'air de couleur. Il n'était pas radieux, mais l'espoir se lisait sur ses traits.

— Vous y croyez ? Vraiment ? Je sais que vous voulez qu'il soit jugé ici, où il ne bénéficie pas de l'immunité diplomatique et où il n'a nulle part où se réfugier. Je comprends. C'est ce que je souhaite en partie moi aussi…

— En partie ?

— J'aimerais en partie que vous découvriez que Thorwood s'est trompé et que Sidney n'est pour rien dans tout cela.

— Dans ce cas, pourquoi aurait-il pris la fuite au lieu de rester à Washington et de clamer son innocence ?

— Allons ! Quelles auraient été ses chances d'être entendu, à l'étranger, et avec une victime comme Rebecca ? Alors que Tobias Thorwood jurait que c'était lui ?

Patrick eut un raidissement presque indéfinissable, une infime altération de sa posture.

— Êtes-vous en train de dire que la loi américaine est injuste ? Qu'elle n'est pas équitable ? Que… ?

Cette conversation pouvait rapidement mener à une querelle.

— Voudriez-vous faire face à une accusation de ce genre devant un tribunal français, si une jeune Française et son père vous accusaient ? s'empressa de demander Daniel.

— Je ne connais pas le droit français.

— Moi non plus. Mais je connais les émotions françaises !

— Qu'ont-elles de si différent ? se récria Patrick, perplexe et indigné.

— Rien ! Voilà justement où je veux en venir. Nous avons tous tendance à être mieux disposés envers les nôtres qu'envers des étrangers. Ne soutenez-vous pas votre équipe lors d'un match international ? Que vous connaissiez ou non les joueurs ? Et d'ailleurs, même si vous les connaissez et que vous ne les appréciiez pas ?

— Je ne soutiens pas les hommes qui attaquent les femmes, d'où qu'ils soient ! objecta Patrick d'un ton sec.

— Bien sûr que non. Pas plus qu'aucun d'entre nous. Nous avons cependant du mal à croire que les nôtres puissent être auteurs de tentatives de viol, ou voleurs, ou je ne sais quoi d'autre. C'est cela que je voulais dire. Il a pu s'enfuir parce qu'il avait peur, ou même parce qu'on lui a conseillé de le faire.

— Qui ? L'ambassadeur britannique ? Ç'aurait été un mauvais conseil… et incroyablement arrogant.

— Et qui a jamais entendu parler d'un ambassadeur arrogant ? rétorqua Daniel, sarcastique. Surtout un Britannique !

Malgré lui, Patrick lâcha un petit rire nerveux.

— Très bien. Sa fuite ne signifie pas qu'il soit coupable. Ne me demandez pas d'où viennent les preuves dont je dispose, mais j'ai des documents écrits. Qui n'ont été ni dérobés, ni falsifiés, ni obtenus par des moyens malhonnêtes. Ils suffisent à démontrer qu'il a bel et bien détourné de l'argent. Nous ne parlons pas d'une fortune, mais cela demeure un délit.

Sa voix se fit plus pressante.

— Nous pouvons le forcer à répondre de cela. Et même s'il était acquitté ou relaxé, toutes sortes de choses seraient révélées au grand jour au cours du procès.

— Pas concernant l'agression de Rebecca Thorwood.

— Il a volé le pendentif, enfin ! Non seulement ce bijou appartenait à May Trelawny, et a par conséquent une grande valeur sentimentale aux yeux de Rebecca, il a également une valeur marchande. Et même si c'était un faux, cela ne changerait rien au fait que Sidney a commis un acte ignoble. Voudriez-vous avoir le moindre lien avec un homme capable de se conduire ainsi ?

— Non, répondit Daniel sans hésiter. Écoutez, je ne suis pas en train de dire que ce qu'il a fait est excusable. S'il est coupable, c'est une crapule de la pire espèce ! Mais il ne peut être jugé que pour détournement de fonds. De quelle somme s'agit-il, à propos ?

— Je l'ignore. Je ne crois pas qu'ils aient tout éclairci. Il est possible que cela dure depuis des années.

— Cela ne peut pas avoir précédé l'arrivée de Sidney, sinon ce n'est pas lui, le coupable, observa Daniel.

— Il nous suffit de l'envoyer au tribunal et nous pourrons le démasquer ! insista Patrick. Il ne nous faut rien de plus !

— Nous ?

Patrick perdait patience.

— Oui, « nous ». Je pensais que vous étiez avec

nous aussi, mais, de toute façon, Tobias Thorwood et moi.

— Rebecca ?

— Elle sera d'accord quand elle aura compris qu'elle peut gagner.

La certitude s'entendait dans la voix de Patrick.

— Elle peut perdre aussi, lui fit remarquer Daniel.

— Faites-vous toujours preuve d'autant d'enthousiasme pour la justice ? demanda Patrick avec une ironie non dissimulée. Je pensais que Jem avait l'esprit de contradiction, mais vous remportez la palme.

Peut-être était-ce là un compliment.

— Et elle, elle trouve que c'est une bonne idée ?

— Tantôt oui, tantôt non.

— Dans ce cas, c'est elle qui remporte la palme, commenta Daniel avec un rire délibéré. Elle peut se quereller avec elle-même.

Patrick sourit, comme à regret, avant de redevenir grave aussitôt.

— Daniel, allez-vous accepter l'affaire ? Vous connaissez le droit et les rouages de la justice. Jem affirme que vous êtes doué. Et surtout, votre père est du même avis.

— Vous en avez discuté avec lui ? s'écria Daniel, horrifié.

Cette pensée le consternait. Il aimait et admirait son père, mais savait que, par certains côtés, il serait toujours différent de lui, que les efforts déployés par Pitt pour lui inculquer sa maîtrise de lui-même n'avaient guère été couronnés de succès. Daniel avait du mal à cacher ses sentiments et n'était pas très sûr que son père pût comprendre pourquoi il envisageait de se charger de cette affaire, sans parler de la mener à une conclusion satisfaisante.

— Non ! Non, bien sûr que non. Il serait obligé de défendre Sidney. Il fait partie du…

— Du gouvernement ? acheva Daniel à sa place. Et vous pensez que les différents services gouvernementaux sont toujours d'accord les uns avec les autres ? Je savais le gouvernement américain différent du nôtre, mais pas à ce point ! D'après mon père, il leur faut une demi-heure pour se mettre d'accord sur l'heure qu'il est ! Et les diplomates sont les pires. Lorsqu'ils ont cessé de se confondre en politesses, vous avez oublié ce qu'ils ont dit.

Patrick souriait.

— Eh bien, moi, je n'ai pas oublié de quoi je parlais, et vous devez avoir oublié que je suis irlandais si vous croyez que je ne peux pas tourner autour du pot aussi bien qu'eux. Ces diplomates ont peut-être appris à le faire, mais j'ai ça dans le sang ! Allez-vous nous aider ou non ?

— La boucle est bouclée, commenta Daniel, sarcastique, afin de se donner le temps de la réflexion.

Avant de s'engager pour de bon, il devait être certain de ses convictions, et de sa marge de manœuvre.

— Voulez-vous que je représente le ministère public ?

— Oui. Pour être certain que le procès ne soit pas terminé avant que l'on ait pris connaissance de toute l'histoire. Vous pourriez établir pourquoi il a volé le diamant. On peut imaginer qu'il avait besoin de le vendre. Peut-être vivait-il au-dessus de ses moyens.

Daniel n'eut pas à feindre la surprise, il était abasourdi.

— Dans ce cas, n'importe qui peut assumer ce rôle ! A-t-on retrouvé le bijou ?

— Non, répondit Patrick d'un ton sec. Il l'a sans doute déjà vendu.

— « Sans doute » ne convaincra personne.

— Je sais ! C'est pourquoi nous avons besoin d'un homme habile, qui soit au courant de l'agression de Rebecca et du vol.

Daniel s'apprêta à le reprendre et à remplacer « soit au courant » par « ait entendu parler », mais l'expression de Patrick suggérait que le moment était mal choisi. Pitt avait-il réellement déclaré à son beau-frère qu'il était un bon avocat ? En était-il persuadé ou avait-il voulu le défendre un peu ?

— C'est une affaire importante, à cause des personnalités impliquées, dit-il, se ravisant. Et parce qu'elle peut avoir des répercussions internationales. L'ambassade tiendra à ce que tout soit mené avec le plus grand doigté, peut-être même à régler l'affaire à l'amiable afin d'éviter un procès.

— Est-il possible de procéder ainsi ? demanda Patrick avec amertume. S'il y a eu détournement de fonds ? Va-t-on étouffer l'affaire ? Demander à son père ou à je ne sais qui de rembourser, éventuellement avec un petit supplément ?

Daniel sentit les muscles de sa mâchoire se crisper au point qu'il entendit ses dents grincer.

— Pourquoi ? C'est comme cela qu'on fait en Amérique ?

Les muscles des épaules de Patrick se raidirent. Il changea de position et se détendit.

— Désolé.

Pour l'insulte ? Ou seulement d'avoir commis l'erreur de prononcer les mots à voix haute ? se demanda Daniel.

— Non, dit-il. Cela ne se passe pas de cette manière

ici. Du moins, pas très souvent. On pourrait être condamné pour pratiquer ce genre de méthode.

Patrick demeura silencieux un moment puis décida de se montrer conciliant.

— Je pensais que vous étiez plutôt bon. J'étais certain qu'on ne pouvait pas vous acheter.

— Je suis plutôt bon, riposta Daniel sèchement. On attendra de moi que je sois excellent. Et non, on ne peut pas m'acheter. Cela dit, j'espère qu'on ne peut pas me menacer ni me persuader non plus. Mais avant que vous ne vous mettiez en colère de nouveau, il m'est impossible de représenter le ministère public parce que je n'ai pas assez d'expérience, et quant à la défense…

— La défense ? coupa Patrick.

— Il faut qu'il y en ait une. Vous ne voulez pas qu'il plaide coupable, sinon il n'y aura pas de procès ! Ou un procès si rapide qu'il n'en sortira rien.

— Oui. Oui, je vois. Il s'agit de le défendre de l'accusation de détournement de fonds mais de manière à exposer l'attaque et le vol. Il faudrait être sacrément bon pour réussir une manœuvre pareille.

— Mon collègue Kitteridge l'est. Il me laissera être second avocat, je pense. Je lui ai déjà touché deux mots de l'affaire.

Daniel n'était pas sûr qu'il aurait dû l'admettre, mais le moment était venu de cesser de jouer au chat et à la souris. La grande question, cependant, était de savoir si Kitteridge allait accepter de se prêter au stratagème douteux consistant à défendre un homme d'une accusation dans le but de le faire juger pour une autre.

— Bien ! dit aussitôt Patrick. Comment puis-je entrer en rapport avec ce Kitteridge ? Et d'abord, comment allons-nous faire pour que Sidney le choisisse comme avocat ? Cela pourrait être une faille dans votre tactique, et de taille !

— fford Croft et Gibson est un des meilleurs cabinets de Londres, déclara Daniel non sans fierté. Si Kitteridge propose son concours et que Sidney ait le moindre bon sens, il va accepter. Nous sommes compétents et discrets. Je doute que les gens se précipitent pour le défendre.

— Kitteridge est vraiment si bon que cela ?

— Oui, et je vais l'aider.

— Merci. Et… Daniel ?

— Oui ?

— Les Thorwood sont nos amis, à Jem et à moi. Surtout Rebecca. Ils sont… ils ont été très gentils avec nous. Ils avaient un fils qui aurait à peu près mon âge. Ils l'ont perdu lors d'un accident. Indépendamment de la culpabilité ou de l'innocence de Sidney, il y a une question d'amitié, le paiement d'une dette, si vous voulez.

— Je comprends, murmura Daniel, qui se demandait toutefois jusqu'où allait la loyauté de Patrick envers les Thorwood. Mais il faut que les choses soient absolument claires, d'accord ? Je ne veux pas avoir à me demander jusqu'à quel point je peux me fier aux preuves. S'il est coupable, nous le coincerons. Il ne s'agit pas de chercher quelqu'un sans savoir qui il est, ce qu'il a fait et comment.

Aussitôt, il songea qu'il était peut-être allé trop loin. Non au sens où ses propos risquaient d'apparaître comme une provocation pour son beau-frère – ils étaient justifiés – mais en faisant une promesse qu'il serait impossible de tenir.

— Bien sûr ! acquiesça Patrick, radouci. En dehors du fait que je ne voudrais pas vous exposer au danger, si les preuves n'étaient pas légales, elles ne tiendraient pas. Il ferait appel et gagnerait. Nous perdrions plus que l'affaire. Je ne vous mettrais pas dans cette situation et je ne voudrais pas m'y trouver non plus.

Daniel se félicita que la nuit fût presque tombée. Le soleil avait disparu derrière le banc de nuages écarlates à l'horizon et l'ombre se répandait rapidement dans le jardin. Il ne pouvait s'empêcher de se demander si, aveuglé par sa fureur devant une lourde faute, Patrick n'en avait pas négligé une autre, moindre.

— Rentrons, suggéra-t-il. Il commence à faire froid.

Le lendemain matin, avant d'aller chez fford Croft et Gibson, Daniel alla voir Roman Blackwell. Celui-ci aimait bien manger et, pour lui, le petit déjeuner était le repas le plus important. Daniel le trouva assis à la table de cuisine où se mêlaient l'arôme des harengs en train de cuire, celui du pain grillé et celui du thé fraîchement infusé, plus délicat mais tout de même envahissant.

D'un geste, Blackwell lui indiqua une chaise.

— Un hareng ?

Avant que Daniel eût eu le temps de répondre, il éleva la voix.

— Mercy !

Elle apparut à la porte de l'arrière-cuisine.

— Ne crie pas ! Je t'entends très bien. Je savais que c'était forcément Daniel qui venait à cette heure-ci. Bonjour, Daniel. Un hareng ? proposa-t-elle. D'après l'étiquette, ils viennent de Craster, mais rien n'est sûr.

Les harengs de Craster, sur la côte du Northumberland, étaient considérés comme les meilleurs du royaume. C'étaient aussi les plus chers. Ils avaient dû être expédiés à Londres par le train de nuit et Mercy s'était sans doute levée à l'aube pour aller en acheter avant qu'ils eussent tous été vendus.

— J'ai déjà pris mon petit déjeuner, répondit-il. Merci.

Et puis il marqua une pause, laissant ainsi entendre qu'il pourrait être persuadé d'accepter.

— Dans ce cas, je vous prépare celui-ci. Vous allez en avoir besoin.

Daniel se tourna vers Blackwell, attendant avec fébrilité ce qu'il allait lui annoncer. Les informations de Patrick étaient-elles erronées, et Blackwell le savait-il déjà ?

Celui-ci regarda le fourneau, et la casserole où mijotait le hareng.

— Je me suis renseigné sur votre homme, Philip Sidney. Asseyez-vous, enfin ! Votre hareng va mettre un certain temps à cuire. Prenez du pain grillé. Et de la marmelade. Ou de la confiture de cassis. C'est Mercy qui l'a faite.

Daniel se força à accepter, ne fût-ce que par politesse. Si c'était de la confiture maison, il en mangerait.

— J'ai appris hier soir qu'il avait été arrêté pour détournement de fonds.

— Ah ! soupira Blackwell. Je l'ai entendu dire, moi aussi. Entre autres choses. Philip Sidney a vingt-neuf ans. Son père, Wallace Sidney, avait un peu d'argent, sans plus. C'était un homme très imbu de lui-même. Pas très sympathique. La meilleure chose qu'il ait faite a été de mourir jeune. Philip a été baptisé ainsi par sa mère, une femme douce, idéaliste, qui aimait l'histoire et a choisi son prénom en mémoire du héros élisabéthain, Philip Sidney. Vous avez entendu parler de lui, je suppose ?

— Oui.

— Elle nourrissait de grands espoirs à son sujet.

Le visage de Blackwell était déformé par la pitié, et le regret d'avoir à relater à Daniel quelque chose que ce dernier préférerait de toute évidence ne pas savoir.

— Elle s'est remariée. Par nécessité, au fond. Le nouveau mari était un vaurien. Pas au sens propre, évidemment. Plutôt fortuné. Mais dépourvu de style et de bonnes manières ; ç'a été un sacrifice considérable de la part de cette femme, j'imagine. Cela dit, il a donné à Philip une bonne éducation, la même qu'à ses propres fils. Le jeune Philip n'a jamais brillé, semble-t-il, sauf aux cartes. Il était doué en la matière. Pouvait massacrer ses demi-frères. Il était sacrément plus beau garçon qu'eux, et plus intelligent. Forcé de dissimuler ses talents dans l'intérêt de sa mère. Pris entre deux feux. Soit il justifiait la foi qu'elle avait en lui, éclipsait ses frères et mécontentait son beau-père, soit il se faisait discret et restait au sein du giron familial.

— Je vois, murmura Daniel.

— Non, vous ne voyez pas ! le contredit Blackwell aussitôt. Vous n'avez jamais eu à protéger votre mère de quoi que ce soit. Je l'ai rencontrée. Une femme de caractère. Vous ne pouvez savoir ce qu'il en est de devoir dissimuler son intelligence pour éviter à sa mère d'être humiliée par son mari. Votre imagination n'a jamais été entraînée à cela, tant s'en faut.

— Est-ce que ça a un rapport avec l'affaire ?

Je n'en vois aucun, admit Blackwell. Sauf que Sidney est un jeune homme séduisant et intelligent qui a dû très tôt apprendre à être prudent. Il avait une mère prête à sacrifier son propre bonheur pour lui donner les meilleures chances de réussir. Dieu merci, elle est morte. Quoi qu'il arrive, elle ne le verra pas.

Son visage reflétait ses émotions.

— Le beau-père est mort aussi. Bon débarras. Sidney n'entretient pas de relations avec ses demi-frères. Ils ne sont pas dans le service diplomatique, mais dans le commerce. L'argent. Quelque chose comme ça. Tous les trois. Sidney est apprécié. À Washington, il a travaillé de près avec un certain Armitage qui parle de lui en termes élogieux. C'est lui qui a fait sortir Sidney du pays avant que le scandale n'éclate.

— Et le détournement ? s'enquit Daniel. Sidney doit avoir des moyens limités. Je suppose que son beau-père n'a guère été généreux avec lui ?

— Non, en effet. Radin comme pas deux. Pour autant que je puisse en juger, il n'a pas été plus prodigue avec ses fils. Mais Sidney a l'habitude de vivre frugalement et je n'ai trouvé aucune trace de dettes envers quiconque. Il est toujours doué pour les cartes, boit avec modération. Je vais continuer à creuser. Combien de temps avons-nous avant le procès ?

— Je l'ignore, avoua Daniel. Très peu de temps, je crois. Les Thorwood sont en Grande-Bretagne pour régler la succession de leur tante, mais cela ne prendra pas très longtemps. Je présume qu'ils vont peser de tout leur poids diplomatique pour que les choses aillent vite. Ils sont fortunés et respectés.

— Et votre beau-frère ?

— Il est ici pour quatre semaines, à moins qu'il n'y ait une raison pour que la police de Washington le laisse rester davantage…

Les harengs étaient prêts, mais Daniel s'aperçut qu'il n'en avait plus envie. Il ne voulait pas être mêlé à cette affaire, que ce fût pour l'accusation ou pour la défense. Il était douloureux de voir la trajectoire d'une vie, sa chute, quel que fût le responsable. Parfois, un procès était un combat pour la justice. D'autres fois, c'était simplement une tragédie. Cette affaire semblait appartenir à la seconde catégorie. Pourtant, il ne pouvait décevoir Patrick maintenant ni, surtout, Jemima, qui prendrait le parti de Patrick en tout, et qui était l'amie de Rebecca.

— Merci, dit-il, se demandant comment il allait réussir à manger le hareng.

5

Demander à Kitteridge de défendre Philip Sidney fut l'un des moments les plus difficiles de la vie de Daniel. Cependant, il avait promis à Patrick de le faire, si bien qu'il n'avait pas le choix.

D'ailleurs, s'il se dérobait, Patrick s'adresserait sans doute lui-même à Kitteridge, ce qui ne ferait qu'aggraver les choses à tous points de vue. En outre, que Sidney fût coupable ou innocent, esquiver n'était pas une solution. En somme, Daniel avait le choix entre affronter une situation gênante qui aboutirait peut-être à une fin de non-recevoir, ou être un lâche et prendre la fuite. Alors, plutôt que d'être critiqué par certains, il serait méprisé de tous, y compris de lui-même.

Il toqua à la porte de Kitteridge. Dès qu'il entendit la réponse, il entra et referma le battant sans bruit.

Son collègue leva les yeux.

— Que s'est-il passé ? demanda-t-il en voyant son expression.

Daniel prit place en face de lui. Il ne servait à rien d'essayer d'être subtil ni de tourner autour du pot.

— La police a arrêté Sidney pour avoir détourné des fonds pendant qu'il était en poste à Washington. Il a été inculpé et Patrick m'a demandé de le défendre. Ce qui est absurde. Je ne suis pas compétent pour… pas encore… Sidney s'en rendrait compte. Il chercherait un autre avocat, si ce n'est pas déjà chose faite, et nous perdrions tout contrôle sur la situation.

Kitteridge haussa les sourcils.

— Parce que nous contrôlons quelque chose dans cette fichue affaire ? Cela m'avait échappé.

— Non, mais cela peut changer.

Daniel avait conscience de s'avancer un peu, toutefois cela deviendrait évident qu'il le dise ou non.

— Si nous le défendons, nous avons autant de contrôle que n'importe qui en a jamais…

— On a le contrôle si on connaît tous les éléments du dossier et qu'ils indiquent que le client est innocent, asséna Kitteridge froidement. Et mieux encore, qu'ils prouvent la culpabilité de quelqu'un d'autre. Nous ne savons même pas si de telles preuves existent. Nous n'en avons vu aucune et nous ignorons si le client est coupable ou non. En revanche, nous le croyons coupable d'un délit bien plus grave, dont il n'est accusé que par le bouche à oreille répandu par la famille de la victime et, loin de le défendre, nous voulons en réalité dénoncer son méfait. Une affaire splendide, Pitt ! Y a-t-il autre chose que vous auriez omis et qui pourrait la rendre pire ? Oh ! Oui, j'ai oublié de préciser que les accusateurs sont des étrangers, qui ne vont séjourner ici qu'un mois environ et que la moitié de votre famille est impliquée, et qu'elle ne compte pas non plus rester plus d'un mois ! Enfin, nous ne savons pas si notre client – et par là, je présume que vous voulez dire *mon* client – désire avoir recours à nous. Vous vous êtes surpassé.

— Il… il y a autre chose…

— Balivernes ! Même moi, je ne peux rien imaginer d'autre !

— J'ai demandé à Roman Blackwell de se renseigner un peu sur Sidney. Ses origines, sa réputation, etc.

Kitteridge ferma les yeux.

— Quoi ? demanda-t-il sur un ton exagérément patient.

Il était habitué à ce que Daniel tînt plus que tout à comprendre chaque point de vue, si insignifiant pût-il paraître. Il ne feignait pas d'approuver, mais il savait que cela comptait beaucoup pour lui. Kitteridge pensait que c'était un trait qu'il avait hérité de son père.

— Il semble être un jeune homme exemplaire. Honnête, sympathique, agréable et même drôle…

— Oh, mon Dieu ! grogna Kitteridge. Comment nous sommes-nous fourrés dans ce… ce… fiasco ? Je suppose que Patrick n'a rien d'un mauvais plaisant ?

Daniel songea à la colère de Patrick, et à la foi, plus convaincante encore, que Jemima avait en lui.

— Non, confirma-t-il, malheureux.

— Vous venez de le rencontrer ! lui fit remarquer Kitteridge.

— Mais je connais Jemima depuis toujours. Croyez-vous que je n'aie pas cherché d'issue ?

— Non. Bien sûr que vous avez essayé. Avec trois jours de retard ! Vous auriez dû en trouver une le jour où il a mentionné ce désolant gâchis. Vous êtes trop gentil et trop bête. Plaise au Ciel que Sidney ait déjà un avocat et décline notre offre, mais vous vous rendez compte que si nous acceptons – si j'accepte – ce dossier, je n'aurai pas d'autre choix que d'enquêter avec minutie sur les preuves réunies contre lui ?

— Bien entendu, répondit Daniel avec raideur.

— Je vais vous poser la question maintenant :

êtes-vous sûr que Patrick ne les ait pas fabriquées, ou manipulées pour servir ses fins ?

Daniel était furieux et, surtout, effrayé. Il ne connaissait pas réellement Patrick Flannery. Sa seule certitude était que Jemima l'aimait. C'était son mari, le père de ses enfants. La loyauté exigerait-elle qu'elle le croie, quoi que suggèrent les preuves ?

— Pitt !

— Non, bien sûr que je n'en sais rien. Encore que je ne voie pas comment il aurait pu le faire. Les informations concernant le détournement émanaient de l'ambassade britannique à Washington. Il n'a pas d'entrées là-bas.

— Dans ce cas, comment se les est-il procurées ?

— Il ne les a pas eues ! Pour l'amour du Ciel, c'est la police qui a arrêté Sidney. La police de Londres.

— Je sais que la justice a le bras long, mais de Londres à Washington, cela me paraît un tantinet excessif, pas à vous ? demanda Kitteridge, plus sarcastique encore.

— Thorwood ! s'écria soudain Daniel. Il vient de Washington. Il peut avoir là-bas des relations assez puissantes pour avoir joué un rôle là-dedans.

— C'est vrai, acquiesça Kitteridge, songeur. L'aurait-il fait ?

— Je ne sais pas ! Pourtant, les preuves existent, sinon la police de Londres ne les aurait pas.

— Eh bien, dans ce cas, je ferais mieux de me renseigner.

Kitteridge se leva.

— Je suppose que vous allez vous aussi travailler sur cette affaire, non ? Mieux vaut que nous allions demander à Marcus l'autorisation de poursuivre. Peut-être manqué-je d'imagination et de générosité, mais si

Sidney m'accepte comme avocat, a-t-il de l'argent ? Ou n'avez-vous pas songé à cet aspect prosaïque de la question ?

— Je l'ignore, avoua Daniel en se levant à son tour. De toute façon, s'il n'a pas de quoi nous rémunérer, il n'a pas de quoi payer quelqu'un d'autre non plus, par conséquent il sera reconnaissant de notre aide.

— Pitt, parfois je me dis que vous êtes un parfait imbécile !

Daniel ne trouva pas de réponse à cela. Il s'efforça de penser à un argument rationnel, en vain.

— Eh bien, venez ! lança Kitteridge, debout sur le seuil. Imbécile ou pas, vous n'allez tout de même pas imaginer que je vais aller seul parler à Marcus de cette affaire !

Daniel dut s'avouer que c'était bel et bien ce qu'il s'était figuré. Il avait l'esprit préoccupé à la pensée qu'il avait besoin de Kitteridge, non seulement parce que celui-ci était un excellent avocat, mais aussi parce qu'il était d'une honnêteté sans faille. Il n'éprouvait pas l'envie de mentir, et n'avait pas l'imagination nécessaire pour penser à un mensonge, ou à une série de mensonges au pied levé. Cela avait parfois agacé Daniel, car son collègue pouvait se montrer fastidieux. Et il arrivait à Kitteridge de passer à côté de la vérité lorsqu'elle lui semblait illogique, ou absurde. Cela dit, il avait aussi la capacité de l'accepter quand elle allait contre lui, dût-il faire marche arrière et ravaler ses propres paroles. C'était là une qualité que Daniel admirait sans réserve. Il craignait de ne pas l'avoir acquise ou, du moins, de ne pas reconnaître ses erreurs avec autant de bonne grâce.

— Non, non, bien sûr que non ! s'écria-t-il.

— Vous y avez mis le temps ! rétorqua Kitteridge avec un sourire en coin.

Trois minutes plus tard, ils étaient devant la porte de Marcus fford Croft, l'homme qui avait fondé le cabinet et le dirigeait. Kitteridge toqua sans attendre, sans doute pour ne pas leur donner le temps de réfléchir davantage et de perdre courage.

On répondit aussitôt et ils furent invités à prendre place dans les fauteuils d'ordinaire destinés aux clients. Kitteridge s'assit ; Daniel resta debout. Marcus était d'un âge indéterminé, quelque part entre cinquante-huit et soixante-dix ans. Il était corpulent, et pas très grand. Ses épais cheveux blancs ressemblaient à cet instant précis à une meule de foin en train d'être retournée. Il portait un gilet en velours sur une chemise mauve, et un nœud papillon qui avait peut-être été droit lorsqu'il s'était habillé devant la glace, mais qui était complètement de travers à présent.

— Eh bien ? dit-il, curieux. Qu'avez-vous d'intéressant ? Vous n'allez pas me parler d'un testament ou d'un litige sur bornage, j'espère. Les histoires d'héritage m'ennuient tant que je pourrais en tapisser le Sahara. Alors, cette affaire ! Parlez, Kitteridge ! Pourquoi avez-vous amené Pitt ? Vous aviez besoin de soutien moral ?

Kitteridge se redressa.

— Non, monsieur. C'est son affaire, et il m'a demandé d'y participer en tant que… en tant qu'avocat plus chevronné que lui.

— Il serait difficile de l'être moins, ironisa Marcus. Eh bien, allez-vous me dire de quoi il s'agit ? Ou êtes-vous simplement venu lui tenir la porte ?

Daniel vit se crisper les muscles du visage de Kitteridge alors qu'il parlait.

— Je vais le faire, monsieur, mais vous désirerez peut-être l'interroger pour obtenir des détails supplémentaires.

— Bien entendu. Des détails de quoi, au juste ?

— D'une affaire qui a commencé à Washington, en Amérique, et qui a traversé l'Atlantique, si bien que c'est à nous de réparer les dégâts, commença Kitteridge, parlant trop vite pour empêcher Marcus de l'interrompre, ce qu'il brûlait manifestement de faire. Une agression et un vol ont été commis au domicile d'une famille américaine distinguée. La fille a été dépouillée dans sa chambre, en pleine nuit. Le père affirme avoir vu et reconnu l'intrus. C'était un jeune diplomate, Philip Sidney, en poste à l'ambassade britannique à Washington.

L'air à la fois fasciné et furieux, Marcus attendit la suite.

Kitteridge déglutit. Au bout de cinq ans au sein du cabinet, il y méritait sa place, mais Marcus l'intimidait toujours. Peut-être cela ne changerait-il jamais. Quoique intelligent et travailleur, il avait conscience de ses origines modestes et était mal à l'aise en société.

Daniel se demanda s'il devait intervenir. S'il le faisait, il serait évident qu'il se portait au secours de Kitteridge. Il ne voulait pas donner l'impression de penser que c'était nécessaire.

— Il a invoqué l'immunité diplomatique, expliqua Kitteridge. Et il s'est enfui pour revenir ici.

— Coupable, lâcha Marcus, sur un ton tel que Daniel n'aurait su dire si c'était une question ou une réponse.

— Ce serait sans importance, du moins, du point de vue juridique, reprit Kitteridge, s'il n'avait pas été inculpé de détournement de fonds appartenant à l'ambassade pendant qu'il était en poste.

Marcus se redressa d'un bond.

— Et arrêté ? On va faire son procès ? Pourquoi, pour l'amour du Ciel ? Qu'ils reprennent l'argent et se taisent ! Veulent-ils que le monde entier sache que nous employons de tels… vauriens… pour nous représenter à l'étranger ?

— J'ai peur que Tobias Thorwood ne le permette pas, continua Kitteridge. Pas plus, d'ailleurs, que le policier américain qui voulait l'inculper de vol et d'agression…

— Quoi ? De qui parlez-vous ? Que vient faire cet homme là-dedans ?

— Il est ici à Londres, en vacances chez la famille de son épouse anglaise…

— Kitteridge, est-ce là votre idée d'une plaisanterie ?

Il se tourna vers Daniel.

— Pitt ! Pourquoi restez-vous planté là comme un valet, que diable ?

— Le policier américain dont il est question est le mari de ma sœur, monsieur. C'est par lui que j'ai appris l'affaire. Patrick, mon beau-frère, veut que l'agression et le vol soient révélés au cours du procès.

Marcus étrécit les yeux.

— Envisagez-vous ce que je pense, Pitt ?

Daniel prit une profonde inspiration.

— Oui, monsieur.

— Est-il fiable, votre beau-frère ? Et épargnez-moi les sophismes. J'en sais plus long que vous à ce sujet, et ce, depuis bien avant votre naissance !

— Oui, monsieur. Je ne sais pas. Je me suis renseigné au sujet de Sidney. Il jouit d'une excellente réputation…

— Qui le dit ? Non ! Ne répondez pas ! Je ne veux pas connaître vos sources, surtout si elles s'appellent Blackwell. Bref, vous êtes tiraillé entre votre loyauté envers votre famille et la dure vérité ? Vous connaissez votre sœur, mais je devine que vous ne pouvez pas en dire autant de votre beau-frère. Et puisqu'il est américain, il est peu probable que ce soit le cas. C'est bien ça ?

Marcus arqua ses sourcils blancs.

— Puis-je aller jusqu'à présumer que vous avez eu le bon sens de laisser votre père en dehors de tout cela ? Votre sœur a-t-elle autant de bon sens ?

— Oui, monsieur. Pour autant que je le sache, Jemima n'a pas parlé à mon père et je ne crois pas qu'elle le fasse.

— C'est le seul point positif dans cette affaire, à ce qu'il me semble. Pourquoi faites-vous cela ? Pour protéger votre sœur ?

Daniel sut qu'il ne gagnerait rien à dire autre chose que la vérité. Plus ou moins que cela et il s'en mordrait les doigts, douloureusement sans doute, fatalement peut-être.

— Pour commencer, je voulais aider Patrick, répondit-il. Et j'étais furieux et honteux qu'un Anglais se soit comporté ainsi à l'étranger. Je voulais réparer le tort que cet homme avait causé.

— Vous parlez au passé. Qu'en est-il aujourd'hui ?

— Je donnerais cher pour ne rien savoir de tout cela.

L'ombre d'un sourire traversa le visage de Marcus.

— Je crois que c'est là la vérité sans fard, même si elle ne vous sert à rien désormais. Que vous proposez-vous de faire ?

— De défendre Sidney, s'il nous accepte.

— Par « nous », vous voulez dire Kitteridge, avec votre assistance ?

— Oui, monsieur.

— Pour aboutir à quoi ? De quelle utilité une affaire aussi douteuse peut-elle être à fford Croft et Gibson ? Sidney est peut-être innocent du détournement, et c'est cette accusation qui fait l'objet du procès.

— Pour découvrir la vérité. Soit il a fait ce dont Thorwood l'accuse, soit non. Et bien sûr, pour le défendre de l'accusation de détournement, monsieur.

— Dieu nous vienne en aide ! Nous sommes des avocats, pas des croisés, Pitt. Je suppose que le mieux que nous puissions espérer serait que Sidney refuse votre concours ! C'est peu probable. Ce cabinet est le meilleur de Londres pour les cas désespérés. Vous avez pu le constater avec votre dernière aventure. Eh bien, ne restez pas là ! Occupez-vous-en ! J'imagine que vous ne pourrez rien faire d'autre tant que ce ne sera pas terminé.

— Non, monsieur.

— Vous voulez dire : « oui, monsieur » ?

Daniel le dévisagea sans comprendre.

Soudain Marcus sourit jusqu'aux oreilles.

— Un autre nœud gordien ! Vous n'êtes jamais ennuyeux, Pitt, on peut au moins vous accorder cela. Maintenant, sortez !

— Oui, monsieur !

6

Jemima savourait ces journées passées auprès de sa famille, à explorer les vieux quartiers de Londres, s'arrêtant ici et là pour lire les plaques commémorant les hommes et femmes célèbres qui y avaient vécu. Charlotte, qui avait fait des recherches, expliquait à Patrick et, par conséquent, à la cantonade, qui ils étaient. Elle avait emprunté un landau pour Sophie, tandis que Pitt insistait pour porter Cassie sur ses épaules. Celle-ci adorait l'attention dont elle bénéficiait et répétait une grande partie des propos de Charlotte, dans son langage d'enfant. Patrick observait. Cela lui coûtait de ne pas reprendre possession de sa fille. Jemima lui souriait et chantait ses louanges in petto.

Ils jouaient aussi à des jeux simples auxquels Cassie pouvait participer, et riaient beaucoup. Ils préparaient des pique-niques à emporter et déjeunaient sur l'herbe.

Patrick passait presque tout son temps avec eux. Charlotte était entièrement sous le charme de ses petites-filles et avide de détails sur la vie de Jemima en Amérique. Pitt ne travaillait que par intermittence, lorsqu'il se sentait coupable de ne pas aller au bureau. N'ayant pas de questions urgentes à traiter, il pouvait sans problème déléguer les affaires courantes à ses subordonnés. Par conséquent, ce fut seulement après un dîner tardif auquel Daniel s'était joint, lorsqu'ils montèrent enfin se coucher, que Patrick eut enfin la possibilité de parler à Jemima en tête à tête.

— J'attendais d'avoir un moment pour te mettre au courant, dit-il en tirant les rideaux.

— De quoi ? demanda-t-elle.

Elle n'avait rien saisi de particulier dans sa voix. Pourtant, en le regardant, elle prit conscience de la tension qui l'habitait, depuis des heures peut-être, sans qu'elle s'en fût aperçue. L'avait-elle négligé, étant trop occupée à bavarder avec des membres de sa famille qu'il ne connaissait pas ? Elle s'en voulut. Elle avait beau se persuader de n'avoir aucun désir de rester à Londres, elle s'y sentait bien, et certaines choses lui avaient manqué, même si, en soi, elles étaient insignifiantes : les petits gâteaux au chocolat, les pâtés à la viande, la vue des casques des policiers, si caractéristiques. Les boîtes aux lettres rouges ; traverser la rue sans avoir à se demander si les voitures venaient de la gauche ou de la droite.

C'était la première fois que Patrick quittait l'Amérique. Il devait se sentir aussi désorienté qu'elle l'avait été là-bas au début. Cela ne lui était pas venu à l'esprit et elle le regrettait. Elle sourit et lui accorda toute son attention.

— Merci d'avoir été si patient pendant que j'écoutais les nouvelles de tante Emily et de toutes les autres personnes dont je parle mais que tu n'as pas encore rencontrées.

Il se détendit un peu.

— Je suppose que c'est ma famille aussi, maintenant. Tout comme tante Bridget est la tienne !

Son sourire s'élargit.

— Et l'oncle Cormac.

— Qui est l'oncle Cormac ? demanda-t-elle, perplexe.

Elle n'aurait pas pu oublier la tante Bridget, l'eût-elle souhaité.

— Un plaisir en réserve.

Son sourire se tordit légèrement et se teinta de regret.

— Je voulais te dire que Sidney avait été arrêté pour détournement de fonds à l'ambassade britannique de Washington. Techniquement, elle fait partie du territoire britannique, par conséquent il peut être jugé ici.

— Détournement de fonds ? En es-tu sûr ?

— Bien sûr que oui !

— Comment le sais-tu ?

— Crois-tu qu'il ne s'abaisserait pas à un tel acte ? demanda-t-il, une ombre sur le visage.

— Non, bien sûr que non !

Elle perçut une sécheresse dans sa voix qu'elle n'avait pas eu l'intention d'y mettre, du moins pas au point de l'entendre.

— Je ne le croyais pas assez stupide pour faire une chose pareille à l'ambassade et être pris la main dans le sac !

— Peut-être qu'il avait prévu de faire le ménage pour que tout passe inaperçu, mais qu'il n'en a pas eu le temps, suggéra Patrick. Il est parti plutôt précipitamment. Il n'avait pas le choix. Il est évident qu'il ne s'attendait pas à être découvert, ajouta-t-il avec une pointe de mépris. Un salopard arrogant. Les gens ne cachent rien s'ils s'imaginent ne jamais devoir payer. Beaucoup d'entre eux ne sont pas aussi intelligents qu'ils le pensent.

— C'est le serpent qui se mord la queue.

Elle regretta aussitôt ses paroles, mais il était trop tard pour les retirer.

— Qu'est-ce que ça signifie ?

— Que ceux que tu arrêtes ne sont pas très intelligents. S'ils l'étaient, tu ne les aurais pas arrêtés.

— Et la police britannique l'aurait fait ?

— Personne ne le ferait. Personne ne sait rien d'eux.

— Et comment se fait-il que toi, tu sois au courant de leur existence ?

— Je ne… ! Tu essaies de…

Elle se tut. La conversation ne pouvait qu'empirer.

— Que vas-tu faire au sujet de Sidney ?

— J'ai demandé à Daniel de le défendre.

Il ignora son expression stupéfaite et son ébauche de protestation.

— Il affirme ne pas être assez expérimenté, et je dois l'accepter, mais il dit qu'il va demander à Kitteridge de le faire et que c'est quelqu'un de très compétent.

Jemima ouvrit la bouche pour affirmer que Daniel aussi, puis se rendit compte que sa réaction était puérile et qu'elle était sur la défensive. Patrick avait raison. Elle était juste blessée qu'un Anglais, qui portait le nom d'un des héros de son enfance, eût pu les décevoir tous aussi cruellement. Comme c'était simpliste de sa part ! Comme elle était chauvine ! Cela lui manquait tant de ne pas se sentir tout à fait intégrée dans une communauté ! Il était bien plus facile de ne pas avoir à réfléchir pour tout, et surtout, de ne pas être différente.

— Jem ?

Elle se força à sourire.

— D'accord. Daniel va-t-il t'aider à obtenir le résultat que tu veux ? Cela ne sera pas facile.

— Cela compte pour Daniel, assura Patrick. Il pense comme moi que ce qu'il a fait est horrible. Et comme toi ! N'est-ce pas ?

Il la défiait de nouveau.

— Bien sûr que oui ! Je… je ne suis pas certaine que les choses se déroulent de la manière que nous espérons, voilà tout.

Soudain, elle se sentit effrayée, glacée, même, en pensant à tout ce qui pouvait mal tourner. Patrick finirait-il par souffrir plus qu'aucun sentiment de justice ou de vengeance n'en valait la peine ?

— Patrick, plus que tout au monde, je veux qu'il ne t'arrive rien.

La colère s'effaça de son visage, comme emportée par une marée.

— Jem, je ne vais rien faire de mal, ni de stupide. Toi et les filles êtes ce qui m'est le plus cher ! Mais quel respect aurais-tu pour moi, et moi pour moi-même, si je laissais commettre une injustice sans tenter tout ce que je peux dans le cadre de la loi pour la réparer ?

Il lui effleura tendrement les cheveux.

— Si ç'avait été toi au lieu de Rebecca, t'attendrais-tu à ce que je reste les bras ballants ? Si c'était Cassie ou Sophie, je voudrais tuer cet homme, et toi aussi ! Ne me dis pas le contraire.

— Je voudrais que tu penses à elle d'abord.

Le frémissement qu'elle entendait dans sa propre voix exaspéra Jemima. Elle se fit violence pour ravaler son émotion.

— La solution qui paraît évidente de prime abord n'est pas pour autant la plus souhaitable en fin de compte. On veut se venger, mais il faut penser plus loin que le lendemain, ou même la semaine prochaine ou le mois prochain.

— Je croirais entendre ma mère.

— J'aime bien ta mère !

— Moi aussi, même si je ne suis pas toujours d'accord avec elle. Il ne s'agit pas de vengeance ici, mais de justice, et d'empêcher qu'un incident similaire, ou plus grave encore, ne se produise. Et si Tobias ne l'avait pas entendue crier ? Qu'aurait fait Sidney s'il n'avait pas été dérangé ? As-tu pris cela en compte ?

Elle n'y avait pas réfléchi, mais la question ne se résumait pas à cela.

— Peut-être rien.

— Oh ! Vraiment, tu peux faire mieux, lança-t-il, dégoûté.

— On ne peut pas condamner un homme pour ce qu'on imagine qu'il aurait pu faire.

Sa voix était raisonnable et plus froide qu'elle ne l'aurait voulu. Elle ne songeait pas à une éventuelle future victime, elle pensait à Rebecca, aux regards et aux ricanements auxquels elle serait confrontée. Aux sous-entendus à peine voilés. Aux conversations qui s'arrêteraient brusquement lorsqu'elle apparaîtrait. Au jeune homme dont elle pourrait tomber amoureuse, et qui se demanderait toujours si ç'avait été un rendez-vous galant où elle avait changé d'avis. Elle ne serait pas la première femme à lancer de fausses accusations pour mettre fin à une liaison librement consentie au début.

Jemima la croyait, mais elle savait que ce ne serait pas le cas de tout le monde. Rebecca était jolie. Jeune, intelligente, spirituelle. Elle allait hériter d'un grand pouvoir et d'une immense fortune. En dépit de toutes ses qualités, elle ne serait jamais dépourvue d'ennemis. Patrick ne s'en rendait-il pas compte ? Il appartenait à une couche de la société qui n'avait ni assez de temps ni assez d'argent pour se prêter à de telles considérations. On dit que l'oisiveté est mère de tous les vices ; les commérages en faisaient partie.

— Je pense simplement que nous ne devrions pas

décider de tout à sa place, comme si elle n'était pas assez intelligente ou assez courageuse pour le faire elle-même, dit-elle enfin. Maintenant, je t'en prie, n'en parlons plus. Que vas-tu faire demain ?

— Je sais ce que je vais faire ce soir, répondit-il en l'attirant plus près.

— Ah oui ?

— Ah oui !

Rieuse, elle se glissa volontiers dans ses bras, soudain immensément soulagée.

Le lendemain matin, Jemima se leva de bonne heure, avant que Patrick ne fût réveillé, enfila un peignoir emprunté à sa mère et descendit sans bruit l'escalier. Daniel était assis à la table de la salle à manger. Le dîner s'étant terminé tard, il s'était laissé persuader de passer la nuit dans son ancienne chambre.

Il leva les yeux à son entrée.

— Bonjour, dit-il, visiblement surpris de la voir. Tu sors ?

— Non. Du moins, pas encore. Ce thé est encore chaud ?

— En veux-tu ?

— S'il te plaît.

Elle prit une tasse et une soucoupe parmi celles qui étaient posées au bout de la table et laissa Daniel la servir. Il avait mangé son plat chaud et en était au pain grillé et à la marmelade. Il versa d'abord le lait dans la tasse, puis le thé, sans le lui demander. Il savait comment elle l'aimait et présumait que cela n'avait pas changé. C'était pourtant le cas, mais elle s'abstint de le mentionner.

— Merci. Je suis descendue parce que je voulais te parler avant que tu partes.

Occupé à étaler du beurre sur une tranche de pain grillé, il se figea.

— Ah bon ?

Elle sourit.

— Ce n'est pas si grave. Patrick m'a appris que Sidney avait été accusé de détournement de fonds et que Kitteridge et toi alliez le défendre.

Ce n'était pas vraiment une question, mais elle en donnait l'impression.

— Oui… répondit Daniel, sur ses gardes.

Elle lisait l'appréhension sur son visage. Elle lisait en lui comme dans un livre ouvert. Il ne se rendait pas compte à quel point ses émotions se reflétaient sur ses traits, et surtout dans son regard.

— Tout ce que je te demande, c'est d'aller voir Sidney aussi. Je veux dire, ne laisse pas Kitteridge y aller seul. Il faut t'assurer que cette affaire est juste, que tu fais ce qu'il faut faire…

Elle s'interrompit. Ce qu'elle voulait dire en fait, c'était « ne te laisse pas entraîner par les émotions de Patrick », mais elle n'était pas prête à s'exprimer aussi ouvertement. Comment être sûre qu'il comprendrait ?

Il la regarda et secoua la tête.

— Arrête. Je serai toujours plus jeune que toi, mais cela pèse de moins en moins au fil des années. Bien sûr que je vais aller voir Sidney. Je te le promets.

Il prit une profonde inspiration.

— Jem, sais-tu quelque chose que tu ne me dis pas ?

— Non !

Elle le dévisagea, frappée par la gravité de son expression, les minuscules rides de tension autour de ses yeux. Il lui semblait toujours si jeune. Elle voyait le garçon qu'il avait été sans même avoir besoin de le chercher, reconnaissait l'épi familier au sommet de son crâne.

— Je suis moins certaine que Patrick que la révélation au grand jour de ce qui s'est passé soit souhaitable pour Rebecca, voilà tout. Je ne sais pas ce qu'elle désire, mais j'ai l'intention de lui poser la question.

— Sais-tu quelque chose que j'ignore ? insista-t-il, soupçonneux.

Elle éclata de rire.

— Mon chou ! Bien sûr que oui ! Je sais cent choses que tu ignores et que tu ignoreras sans doute toujours ! Je suis une femme…

— Oui. Je l'ai remarqué il y a une bonne vingtaine d'années, ironisa-t-il. Cela ne veut pas dire grand-chose !

— Si ! Tu me donnes envie de prononcer des mots qui feraient se dresser les cheveux sur la tête de mère ! Les hommes peuvent régir les choses, les gens, les événements. Les femmes doivent persuader, comprendre, voire manipuler un peu…

— Jamais ! s'écria-t-il aussitôt, réprimant non sans mal un éclat de rire. Tout de même pas toi ? Manipuler ? Mère serait atterrée !

Elle lui jeta une tranche de pain grillé et fit mouche, parce qu'il s'était penché du mauvais côté pour esquiver. Dieu merci, il se contenta d'éclater de rire.

— Très subtil ! commenta-t-il lorsqu'il eut cessé de rire et essuyé le beurre sur sa joue. Et manipulateur.

Il ramassa le pain tombé sur le sol.

— Tu es la seule personne de ma connaissance qui soit capable de réussir ce tour-là : lancer un toast et le faire atterrir du côté qui n'est pas beurré.

Il avait dit cela comme s'il s'agissait d'un exploit. Puis, soudain, il redevint grave.

— Jem, bien sûr que je vais me renseigner sérieusement, très sérieusement. J'ai conscience de ce qui est en jeu. Obtenir justice pour Philip Sidney, quoi que cela signifie. Il est peut-être innocent. Dans un cas comme dans l'autre, il faudra fournir des preuves. Et obtenir justice aussi pour Rebecca dans la mesure du possible, mais seulement si elle comprend ce que cela entraîne. La justice légale n'est pas la même chose que le jugement du public. Je veux m'assurer qu'elle le sait. Sidney doit être jugé pour détournement, mais il n'est pas trop tard pour passer l'agression sous silence. En revanche, une fois cela devenu public, on ne peut plus revenir en arrière. Nous devons être certains qu'elle en a conscience. Et sans doute, le plus important pour nous – pour toi et pour moi –, c'est que Patrick n'ait rien fait qui puisse ressembler à une vengeance personnelle, ni tenté de faire pression sur la police pour obtenir d'un tribunal anglais une condamnation qui aurait été impossible à Washington, lieu du délit. Je sais tout cela, et je veillerai à ce qu'il le sache aussi. J'aime gagner, mais pas aux dépens de mes clients et en aucun cas aux dépens de ma sœur.

Au grand dam de Jemima, elle sentit ses yeux s'emplir de larmes.

— Je sais, dit-elle d'une voix rauque. Je suis désolée. Je… j'ai peur.

Il eut un sourire teinté de regret.

— Bien. Cela veut dire que tu vas réfléchir avant d'agir, sauf avec le pain grillé. Ou alors tu es plus fine que je ne le pensais ? Est-ce que je viens de me faire manipuler ?

— Non ! Bien sûr que non ! protesta-t-elle, horrifiée. Comment peux-tu…

Elle se tut, car il riait de bon cœur.

— Oh !

Jemima le regarda, impressionnée par le changement intervenu en lui depuis qu'elle était partie. Il avait tant mûri !

Elle lui rendit son sourire.

7

Plus tard dans la matinée, lorsqu'elle jugea qu'était venue l'heure des visites de courtoisie, Jemima alla voir Rebecca. Avec des amis qui n'étaient pas des intimes, on se devait d'observer certains usages. Elle aurait pu s'en dispenser s'il n'y avait eu que Rebecca, mais pas avec Bernadette et Tobias Thorwood, qui risquaient fort d'être présents.

Elle passa en revue avec soin les quelques tenues qu'elle avait apportées avant d'opter pour une robe d'un bleu-vert délicat, une couleur qui lui seyait à merveille, et surtout dont la coupe élégante, à la dernière mode, était très flatteuse, en particulier pour quelqu'un d'aussi svelte. Elle se trouvait gracieuse et souriait en marchant.

Les Thorwood étaient descendus pour un mois dans un des meilleurs hôtels de Londres, où une seule nuit aurait été au-dessus des moyens de Jemima, mais comme elle n'avait nul désir d'y séjourner, elle ne ressentait pas la moindre pointe d'envie.

On la conduisit à leur suite, où Bernadette l'accueillit avec une certaine gêne. Tobias n'était pas là, et elle se préparait elle-même à rendre visite à une vieille connaissance. Jemima ne pouvait déchiffrer son visage au teint lisse comme de l'émail. Âgée d'un peu plus de quarante ans, elle s'était mariée jeune, et avait eu sa fille unique l'année suivante. Elle portait avec beaucoup de grâce une lourde robe de soie et une ample veste dernier cri qui mettaient en valeur sa silhouette élancée et délicate. Si son épaisse chevelure était d'un châtain ordinaire, elle possédait en revanche des yeux remarquables, d'un vert très clair, assez fascinants.

Rebecca, mince et pâle, se tenait à côté d'elle. Seul son regard révélait le plaisir qu'elle éprouvait à voir Jemima.

Bernadette prit aussitôt le contrôle de la situation.

— Comme c'est gentil à vous de nous rendre visite, Mrs. Flannery, dit-elle avec un sourire dénué de chaleur. Bien sûr ! Vous êtes née ici, n'est-ce pas ? Votre famille va bien ?

— Oui, je vous remercie. Trouvez-vous Londres plaisant ? demanda alors Jemima.

Cette conversation était ridicule, compte tenu de ce qu'elles savaient toutes les deux.

— Aussi plaisant que possible, répondit Bernadette. Si l'on considère ce qui nous amène ici.

La tension se lut momentanément sur son visage, mais elle la refoula très vite.

— Je suis sûre que nous reviendrons, et que ce sera très agréable.

— Je suis navrée…

Jemima, qui s'était sentie obligée de s'excuser, s'en voulait déjà.

— Vous n'y êtes pour rien, ma chère, rétorqua Bernadette. Elle avait plus de soixante-dix ans.

La perplexité de Jemima dut être manifeste, car son hôtesse précisa :

— La marraine de Rebecca, May Trelawny, expliqua-t-elle sur un ton patient. Elle est décédée. Elle n'avait pas d'enfants. C'est notre triste devoir que de régler sa succession.

Jemima jeta un rapide regard à Rebecca et lut un profond chagrin sur ses traits, mais aussi autre chose : une sorte d'indécision, de malaise. Pour sa part, elle ne voyait pas comment se rattraper. Se refusant à se ridiculiser, elle n'essaya même pas. Elle ne ferait qu'attirer l'attention sur sa maladresse, et elle était certaine que Rebecca ne le désirait pas.

— Je suis désolée, dit-elle. Je m'inquiétais pour Rebecca, si bien que, l'espace d'un moment, j'avais oublié le décès de Miss Trelawny. Je suis venue voir Rebecca. Je me rappelle la gentillesse que vous m'avez témoignée lors de mon arrivée à Washington. J'aimerais lui montrer la même amitié et lui faire découvrir certains lieux charmants et méconnus de Londres. Nous pourrions faire une promenade dans un des parcs, par exemple. Nous ne serions que toutes les deux…

— Je doute qu'elle en ait envie, mais c'était généreux de votre part de le proposer, répondit Bernadette.

De toute évidence, elle lui donnait son congé, bien que sa fille fût debout à côté d'elle.

Jemima réfléchissait à toute allure, s'efforçant de décider si elle devait mentionner l'arrestation de Philip Sidney. Bernadette était-elle au courant ? Tobias sans doute, mais peut-être ne le lui avait-il rien dit. Ce qui signifiait sans doute qu'il n'en avait pas parlé à Rebecca non plus. Cela troublait profondément Jemima. Allaient-ils mener une enquête sans lui demander son avis ? Le procès allait avoir lieu en Angleterre, et elle quitterait le pays dès qu'elle aurait apporté son témoignage. Serait-elle d'ailleurs appelée à témoigner ? Ou tout se passerait-il autour d'elle, sans qu'elle fût jamais vue ni entendue, comme si elle était une enfant ? Une telle approche était-elle réellement dans son intérêt ?

Tout en Jemima se rebellait à cette pensée, mais ce n'était pas d'elle qu'il s'agissait.

Rebecca ne pourrait livrer son expérience, ni nier les faussetés qui pourraient être racontées à son propos ! Et si Sidney était le genre d'homme capable de s'introduire en pleine nuit dans sa chambre, de lui arracher le pendentif qu'elle avait autour du cou et de l'agresser, il n'aurait à l'évidence aucun scrupule à mentir.

— Êtes-vous sûre… commença-t-elle.

Bernadette arqua les sourcils, et un pli se forma sur son front parfait. Elle n'était pas habituée à ce qu'on mît en question son opinion ou ses désirs.

Jemima réagit peut-être d'autant plus farouchement. Elle pivota aussitôt vers Rebecca et lui sourit.

— Êtes-vous sûre que vous allez assez bien pour faire une promenade ? Vous semblez encore très fatiguée… Mais je vous promets que nous n'irons pas loin…

— C'est un moment idéal pour se promener, et je serais ravie de prendre l'air, déclara Rebecca. Vos parcs sont si magnifiques. Je m'habille tout de suite. Je serai prête dans dix minutes. Si nous allions déjeuner quelque part ? Il est un peu tard pour prendre le petit déjeuner, mais je n'ai rien mangé depuis une éternité.

Sans attendre la réponse de Jemima ni donner à sa mère le temps de protester, elle se dirigea vers sa chambre et disparut derrière la porte close.

Bernadette s'inclina d'assez bonne grâce et recommanda à Jemima de veiller sur sa fille. Après quoi, elle s'excusa et alla se préparer à partir en visite.

Jemima et Rebecca prirent le chemin de Hyde Park, situé à quelques centaines de mètres de l'hôtel. Le soleil était vif et chaud, les roses entamaient leur seconde floraison. Les parterres bien entretenus débordaient de fleurs éclatantes, delphiniums élancés, sauge bleue et rouge, pensées de toutes les couleurs imaginables. Le gazon fraîchement tondu exhalait une délicieuse odeur.

La brise soufflait, légère, sur l'allée tantôt ensoleillée, tantôt ombragée. Elles entendaient des rires au loin, des cris d'enfants qui jouaient, le crissement du gravier sous leurs pas.

Jemima regarda Rebecca à la dérobée. Elle était vraiment très pâle, beaucoup plus que sa mère. En partie parce que ses cheveux étaient plus blonds et ses yeux d'un vert moins prononcé, plutôt aigue-marine, mais surtout parce que sa peau paraissait presque exsangue ; des cernes violets sous ses yeux trahissaient un manque de sommeil. Il répugnait à Jemima d'évoquer l'affaire. Toutefois, si elle s'en abstenait, ce ne serait pas par compassion, mais par lâcheté.

— Rebecca… ?

— Qu'y a-t-il ?

Son visage était plein d'appréhension.

Jemima hésita. Cette conversation était-elle nécessaire ? Oui.

— Vous a-t-on dit que Philip Sidney avait été arrêté pour détournement de fonds ?

Rebecca se figea et devint plus pâle encore.

Jemima resserra sa prise sur le bras de la jeune fille.

— Apparemment, ce détournement aurait eu lieu durant son séjour à l'ambassade de Grande-Bretagne à Washington.

Rebecca paraissait interdite.

— En êtes-vous sûre ?

L'imagination de Jemima s'emballa aussitôt. Elle se rendit compte qu'elle avait pensé que Tobias Thorwood était peut-être à l'origine des accusations : soit elles étaient fondées, soit elles avaient été imaginées dans le but de traîner Sidney devant un tribunal, et elle comprenait à présent qu'elle avait cru à la seconde possibilité. Elle s'inquiétait pour Patrick : jusqu'où irait-il pour aider Rebecca ? Comment au juste avait-il appris l'existence du détournement ? Cette accusation avait-elle été inventée de toutes pièces, sur ordre de Tobias ? Avait-on demandé à Rebecca ce qui s'était passé précisément, si elle était certaine que c'était Sidney qui avait pénétré dans sa chambre ? Au-delà du verdict, au-delà de leur vengeance, les Thorwood avaient-ils pensé aux conséquences que tout cela aurait sur leur fille ?

— Votre père ne vous l'a pas dit ?

— Non ! Comment l'avez-vous su ?

Rebecca frissonnait malgré la chaleur du soleil.

— Patrick nous a appris que la police l'avait arrêté. Il a demandé à mon frère s'il pouvait le défendre.

— Le défendre !

Rebecca avait élevé la voix et semblait au bord de la crise de nerfs. Elle tremblait, debout au milieu de l'allée, sur le point de perdre tout contrôle d'elle-même. Pourtant, son émotion n'était due ni à la colère ni à un désir de vengeance. C'était un mélange d'indignation et de terreur, et aussi, sans doute, de chagrin pour May Trelawny.

Jemima la prit par les épaules.

— Pas comme vous le croyez ! dit-elle d'une voix forte. Il s'agit seulement de le défendre de l'accusation de détournement de fonds pour qu'il y ait un procès en bonne et due forme, où toutes sortes de questions seront posées. Mais commençons par le plus important : voulez-vous faire cela ?

— Quoi ?

Rebecca avait parlé plus calmement, mais elle avait toujours l'air d'être prise au piège.

— Faire quoi ? Je... j'ignore tout de ce qui se passe.

— Votre père veut...

Jemima s'interrompit, se souvenant qu'elle ne savait cela que parce que Patrick le lui avait rapporté.

— Je crois que votre père veut que Sidney soit accusé d'un délit commis en Angleterre, ou du moins, pour lequel il puisse être jugé ici, de sorte que le vol du pendentif et l'agression perpétrée contre vous puissent être mentionnés et que l'acte de Sidney soit rendu public.

— Mais cela n'a rien à voir avec le détournement, protesta Rebecca. À supposer que celui-ci ait eu lieu !

— Je sais, mais un avocat compétent peut introduire toutes sortes d'éléments dans un procès, et cela sans même avoir besoin de fournir des preuves. Si tout le monde est au courant, puisque le procès sera ouvert au public, Sidney sera déshonoré de toute façon. Et... vous recouvrerez peut-être le pendentif de May Trelawny.

Rebecca resta un long moment silencieuse. Enfin, elle pivota et se remit à marcher, contemplant le gravier à ses pieds.

Jemima la rattrapa et régla son allure sur la sienne.

— Je suis désolée, mais j'ai pensé que je devais vous avertir. Ce devrait être à vous de décider si vous voulez l'accuser du vol ou non.

— Mon père affirme que je me sentirai mieux si je rends l'affaire publique...

— C'est possible, mais vous devrez aussi vivre avec le fait que les autres savent ce qui s'est passé. Est-ce là ce que vous désirez ?

— Non, avoua Rebecca très vite. J'avais peur. Il a été… si… brutal ! C'était comme s'il me haïssait… et me méprisait… je me suis sentie très seule, parce que je l'aimais bien.

— Aviez-vous repoussé ses avances ? demanda Jemima, s'efforçant de trouver une raison susceptible d'expliquer le brusque revirement de Sidney. Ou a-t-il pu agir par cupidité ? Le pendentif vaut-il beaucoup d'argent ?

— Il n'a de valeur qu'à mes yeux. J'aimais beaucoup tante May et je ne l'aurais jamais dit à personne, mais ce n'était même pas un vrai diamant. C'était du cristal.

Si Sidney l'avait su, songea Jemima, il aurait peut-être agi moins impulsivement.

— Sidney vous a-t-il dit quoi que ce soit ? L'avez-vous repoussé ? Vous ne m'avez pas vraiment répondu.

— Non. Je… il me plaisait. Il était plutôt timide malgré son sens de l'humour. Je…

Ses yeux s'emplirent de larmes, et elle dut s'arrêter pour chercher de quoi se moucher, ce qu'elle fit avec une grande discrétion avant de remettre le carré de tissu dans son sac.

— C'est cela aussi. Je me suis sentie très bête ! Je me suis complètement trompée à son sujet. Si je suis incapable de faire la différence entre une brute et un homme qui me semble digne d'affection et de confiance, un homme dont… je pourrais même tomber amoureuse… je dois être une parfaite imbécile !

— Vous êtes comme nous tous, dit Jemima gentiment. Est-il possible qu'il ait su que vous aviez un faible pour lui et qu'il se soit mépris…

Elle se tut. Il n'y avait pas de manière convenable d'achever sa question.

Rebecca parut amusée, et Jemima l'en apprécia d'autant plus. Elle aurait si facilement pu se mettre en colère.

— Vous voulez savoir si je l'ai encouragé ? Non. Je l'aimais bien. C'est tout. Je manque d'expérience, sans doute, mais je ne suis pas totalement naïve.

— Je suis désolée… Je…

— Je sais, dit Rebecca très vite en posant la main sur le bras de Jemima. Je vous en prie, n'essayez pas davantage de vous justifier. Vous ne feriez qu'aggraver la situation. Il faut savoir s'arrêter de jouer à temps.

— Je devrais m'en souvenir, admit Jemima à regret. Et vous êtes sûre que c'était Philip Sidney ?

— Non. Je n'en ai pas la moindre idée, sauf que cet homme était de la même taille que lui et qu'il avait la même couleur de cheveux. C'est mon père qui l'a vu dans le couloir, l'espace d'un instant. Il est difficile de se remémorer les traits d'un inconnu avec assez de précision pour le décrire, mais on y parvient aisément si c'est quelqu'un qu'on a vu assez souvent.

Rebecca hésita, l'incertitude gravée sur son visage.

Jemima eut l'intuition qu'une autre question, plus grave, la troublait. S'en voulait-elle simplement d'avoir été sotte, d'avoir éprouvé de l'affection pour quelqu'un qui semblait s'être servi d'elle d'une manière aussi choquante, ou de l'avoir encouragé, parce qu'elle avait confiance en lui ? Il pouvait y avoir d'autres aspects dans cette affaire, délicats, ténus, mais terriblement douloureux.

— Ce n'est pas grave, s'empressa-t-elle de dire. J'ai juste pensé que vous deviez être au courant, de sorte que vous soyez préparée si jamais on vous appelait à la barre.

— Qui pourrait m'appeler ? se récria Rebecca, consternée.

— La défense, je suppose, si… je ne sais pas.

— Mais c'est votre frère !

— J'ignore ce qui va se passer. Si l'agression est révélée, si votre père en parle, vous n'aurez peut-être pas d'autre choix que de témoigner.

— Il ne ferait pas cela ! Je…

— Vous refuseriez ? En laissant votre père donner l'impression qu'il a tout inventé ? Cela suggérerait qu'il ne s'est rien passé, lui fit remarquer Jemima.

— Mais si ! Regardez !

Rebecca tira sur le col de sa robe, révélant la cicatrice encore rose et un peu enflammée à la naissance de son cou.

— Je ne mets pas votre parole en doute, assura Jemima, sincère. Mon seul souhait est que vous ayez la possibilité de décider si vous voulez donner suite à cette affaire, et que vous soyez correctement informée pour prendre une décision. Je ne peux qu'imaginer ce que j'éprouverais si j'étais à votre place. Je n'en sais rien, mais je crois que je préférerais ne pas avoir à en parler au monde entier.

Rebecca regarda droit devant elle.

— Je vais devoir y réfléchir, fut tout ce qu'elle put dire. Je vous en prie, parlons d'autre chose. Comment va Cassie ?

Lorsqu'elles rentrèrent à l'hôtel, Bernadette était déjà de retour et les attendait. Elle se montra polie envers Jemima, mais elle était de toute évidence inquiète pour Rebecca.

— Je vais bien, merci, maman. Je vous en prie, ne

me traitez pas comme une invalide, sinon je finirai par avoir l'impression d'en être une.

— La promenade a été agréable ?

Elle jeta un coup d'œil à Jemima, puis regarda sa fille.

— J'espère que Jemima n'a pas…

Elle hésita, cherchant à l'évidence une formule courtoise pour exprimer une pensée ouvertement déplaisante.

Jemima sourit.

— Rebecca a eu la gentillesse de me demander des nouvelles de Cassie… ma fille, précisa-t-elle, au cas où Bernadette aurait oublié son nom. Quelle mère n'est pas ravie de répondre à pareille question ?

Bernadette se détendit et esquissa même un sourire qui anima la perfection presque artificielle de ses traits.

— En effet. Comment va-t-elle ?

— Elle parle un peu plus chaque jour. « Non » a été une grande découverte voilà quelque temps. Maintenant, nous en sommes à « pourquoi ».

Bernadette sourit pour de bon. Le sujet était inoffensif.

Dix minutes plus tard, alors que Jemima se préparait à prendre congé, Tobias Thorwood arriva, accompagné d'un homme mince et élégant qui le dominait de cinq bons centimètres et ce, bien que Thorwood fût déjà plus grand que la moyenne. L'inconnu, peu séduisant mais indéniablement distingué, portait des vêtements coupés à la perfection et irradiait une assurance tranquille, étonnante, comme s'il avait en son for intérieur la certitude de tout contrôler. De ne jamais céder à l'affolement, quoi qu'il arrive. Il emboîtait le pas à Tobias, que Jemima avait rencontré à de nombreuses reprises. Comme toujours, ce dernier était très élégant, agréable à regarder à sa manière, avec ses épais cheveux bouclés, son visage ouvert et son grand sourire. Les deux hommes semblaient être amis.

— Ah ! Jemima, dit-il très vite. Vous êtes venue voir Rebecca ? Comme c'est gentil à vous ! Je suis sûr que votre compagnie va lui faire du bien. Permettez-moi de vous présenter Sir John Armitage, de l'ambassade de Grande-Bretagne à Washington. John, voici l'épouse du jeune Flannery dont je vous parlais.

— Enchanté, Mrs. Flannery, dit Armitage sur un ton plaisant. Êtes-vous de retour à Londres pour un certain temps ?

— Quelques semaines, répondit Jemima. C'est la première fois que je reviens depuis mon mariage, ajouta-t-elle, désireuse de ne parler ni de Sidney ni de l'ambassade, pas plus, d'ailleurs, que de la police.

— Votre famille n'est jamais allée en Amérique ? s'enquit-il. Parfois j'oublie que c'est si loin.

— Mes parents, si, mais pas mon frère, répondit-elle, regrettant aussitôt ses paroles.

Le poste de son père et celui de Daniel touchaient de trop près au sujet qu'elle voulait éviter. Elle s'abstint de regarder Rebecca, car elle l'imaginait qui se raidissait déjà, prête à trouver une excuse pour s'éclipser sans se montrer impolie et embarrasser ses parents devant cet homme. Elle devait combler le silence. Armitage la dévisageait, attendant qu'elle poursuivît. Elle avait l'impression d'être une intruse qui devait justifier sa présence.

— Rebecca a été si gentille envers moi quand je suis arrivée à Washington, se hâta-t-elle de dire. Je veux lui faire visiter un peu ma ville, et il fait un temps parfait pour se promener.

Tobias l'observait, les épaules ramassées, comme en proie à une extrême tension.

Armitage rompit le silence.

— Mrs. Thorwood, dit-il, s'adressant à Bernadette, vous avez mentionné l'autre jour votre amour de la musique. J'ai apporté un programme des concerts donnés au Queen's Hall dans l'espoir que vous en trouviez un qui vous plaise. Vous êtes à Londres pour si peu de temps, ce serait dommage que vous ne puissiez consacrer une soirée à cet art classique.

Bernadette le regarda, l'air soulagé.

— Comme c'est gentil à vous, Sir John. Si cela ne vous ennuie pas de patienter un instant, je vais consulter mon agenda afin de voir quand nous sommes libres.

— Je vous en prie.

Il eut un petit geste, presque une révérence. Quand elle pivota pour quitter la pièce, il lui emboîta le pas, comme si elle s'attendait à ce qu'il le fît.

Rebecca remercia de nouveau Jemima, puis s'excusa avant de regagner sa chambre, se dispensant de fournir la moindre explication.

Dès qu'elle eut disparu, Tobias fit face à Jemima et parla d'une voix sourde.

— J'espère que vous n'êtes ici que pour voir Rebecca, et non pour la persuader de ne pas donner suite à sa plainte contre Philip Sidney, maintenant que la police l'a inculpé d'un second délit ? Pardonnez-moi, mais je ne me fie pas à cent pour cent à votre… gentillesse.

Jemima avait les joues en feu. De colère, mais aussi parce qu'elle était coupable d'avoir fait précisément ce dont il l'accusait. Comment le savait-il ?

— C'est mon mari, souvenez-vous, qui a fait tout

son possible pour poursuivre Sidney. Je ne m'opposerais pas à ses désirs, même si j'étais d'un autre avis.

— Je suis navré, mais je ne vous crois pas tout à fait…

Elle se raidit.

— Je vous demande pardon ?

Il parut mal à l'aise.

— Excusez-moi. C'était discourtois de ma part. Je suis inquiet pour Rebecca, comme vous devez le comprendre. Et Sidney est anglais. Vous devez éprouver…

— Pourquoi diable devrais-je ? coupa-t-elle. Je n'ai jamais rencontré cet homme ! C'est très injuste de votre part de dire cela !

Jemima était sincèrement blessée par son accusation. Auparavant, elle appréciait Tobias, il lui avait même inspiré confiance, mais ce n'était pas lui qui devrait faire face aux autres, entendre les murmures, voir les demi-sourires et se demander quels commérages il n'avait pas tout à fait saisis.

— Je ne connais pas Mr. Sidney, je ne me soucie pas davantage de ce qui va lui arriver, et rien ne vous permet de présumer le contraire !

— Sauf que vous êtes anglaise, et lui aussi. Il est naturel que vous ayez une bonne opinion des vôtres et que vous désiriez les défendre. Mais je l'ai vu !

Le visage de Tobias s'était empourpré.

— Doutez-vous de moi ? Ou cela ne vous importe-t-il pas qu'il soit coupable ?

Jemima sentit la fureur l'envahir au point qu'elle en tremblait et qu'elle était à peine capable de parler. Une fois de retour à Washington, Tobias Thorwood serait un adversaire dangereux pour elle, et plus encore pour Patrick. Néanmoins, elle se refusait à garder le silence.

— Non, Mr. Thorwood, vous êtes l'hôte de mon pays à présent, et vous venez de m'insulter profondément, et sans motif. Le fait que votre fille ait été victime d'une agression ne vous donne pas le droit de blâmer n'importe qui. Vous êtes beaucoup plus enclin à vous venger de Philip Sidney que je ne le suis, parce que je me soucie surtout de Rebecca, de ce qu'elle éprouvera longtemps après que cette affaire sera terminée, et que je me demande comment elle pourra affronter une société qui sait tout de son intimité ! Quand elle tombera amoureuse d'un homme respectable, il verra avant tout en elle la victime d'une agression, une femme coupable de s'être méprise sur un homme, voire de lui avoir fait confiance et de l'avoir fait entrer dans sa chambre en pleine nuit.

— Comment osez-vous ! cria-t-il, si fort que même Rebecca, derrière la porte fermée de sa chambre, dut l'entendre. C'est de vous qu'elle devrait avoir peur, et des autres femmes comme vous, qui sont jalouses de sa situation et de ses perspectives d'avenir.

— Je ne convoite pas sa place dans la société ! rétorqua Jemima, hors d'elle. Si c'était le cas, je serais restée en Angleterre au lieu d'aller en Amérique et d'épouser un policier fils d'immigrants irlandais ! Si vous ne comprenez pas cela, vous êtes beaucoup plus aveugle que je ne l'imaginais ! Je veux que Rebecca ait le choix de ce qu'elle fait, pas vous. À sa place, je voudrais savoir ce qui va se passer, ce que les gens vont dire ! Sidney ne retournera jamais en Amérique. Elle sera en parfaite sécurité et nul n'a besoin de savoir. Peut-être est-ce ce qu'elle désire. C'est sa vie ; la décision devrait lui appartenir !

Tobias était cramoisi.

— Par conséquent, nous libérons Sidney ? Il faudrait qu'elle se taise, qu'elle se résigne ? Et la justice, là-dedans ? Pourquoi ne pas le faire payer pour avoir…

— Pour avoir fait quoi ? Ruiné sa réputation ? Il ne l'a pas fait ! Personne n'est au courant. Mais bien sûr, tout le monde le saura une fois que vous en aurez parlé durant son procès pour détournement de fonds.

Tobias reprit la parole, la voix glaciale.

— Votre mari sait-il que vous vous opposez à tout ce pour quoi il lutte, Mrs. Flannery ?

La question transperça Jemima. Elle sentit le sang lui monter aux joues.

— Je pensais bien que non, grogna Tobias. Vous avez une étrange conception de la loyauté.

— Vous aussi, rétorqua-t-elle. La vengeance compte plus que la sécurité à vos yeux, plus que le droit de Rebecca à décider.

— Il y a d'autres aspects de cette affaire, des aspects importants, que vous semblez avoir négligés, accusa-t-il. Ou auxquels vous n'avez pas songé ? Votre réflexion est superficielle, intuitive plutôt qu'intelligente.

Un instant, elle resta sans voix. Elle aurait pu lui retourner le compliment ! Il s'exprimait avec la fureur dominatrice d'un père, traitant Rebecca comme si elle était son bien, un bien endommagé, qui avait perdu de sa valeur. Elle n'osa pas dire cela, bien qu'elle eût les mots sur le bout de la langue.

— Vous imaginez-vous qu'il s'agit là d'un incident isolé, totalement inhabituel chez lui ? Y avez-vous pensé un seul instant ?

— Vous avez trouvé d'autres cas dans son passé ? s'écria-t-elle, incrédule. L'ambassade de Grande-Bretagne était-elle au courant ? Pourquoi l'avoir envoyé à l'étranger, où de tels incidents peuvent causer des tensions diplomatiques ?

Une autre pensée, encore plus affligeante, s'imposa soudain à elle, noyant toutes les autres.

— Vous pensez que le personnel de l'ambassade savait ! N'est-ce pas ? Ou qu'il aurait dû le savoir ? Vous allez provoquer un scandale ? Vous voulez des dommages et intérêts ? De l'argent ? Non, pas d'argent. Vous voulez que les Britanniques soient déshonorés.

Elle réfléchissait à toute allure.

— C'est un prétexte pour…

Elle étouffa un cri.

— Vous allez faire de l'embarras de Rebecca une crise internationale ! Ce serait horrible pour elle ! Elle…

— Silence ! aboya-t-il. Vous… êtes stupide, méchante ! Bien sûr que je ne veux rien de tel ! Ce n'est pas au passé que je pense, espèce de sotte ! C'est à l'avenir. Vous imaginez-vous qu'il ne va jamais recommencer ? Soit parce qu'il ne peut pas s'en empêcher, soit par simple arrogance parce qu'il peut s'en tirer impunément ? Si nous savons quel genre d'homme il est et que nous fermions les yeux, nous serons au moins en partie responsables de la prochaine victime et de la suivante… Peu importe que j'en souffre, mais Rebecca ?

Il pointa vers elle un doigt accusateur.

— Vous prétendez être son amie, et pourtant vous ne la connaissez pas assez bien pour imaginer le sentiment de culpabilité qu'elle éprouverait… lorsqu'il sera trop tard. Il est peut-être gênant de l'accuser maintenant, mais qu'en sera-t-il lorsqu'il y aura une deuxième victime ou une troisième ?

Jemima s'était figée. Ce qu'il disait était vrai, tout était vrai. Elle n'avait pas poussé la réflexion jusque-là. Pire encore, il y avait ce que Tobias n'avait pas dit :

si une agression était commise quelque part et que Sidney pût en être l'auteur, ou en fût l'auteur, Rebecca n'en saurait rien ! Elle s'attribuerait le blâme de toute façon. Son silence pèserait autour de son cou comme du plomb, l'écraserait.

— Vous feriez mieux de partir, Mrs. Flannery, et de ne pas revenir. Si vous vous présentez, Rebecca ne vous recevra pas. Je vais dire à ma femme que vous aviez un autre rendez-vous pressant. Sir John Armitage ne s'apercevra sans doute de rien. Sinon il comprendra. Ce que je fais n'est pas facile, mais je suis tout à fait certain d'agir dans l'intérêt de Rebecca.

La voix d'Armitage s'éleva avant que Jemima eût pu répondre. Il était rentré dans la pièce sans qu'elle l'entendît.

— Le silence peut être considéré par beaucoup comme un aveu de culpabilité, Mrs. Flannery. Miss Thorwood n'aura jamais à mentir, ni à cacher cet incident, si elle y fait face. Vous pouvez ou non comprendre les craintes que Tobias nourrit à son égard, son attachement à l'honnêteté et à la justice, ou la foi qu'il a dans le courage de sa fille, mais je vous demande de vous y fier néanmoins.

Sa voix était lisse, claire, très anglaise, éminemment raisonnable.

— Son désir est de la protéger, non seulement aujourd'hui, alors qu'elle pourrait trouver plus facile de se taire plutôt que d'affronter son agresseur, mais aussi, à l'avenir, afin qu'elle ne soit pas hantée par le regret de s'être tue alors qu'elle avait la possibilité de le dénoncer. En bref, votre défense de son intimité est une vision à court terme, même si elle est bien intentionnée.

Il se tourna vers Tobias.

— Toutefois votre accusation concernant la défense d'un Anglais, à tort ou à raison, est injuste. Je crois que vous devez des excuses à cette jeune dame, et j'aurais une meilleure opinion de vous si vous les lui présentiez.

Tobias s'empourpa, mais s'exécuta.

— Excusez-moi, Mrs. Flannery, dit-il avec raideur. Maintenant, voudriez-vous prendre congé avant que ma femme revienne ? Elle a déjà assez souffert, je ne veux pas qu'elle soit contrariée davantage.

— Non, murmura Jemima. C'est moi qui devrais m'excuser. Vous avez soulevé un aspect de cette affaire auquel je n'avais pas songé. Elle a des conséquences plus profondes que je ne le croyais et il est impossible d'effacer le passé. Mais comme vous le dites, nous influerons sur l'avenir, quoi que nous fassions. Je suis désolée.

Elle se tourna vers Armitage.

— Au revoir, Sir John.

Elle fit un pas vers la porte.

— Mrs. Flannery, lança Tobias d'une voix rauque.

Elle s'immobilisa et se retourna, attendant qu'il parlât.

— J'ai eu tort de vous parler ainsi. Revenez, je vous en prie. Rebecca a beaucoup d'affection pour vous et votre présence semble lui faire du bien.

— Merci, dit-elle. Je n'y manquerai pas.

8

— Oui, monsieur.

Daniel se tenait debout devant le bureau de Marcus ffford Croft.

Ce dernier le regarda d'un air bénin, mais son visage entouré d'un halo de cheveux blancs n'était pas souriant. Au contraire, il sembla devenir plus grave.

— Vous vous débrouillez bien, reprit-il. Depuis l'affaire Graves. Vous avez fait vos preuves. Pris beaucoup de bonnes décisions…

Il avait l'air d'attendre une réaction, si bien que Daniel l'obligea.

— Merci, monsieur.

— Ne me remerciez pas ! C'est le fruit de vos efforts. Cela dit, la question est de savoir si vous pouvez continuer sur la même voie. Ce n'est pas certain…

Daniel fut saisi d'un frisson soudain. Il prit une inspiration pour répondre, puis se ravisa. C'était un moment où il était plus sage de rester silencieux.

— La loyauté familiale, reprit Marcus. Très important, cela. Charybde et Scylla, et tout le reste. N'ayez pas l'air si perplexe, mon garçon ! Scylla, le monstre hurlant sur le rocher, et Charybde, le tourbillon dévorant.

On ne vous a pas enseigné les classiques à Cambridge ? Où va le monde !

Daniel avait beau saisir la référence, elle ne l'aidait en rien à comprendre.

— La loyauté envers sa famille ! lança Marcus sèchement. Envers ses amis, même quand ils commettent des erreurs. Et Dieu nous aide ! cela nous arrive à tous. Envers son pays, qui en commet encore davantage. Envers ses convictions, justifiées ou non, et qui, si on a un cerveau et le courage de s'en servir, subiront forcément des révisions radicales. Sinon, c'est qu'il est d'ores et déjà sclérosé. Incapable d'évoluer, au cas où votre grec ne serait pas suffisant !

— Il l'est, monsieur !

— Bien. Dans ce cas, vous serez à la hauteur du test auquel vous allez être soumis…

Daniel sentit son estomac se nouer. Il réussissait bien les tests, en général, mais cela ne l'empêchait pas de les détester. Et pourquoi maintenant ? Il n'était pas précisément désœuvré.

— Question de nécessité, poursuivait Marcus. Ce procès peut se révéler plus important qu'il n'en a l'air. Bien entendu, il est aussi possible qu'il n'en soit rien, mais il compte pour vous…

Cette fois, Daniel l'interrompit :

— Je collabore déjà sur une affaire avec Mr. Kitteridge, monsieur.

— Non !

— Monsieur, c'est…

Daniel se tut sous le regard fixe de Marcus.

— Je ne crois pas que nous puissions espérer d'honoraires pour ce travail, continua Marcus. Mr. Kitteridge va se charger d'un autre dossier grave concernant le ministère des Affaires étrangères. Pour lequel il sera payé.

Grassement. Vous allez assurer vous-même la défense de Philip Sidney. Je peux vous assigner un clerc à mi-temps si vous estimez avoir besoin d'assistance. Mais vous êtes tout à fait capable de vous débrouiller seul. Vous en doutez peut-être, ce qui importe peu. C'est moi qui suis à la tête de ce cabinet et je le pense.

— Monsieur… protesta Daniel, avant de se raviser.

— Quoi ? Vous n'êtes pas prêt ? Balivernes ! Suivez mes conseils et tout ira bien.

— Monsieur ?

Cette fois, c'était bel et bien une protestation.

Marcus l'ignora.

— Si vous ne les suivez pas, si vous vous y opposez, vous courez à votre ruine… je vous le garantis !

Daniel n'aurait pas été plus sidéré si Marcus s'était levé pour le gifler.

— Vous allez défendre le jeune Philip Sidney comme si votre carrière en dépendait, grogna ce dernier, parce que c'est le cas ! Votre travail consiste à le défendre de l'accusation portée contre lui et à le faire de votre mieux, même si vous le croyez coupable d'autre chose. Vous devez loyauté à votre famille, à votre pays, mais vous êtes au service de la loi ! Tel est votre rôle. Et vous allez vous en acquitter cette fois-ci, sinon vous cesserez d'avoir l'opportunité de le faire. Vous me comprenez bien ?

Daniel était trop atterré pour trouver quoi répondre.

Marcus pinça les lèvres.

— Vous y êtes parvenu lors de l'affaire Graves, quand votre père était en péril. Pourquoi ? Ne me dites pas que vous n'avez pas envisagé qu'il puisse avoir mal agi ! Je l'ai lu dans vos yeux. Croyez-vous que votre beau-frère puisse avoir mal agi et que votre sœur ne vous pardonne pas de l'avoir forcée à s'en rendre compte ?

Daniel serra les dents si fort qu'il en ressentit une douleur dans le crâne. Marcus avait touché un point sensible. C'était précisément ce qu'il redoutait. Que la faute ne fût pas la sienne ne ferait pas la moindre différence. Ce serait lui qui la révélerait, et qui la rendrait indéniable.

Quand Marcus reprit la parole, sa voix était douce, comme s'il comprenait, peut-être mieux que Daniel ne le soupçonnerait jamais.

— Vous ne pouvez pas plaire aux autres, Daniel. Tout ce que vous pouvez faire, c'est découvrir la vérité. Maintenant, allez défendre Philip Sidney. Pour la durée de ce procès, c'est à lui que vous devez loyauté.

— Oui, monsieur.

— Eh bien, allez-y !

— Oui, monsieur.

Daniel pivota et regagna son petit bureau. Il aurait dû prévoir cela. Il aurait dû refuser son aide à Patrick… et à Jemima. Il était trop tard maintenant. Marcus avait raison.

Daniel commença par rendre visite à Philip Sidney en prison. Kitteridge l'avait déjà fait, si bien qu'il allait devoir y mettre autant que possible les formes pour ne pas donner au prévenu l'impression que son dossier avait été jugé secondaire et relégué à un débutant.

Il ne savait pas du tout à quoi s'attendre. Quoi qu'il éprouvât, il devait s'efforcer de considérer cet affligeant épisode du point de vue de Sidney. Fût-ce au prix d'une lutte intérieure, il devait discerner le bon en lui, son humanité, à supposer qu'elle existât. Comment diable cet homme s'était-il fourré dans pareil pétrin ?

Dieu savait que Daniel était bien placé pour lui témoigner de la compassion. Comment s'était-il lui-même fourré dans pareil pétrin ?

Il s'était bien entendu déjà rendu dans diverses prisons et cellules de postes de police et, parfois, quand le délit n'était ni sérieux ni violent, au domicile des accusés. C'était rarement une expérience agréable. Les gens étaient presque toujours effrayés, même si leur peur se manifestait sous différentes formes. Tantôt ils étaient pitoyables, tantôt agressifs, tantôt complètement abasourdis.

Sidney occupait une cellule ordinaire. Il avait été incarcéré uniquement parce que certains redoutaient qu'il ne prît la fuite pour ne pas affronter l'accusation qui pesait sur lui et le déshonneur qui résulterait d'une condamnation. Le délit ne comportait aucune violence et, compte tenu du fait que le détournement s'était étalé sur une assez longue période, la somme en cause n'était guère considérable.

Daniel informa le garde qu'il était l'avocat de Sidney et lui montra ses papiers. Non sans réticence, l'homme le conduisit dans une petite pièce au sol dallé, meublée en tout et pour tout d'une table et de deux chaises, et lui ordonna d'attendre. Daniel s'était déjà trouvé dans des salles de ce genre, pour questionner des hommes apeurés, trop souvent en proie au désespoir. Il savait combien il était difficile de les persuader que ce n'était pas encore la fin, que cela valait toujours la peine de lutter, ne fût-ce que pour écoper d'une condamnation moins lourde.

Quand Sidney entra, quelques minutes plus tard, Daniel se remémora la description qu'on lui avait donnée, laquelle était d'ailleurs assez vague : grand, mince, cheveux châtain clair, un air arrogant, supérieur.

Si l'aspect physique de Sidney ne le surprenait pas, il ne décelait en revanche aucune trace d'arrogance chez l'homme que le garde avait amené avant de ressortir en claquant la porte. Des menottes lui entouraient les poignets. Pour la sécurité de Daniel ?

— Je suis désolé, murmura Philip Sidney. Je ne vous connais pas.

Daniel se leva.

— Daniel Pitt. Je travaille avec Kitteridge.

— Est-il arrivé autre chose ?

Il avait beau essayer de le cacher, l'angoisse perçait dans sa voix.

Daniel décida qu'il était préférable de se montrer franc. La situation était déjà bien trop compliquée telle qu'elle se présentait. Tourner autour du pot et tenter de mentir la rendrait totalement incompréhensible.

— Oui. J'ai peur que Mr. Kitteridge n'ait été chargé d'une autre affaire, beaucoup plus grave. On m'a confié la vôtre. Je ne l'ai su que ce matin.

Il indiqua la deuxième chaise.

— Asseyez-vous…

Sidney obéit. En l'observant, Daniel se rendit compte qu'il était émotionnellement épuisé, le corps raidi par une peur qu'il s'efforçait de cacher. Il avait l'air hébété plutôt que furieux.

— Je n'ai pas pu m'entretenir avec Kitteridge avant de venir, commença Daniel, si bien que j'ignore quelles questions il vous a posées. Combien êtes-vous censé avoir détourné et de qui… au juste ? Je sais que l'affaire a eu lieu à l'ambassade de Grande-Bretagne à Washington.

— Une centaine de livres, répondit Sidney. Ce n'est pas une fortune, mais tout de même beaucoup d'argent. L'équivalent de plusieurs semaines de mon salaire.

— En une seule fois ?

— Non, petit à petit. Par montants de cinq ou dix livres.

Il repoussa les mèches de cheveux qui tombaient sur son front. Un geste nerveux. Les menottes cliquetaient à chacun de ses mouvements.

— Comment le détournement a-t-il été découvert ?

Sidney parut accablé. Il évita le regard de Daniel.

— L'argent est apparu sur mon compte en banque et a disparu de nouveau, comme si je l'avais dépensé.

— Comment avez-vous procédé ?

— Je n'ai rien fait !

— Comment prétend-on que vous avez procédé ?

— J'aurais signé des autorisations de virements à des individus et à des sociétés qui n'existent pas. Pour des achats en apparence tout à fait légitimes, sauf qu'ils n'ont pas été effectués.

— Mais c'est votre nom qui figure sur les reçus, ou les documents, quels qu'ils soient ?

— Oui, et cela ressemble à ma signature, mais ce n'est pas la mienne.

— Sur quelle période tout cela s'est-il déroulé ?

— Plusieurs mois. Je n'ai rien fait, Mr. Pitt ! Je n'ai pas beaucoup d'argent. J'ai beau porter le nom d'un héros de l'histoire, j'appartiens à une famille très ordinaire. Mon père est mort voilà très longtemps. C'était un homme bon, mais qui n'avait rien d'exceptionnel.

Sa voix se fêla légèrement. Il se maîtrisa avec difficulté, toussotant pour dissimuler son émotion.

— Dieu merci, ma mère est morte, elle aussi. Elle…

Quoi qu'il eût été sur le point de dire, il se ravisa.

— J'ai de quoi subvenir à mes besoins, mais je ne suis pas fortuné, répéta-t-il avec un haussement d'épaules. Peu importe. Je ne peux pas expliquer ces cent livres. Je joue aux cartes pour le plaisir, pas pour l'argent. Cela m'a toujours paru absurde. Je ne peux pas me permettre de perdre et je ne peux pas gagner à moins que quelqu'un ne perde. Je vous dirais de vérifier mes dépenses, mais je ne sais pas ce qu'elles montreront. Il doit y avoir là quelque chose que je ne peux expliquer.

Daniel chercha en vain une réponse. Soit Sidney disait la vérité, soit c'était un menteur accompli. Était-ce un bon diplomate ? Était-il habitué à dissimuler ses pensées, à être poli avec des gens qu'il n'aimait guère ou même qu'il méprisait ? À trouver des excuses ? À représenter son pays, qu'il eût tort ou raison à ses yeux ? Qui avait dit que le patriotisme était le dernier refuge des vauriens ? Les mensonges patriotiques étaient honorables, ils constituaient une preuve de loyauté qu'il fallait répéter à l'envi, jusqu'à ce qu'on les crût.

N'était-ce pas précisément le rôle d'un avocat ? Défendre son client jusqu'au bout, tant qu'il n'admettait pas devant vous sa culpabilité et mentait à la barre ?

— Vous ne l'avez pas fait ?

— Non.

— Avez-vous la moindre idée de l'identité du coupable ?

— Non. Pensez-vous que je ne me sois pas creusé les méninges ?

— Ou pourquoi ?

— Cela non plus. Suis-je visé ou me suis-je tout simplement trouvé au mauvais endroit au mauvais moment ? N'importe qui aurait-il fait l'affaire ?

Daniel fronça les sourcils. Une centaine de livres ne semblait pas être une somme assez importante pour faire endosser le délit à quelqu'un en vue de le déshonorer.

— Cela ne suffirait même pas pour acheter une maison… du moins une maison digne de ce nom.

— Cela pourrait régler une dette, lui fit remarquer Sidney.

Daniel hésita. Le moment paraissait bien choisi pour mentionner Rebecca Thorwood. Il n'y aurait pas de meilleure occasion.

— À moins qu'il ne s'agisse de tout à fait autre chose ? suggéra-t-il à mi-voix.

Sidney prit une inspiration pour lui demander de quoi il voulait parler, puis la lumière se fit en lui.

— Comment êtes-vous au courant de cette affaire ? Vous voulez parler de l'accusation des Thorwood à Washington ? Je n'ai rien fait ! Vous croyez qu'on essaie de se venger de moi à cause de cet incident ? Cela ne fonctionnera pas. Cet argent a été volé avant.

— S'il a bel et bien été volé, intervint Daniel en observant avec attention le visage de Sidney, ses yeux, les muscles minuscules de sa mâchoire.

Il n'y vit aucun signe de culpabilité ni de comédie.

— Je ne comprends pas, répéta Sidney.

Son visage devint livide. Il repoussa de nouveau ses cheveux, comme s'il n'était pas menotté.

— Je ne sais pas quoi faire. Je suis assailli de toutes parts. Si j'étais vous, je ne me croirais pas. Tobias Thorwood jure m'avoir vu sortir de la chambre de sa fille et prétend que je l'aurais agressée et que j'aurais volé un pendentif en diamant. C'est impossible, parce que je n'étais pas là. Je n'ai pas agressé Rebecca. À vrai dire, je l'aimais bien. Je la trouvais… différente. Elle avait de la personnalité. Elle était un peu jeune, certes, mais…

Il se tut.

— Je n'étais pas là ! répéta-t-il d'une voix désespérée.

Je n'ai pas pris ce bijou. Je ne l'ai pas, et je ne l'ai ni vendu, ni donné, ni perdu. Cet incident a pu avoir lieu, je n'en sais rien. Thorwood est un homme influent, très riche, issu d'une vieille famille. Pour autant qu'on puisse utiliser ce terme à Washington. Ridicule, n'est-ce pas ? Les Sidney remontent bien avant le règne de la reine Élisabeth. C'est un sacré nom à porter. Je n'aurais pas pu m'en tirer plus mal. Je suis heureux que ma mère soit morte. Jamais je n'aurais cru pouvoir dire une chose pareille…

Sa voix s'étrangla.

Il y eut un long silence.

En dépit de sa perplexité, et de sa loyauté envers Patrick et Jemima, Daniel éprouva une bouffée de compassion pour cet homme qui était à peine plus âgé que lui.

— J'ai un père qui a brillamment réussi, déclara-t-il, en réponse à ce que Sidney venait de dire à propos de son nom. On se moque de moi au bureau et on me surnomme Pitt le Jeune, qui, au cas où vous l'auriez oublié, était Premier ministre à mon âge. Il est entré à Cambridge à quatorze ans, au Parlement à vingt-deux et a été Premier ministre à vingt-quatre ! Et moi, j'ai vingt-cinq ans et qu'ai-je fait ?

Sidney eut un sourire. Tordu et empreint de regret, mais qui disait sa compréhension.

— Pourquoi avez-vous invoqué l'immunité diplomatique pour vous enfuir ? reprit Daniel, revenant à l'affaire. L'ambassade ne vous aurait-elle pas procuré un avocat compétent ? Si vous êtes innocent, il aurait pu en faire la preuve.

Sidney baissa les yeux sur la table éraflée.

— Je m'en rends compte à présent. Mais le conditionnel n'est guère rassurant quand on se sent menacé.

Cet incident semblait voué à prendre de l'ampleur. En fin de compte, je me suis dit que la meilleure solution pour moi et pour l'ambassade était de m'éloigner et d'espérer que les choses se calment. Que Tobias Thorwood allait peut-être changer d'avis me concernant et même que Rebecca allait enfin dire qu'elle s'était méprise, et que l'intrus n'était pas moi.

— A-t-elle affirmé que c'était vous ?

— On m'a dit que oui, mais il est possible que ce soit son père qui l'ait dit. Peu importe : je me suis enfui. Ma carrière est ruinée. Les Affaires étrangères ne m'embaucheraient même pas comme balayeur. J'imagine qu'aucun service gouvernemental non plus.

— Même si on prouvait votre innocence ?

— Mon innocence pour quoi ? Pour le détournement de fonds ? C'est possible. Mais je me suis tout de même enfui de Washington au lieu de faire face aux accusations comme un homme.

— Pensez-vous que vous auriez eu un procès équitable ?

— Non, pas avec Thorwood affirmant qu'il m'avait vu. Son témoignage aurait été crédible puisque nous nous étions déjà rencontrés. De toute manière, ce n'est pas une excuse. La moitié des criminels sur cette terre clament qu'ils sont victimes d'une injustice ! C'est vieux comme le monde, soupira-t-il d'un air dégoûté.

Le procès n'aurait pas été équitable si Sidney n'avait pas eu la meilleure défense possible, songea Daniel. Apparemment, il n'avait pas de famille pour le soutenir et l'ambassade n'aurait sans doute rien fait pour lui. En outre, où aurait-il trouvé l'argent nécessaire pour engager un bon avocat ?

Pourtant, malgré la peur et la détresse qu'il éprouvait, il ne s'apitoyait pas sur son sort.

Rien ne se déroulait comme Daniel l'avait escompté. Sidney n'était pas l'homme arrogant et opiniâtre qu'il s'était attendu à voir.

— Nous ferons tout ce que nous pouvons pour vous innocenter du détournement, dit-il.

C'était une promesse hâtive. Alors même qu'il prononçait ces mots, il n'avait pas la moindre idée de la façon de s'y prendre pour la tenir. Pire, il se mettait en situation de s'opposer à Patrick et à Jemima. Comment ce qui avait semblé au départ être une simple bonne cause avait-il pu se muer en pareil embrouillamini ?

— Merci, murmura Sidney. Je vous en prie… si vous découvrez quoi que ce soit, revenez me le dire.

Il s'efforçait d'injecter une note d'espoir et de confiance dans sa voix, et c'était douloureux à voir.

— Je le ferai, promit Daniel.

9

Daniel et Kitteridge contemplaient la pile de dossiers posée sur le bureau.

— Le clerc va patienter ? demanda Daniel, incrédule.

— Vous pouvez parier votre salaire que oui, répliqua Kitteridge, avec une grimace de dégoût.

Daniel lâcha un grognement.

— Ce n'est peut-être que le début. Marcus ne va pas être content de moi. Sous ses dehors excentriques et ses discours farfelus, c'est un vrai patriote, vous savez. Il s'attend à ce que je tire Sidney de là !

Kitteridge leva les yeux du document qu'il parcourait et lui adressa un petit sourire en coin.

— Bien sûr que oui. Il est question d'un compatriote aux abois, sans parler de la réputation de tous les diplomates britanniques à Washington, entachée par association.

— Et si nous perdons ? Parce qu'on dirait que c'est une possibilité. Selon vous, Marcus admettrait-il jamais que Sidney soit coupable, même si on en apportait la preuve ? Ou même, accepterait-il que son cabinet soit vu comme celui qui a échoué à le tirer de là ?

— Il ne voudrait pas qu'on « le tire de là », comme

vous le dites si délicatement. Et s'il est coupable, je ne veux pas que vous le tiriez de là. Vous non plus. C'est votre fichu beau-frère qui nous a apporté cette affaire. Sinon, nous n'en aurions rien su, à moins de l'avoir apprise par les journaux. Ce serait à quelqu'un d'autre de s'en soucier.

— Avec des « si », on mettrait Paris en bouteille ! commenta Daniel.

— Comment ?

— Peu importe tout cela à présent.

— En effet, dit Kitteridge d'un ton ferme. Le clerc de l'accusation est en train de siroter son thé et de se gaver de gâteaux secs dans le bureau principal, et il va rester là jusqu'à ce que vous lui rendiez ces papiers. Il les comptera et vérifiera que vous n'en avez remplacé aucun ! Il les a tous tamponnés !

— Vous donnez l'impression qu'il est illettré !

— Il doit s'assurer que vous n'y avez pas introduit de faux.

— Il me prend pour un parfait imbécile !

Kitteridge arqua un sourcil.

— Peut-être est-ce lié au fait que vous avez accepté cette affaire ?

— Il y en a partout, grommela Daniel, regardant avec désespoir les reçus, reconnaissances de dettes, avis de virements. Pour toutes sortes de choses : du papier, de l'encre, des timbres, des biscuits secs, des locations de voitures, j'ai même vu une facture pour l'engagement d'un chauffeur à l'occasion d'une excursion dans les Hamptons. Très coûteux. Des places de théâtre. Il y a des gens qui sont prêts à payer pour voir n'importe quoi. De complets…

— Toutes les signatures sont authentiques ? coupa Kitteridge.

— Elles varient un peu. Mais pas beaucoup. J'imagine que personne n'écrit toujours exactement de la même façon. Moi pas, en tout cas.

— Vous n'avez qu'à écrire « Pitt ». Estimez-vous heureux de ne pas vous appeler « Kitteridge » ! Continuez à les éplucher. Nous n'avons pas grand-chose. Jusqu'ici, ils sont plutôt accablants. Il semble avoir autorisé toutes sortes de dépenses pour des biens que personne d'autre n'a jamais vus. Qu'est-ce que c'est que cette histoire de Hamptons ?

— C'est un lieu, expliqua Daniel. Très chic, fréquenté uniquement par le meilleur monde.

Il désigna quelques papiers.

— Ces reçus semblent concerner des excursions en automobile là-bas, le week-end.

— C'est peut-être comme ça qu'il dépensait l'argent. Vous devriez creuser de ce côté-là. Interrogez Sidney.

Kitteridge reprit sa lecture, le front plissé par la concentration.

— Comment les avons-nous obtenus ? demanda Daniel, ignorant sa propre pile. Je veux dire, comment se fait-il que ces documents soient en Angleterre ?

— Le clerc du ministère public les a apportés. Vous le savez.

— Oui, mais comment les a-t-il eus ? insista Daniel. Ce que je me demande, c'est qui a fait le tri dans ces paperasses et compilé ces pièces à conviction, en cherchant la signature de Sidney ?

Son collègue cilla.

— Très bonne question. Je suppose que quelqu'un à l'ambassade s'est aperçu que de l'argent avait disparu et que, en y regardant de plus près, il est parvenu à la conclusion que Sidney l'avait pris.

— Ou pas, mais on lui fait porter le chapeau parce

qu'il a déjà des ennuis. C'est l'occasion idéale de se débarrasser de quelques soucis et de les lui mettre sur le dos.

Kitteridge se mordit la lèvre.

— Espérez-vous que quelqu'un d'autre ait commis l'agression de Rebecca Thorwood aussi ? Quelqu'un que Tobias aurait confondu avec Sidney ? Ou suggérez-vous que Tobias protégerait cet individu pour des raisons connues de lui seul ?

— Non, protesta Daniel, stupéfait. Cela n'aurait aucun sens. Qui, par exemple ? Et pourquoi ? Pourquoi protégerait-il l'homme qui a attaqué sa fille ? Pour revenir à ces papiers, il semblerait qu'ils aient été apportés par un jeune employé de l'ambassade, un certain Morley Cross. Je viens de remarquer que cela figure dans le dossier.

— Quand ?

— Quoi ?

— Quand ce jeune homme a-t-il eu ces documents ? Comment ? Et comment se sont-ils trouvés ici aussi vite ? Après l'arrivée de Sidney, avant celle de Patrick ?

Daniel secoua la tête.

— Je ne sais pas, mais je vais le découvrir. Si vous pouviez juste m'aider à les trier…

— Oh ! Cela ne m'ennuie pas du tout de vous servir d'assistant, rétorqua Kitteridge, sarcastique. Je n'ai rien d'autre à faire… à part préparer mon propre procès ! J'ai omis de mentionner cela.

— Si j'ai un doute, je demanderai à Impney d'y jeter un coup d'œil, reprit Daniel, comme si Kitteridge n'avait rien dit.

— La question est de savoir quand et comment ces documents sont arrivés en Angleterre, persista Kitteridge.

Il faut qu'on puisse l'établir de manière certaine, car seule la date les rend recevables.

Son visage était sombre.

— Et malheureusement, il me semble fort possible que votre beau-frère soit impliqué d'une manière ou d'une autre…

— Vous voulez dire qu'il aurait comploté avec l'ambassade de Grande-Bretagne pour faire accuser Sidney de détournement de fonds dans le but de dénoncer l'agression et le vol de Rebecca ? se récria Daniel, incrédule. Il est d'origine irlandaise, enfin ! Pour lui, tout ce qui est toujours allé de travers en Irlande est la faute de l'Angleterre.

— Et tout ce qui va bien, c'est-à-dire pas mal de choses, acheva Kitteridge. Je sais, j'ai des cousins anglo-irlandais. Je ne sais pas comment c'est arrivé ! Enfin, si. Leur père est irlandais, et c'est l'homme le plus charmant qu'on puisse rencontrer.

Un instant, le visage de Kitteridge s'éclaira de plaisir.

Daniel le regarda, fasciné. Ils se connaissaient depuis un an et c'était la première fois qu'il faisait allusion à un quelconque membre de sa famille. Daniel avait l'impression que c'étaient tous des évangélistes assez lugubres, résolus à sauver l'âme de leur prochain que celui-ci le souhaitât ou non. Tout cela pour le bien de l'intéressé, évidemment.

Il retourna au sujet qui les préoccupait.

— Ils émanent forcément de l'ambassade de Grande-Bretagne, par voie directe ou indirecte, puisque ce sont des archives. Par conséquent, ce Morley Cross a dû les apporter lui-même ou les confier à quelqu'un. Comme il faut une semaine pour rallier Londres depuis Washington, cette personne est partie au moins une semaine avant que la police de Londres les récupère. Et autre chose ! La police ici a tout de suite compris à quoi elle avait affaire, et réagi en conséquence ?

Plus il y réfléchissait, plus l'affaire lui semblait suspecte.

— Vous feriez mieux de fouiner un peu, conseilla Kitteridge. C'est à l'accusation de démontrer la validité de ces documents, d'expliquer comment ils sont parvenus jusqu'ici et pourquoi. Mais si vous ne connaissez pas la vérité, vous ne pouvez pas mettre votre adversaire au pied du mur et réfuter ses dires. Il ne suffit pas d'affirmer que quelqu'un a tort. Encore faut-il prouver qu'il ne peut pas avoir raison.

— Ou que quelqu'un ment dans le but d'incriminer Sidney.

Kitteridge croisa son regard.

— Cela aussi. Désolé. Mais quelle que soit la vérité, que ces papiers soient recevables ou non – et à première vue, ils le sont –, vous devez établir avec certitude leur provenance et les circonstances de leur acheminement à Londres. Il est possible que Sidney ait bel et bien volé cent livres à l'ambassade. Ou qu'un autre l'ait fait. Mais souvenez-vous que vous vous adresserez à des gens ordinaires, pas à des banquiers ou à des financiers.

— Ils seront…

— Les jurés ! coupa Kitteridge. N'oubliez jamais que c'est aux jurés que vous parlez. Si vous ne comprenez pas ce qui se passe, eux non plus, et il y aura peu de chances qu'ils décident de voter l'acquittement. Vous ne devez pas compter sur l'avocat général pour se prendre les pieds dans le tapis.

Daniel savait que Kitteridge avait raison.

— Et avant que vous songiez à évoquer l'agression

et ce maudit pendentif, et je ne sais quoi d'autre, il faut que tout soit clair pour vous, reprit Kitteridge. Ils doivent penser que vous savez de quoi vous parlez et, en ce moment, il est évident que ce n'est pas le cas ! Ce Morley Cross qui a remis les documents à la police…

— J'ignore s'il les a apportés en personne de l'Amérique. Tout le monde est très discret à ce sujet. Certains de ces papiers remontent à trois ans, répondit Daniel, songeur. Pourquoi a-t-il fallu si longtemps pour s'apercevoir du détournement ? Pourquoi ce Cross nous livre-t-il ces documents maintenant ? On dirait qu'ils ont attendu que Sidney soit à terre pour l'achever. Cela ne plaira pas au jury.

— Vous comptez faire valoir cet argument ? demanda Kitteridge avec un sourire amer. Habile ! Vous allez dire qu'il était à terre parce qu'il avait invoqué l'immunité diplomatique pour fuir une accusation de vol avec violences sur une jeune femme dans sa propre chambre ? ajouta-t-il, sarcastique. Ce n'est pas ce qu'on peut appeler une défense classique. Mais elle vous mènerait droit à ce que désire Patrick Flannery. Ça ne plaira pas au juge ! À l'accusé non plus, j'imagine. Et la réaction de Marcus vous plaira encore moins. Vous pourriez vous retrouver confronté à de sérieux ennuis juridiques.

L'expression de Kitteridge en disait long sur ce qu'il pensait de cette tactique.

— Ce serait la fin de votre carrière si prometteuse !

Conscient du faux pas qu'il venait de commettre, Daniel sentit le rouge lui monter aux joues.

— J'ai placé la charrue avant les bœufs, admit-il. Ce serait un argument à invoquer en dernier recours pour qu'il porte ses fruits…

— Laissez de côté les métaphores agricoles, à

moins que vous n'ayez quelque chose de constructif à dire, et revenez au droit. Découvrez à qui Cross a remis ces papiers et dans quel but. Qui était au courant du détournement et depuis quand. Voilà de quoi vous occuper pendant un certain temps.

Daniel n'hésita qu'un instant.

— Très bien. Je vous tiendrai au courant. Demain, peut-être.

La première tâche dont il devait s'acquitter était sans doute la plus pénible, mais il ne pouvait s'y soustraire. Moins il en savait, plus il risquait de commettre une erreur. Il avait la nette impression qu'il préférerait ne rien savoir, cependant une dérobade ne ferait qu'aggraver la situation. Au moins, s'il savait, il aurait, dans une certaine mesure, le choix. Il arriva à Keppel Street un peu après onze heures du matin, songeant que si Patrick et Jemima étaient sortis, il aurait une excuse toute trouvée pour éviter cette conversation. En cherchait-il une ? Peu importait : Jemima était là et l'accueillit avec plaisir.

Cassie s'avança aussitôt vers lui.

— Bonjour, oncle Daniel. Vous allez discuter aujourd'hui ?

Elle semblait fascinée par l'idée que discuter, ce qu'on lui interdisait souvent de faire, pouvait être un métier ! Il en tirait une certaine fierté… et la maman de la fillette était fière de lui aussi.

Il la regarda. Son petit visage était enthousiaste, empreint de concentration. Elle méritait qu'il lui répondît avec sérieux.

— Bonjour, Cassie. Pas encore, mais je me prépare.

Elle fronça les sourcils.

— Pourquoi ?

— Avant d'entamer une discussion très importante, qu'on a besoin de gagner parce que quelque chose de grave en dépend, il faut s'assurer qu'on est aussi bien informé que possible et que ce qu'on pense savoir est bien vrai.

— Oh ! Comment fait-on cela ?

Il réfléchit un instant.

— As-tu pris des tartelettes à la confiture dans le garde-manger ?

Elle parut perplexe.

— Non…

— Mais tu as de la confiture sur la joue.

— J'ai mangé de la confiture sur du pain grillé.

Daniel regarda Jemima, qui hocha la tête.

— Là, tu vois ? demanda-t-il à Cassie. Si je t'avais accusée d'avoir chapardé les tartes, j'aurais perdu. Parce que je n'avais pas vérifié que j'avais raison !

Elle sourit jusqu'aux oreilles. C'était comme si elle avait gagné.

— De toute façon, il n'y a pas de tartelettes à la confiture dans le garde-manger, déclara Jemima.

— Il y en avait hier, intervint Cassie. J'en ai mangé deux.

— Plutôt trois ! rectifia Jemima en réprimant un rire.

— Mais tu vois ce que je veux dire, conclut Daniel en se redressant. Si on ne vérifie pas les faits, on peut perdre.

Il lui effleura la tête avec douceur. Ses cheveux étaient si soyeux.

— Il faut que je parle à Patrick. Est-il encore ici ?

Toute trace d'amusement déserta le visage de sa sœur.

— Je suppose qu'à cette heure-ci, c'est l'affaire qui t'amène ? Tu veux vérifier des faits ?

— Oui. Sais-tu d'où proviennent les documents concernant le détournement de fonds ? Je ne parle pas de leur origine. Ils émanent évidemment de l'ambassade de Grande-Bretagne à Washington. Mais comment sont-ils parvenus à Londres et qui les a remis à la police ?

— Pourquoi ? Ce sont des faux ?

— Je l'ignore. Pour autant que je puisse en juger, ils ont l'air authentiques.

— Dans ce cas, quelle importance cela a-t-il ? S'ils prouvent qu'il a détourné de l'argent ? Je ne comprends pas.

Il était clair à son regard qu'elle était sincère.

— Il faut que je présente une défense, Jem. Et Marcus a mis Kitteridge sur une autre affaire. Je dois me débrouiller seul. La première chose à faire est de découvrir qui a apporté ces documents en Angleterre et les a donnés à la police pour qu'elle entame des poursuites contre Sidney. N'importe quel avocat compétent commencerait par là. Jusqu'à présent, c'est le seul point faible dans cette affaire. Sidney affirme qu'il est innocent. Il est de mon devoir de le croire, aussi longtemps que je le peux.

Elle le dévisagea pendant quelques secondes. Cassie se rapprocha d'elle, percevant une tension soudaine dans l'air, un changement dans le ton de leur voix.

— Es-tu en train de me demander si c'est Patrick qui les a apportés ?

— Est-ce lui ?

— Non ! Bien sûr que non !

La colère et l'écœurement se lisaient sur ses traits.

— Si nous les avions eus lors de notre arrivée, il se serait contenté de les remettre à la police ! Il ne t'aurait pas mêlé à cette affaire. Il n'en sait pas plus long que toi !

Daniel la croyait : sa réponse était logique.

— Il est au courant de leur existence, dit-il, car c'est lui qui m'a dit que la police avait arrêté Sidney et qui m'a demandé de le défendre. Pour que nous puissions d'une manière ou d'une autre soulever la question de l'agression de Rebecca et du vol du pendentif.

— Cela ne signifie pas qu'il ait tout déclenché ! Où aurait-il trouvé ces documents ? Comment aurait-il su qu'ils existaient ? Cela ne tient pas debout.

— Comment quiconque savait-il qu'ils existaient ? insista Daniel. Et qui a quitté New York pour Southampton si vite après Sidney et est venu droit à la police ? Crois-tu vraiment qu'il s'agisse d'un hasard ?

Son incrédulité était palpable, teintée d'amertume.

— Non, ce serait ridicule, admit-elle.

Pour la première fois, il décela un vrai doute en elle.

Cassie serra plus fort la main de sa mère.

Daniel s'en aperçut.

— Je dois trouver une explication, Jem, reprit-il plus doucement. Ces papiers ne sont pas arrivés tout seuls, et ils n'ont pas été postés. Quelqu'un les a apportés. Le courrier aurait mis plus longtemps qu'un voyageur, surtout étant donné la quantité de documents. Ils s'étalent sur trois ans.

Elle paraissait totalement perplexe.

— Je poserai la question à Patrick. Je t'en prie, laisse-moi faire. Il va penser…

— Quoi ?

Elle le regarda dans les yeux.

— Que les Anglais essaient de protéger un des leurs, et c'est raisonnable. Ils ont protégé Sidney de l'accusation d'agression contre Rebecca, ce qui est encore pire.

— Quels Anglais ? Moi ? C'est forcément un Anglais qui a sorti les papiers de l'ambassade. Qu'avait-il donc en tête ?

— Peut-être est-ce le véritable auteur du détournement de fonds, suggéra Jemima. S'il redoutait d'être découvert, il a pu saisir l'occasion d'accabler Sidney, puisque tout le monde à l'ambassade savait qu'il s'était réfugié ici pour échapper aux autres accusations qui pesaient sur lui. Voilà ton explication ! Un mobile, une nécessité, une opportunité et un moyen !

Cassie regarda Daniel.

— Maman a gagné ?

Sur le point de nier, il se ravisa en voyant le visage anxieux de sa nièce. La réponse lui vint facilement.

— Il me semble bien que oui. Elle est douée. Et en fait, elle m'a aidé à bien comprendre.

Cassie lui sourit, puis se détourna, soudain embarrassée.

Jemima lui sourit aussi, avant d'articuler un « merci » silencieux.

Daniel repartit, préoccupé par la question de savoir si Patrick avait été averti du détournement de fonds avant son départ de Washington. Comment son beau-frère aurait-il pu être au courant et n'avoir joué aucun rôle dans l'acheminement des documents en Angleterre ? Il avait cru Patrick lorsque ce dernier avait affirmé vouloir que justice soit faite, rien de plus. Mais exerce-t-on autant de pression, et prend-on autant de risques, pour une affaire comme une autre, dans laquelle on n'est pas personnellement concerné ? Daniel s'était toujours battu de son mieux pour ses clients. Il était bien placé pour savoir que la compétence avait ses limites, et que l'impuissance vous empêchait parfois de dormir la nuit, envahissait le reste de votre vie.

Pourquoi défendait-il Sidney ? Défendait-il aussi l'ambassade de Grande-Bretagne des accusations portées à son encontre par des étrangers ? Cela n'aurait pas dû faire de différence. Seule la découverte de la vérité comptait.

Cela étant, pourquoi descendait-il Keppel Street en serrant les poings, en redoutant d'avoir à faire face à Patrick, de faire souffrir Jemima, de troubler la petite fille qu'il n'avait vue que trois fois et qu'il aimait déjà tant ?

Il monta dans un autobus dans Tottenham Court Road pour se rendre chez les Blackwell. C'était l'heure du déjeuner. Si Blackwell ou Mercy étaient à la maison, ils l'inviteraient, comme toujours. Il accepterait et puis s'expliquerait.

Ce fut un excellent repas.

Des côtelettes d'agneau, des premiers petits pois au goût subtil et délicat, agrémentés de menthe et d'une belle noix de beurre, et de pommes de terre à l'eau. Daniel savoura le plat, repoussant le moment de la discussion autant que c'était possible.

— Allons ! dit enfin Blackwell, lorsque leurs assiettes furent vides.

— Un thé ? proposa Mercy en se levant. Du gâteau ?

Elle ne prit pas la peine d'attendre sa réponse ; c'était toujours la même.

Daniel s'apprêtait à offrir de débarrasser la table, mais Blackwell lui empoigna le bras, l'obligeant à se rasseoir.

— Que s'est-il passé ? Ne mentez pas ! C'est grave, non ?

— Je ne sais pas, répondit Daniel, plus ou moins sincère. Mais ce que je sais, c'est que si je ne présente pas la meilleure défense possible, Marcus me mettra à la porte. Et quand je considère la situation honnêtement, il aura raison. C'est… c'est si difficile d'être impartial.

Blackwell planta son regard dans le sien.

— Philip Sidney n'est pas coupable, si ?

— Je ne sais pas. Je ne sais vraiment pas.

Cette fois, il était tout à fait honnête.

— Et cela vaut aussi bien pour le détournement de fonds que pour l'agression perpétrée contre Rebecca Thorwood. Je ne dis pas cela parce qu'il m'est sympathique ou que je me refuse à penser qu'un Anglais ait fait cela, mais parce que cette histoire n'a aucun sens… pour le moment.

— De plus, vous éprouvez de la sympathie pour votre beau-frère et vous aimez votre sœur, poursuivit Blackwell.

— Oui.

— Que dit Sidney ?

— Qu'il est innocent, ce qui est précisément ce que disent la plupart des accusés, au début. Soit cela, soit ils prétendent que leur acte était justifié. Ils accusent toujours quelqu'un d'autre. Mais Sidney ne m'est d'aucun secours, parce qu'il n'a pas la moindre idée de l'identité du coupable ni de son mobile, soupira Daniel. Et vous avez raison. Ces actes semblent en contradiction totale avec sa conduite passée et avec sa réputation. Non que cela signifie grand-chose.

— Quoi d'autre ?

— Nous avons des documents provenant de

l'ambassade de Grande-Bretagne à Washington qui prouvent qu'il y a eu détournement d'argent. Un certain Morley Cross les a compilés. Ce sont des reçus de dépenses personnelles, des extraits de livres de comptes. Le montant volé ne s'élève qu'à cent livres, et cela sur un certain temps.

— Pas très ambitieux, observa Blackwell.

— C'est probablement pour cette raison que le manège a duré trois ans avant d'être découvert.

— Ou parce qu'il ne faisait rien du tout !

— Oui.

— Le véritable voleur a-t-il falsifié la signature de Sidney ?

— C'est probable. Et c'est une coïncidence extraordinaire que le détournement soit apparu la semaine où Sidney s'est enfui, lui fit remarquer Daniel.

— Pas si le véritable auteur du détournement cherchait un bouc émissaire. Dans ce cas, la coïncidence est parfaite. Il a cessé de chaparder de menues sommes d'argent et personne ne continuera à le chercher.

Daniel réfléchit.

— Ou bien, il ne s'agit pas vraiment d'argent. Le but était-il au fond d'accuser Sidney à tort et de se débarrasser de lui dans le but d'obtenir autre chose ? Un poste, peut-être. Une promotion convoitée par plusieurs personnes ?

Tout en parlant, il se rendit compte avec surprise qu'il s'était mis à défendre Sidney comme s'il le croyait bel et bien innocent.

— Justement, acquiesça Blackwell. Daniel, j'ai l'impression que cette affaire a des ramifications plus vastes que nous ne l'avons pensé : plus vastes, et beaucoup plus inquiétantes. Quelle va être votre prochaine étape ? Il va falloir procéder dans l'ordre.

Il leva sa large main et compta sur ses doigts.

— De quel service de l'ambassade venaient les factures et reçus remis à la police ? Quand ont-ils été vus là pour la dernière fois ? Qui travaillait là à ce moment-là ? Comment Morley Cross se les est-il procurés ? Quelqu'un l'a-t-il questionné ? Enfin, qui les a apportés de Washington à Londres en passant par New York et quand ? Très important, ce dernier point ! Quand cet individu a-t-il quitté Washington ? Quand a-t-il quitté New York ? Lors de son arrivée à Londres, qui est-il allé voir ? Un cabinet d'avocats ? La police ?

Daniel était immobile.

— Je sais cela.

— Quoi ? se récria Blackwell. Vraiment ?

— Oui. C'est le rôle que Patrick joue là-dedans, avoua Daniel à regret. Il a été au courant du détournement de fonds dès que Sidney a été arrêté. Je soupçonne qu'il l'a appris…

— Par les Thorwood, murmura Blackwell.

— Oui.

— Patrick agit en leur nom ?

— Je suppose que oui. Il faut que je me renseigne davantage sur leurs relations. Ils n'évoluent pas exactement dans le même milieu. D'après Jemima, ils ont fait connaissance à l'occasion d'un travail que Patrick a effectué pour eux.

— Mettez-y les formes. Ou laissez-moi faire. Je ne sais pas encore comment m'y prendre, mais Mercy saura.

— Obtenir des informations de Washington ? demanda Daniel, sceptique.

— Elles ne seront peut-être pas à jour, admit Blackwell. Mais du début de l'année, au moins. L'Amérique n'est pas si loin pour les classes fortunées, les personnalités politiques ou les négociants, surtout dans certains domaines. Les gens ne changent pas du jour au lendemain. La source de toute l'affaire se trouve sans doute dans le passé, il suffit de savoir où creuser. Découvrez comment ces documents sont parvenus à la police de Londres. C'est le premier mystère à éclaircir.

Daniel se leva à regret, son sourire un peu moins réticent.

— Merci, Roman.

— Vous avez une meilleure idée ?

— Non. Si c'était le cas, je la suivrais.

Blackwell le raccompagna à la porte.

— Faites de votre mieux, Daniel… pour votre propre bien. Il est trop tôt pour prendre de grandes décisions. Vous ne connaissez pas encore la moitié de l'histoire.

10

Daniel n'avait aucune envie de suivre les conseils de Blackwell, mais il savait qu'il n'avait pas le choix. Il lui fallait d'abord affronter la conversation qu'il redoutait le plus. S'il s'y prenait mal, les répercussions pourraient le hanter jusqu'à la fin de ses jours. Le seul fait d'y penser le faisait souffrir. Durant les quatre années d'absence de sa sœur, il avait oublié combien l'amitié de Jemima comptait pour lui. Leur relation était sûre, honnête, pleine d'humour. Elle avait survécu aux querelles, aux moments difficiles, à la séparation, aux responsabilités et aux dilemmes de l'âge adulte. Or la vie de sa sœur risquait d'être profondément affectée par la manière dont cette affaire allait évoluer.

Daniel ne connaissait Cassie que depuis deux jours, mais l'idée qu'elle pût voir en lui un ennemi, quelqu'un qui avait fait souffrir sa mère et son père, était terriblement douloureuse. Il se remémorait l'ombre qui avait voilé son regard lorsqu'elle avait pensé qu'il faisait de la peine à sa mère.

Charlotte et Thomas comprendraient, mais n'en souffriraient pas moins.

Parler de courage était facile. La réalité, elle, n'offrait que douleur.

Inutile d'y penser. Il devait agir !

Dans le jardin ensoleillé de Keppel Street, Patrick désherbait tranquillement tout en profitant du beau temps. Étendue sur une couverture, Cassie dormait à poings fermés, bras et jambes en croix, une peluche à côté d'elle. Debout devant la porte-fenêtre ouverte, Daniel jeta un coup d'œil vers elle. Puis il sortit, emprunta l'allée et traversa la pelouse. Il passa à côté du bac à sable, ramené un instant en arrière par de vagues souvenirs de ses jeux d'enfant. Il connaissait chaque centimètre carré de ce jardin.

Patrick le vit et s'essuya les mains dans l'herbe avant de se relever.

— Pardon. Ma main est encore trop sale pour que je serre la vôtre, dit-il avec un sourire.

Daniel avait envie de se baisser et d'arracher des mauvaises herbes avec lui. L'espace d'une seconde, il envisagea même sérieusement de le faire. Il rendit à Patrick un sourire un peu crispé.

— J'ai besoin de vous parler, de vous demander conseil.

— Venez par ici.

Patrick fit une dizaine de pas pour gagner l'autre extrémité de la pelouse, puis s'assit, ajustant sa position de manière à voir Cassie.

— Concernant l'affaire, je présume.

— Je préférerais que ce ne soit pas le cas, dit Daniel en prenant place en face de lui. Mais nous devons mener le procès correctement, pour toutes sortes de raisons. D'abord d'un point de vue pratique : ça ne marchera pas s'il est bâclé ; ensuite, moralement, ni vous ni moi ne serons satisfaits par des raccourcis ou des demi-vérités. Il pourrait y avoir un appel ! Et la malhonnêteté…

Patrick leva la main pour l'interrompre.

— On ne vous a jamais appris que fournir un argument est une bonne chose, mais qu'en fournir dix incite votre interlocuteur à douter de chacun ?

— Si. Souvent, reconnut Daniel. Cependant, un enchaînement de preuves ne tient que par son maillon le plus faible.

Patrick secoua la tête.

— Venez-en au but, enfin ! Qu'y a-t-il ?

— Il s'agit des documents relatifs à l'argent détourné, signés par Sidney. Il semblerait que ce soit bien sa signature. Là n'est pas le problème. En revanche, nous savons qui les a remis aux autorités, mais pas qui les a compilés à l'ambassade de Grande-Bretagne à Washington, ni qui les a apportés d'outre-Atlantique et dans quel but ? Et pourquoi cette personne a-t-elle fait cela précisément maintenant ?

Patrick le dévisagea sans répondre.

— C'est important pour moi, parce que j'ai besoin de l'interroger, expliqua Daniel. C'est à peu près le seul point que Sidney puisse contester. Et il faut que nous présentions une défense. Non seulement chacun y a droit, mais si je ne suis pas convaincant, nous donnerons l'impression qu'il y a eu manipulation, et les motifs d'appel…

— Bien sûr ! coupa son beau-frère. Mon but n'est pas de ruiner votre carrière !

Il paraissait surpris, voire blessé.

— Je ne sais même pas s'il est coupable d'avoir détourné cet argent. Mais s'il a pu agresser Rebecca pour lui dérober le pendentif, ça ne doit pas être le premier méfait qu'il commet impunément. Jem préférerait que l'agression soit passée sous silence. Elle pense que ces révélations ne serviront qu'à faire souffrir Rebecca davantage. Peut-être serait-il suffisant de le condamner pour détournement de fonds.

Il fronça les sourcils.

— Tobias tient à ce que tout éclate au grand jour… mais je ne suis pas sûr que ce soit souhaitable. Si c'était ma fille, je crois que je…

Il lança un coup d'œil vers Cassie, encore endormie sur la couverture.

— Vous le tueriez, acheva Daniel, qui ne plaisantait qu'à demi.

— C'est probable, admit Patrick. Si Jem ne m'avait pas devancé.

Daniel attendit quelques instants.

— Vous devriez la tourner, suggéra-t-il. Elle risque d'attraper un coup de soleil.

Patrick se leva et suivit son conseil, déplaçant Cassie très doucement, sans la réveiller. Puis il revint et se rassit.

— Je ne connais pas la réponse à vos questions, dit-il, mais je suis assez sûr qu'un certain Morley Cross, de l'ambassade de Washington, connaît la vérité. Il sera sans doute à même de vous dire à qui ces documents ont été confiés.

Il hésita quelques secondes.

— Je vais expédier un télégramme à Washington pour me renseigner. Il ne peut pas y avoir beaucoup de navires qui aient quitté l'Amérique durant la période concernée. Il faut que ç'ait été après le départ de Sidney, sinon les documents n'auraient pas été envoyés ici. Et avant son arrestation, parce que ce sont eux qui en ont été la cause. En quoi cela va-t-il nous aider ?

— Je ne sais pas au juste. Mais Kitteridge a déjà demandé à la police de Washington d'obtenir des renseignements sur ce Morley Cross. Quand nous saurons à qui il a transmis ces documents et pourquoi, cela nous éclairera peut-être. Du moins, nous donnerons l'impression d'avoir essayé. Au tribunal, il est toujours préférable de connaître les réponses avant de poser les questions.

— Vous pensez pouvoir défendre Sidney… je veux dire, obtenir son acquittement ?

— Si l'avocat général est à peu près compétent et que Sidney est coupable, non.

Daniel planta son regard dans celui de Patrick, qui cilla mais le soutint sans hésiter. Une partie de ses craintes se dissipa, aussitôt remplacée par une tension d'une autre nature. Il aimait bien Patrick. Il serait meurtri si son beau-frère, d'une manière ou d'une autre, avait manigancé toute cette affaire.

De retour au cabinet, Daniel alla rapporter à Marcus fford Croft les progrès accomplis jusque-là.

— Hmm, grommela Marcus en plissant les yeux. Je ne vous surveille pas de si près, Pitt. Pourquoi au juste venez-vous m'expliquer tout cela ?

Daniel eut la nette impression qu'il devinait parfaitement ses raisons, mais voulait voir s'il aurait assez de cran pour les lui exposer.

— Eh bien ? s'impatienta son employeur.

— Parce que j'ai besoin de voir quelqu'un de haut placé dans le service diplomatique pour avancer, répondit-il. Que ces documents soient authentiques ou qu'ils aient été falsifiés, ils sont sortis de l'ambassade à point nommé pour que Sidney soit inculpé. Il s'agit peut-être d'une coïncidence, mais je n'y crois pas. Et si l'accusation veut gagner, elle va devoir le prouver.

— Vous allez le défendre pour de bon, n'est-ce pas !

Marcus arqua les sourcils.

— Bien ! Je ne me réjouissais pas d'avoir à annoncer à votre père que je ne pouvais plus vous garder.

Daniel sentit une vague de honte déferler en lui à la pensée que la question eût pu se poser, et surtout, dans son esprit.

— N'ayez pas l'air si étonné, lança Marcus, peu amène. Je parlais sérieusement. Je ne profère pas de menaces en l'air. À ma place, garderiez-vous un homme qui prétendrait défendre un client tout en étant en fait juge, juré et bourreau de ce malheureux, sans l'en avertir ?

Daniel sentit ses joues s'empourprer.

— Non, monsieur…

— Bon. Parce que vous n'avez pas la moindre chance d'occuper ma place un jour si vous en étiez capable. Votre premier devoir est envers la loi ! La famille, les amis, tout le reste, cela vient après ! J'espère que vous êtes sincère ?

— Oui, monsieur. Et pour défendre Sidney, il faut que je connaisse la vérité. Cela signifie que j'ai besoin de savoir à qui Cross a donné ces papiers et comment ils sont passés de l'ambassade de Washington à Londres. Et si possible, pourquoi. Pour servir les intérêts de l'ambassade, ou parce que quelqu'un d'autre les a réclamés ? Dans le second cas, je veux le nom de ce quelqu'un.

Le visage de Marcus s'adoucit, éclairé par un sourire angélique.

— Excellent. Je vous propose d'aller voir John Armitage. Très haut placé à l'ambassade de Washington. Il séjourne à Londres en ce moment. Pour quelques semaines. Ou quelques jours. Il vient souvent. Je vais vous obtenir un rendez-vous. Ne me décevez pas en vous laissant impressionner par lui. C'est un homme intelligent, mais il a deux bras et deux jambes comme vous. Maintenant, allez vous rendre utile. Je vous informerai des arrangements. Et remettez un peu d'ordre dans votre tenue ! On dirait que vous vous êtes traîné par terre. Vous me rappelez votre père, à ses débuts !

— C'est le gazon, monsieur.

— Pardon ?

— Je me suis assis sur le gazon. Je parlais à Flannery.

— Eh bien… je suppose que vous savez ce que vous faites ! Pour ma part, j'ai du mal à m'imaginer cela.

— Il a une petite fille de trois ans, monsieur.

Marcus soupira.

— Ah ! Voilà qui explique tout.

Un instant, Daniel songea à Miriam fford Croft, la fille de Marcus. Elle avait trente-neuf ans, quatorze de plus que lui. Brillante, excentrique, débordante d'énergie, elle avait aussi un côté vulnérable, que Daniel avait perçu. Il ne l'avait pas vue depuis l'affaire Graves, trois mois plus tôt. Peut-être Marcus savait-il ce qu'il en était d'avoir une petite fille, après tout.

— Merci, monsieur, murmura-t-il, avant de s'esquiver.

Il était dans la bibliothèque avec Kitteridge et deux longues heures s'étaient écoulées sans grand résultat quand Impney arriva, apportant du thé pour son collègue et un message pour lui.

— Un cab vous attend, monsieur, pour vous emmener au ministère des Affaires étrangères, où Sir John Armitage va vous recevoir. Si vous permettez, monsieur, je vous conseille de vous dépêcher. Cela ferait mauvaise impression si vous arriviez avec du retard et… euh… peut-être serait-il souhaitable de vous rafraîchir un peu ? ajouta-t-il en rougissant de sa témérité.

— Merci, Impney. Vous avez raison, admit Daniel avec un sourire. Oui, je vais trouver un peigne et une glace.

Il passa le trajet, qui n'était certes pas très long, à formuler et reformuler avec précision dans sa tête ce qu'il allait dire. S'il gâchait son unique chance de s'entretenir avec Armitage en dehors d'un tribunal, il ne se le pardonnerait pas. Sans parler de l'opinion que Marcus aurait de lui !

Arrivé au ministère, il descendit du cab et régla la course, puis hésita sur le trottoir venteux. Il aurait donné cher pour être n'importe où sauf là. Cependant, il serait en retard s'il continuait à tergiverser. Il devait ignorer les mèches rebelles qui retombaient sur son visage, les battements précipités de son cœur, et pénétrer dans la fosse aux lions.

Il était légèrement plus maître de lui-même lorsqu'il fut conduit à la porte de Sir John Armitage et, un instant plus tard, invité à entrer dans la suite luxueuse qu'il occupait. L'endroit était à l'évidence conçu pour impressionner, et y parvenait. La pièce était baignée de lumière, les rayons du soleil entraient à flots par les immenses fenêtres ouvertes au ciel, derrière lesquelles on apercevait la cime verdoyante des arbres, leur feuillage agité par la brise.

Il n'eut pas le temps d'admirer les tableaux, le mobilier en acajou brillant, les tapis d'Aubusson. Armitage se tenait au centre de la pièce. Il était grand, plutôt bel homme, doté d'une épaisse chevelure repoussée en arrière et d'un visage aux traits bien dessinés, presque arrogants, mais qui arboraient un sourire à cet instant précis. Ou plutôt, sa bouche souriait. Son regard, non. Dans quelle mesure avait-il accepté de recevoir Daniel à cause de Marcus fford Croft, ou de Sir Thomas Pitt ? Il aurait été stupide de s'en offenser. Mieux valait s'en servir avec sagesse.

— Je suis Daniel Pitt, dit-il. Je vous remercie de me consacrer un moment à l'improviste.

Il s'appliquait à être courtois, sans se montrer trop reconnaissant. L'expression d'Armitage était indéchiffrable.

— Je vous en prie.

Le diplomate pivota et lui indiqua un fauteuil.

— fford Croft m'a laissé entendre que c'était urgent. Et que cela concernait l'affligeante affaire de Philip Sidney.

Il ne s'agissait pas d'une question. Il connaissait déjà la réponse.

— Oui, monsieur. Mon cabinet a été engagé pour le représenter.

Armitage haussa les sourcils, un soupçon de sourire sur les lèvres.

— Et vous le croyez innocent ?

Daniel lui rendit un sourire poli, dénué d'humour.

— Bien entendu, monsieur. Jusqu'à preuve du contraire, au-delà de tout doute raisonnable.

— Faites-vous toujours exactement ce pour quoi on vous a engagé ? demanda son interlocuteur avec curiosité.

— Si je dois commettre une erreur, elle sera plus intéressante et moins fondamentale que celle-là.

— Je pense que vous irez loin, même si je ne suis pas encore prêt à dire dans quelle direction, répliqua Armitage. Qu'attendez-vous de moi au juste ? Souvenez-vous que, dussent-ils se révéler incompatibles, mon premier devoir est envers mon pays, qui d'ailleurs est aussi le vôtre, et non envers la défense de votre client.

— Ma première priorité consiste à découvrir la vérité, dans la mesure du possible.

— Elle sera toujours seulement partielle.

— On peut parfois reconnaître une bête à la forme de son crâne, monsieur. Bien sûr, s'il s'agit d'une créature que l'on n'a jamais vue, le reste pourrait être n'importe quoi.

Avant qu'Armitage eût pu répondre, il poursuivit :

— Les signatures qui figurent sur les autorisations de paiement semblent authentiques, mais nous n'avons pas encore chargé un expert de les examiner.

— Ces papiers ne sont tout de même pas en votre possession ? s'écria Armitage, l'air soudain alarmé.

— Non, monsieur. Nous y avons un accès limité. Je souhaite connaître le nom de la personne qui a compris que les factures présentées ne correspondaient pas à de véritables dépenses et, du reste, pourquoi elle s'intéressait à ces vieilles paperasses. Se pose par ailleurs la question de savoir pourquoi on ne s'est pas aperçu plus tôt de ces malversations et qui a apporté ces documents en Angleterre. Cela a dû se produire peu après l'incident qui a eu lieu chez les Thorwood. Je crois savoir que c'est grâce à votre aide que Philip Sidney a pu éviter d'être poursuivi dans cette affaire ?

Il avait parlé d'une voix douce, où ne perçait presque aucune émotion.

Une ombre voila le visage d'Armitage.

— Oui. J'ai pensé agir pour le mieux. Si l'affaire s'était ébruitée, l'indignation aurait été à son comble et son… attitude le desservait. Certains le jugeaient arrogant. Il semblait parfois penser qu'il avait droit à certaines choses qui étaient, en réalité, des privilèges pour lesquels il aurait dû être reconnaissant. Dans le service diplomatique, on apprend assez vite à ménager ses interlocuteurs, à les complimenter, à éviter les propos déplaisants, même avec des gens peu fiables ou belligérants. Sidney ne… contrôlait pas toujours ses impulsions.

Son regard demeurait rivé à celui de Daniel.

— J'attache une grande importance à la manière dont notre nation est perçue à l'étranger. Nous pouvons nous permettre une erreur de temps à autre. Chacun en commet. Toutefois, cela doit rester rare ! Très rare ! Sidney aurait été contraint de s'en aller tôt ou tard, mais il est terrible que ce soit arrivé dans de telles circonstances.

Daniel garda le silence.

— En ce qui concerne l'argent, continua Armitage, je ne me doutais de rien. La somme en question n'était guère considérable, à ce que j'ai compris. Peut-être s'ennuyait-il, et a-t-il détourné cet argent par défi, en quelque sorte.

Daniel baissa les yeux. Les mains du diplomate étaient posées sur ses genoux, ses jointures blanches. Le sujet le troublait. Était-il gêné ? Après tout, il avait été le supérieur de Sidney, et responsable de lui.

— Nous le défendrons de notre mieux, promit Daniel. Quoi qu'il en soit, l'argent a forcément été détourné par quelqu'un de l'ambassade. Je présume qu'aucune personne étrangère à l'établissement n'y avait accès ?

— Non. Et même si c'était le cas, nous n'irions certainement pas causer un incident diplomatique en accusant un jardinier ou une femme de chambre !

Les traits d'Armitage étaient tendus par le dégoût.

— Je donnerais cher pour que cette désolante affaire puisse être étouffée, mais il est bien trop tard pour cela.

Il observait Daniel avec intensité.

— Avez-vous remarqué que, souvent, ce n'est pas un délit ou un scandale qui cause la chute d'un grand homme, mais les mensonges qu'il raconte pour éviter de l'admettre ?

Daniel se demanda si la question était purement rhétorique ou si Armitage attendait qu'il réponde. Il décida de le faire de toute façon.

— C'est une observation très profonde, monsieur. Je crois que beaucoup de gens seraient d'accord avec vous…

— Mais pas vous ? coupa Armitage, les yeux écarquillés et furieux.

— Ce n'est pas ce que j'allais dire, monsieur. J'allais arguer que tout avocat devrait garder cela à l'esprit, au contraire. Ce qui compte, ce n'est pas tant ce que le témoin ou l'accusé a fait, que ce sur quoi il est prêt à mentir. Et c'est utile de différentes manières, selon qu'il est de votre côté ou non.

Armitage prit une longue inspiration et expira lentement.

— Excusez-moi. Je vous ai interrompu bien trop tôt. J'espère ne jamais me trouver en face de vous à la barre. Vous êtes beaucoup plus brillant que je ne le pensais. C'est une grave erreur que de sous-estimer son adversaire.

Daniel sourit.

— Dans ce cas, peut-être n'auriez-vous pas dû me mettre en garde, monsieur ?

— Hmmm.

Une lueur d'humour traversa le regard d'Armitage, prenant Daniel par surprise.

— Je vous remercie pour votre sagesse, dit ce dernier en retenant son souffle. Mais je ne peux me permettre d'abuser du temps précieux que vous m'avez consacré. Il me faut autant de renseignements que possible concernant ces documents et, surtout, les raisons pour lesquelles ils ont attiré l'attention de Morley Cross. Mr. fford Croft affirme que, si quelqu'un peut m'aider, c'est vous. Il a ajouté que vous y seriez prêt parce que cela vous affligerait profondément de voir un homme de cette situation… portant ce nom… condamné pour deux délits commis en Amérique. Le détournement est méprisable. Quant à l'agression de Miss Thorwood, elle est révoltante.

Armitage se redressa.

— Mon Dieu, il n'est pas inculpé de cela ?

Il ferma les yeux.

— Damnation ! J'aurais dû m'en douter. Quel aveuglement de ma part ! Bien sûr ! C'est de cela qu'il s'agit. Le détournement est un coup monté pour permettre d'évoquer l'agression, si ce n'est en tant que motif d'inculpation, du moins afin d'entacher sa réputation. Cela suffira à persuader le jury de le condamner ! Je me demande qui diable est derrière cette manœuvre.

Il se pencha un peu vers Daniel, le visage éclairé par le soleil qui filtrait à travers la fenêtre.

— Pitt, le savez-vous ? Si vous connaissez le nom de celui qui a manigancé tout cela et que vous ne me le disiez pas, je…

Il se tut soudain.

— Je vous présente mes excuses. Vous ne commettriez pas un acte aussi déloyal envers votre pays.

Daniel se rendit compte qu'il avait les mains crispées sur les accoudoirs de son fauteuil et qu'il tremblait légèrement.

Armitage attendait.

Daniel réfléchit à toute allure.

— Je ne connais pas la vérité, Sir John. Il faut que je la découvre avant le début du procès. J'ai entendu parler de l'incident qui a eu lieu chez les Thorwood, mais c'est par ouï-dire. Même si les faits semblent consternants, ils ne peuvent faire l'objet de poursuites judiciaires ici. C'est donc vous qui avez aidé Sidney à quitter l'Amérique ?

— Qui vous a dit cela ?

— Mr. Sidney, monsieur.

Armitage se détendit.

— Oui. Bien sûr. J'avais oublié que vous étiez allé le voir, naturellement. Comment va-t-il ?

— Il a peur, vous vous en doutez. Il risque d'être condamné pour un délit dont il affirme être innocent.

— Mais vous allez le défendre ? Et veiller à ce que cette autre triste affaire ne soit pas mentionnée. Thorwood jure que c'est Sidney qu'il a vu, le savez-vous ?

— C'est ce que je me suis laissé dire. Si vous pouviez m'aider à établir le cheminement de ces factures ? Et, si possible, la raison pour laquelle personne ne s'est aperçu du détournement plus tôt ? Cela soulève des questions, à tout le moins. Morley Cross est-il impliqué… ou un autre que lui ? Le véritable fraudeur, par exemple ? S'il y a eu une vérification, ou un quelconque examen des comptes, il en a peut-être profité pour donner l'impression que Sidney était le responsable. Histoire de faire d'une pierre deux coups, pour ainsi dire.

Armitage le dévisagea pendant quelques secondes.

— En effet, dit-il enfin. Je vois que vous tenez

autant que moi à laver le nom de Sidney, car indirectement c'est la réputation de l'Angleterre qui est salie. Bon sang ! À l'ambassade de Washington, encore ! Oui. Oui, je vais tâcher d'obtenir autant d'informations que possible. Je vous tiendrai au courant dès que j'aurai du nouveau. Je serai en contact avec fford Croft.

Il se leva.

— Bonne chance. Dieu sait que vous allez en avoir besoin !

— Oui, monsieur. Merci.

Daniel se leva, salua son interlocuteur d'un bref signe de tête et quitta la magnifique salle ensoleillée, se sentant tout ragaillardi.

— Il faut faire examiner ces documents par un expert en écriture pendant qu'on les a sous la main, dit Kitteridge d'une voix pressante.

Il avait proposé son aide à Daniel pour éplucher les papiers. Il était assis à son bureau, les cheveux en bataille, le nœud papillon de travers et la chemise froissée. Il avait abandonné sa veste sur le dossier de sa chaise et paraissait exténué.

— Le clerc de l'accusation est parti, mais il sera de retour demain matin pour tout récupérer.

— Merci, dit Daniel en baissant les yeux sur les documents épars. J'apprécie sincèrement votre aide. Mais où vais-je dénicher un graphologue à cette heure-ci ?

Il se laissa tomber sur une chaise en face de Kitteridge.

— Il est plus de cinq heures !

Kitteridge passa une main dans ses cheveux, les ébouriffant un peu plus. Il avait les yeux rougis d'avoir déchiffré des notes brouillonnes, rédigées à la main.

— Je ne vois qu'une seule personne qui soit assez compétente, assez discrète pour qu'on lui fasse confiance, et disposée à travailler toute la nuit.

— Dans vos rêves ? lâcha Daniel, sarcastique.

— Les vôtres, peut-être, répliqua Kitteridge avec un sourire ironique, mais curieusement dénué de malice, si l'on considérait ses propos.

Daniel le dévisagea.

— Miriam, qui d'autre ? lança Kitteridge sur un ton sec. Ne restez pas là à ciller comme une chouette. Nous aimerions croire que c'est nous qui avons résolu l'affaire Graves mais nous n'y serions pas parvenus sans elle. Vous le savez aussi bien que moi. Buvez un thé, réfléchissez à ce que vous allez dire, et puis allez la chercher.

— Et si elle est sortie ?

— Eh bien, il vous faudra découvrir où elle est, pour l'amour du Ciel ! Et apportez tout le matériel dont elle aura besoin. Nous ne pouvons pas sortir ces documents du bureau. J'ai dû m'y engager par écrit, sinon le clerc les aurait repris. J'ai dit que je travaillerais dessus toute la nuit si nécessaire.

— Et vous allez le faire !

Daniel se leva, les gestes las. Sa fatigue était intérieure. Il n'était que cinq heures de l'après-midi, il faisait grand jour. Il hésitait à retourner voir Miriam fford Croft parce qu'il se sentait à la fois à l'aise et gêné avec elle, souvent les deux en même temps. Durant les mois qui s'étaient écoulés depuis l'affaire Graves, il avait souvent songé à lui rendre visite, mais s'était toujours ravisé.

— Dépêchez-vous donc ! le tança Kitteridge avec impatience.

— Je reviendrai dès que je l'aurai trouvée, promit

Daniel. Si Impney reste, vous devriez l'envoyer acheter des sandwichs ou un en-cas quelconque.

— Je vais m'en charger moi-même.

Kitteridge se leva avec lenteur, dépliant ses membres ankylosés à force d'être restés trop longtemps dans la même position.

— Je vais aussi acheter de la bière. Si on me piquait avec une aiguille, ce ne serait pas du sang qui coulerait, mais du thé.

Il se cogna contre le bureau et lâcha un juron à mi-voix. Daniel se surprit à sourire. Kitteridge était un amalgame si curieux d'émotions : le contrôle de lui-même, l'obéissance, la vulnérabilité. Cela se voyait beaucoup plus qu'il ne le soupçonnait.

Ils sortirent ensemble, et avertirent Impney de l'heure présumée de leur retour.

— Bien, messieurs, répondit ce dernier, impassible.

Ils se séparèrent au coin de la rue, Kitteridge partit vers la gauche et le meilleur pub du quartier, Daniel vers la droite, en quête d'un cab qui le conduirait au domicile des fford Croft, où Miriam vivait et possédait son laboratoire.

Il arriva à destination plus vite qu'il ne l'avait escompté et pria le cocher d'attendre. Si elle était à la maison, il essaierait de la persuader de l'accompagner au cabinet le plus vite possible. Si elle était sortie, il devrait se mettre à sa recherche. Certes, les domestiques ne sauraient peut-être pas où elle s'était rendue, ou ne seraient peut-être guère prêts à le renseigner, bien qu'il fût connu d'eux.

Trois mois avaient passé depuis sa dernière venue mais il avait l'impression que seuls quelques jours s'étaient écoulés. L'allée menant à l'entrée de la cave lui était familière. Il savait où était la marche fissurée, et le pavé descellé. Il sonna à la porte et entendit le tintement à l'intérieur.

Il n'y eut pas de réponse. Une bouffée d'émotion l'envahit. Du soulagement ? De la déception ? Que faire, à présent ? Essayer la maison principale. Il recula d'un pas.

La porte s'ouvrit et Miriam apparut sur le seuil. Elle était exactement telle que dans son souvenir : les pommettes hautes, le teint clair, le nez trop prononcé, la bouche trop large, et les cheveux auburn éclatants qu'elle rassemblait en chignon quand elle y songeait, et dont une longue mèche s'était échappée.

— Mr. Pitt ? s'écria-t-elle, surprise.

Elle l'appelait « Daniel » lorsqu'ils travaillaient ensemble, mais le temps avait fait son œuvre.

En chemin, il avait envisagé plusieurs manières différentes de lui demander son aide de toute urgence, ce soir même, sans avoir rien à lui offrir qu'un défi intellectuel, et sa gratitude si elle acceptait. Cela semblait extraordinairement grossier, voire manipulateur. Comment pouvait-il aborder la question sans se ridiculiser ? Comment diable cette idée avait-elle pu lui paraître si naturelle ? Il savait toutes sortes de choses à son sujet : ce qui la faisait rire, ce qui la mettait en colère, ce qu'elle lisait, les ambitions qu'elle avait réalisées et celles qui lui étaient refusées sous prétexte que les femmes n'exerçaient pas de telles activités, comme celle de médecin légiste. Il savait aussi que son anniversaire était en octobre et que, cette année, elle aurait quarante ans ! Elle devait le considérer comme un enfant.

— Ce n'est pas mon père que vous cherchez, sinon vous seriez allé à la porte principale au lieu de venir à la cave, raisonna-t-elle. Par conséquent, c'est moi. Vous avez besoin de renseignements ? Vous ne semblez rien avoir apporté, vous ne voulez donc pas que j'analyse quelque chose. Il n'y a pas d'autre cadavre à déterrer, j'espère ? Vous arrivez un peu tôt. Nous ne nous livrons pas à ce genre d'activité avant minuit. Cela a tendance à perturber les habitants du quartier.

Daniel se sentit rougir. Elle se moquait de lui, gentiment, mais on ne pouvait s'y tromper. Il le méritait.

— Vous avez raison. J'ai en effet besoin de votre avis. Je n'ai rien apporté parce que je ne suis pas autorisé à le faire. Je… j'ai besoin que vous veniez. Nous devons tout rendre à l'avocat général demain.

Elle écarquilla les yeux.

— Est-ce en votre possession légalement ? Ou préférerais-je n'en rien savoir ?

— Oui ! C'est tout à fait le cas. C'est juste que Kitteridge a juré de ne pas les sortir du cabinet. Ce ne sont que… des papiers.

— Qu'avez-vous besoin de savoir les concernant ? Je vous pose seulement la question pour savoir quels instruments emporter.

— Il nous faut découvrir si ce sont des faux ou des pièces authentiques.

— Et je présume que vous devez tous les restituer ? Dans l'état où on vous les a remis ?

— Oui. Est-ce un problème ?

Elle le dévisagea avec plus d'attention.

— Vous êtes sûr qu'ils sont en votre possession légalement ?

— Oui ! Je ne vous mêlerais pas à cela si ce n'était pas le cas !

— Balivernes ! Bien sûr que vous le feriez si vous pensiez que c'est dans le but de rendre justice. Est-ce votre cab que je vois au bord du trottoir ? ajouta-t-elle en regardant par-dessus l'épaule de Daniel.

— Oui.

— Dans ce cas, vous feriez mieux d'entrer et de m'aider à porter mon meilleur microscope. Et ne le faites pas tomber ! Ne me dites rien de l'affaire pour le moment. Je veux que mon jugement soit tout à fait impartial.

Il la suivit à l'intérieur et referma la porte derrière lui. Il savait que le cocher allait patienter : il ne l'avait pas encore réglé.

Miriam marchait devant lui, le dos raide, les épaules droites. Il avait oublié combien elle était mince, l'assurance de sa démarche.

L'immense cave semblait d'abord envahie par les ombres, mais peu à peu ses yeux s'accoutumèrent à l'obscurité, et il distingua les contours de placards, de tables, d'éviers équipés d'eau courante, et d'autres munis de becs Bunsen et de cornues. Les étagères étaient remplies de bocaux en verre contenant des produits chimiques. Tout ici évoquait les lois mystérieuses de la science.

— Daniel !

Il revint sur terre. Elle lui tendait un gros carton.

— Faites attention, avertit-elle. Emportez-le au cab et attendez-moi. Je vous suis.

— Voulez-vous que je revienne… ?

— Non ! Ne laissez pas cet instrument sans surveillance. C'est l'objet le plus cher que je possède.

Son regard brillait de fierté, et le mettait au défi d'y songer.

Si sa réaction était censée le mettre en garde, ou même le rendre nerveux, elle eut l'effet opposé. Il se remémora avec une vague de plaisir l'exaltation qu'il avait éprouvée à partager ses découvertes, à discerner un sens dans le chaos, à observer les élans enflammés que pouvaient susciter des objets inanimés.

Comme si elle avait lu dans ses pensées, elle rougit brusquement. À moins que ses propres souvenirs n'eussent été tout aussi nets.

Il se retourna et sortit tandis qu'elle lui tenait la porte. Il déposa avec précaution le carton sur le siège.

— La dame ne va pas tarder, dit-il au cocher.

— Oui, monsieur, répondit l'homme patiemment.

Peu de choses dans le comportement humain l'étonnaient.

Il était un peu plus de six heures lorsqu'ils regagnèrent le cabinet et, à six heures et demie, sous le regard intéressé de Kitteridge, Daniel tendait à Miriam une feuille après l'autre : extraits de livres de comptes, pages déchirées dans des registres, comptes rendus de réunion, aide-mémoire divers.

Elle examinait chaque page au microscope, fixant la signature pendant plusieurs secondes. Puis elle faisait un bref commentaire et la rendait à Daniel pour qu'il la mette dans une pile ou une autre. Deux piles ? Non, trois.

Daniel brûlait de lui demander ce qu'elle voyait et tenait sa langue avec difficulté. Il savait qu'elle ne lui dirait rien avant d'avoir terminé. Il avait la bouche sèche et mourait de faim. Cependant, le tas de documents à inspecter diminuait peu à peu.

Derrière lui, Kitteridge s'agitait, fébrile.

Enfin, Miriam eut fini. Elle scruta très attentivement la dernière feuille et la mit sur la pile la plus proche, après quoi elle se tourna vers eux.

— Ces documents-ci sont authentiques. La pile du

milieu contient sans doute des faux mais il serait difficile de le prouver. Et tous ceux-là ont été falsifiés.

— Vous en êtes sûre ? demanda Kitteridge, en proie à une grande excitation. Pourrait-on le démontrer au tribunal ? De façon que tout le monde puisse s'en rendre compte ? Je…

Il se tut brusquement.

— Je suis désolé. Il nous faut quelque chose.

— Pour faire quoi ? s'enquit-elle. Prouver la culpabilité de votre client ? Ou celle de quelqu'un d'autre ?

Kitteridge lâcha un soupir.

— Je n'en suis pas sûr. Avoir quelque chose à dire, à quoi s'accrocher, qui soit la vérité. Et non, la falsification des documents signifierait qu'il est innocent.

— Vous voulez dire qu'il était autorisé à prendre une partie de cet argent, mais pas la totalité ?

Elle avait tout de suite saisi.

— Tous ces papiers proviennent de l'ambassade de Grande-Bretagne à Washington.

Son visage se crispa.

— S'agit-il de l'affaire Philip Sidney ? Mon père l'a mentionnée. La somme en cause semble insuffisante pour une telle accusation.

Daniel comprit ce qu'elle voulait dire. Peut-être touchait-elle au cœur du problème.

— Je ne crois pas qu'il s'agisse réellement de cela, murmura-t-il. Cette affaire en cache une autre, beaucoup plus sinistre.

— Qu'essayez-vous de faire ? insista-t-elle. De la découvrir ? Ou de protéger votre client de cette éventualité ?

Elle scruta son visage, perplexe.

Il aurait dû savoir qu'elle y verrait clair et qu'elle le pousserait à répondre.

— Je n'en suis pas sûr.

Il se refusait à lui mentir. De toute façon, elle le percerait à jour. De plus il n'en avait pas envie. Il perdrait quelque chose s'il le faisait. Il n'aurait su définir quoi, mais cela avait de l'importance.

— Je veux savoir la vérité. Au début, je pensais en être sûr. L'autre affaire est lamentable. Pour celle-ci, je m'interroge. Si cette accusation de détournement de fonds est mensongère, qui en est l'instigateur ? Et pourquoi ?

— Eh bien, certaines de ces signatures sont des faux, mais je pense que la plupart d'entre elles sont authentiques.

— Comment le savez-vous ? demanda Kitteridge.

— Je vais vous le montrer au microscope.

Elle fronça les sourcils.

— Cela dit, je ne suis pas certaine que cela vous aide beaucoup. Sauf que…

— Qu'y a-t-il ? demanda Daniel aussitôt.

— Les faux ne sont pas très bien exécutés. Voyez-vous, notre signature change chaque fois. Toutes se ressemblent, mais elles ne sont jamais exactement identiques.

— Celles-ci ne sont pas toutes les mêmes, observa Daniel.

— Non. À quelques exceptions près, le faussaire a eu l'intelligence de ne pas commettre cette erreur. Cependant, si on copie un modèle, on écrit lentement pour bien suivre les lignes. Quand on appose sa propre signature sur un document, on écrit vite, avec assurance ; la pression exercée par le stylographe est différente. Tenez, je vais vous faire voir.

Elle se tourna et glissa une des feuilles sous le microscope, puis ajusta la position du papier.

— Regardez.

Daniel se pencha et régla la lentille. L'encre apparut, à peine reconnaissable. Les lignes étaient épaisses et, ici et là, semblaient presque munies d'écailles, de minuscules piques qui penchaient toutes dans la même direction. On voyait extraordinairement bien l'endroit où le stylographe s'était relevé, et celui où il s'était de nouveau posé sur le papier. Il fixa la scène pendant plusieurs secondes.

Miriam, qui se tenait juste derrière lui, retira la première feuille et la remplaça par une autre. L'écriture y était bien différente. Le trait était plus lisse, plus propre, comme tracé d'une main légère. Le contraste sautait aux yeux.

Il se détourna et la regarda.

— Ceux qui ont les petites taches sont les faux ?

— Oui. On ne peut pas les éviter, même en faisant attention, quand on écrit lentement. Les meilleurs faux ne sont peut-être pas aussi similaires à l'original qu'une excellente copie, mais ils sont exécutés rapidement, avec assurance, de sorte qu'ils ont l'air naturels. L'auteur de ceux-ci a fait attention, mais il n'a pas été assez habile pour éliminer les signes que l'on voit au microscope.

— Seriez-vous prête à en jurer devant un tribunal ? demanda Kitteridge.

— Bien sûr, répondit Miriam. Mais cela en soi ne suffira pas à prouver quoi que ce soit.

Elle se tourna vers Daniel.

— Qu'essayez-vous de prouver, d'ailleurs ? Qu'il a détourné de l'argent, ou le contraire ?

— Nous le défendons, répondit-il. Nous voulons prouver qu'il ne l'a pas fait.

Elle l'enveloppa d'un regard candide.

— Si vous voulez réellement le protéger, vous devriez le persuader de plaider coupable, de rembourser l'argent et obtenir de l'ambassade que la plainte soit retirée. L'affaire serait close et le procès n'aurait pas lieu d'être.

Daniel avait le cerveau en ébullition. Il pensait à Miriam comme à un médecin légiste, un pathologiste qui lisait dans les pièces à conviction comme d'autres dans un livre. Il avait oublié qu'elle était la fille d'un avocat. Bien sûr qu'il fallait au moins proposer cette option à Sidney. C'était à lui de décider s'il voulait suivre cette voie. En cas de procès, qu'ils apportent ou non la preuve que certains documents étaient des faux, l'agression de Rebecca risquait fort d'être exposée au grand jour.

Que choisirait Sidney s'il était vraiment innocent du détournement ? Et de l'agression ?

Ou innocent du détournement, mais coupable de l'agression ?

Miriam dut lire ces pensées sur son visage. Daniel se sentit totalement transparent et, un instant, terriblement jeune.

— Bon sang ! grommela Kitteridge. Quel fichu gâchis ! Merci mille fois, Miss fford Croft. Vous avez clarifié la moitié des choses pour nous et compliqué l'autre moitié.

— Je n'ai rien changé à ce qui est, Mr. Kitteridge, répondit-elle. J'ai juste jeté un peu de lumière dessus. Si vous avez d'autres documents, je serai heureuse de les examiner pour vous.

— Pas encore, et nous n'en aurons sans doute jamais d'autres, avoua-t-il à regret. Avant que nous remettions un peu d'ordre dans ces papiers, de préférence de manière à ne pas mâcher le travail de l'accusation, que diriez-vous de grignoter quelque chose ? J'ai des pâtés à la viande qui sont plutôt bons, et du cidre.

— Ce serait avec plaisir, merci.

Elle regarda Daniel et lui adressa un demi-sourire.

— Cela ne vous aide guère, n'est-ce pas ?

Il s'obligea à lui sourire en retour.

— Pas encore.

11

Le procès de Philip Sidney s'ouvrit dans un tribunal mineur, situé à plusieurs kilomètres de la cour criminelle centrale de l'Old Bailey, et donc de Lincoln's Inn, où se trouvaient la plupart des cabinets d'avocats, y compris celui de fford Croft et Gibson.

Daniel s'y rendit par le métropolitain. Le train bondé cahotait bruyamment d'une station à l'autre sous la cité. Réticent à étudier des documents officiels dans un lieu public, il se contenta de réfléchir et de peser le pour et le contre de diverses solutions. Il disposait de très peu d'arguments, qu'il connaissait par cœur et dont aucun ne l'enthousiasmait. Seul point positif, la liste de témoins à comparaître pour le ministère public était beaucoup plus longue qu'il ne l'avait escompté, ce qui suggérait que celui-ci avait préparé son dossier avec le plus grand soin, mais aussi que Daniel disposait d'un délai supplémentaire pour chercher des éléments en faveur de Sidney.

— Des témoins de moralité, voilà tout, avait commenté Kitteridge avec aigreur, lorsque Daniel lui avait montré le document en question. Comme nous l'avions supposé. Ils ne vont pas faire venir ici la moitié des employés de l'ambassade de Washington. Enfin, vous devriez pouvoir en tirer quelque chose. Tâchez de vous renseigner au maximum sur ces gens. Il faut que vous trouviez de quoi argumenter – avec un peu de chance, vous les ferez trébucher. Mettez-vous au travail, Pitt ! avait-il ordonné en lui rendant la feuille.

Trois jours avaient passé. Quatre, en comptant le dimanche, où tous les bureaux étaient fermés. Kitteridge n'avait toujours reçu aucune nouvelle de Washington au sujet de Morley Cross. Ce dernier avait-il fui de peur d'être interrogé ?

Le train s'arrêta à sa station. Daniel sortit dans l'air chaud et poussiéreux et marcha en direction du tribunal, situé à trois rues de là. Quand il entra, l'animation régnait déjà dans la salle. Quelqu'un avait fait en sorte d'attirer l'attention sur l'affaire, songea-t-il, abattu. Ce procès allait porter sur une foule de questions, dont la moindre était celle du détournement éventuel d'une centaine de livres dans une ambassade située à des milliers de kilomètres de là.

Philip Sidney avait tout d'un homme aux abois lorsqu'on le conduisit au box des accusés. On eût presque dit qu'il s'attendait à être exécuté : il jeta à Daniel un regard désespéré, mais empreint de courage. Il était résolu à dissimuler sa peur autant qu'il le pouvait. Cet homme était-il un acteur brillant ou, à l'instar du héros dont il portait le nom, était-il réellement courageux ?

Daniel ne pouvait faire concilier cette hypothèse avec l'agression de Rebecca Thorwood, qui était au fond l'acte d'un lâche. Et pourtant le père de la jeune fille avait juré que Sidney en était l'auteur. Kitteridge et lui s'étaient renseignés sur Tobias Thorwood : tout portait à croire que c'était un homme intègre, honorable, qui vouait une profonde affection à son épouse et à sa fille unique. Personne ne l'avait jamais pris en flagrant délit de malhonnêteté, que ce fût en affaires ou dans ses propos.

D'âge moyen et rasé de près, le juge Ullswater avait des traits quelconques. Cependant, plus Daniel l'observait, plus il croyait discerner un érudit sous la tenue d'apparat, plutôt qu'un homme épris de pouvoir ou désireux de servir sa carrière par une décision controversée. Peut-être faisait-il preuve d'optimisme. Dieu sait qu'il n'avait pas grand-chose à quoi s'accrocher.

Les jurés prêtèrent serment. Douze citoyens ordinaires, tous respectables, tous des hommes, naturellement. Les femmes étaient considérées comme trop frivoles, trop émotives pour prononcer un jugement important, susceptible d'affecter le reste de la vie de quelqu'un. On pensait qu'elles risquaient d'être effrayées, de ne pas comprendre. Pour sa part, Daniel avait grandi entouré d'une mère et d'une sœur qui l'avaient très tôt convaincu que ces préjugés étaient dénués de fondement. Tout jeune enfant, il avait connu Gracie, leur bonne, qui, haute comme trois pommes, était néanmoins le juge de caractère le plus sensé qu'il eût jamais rencontré. Et son arrière-grand-mère Mariah ne s'était jamais laissé impressionner par personne, sans doute même pas par l'ancienne reine, si elle l'avait jamais croisée !

Il se souvenait aussi très clairement de sa grand-tante Vespasia, dont le courage et la beauté lui avaient valu l'admiration des rois, et celle des juges, cela allait sans dire.

Cependant, il devait se contenter du lot qui était le sien, et, en l'occurrence, s'efforcer de défendre un homme dont il craignait qu'il ne fût coupable, non du délit le plus bénin, mais du plus grave.

Le juge réclama le silence, après quoi Mr. James Hillyer prononça la déclaration liminaire du ministère public. Âgé d'une quarantaine d'années, il n'avait de notable que ses cheveux magnifiques, et un visage marqué par un vif sens de l'humour.

— Votre Honneur, messieurs les jurés, commença-t-il tranquillement. Je vais vous décrire un homme accusé d'un délit insignifiant, et pour autant que nous le sachions, totalement évitable. Je veux parler d'une succession de menus larcins. Quelques livres par-ci, par-là. Une saignée régulière, si vous voulez, des fonds de son employeur, d'un montant total d'une centaine de livres. Et qui vous concerne au premier chef, parce que l'employeur en question est le gouvernement de Sa Majesté, votre gouvernement. Plus particulièrement, l'ambassade de Grande-Bretagne à Washington, la capitale des États-Unis d'Amérique. La honte et l'embarras de notre pays sont immenses en regard de la somme dérobée. Bien sûr, il pourrait rembourser en peu de temps. Il ne s'agit pas là d'une perte importante pour le gouvernement. Il serait ridicule de prétendre le contraire.

Il eut un sourire de regret, accompagné d'un minuscule haussement d'épaules. Un geste élégant.

— En revanche, c'est un coup dévastateur porté à notre honneur, à notre fierté nationale. J'ai même envisagé de plaider auprès de mes supérieurs pour les dissuader d'engager des poursuites et, ce faisant, d'attirer l'attention sur les faits. On eût pu les laisser sombrer dans l'ignominie. Mais la rumeur s'est déjà répandue. Sommes-nous un peuple qui dissimule ses péchés à autrui et, par conséquent, permet leur multiplication et nous pose en victimes consentantes, effrayées par la vérité, lui préférant le mensonge ? Un objet de railleries ? Comme on dit, on peut tirer impunément la queue du lion s'il n'a pas de dents !

Un frémissement de colère parcourut la salle, un rire nerveux fusa au fond. Daniel vit plusieurs jurés se raidir sur leur siège. L'un d'eux alla même jusqu'à secouer la tête avec vigueur.

— Je vois que vous partagez mon point de vue, murmura Hillyer. La justice n'est pas partiale, et ne craint ni homme, ni peuple, ni nation. Je vais vous présenter un accusé bien éduqué, qui porte un nom inscrit dans les pages les plus nobles de notre histoire. Mais aussi un homme qui se croit investi d'un droit supérieur, qui s'imagine pouvoir se conduire à sa guise sans en répondre devant la loi comme le feraient des gens moins importants.

Que diable Daniel allait-il pouvoir dire pour détruire l'image que l'avocat peignait dans l'esprit du jury ? Il regretta que Kitteridge ne fût pas là à sa place. Enfin, son tour arriva. Il se leva avec réticence, s'éclaircit la voix et commença.

— Bonjour, Votre Honneur, messieurs.

Il sourit très légèrement.

— Mon estimé confrère va peut-être réussir à montrer une partie de ce qu'il avance, mais vous allez voir par vous-mêmes à qui vous avez affaire. C'est là votre devoir, et je me fie à votre nature pour ne pas juger par avance un homme à cause de la manière dont il parle, ou s'habille, ou du prénom que sa mère a choisi de lui donner.

Il se sentait ridicule. Quelqu'un l'écoutait-il ? Il s'éclaircit la voix de nouveau.

— Je pourrais vous amener un grand nombre de témoins prêts à affirmer que Philip Sidney est un homme honorable, qu'il n'a rien d'extravagant, qu'il ne vit pas au-dessus de ses moyens. Ils ne peuvent pas vous apporter la preuve qu'il a des dettes, d'honneur ou autre, car il n'en a aucune. En revanche, il existe des papiers, des documents financiers, qui attestent du transfert de quelques livres pour des dépenses parfois des plus suspectes. Certains, nous le prouverons, sont des faux.

Maintenant, les jurés étaient attentifs, leurs visages intéressés. Dans la salle, on entendait des gens s'agiter, changer de position.

— Vous découvrirez qu'il est fascinant de pouvoir démontrer cela à l'aide d'un microscope. Ce point à lui seul prouve qu'un tiers est impliqué dans cette affaire. Un tiers mal intentionné.

Bien que Daniel n'eût parlé que brièvement, son cœur battait à tout rompre lorsqu'il se rassit, au point qu'il avait presque du mal à respirer.

Le premier témoin appelé par Hillyer fut un jeune homme à l'air timide et nerveux, dont les fins cheveux clairs ne cessaient de retomber sur son front. Il identifia plusieurs documents, lesquels furent solennellement examinés par les jurés tour à tour. C'étaient des lettres autorisant des paiements à divers commerces, restaurants, hôtels et ainsi de suite, pour un montant total de quelque cent livres.

— Ces lettres portent-elles toutes la même signature, monsieur ? s'enquit Hillyer avec intérêt.

— Oui, monsieur, en effet, répondit le jeune homme avec certitude. Celle de Mr. Philip Sidney.

Au vu de ce début, la présentation du dossier à charge s'annonçait à la fois solide et fastidieuse. Hillyer, un avocat réputé, n'allait sans doute pas s'en contenter. Daniel se sentit soudain bien moins à l'aise, presque désemparé. Certes, il avait étudié plusieurs des procès récents gagnés par Hillyer. Ils avaient tous en commun des surprises, des retournements de situation imprévus, des conclusions inattendues, mais étayées par des faits. Autant d'éventualités auxquelles il était impossible de se préparer.

Il regarda Sidney assis dans le box et lut une concentration intense sur son visage. On aurait pu penser qu'il n'avait pas la moindre idée de ce qui l'attendait. S'il l'ignorait réellement, comme ce devait être effrayant pour lui ! Pas étonnant qu'il fût si pâle. Les jurés verraient-ils là un signe de culpabilité ?

Le témoin suivant fut un employé du ministère des Affaires étrangères à Londres, qui avait autrefois occupé le poste de Sidney à Washington.

— Mr. Partington, commença Hillyer sur un ton aimable, décrivez-nous brièvement, je vous prie, le poste que vous avez eu à l'ambassade de Grande-Bretagne à Washington, de façon à nous donner un aperçu clair des devoirs et des responsabilités de Mr. Sidney, et notamment, du degré d'indépendance que ses supérieurs lui accordaient.

— Oui, monsieur.

Savourant son importance, Partington expliqua aux jurés le fonctionnement du service. Son exposé fut simple, clair, à deux doigts d'être ennuyeux à mourir. N'importe quel individu ayant jamais travaillé dans un bureau aurait pu en dire autant.

Hillycr lcva la main et l'interrompit juste au bon moment, puis se tourna vers Daniel.

— Le témoin est à vous, monsieur, dit-il avant de se rasseoir avec un sourire agréable, quelque peu satisfait.

Il savait fort bien que, si on obligeait les jurés à en écouter davantage, ils allaient finir par s'endormir. Toute information serait noyée dans ce fatras de banalités.

Habile, songea Daniel.

Il se leva pour s'adresser à la cour.

— Je vous remercie, mais je pense que tout cela est aussi clair qu'il peut l'être.

Puis il se tourna vers le témoin.

— Une seule petite chose, Mr. Partington. Connaissiez-vous Mr. Sidney ? Personnellement, je veux dire ?

— Non, monsieur, je ne l'ai jamais rencontré.

— C'était mon sentiment. Vous ne faisiez que nous expliquer en quoi consistait son travail. Je crois que ces messieurs du jury l'avaient déjà compris, à supposer que ce soit nécessaire. Je présume que vous n'avez jamais rédigé de lettre autorisant un paiement… erroné ?

— Non, monsieur ! s'écria Partington avec raideur. Je n'ai jamais rien pris qui ne m'appartenait pas !

— Nous n'avons pas encore établi que quiconque l'ait fait, répliqua Daniel.

Il se rassit avant qu'Hillyer eût eu le temps de protester. Ce dernier appela à la barre son témoin suivant, un autre employé qui tenait des livres de comptes similaires dans une autre ambassade.

Daniel resta immobile, écoutant à demi. Il était difficile de se concentrer sur des déclarations aussi assommantes. Cependant, il savait qu'un seul détail risquait de faire basculer le procès, et qu'il suffirait d'un instant d'inattention pour le manquer.

Soudain, il prit conscience d'une présence debout dans l'allée à côté de lui. Une seconde, il espéra que c'était Kitteridge. Mais non. Cet homme avait des cheveux plus foncés, des mouvements plus fluides.

Le juge les fixait.

L'homme s'agenouilla à côté de Daniel, afin d'être au même niveau que s'il était assis. C'était Patrick.

Daniel s'efforça de ne pas trahir sa stupeur.

— Que faites-vous ici ? murmura-t-il sèchement. Que s'est-il passé ?

Il était terrifié à l'idée qu'une catastrophe eût pu se produire, bien pire que tout ce qui pouvait arriver dans ce prétoire.

Patrick le regarda.

— Il faut que nous parlions... sur-le-champ… de l'affaire.

— Pouvez-vous être bref ? Ou dois-je demander une suspension de séance ? Pour combien de temps ?

— Une quinzaine de minutes ? Je ne sais pas dans quelle mesure cela a de l'importance, mais c'est à vous d'en juger.

La gravité de son expression frappa Daniel.

— Mr. Pitt ? intervint le juge. Cette interruption se justifie-t-elle ?

— Oui, Votre Honneur. Puis-je solliciter une suspension de séance de quinze minutes ?

— Très bien. Quinze minutes, acquiesça le magistrat.

Il avait parlé d'un ton las, mais une pointe d'amusement traversa ses traits, comme si la perspective d'une pause le réjouissait.

Daniel se hâta de sortir, Patrick sur les talons. Il ne disposait pas d'un bureau sur place, et aucun endroit ne semblait assez discret pour la conversation qui s'annonçait. Finalement, il quitta le bâtiment et s'arrêta sur les marches.

Patrick lui fit face.

— J'ai reçu un télégramme de la police de Washington, dit-il aussitôt, sachant que le temps pressait. C'est un système plutôt efficace, à condition qu'on puisse être bref.

— Que vous apprenait-il ? demanda Daniel, impatient.

— Morley Cross, le jeune employé de l'ambassade qui, croyons-nous, a découvert les documents compromettants, était porté disparu. Son corps vient d'être repêché dans le Potomac.

— Vous voulez dire qu'il s'est noyé ? demanda Daniel, songeant qu'il devait avoir mal compris.

— Il a été assassiné, rectifia Patrick.

— Cela ne peut pas avoir été… un accident ? Vous avez dit qu'il avait été retrouvé dans le fleuve ?

— En effet. Mais il ne s'est pas noyé. Il a été tué par balle.

Patrick le regarda calmement.

— Il ne peut s'agir d'une coïncidence. Il travaillait dans le même service que Sidney à l'ambassade. Il s'occupait des mêmes comptes. Je suis navré. L'affaire paraît plus ténébreuse que nous ne le pensions, du moins, que je ne le pensais.

Daniel était abasourdi. Son cerveau fonctionnait à toute allure, s'efforçant d'assimiler cette information et de l'incorporer de manière logique à ce qu'il savait déjà.

— Quand est-il mort ?

— On n'en est pas tout à fait sûrs, avoua Patrick, le visage sombre. Le décès remonte à un certain temps et le corps a séjourné dans l'eau. Il n'y a guère d'indices. Mais on dirait que cela fait un certain temps, répéta-t-il. On a eu de la chance de pouvoir l'identifier. En tout cas, cela aurait pu se produire avant que Sidney ait quitté Washington.

— Vous voulez dire que Sidney l'aurait tué ? se récria Daniel, l'estomac noué.

C'était pire que tout ce qu'il avait imaginé. Soudain, une autre pensée s'imposa à lui. Se pouvait-il qu'Hillyer fût au courant et attendît des détails supplémentaires avant de présenter des témoins qui lâcheraient cette bombe sur Daniel ? Pris par surprise, il n'aurait aucune riposte à offrir.

— Je dis que c'est une possibilité, admit Patrick. Je suis désolé. Mais il faut que vous soyez préparé à ce que cela soit révélé. Quelqu'un l'a éliminé. Il a reçu une balle dans la nuque. Le suicide est exclu.

Il hésita.

— Puis-je faire quoi que ce soit pour vous aider ? Entreprendre des recherches ? Je… je n'avais pas l'intention de vous mettre dans cette situation. Je ne savais même pas que Morley Cross avait disparu.

— Mais vous vous tenez informé… ?

— Cette affaire compte pour moi. Je veux que justice soit faite. Je pense que Sidney est outrecuidant, qu'il s'arroge le droit de s'emparer de ce qui ne lui appartient pas et qu'il se moque de faire souffrir les autres. Il a traumatisé Rebecca. Elle est toujours terrifiée à la perspective de se coucher. Elle fait des cauchemars.

— Je comprends, murmura Daniel. S'il est coupable, c'est un être mesquin et cruel…

Il se força à poursuivre.

— Et s'il ne l'est pas, cette affaire risque de réduire à néant sa réputation, sa vie et son avenir.

— Je sais. Je donnerais cher pour connaître la vérité.

— Moi aussi, soupira Daniel avec conviction. Tenez-moi au courant si vous apprenez autre chose, s'il vous plaît. Maintenant, il faut que j'y retourne et que je supporte ces témoignages insipides parce que Hillyer cache peut-être quelque chose là-dedans.

Patrick sourit.

— Bonne chance.

Comment mourir d'ennui, songea Daniel alors que l'audience reprenait. Pourquoi Hillyer faisait-il durer tout cela ? Cherchait-il à gagner du temps ? La réponse était aussi claire que douloureuse. Il était presque sûr d'avoir vu juste : Hillyer attendait d'avoir assez d'éléments pour mettre le meurtre de Morley Cross sur le tapis et inculper Sidney de cet autre méfait.

Voilà pourquoi il devait écouter. Hillyer risquait de continuer dans la même veine pendant des journées entières. Voire des semaines !

Une nouvelle crainte submergea Daniel, raidissant tous les muscles de son corps : un autre témoin avait-il eu vent du meurtre de Morley Cross ? Un vieil ennemi de Sidney ? Un rival ? Le poste qu'il occupait ne valait tout de même pas la peine qu'on fît autant d'efforts pour l'obtenir ! Y avait-il quelque chose à ce sujet qu'il ignorait ? Morley Cross avait été assassiné. C'était indéniable. Il aurait été absurde d'espérer que cet acte n'avait rien à voir avec Sidney, et l'ambassade. Mais où était le lien ? Aucun des témoins appelés par Hillyer ne l'éclaira.

À la fin de la journée, Daniel quitta le tribunal sans s'être entretenu avec Sidney. Il n'avait aucune idée des questions qu'il pourrait lui poser. Avant tout, il avait besoin de parler à Kitteridge.

Il trouva ce dernier au cabinet, tout juste de retour du tribunal où il avait plaidé.

— Bon sang, Pitt ! Vous avez une mine épouvantable ! Qu'est-il arrivé ? Asseyez-vous avant de vous effondrer.

Daniel s'exécuta.

— La plupart des témoignages étaient une perte

de temps, expliqua-t-il. Hillyer appelle un témoin de moralité après l'autre. Il a fallu que j'écoute, au cas où il aurait essayé d'enterrer quoi que ce soit.

— C'est le cas ? coupa Kitteridge.

— Non, autant que je puisse en juger. Mais…

— Eh bien, qu'y a-t-il, pour l'amour du Ciel ?

Daniel prit une longue inspiration.

— Morley Cross, vous savez, celui qui a remis les documents ? Son corps a été retrouvé dans le Potomac, à Washington. Il a été assassiné.

Kitteridge pâlit et écarquilla les yeux, mais garda le silence.

— Et c'est peut-être arrivé avant que Sidney quitte les États-Unis, précisa Daniel.

Là encore, Kitteridge demeura muet.

— Hillyer n'a rien dit, reprit Daniel. Cela suggère qu'il n'est pas au courant… pas encore. En attendant, les témoins nous abreuvent de détails. Mais, compte tenu de ce que nous avons appris, tout cela n'est que du remplissage. Il gagne du temps, et le jury est à moitié mort d'ennui.

— Dans ce cas, il cache quelque chose, conclut Kitteridge. Mais quoi ? La nouvelle concernant Morley Cross ? Dans quel but ?

— Parce qu'il n'a pas assez d'informations ? À moins que…

Il s'interrompit, la gorge nouée.

— Que quoi ?

Il ne servait à rien de ravaler ses paroles.

— Qu'un des témoins n'annonce le meurtre.

— Et sinon ?

Daniel réfléchit.

— Qu'un témoin n'affirme que Sidney a agressé une autre jeune femme, ce qui mènera à l'affaire de Rebecca.

Soudain, une autre hypothèse prit forme dans son esprit, plus affligeante encore que la première. Un instant, il resta sans voix. Le danger que Sidney courait venait de doubler, de tripler, de tout menacer. Il réfléchissait à toute allure.

— Qu'y a-t-il ? demanda Kitteridge. Pitt, je ne sais pas lire dans les pensées d'autrui. Qu'en pensez-vous ? Que Sidney est coupable ? Et alors ? Je sais que vous le trouvez plutôt sympathique ou, du moins, que vous avez de la compassion pour lui. Mais s'il est coupable, il l'est. Je préférerais de loin qu'Hillyer en apporte la preuve seul au lieu que nous soyons obligés de concocter un moyen d'introduire cette désolante affaire.

Il hésita un instant.

Daniel continuait de se taire, la bouche aussi sèche que s'il avait avalé de la sciure.

— Pitt ! Ne faites pas cette tête. Ce n'est pas la première fois qu'un de nos clients se révèle coupable. Et s'il a déjà commis ce genre d'agression, il doit être envoyé en prison. Nous devons affronter la réalité, et admettre qu'il est à la fois charmant et totalement corrompu !

— Ce n'est pas à cela que je pensais, répondit enfin Daniel. Si Thorwood devait comparaître comme témoin, son identification de Sidney serait très crédible. Et lui donnerait un mobile douloureux, que chacun comprendrait, de vouloir détruire Sidney pour lui faire payer ce qu'il a fait à Rebecca.

Il dévisagea Kitteridge.

— Mais… le meurtre ?

Kitteridge pâlit.

— Vous voulez dire, si Thorwood s'est trompé, et qu'il a d'une manière ou d'une autre fabriqué de toutes pièces l'inculpation de détournement de fonds pour se venger ?

— N'est-ce pas la défense évidente ? Que l'identification était erronée ? Mais Thorwood persiste à croire que c'était Sidney parce qu'il y est contraint, pour une raison ou pour une autre. Peut-être que Sidney et Rebecca avaient une liaison ? Thorwood veut se débarrasser de Sidney. La meilleure solution consiste à le déshonorer. À causer sa ruine. À le renvoyer en Angleterre couvert de honte. De cette façon, il ne peut ni épouser Rebecca ni mettre la main sur l'argent des Thorwood. Mais qu'en est-il si Thorwood ignore tout de Morley Cross ? S'il a tout manigancé pour que Sidney soit accusé à tort d'agression et de détournement, que vient faire le meurtre de Morley Cross là-dedans ?

— Seigneur ! Vous avez l'esprit drôlement retors ! s'écria Kitteridge, mais c'était du respect qu'il exprimait, et non un reproche. Je comprends que vous soyez aussi pâle, ajouta-t-il. Quel rôle Patrick Flannery joue-t-il dans tout cela ? Et que dirait Thorwood à ce sujet, quoi qu'il en soit ?

Il prit une profonde inspiration et il s'apprêtait à poursuivre quand Daniel le devança :

— Patrick est venu au tribunal aujourd'hui.

Kitteridge parut sidéré.

— Quoi ? Pourquoi ?

— Il est venu m'avertir de ce qu'il était arrivé à Cross.

— Cross… répéta Kitteridge.

Il se tut.

Daniel attendit. Son collègue était en train de réfléchir.

— Morley Cross aurait-il pu agresser Rebecca ?

demanda Kitteridge, sans conviction. Et faire endosser à Sidney le détournement de fonds ?

— Je n'avais même pas pensé à cela, admit Daniel, envahi par une vague de nausée.

Comment avait-il pu négliger cette possibilité ?

— Ô Seigneur !

Kitteridge devint livide.

— Et la police pense que le meurtre de Cross s'est produit avant le départ de Sidney ?

— C'est justement la question, acquiesça Daniel, accablé. On ne peut rien affirmer… pour l'instant.

12

Le procès reprit le lendemain. Assise dans la salle à côté de Patrick, Jemima regarda Hillyer appeler une kyrielle de témoins, qui tous décrivirent Philip Sidney tel qu'ils l'avaient connu. C'était affreusement prévisible, mais elle n'osait pas relâcher son attention car, sûrement, à l'instant où elle laisserait son esprit vagabonder, quelque chose d'intéressant serait dit, quelque chose qui représenterait peut-être un tournant décisif.

Tout allait-il basculer ? Dans quel sens ? Patrick et elle en parlaient peu et n'avaient pas abordé le sujet depuis la veille. Il semblait réticent à le faire et elle se rendait compte qu'elle avait peur. Pourquoi ? Craignait-elle de voir la justice échouer ? Sidney acquitté ? De quoi ? Quelle que fût la sentence pour détournement de fonds, ce n'était pas de cela qu'il s'agissait en fait, pour aucun d'entre eux. Elle avait des sentiments mitigés à cet égard, songeant qu'on jugeait un homme pour un délit dont il était probablement innocent dans le but d'en divulguer un autre dont il était probablement coupable, mais dont elle n'était même pas certaine de vouloir qu'il fût rendu public.

Elle jeta un coup d'œil sur sa droite, en direction

de Bernadette Thorwood qui avait pris place de l'autre côté de l'allée avec Rebecca. Tobias n'était pas présent.

Bernadette était livide, les mains nouées sur ses genoux. De temps à autre, elle triturait sa bague, dont le diamant scintillait un bref instant à la lumière.

Pourquoi les Thorwood avaient-ils amené Rebecca ? Avaient-ils peur que ce procès ne doive lui tenir lieu de justice ? Jemima ne s'était pas entretenue seule avec elle depuis le vif échange de propos qu'elle avait eu avec son père après leur promenade au parc. Elle était retournée la voir mais, les deux fois, Bernadette ou Tobias avait été présent et la conversation avait été empruntée.

Jemima tenta d'imaginer ce qu'on pouvait ressentir en se réveillant en pleine nuit pour trouver un homme dans sa chambre, en train de fouiller dans ses affaires à la recherche d'argent ou, plus vraisemblablement, de bijoux. Rebecca s'était-elle redressée ? Avait-elle interpellé l'intrus ? Pourquoi n'avait-il pas pris la fuite aussitôt ? Jemima trouvait cela stupide. La lumière s'était-elle reflétée sur le pendentif de son amie, et s'était-il jeté dessus comme une pie attirée par tout ce qui brille ? Au risque de perdre l'occasion de s'enfuir ?

Ou Rebecca elle-même avait-elle été la cause de sa venue, et le vol n'était-il qu'un leurre ? Rebecca disait-elle la vérité sur ses relations avec Philip Sidney ?

Jemima se détesta d'avoir eu cette pensée. C'était déloyal de sa part. Comme elle aurait été blessée si la situation avait été inversée et que Rebecca ne l'eût pas crue ! Et pourtant, elle doutait bel et bien. Il y avait une faille dans son récit. Peut-être un détail tout à fait innocent, personnel, mais c'était une omission malgré tout. Elle sentait que Patrick en savait plus qu'il ne le révélait, et qu'il avait choisi de se taire. Pourquoi ?

Pour lui épargner une révélation douloureuse au sujet de Rebecca ?

Jemima avait appris cela bien longtemps auparavant : lors de toute enquête, de multiples aspects de la vie privée des gens sont révélés, non seulement à la police, mais à leurs amis, connaissances, domestiques s'ils en ont. Aux membres de leur famille. Ou à eux-mêmes. Pour protéger un secret, un proche, ils vont parfois jusqu'à dire un petit mensonge, voire inventer une histoire. En général, moins par malhonnêteté que par gêne, stupidité, ou parce qu'ils se sentent vulnérables.

Néanmoins, cela fait, il faut mentir encore et encore pour préserver l'histoire qu'on a tissée petit à petit. C'est un peu comme fabriquer un cocon, en tirant un fil à la fois, jusqu'au moment où on ne peut plus bouger à l'intérieur, et encore moins s'en échapper.

Elle regarda Philip Sidney dans le box des accusés. De quoi était-il coupable ? D'une succession d'erreurs ? Ou d'un acte plus sinistre ? Il était assez séduisant, les traits plutôt doux, empreints d'une trace d'humour. On eût dit qu'il comprenait la plaisanterie, bien qu'elle fût à ses dépens. Mais il était effrayé. Elle s'en aperçut au bout de quelques secondes. Il respirait trop profondément. Il jetait sans arrêt des coups d'œil à Daniel, comme s'il avait besoin d'être rassuré, et se détournait, tout aussi vite, avant d'avoir la confirmation qu'il ne le serait pas.

Quant à Daniel, elle le connaissait beaucoup mieux, bien sûr. Même si, en quatre ans, il avait changé de manière imperceptible à tant d'égards. Il était à l'évidence plus sûr de ses opinions, et moins prompt à les défendre. C'était un signe de maturité, qu'elle admirait. Il avait encore l'air candide d'autrefois. Peut-être le garderait-il toujours. Cependant, maintenant, elle savait que ce n'était qu'une apparence. Il avait connu la victoire et la défaite. Il était plus difficile de le prendre par surprise.

Le temps passé loin de son foyer, de ses parents, lui avait permis d'élargir ses horizons et d'affirmer sa personnalité. Il avait des convictions nouvelles, mais elle percevait chez lui le même besoin qu'il avait autrefois de comprendre chacun ; elle se souvenait que, petit garçon, il demandait toujours : « Pourquoi ? Pourquoi a-t-il fait ça ? »

Hillyer termina de questionner son témoin, lequel avait connu Sidney avant son départ pour l'Amérique et ne l'aimait pas. Il avait tenté de s'en cacher, de paraître si scrupuleusement honnête que tout son témoignage sonnait faux. Daniel allait-il s'en rendre compte ? Il n'était pas question de faits, mais d'émotions. Les discernerait-il ?

Daniel commença à interroger l'intéressé, un certain Edgeley.

Les ongles de Jemima s'enfonçaient dans ses paumes. Comment des propos aussi ennuyeux pouvaient-ils susciter en elle une pareille tension ? Elle avait l'impression d'être face à un peloton d'exécution ! Quelqu'un n'allait-il pas tirer et en finir ?

— Vous dites que Mr. Sidney était parfois négligent, Mr. Edgeley. Qu'il a commis des erreurs et vous en a laissé endosser la responsabilité à sa place ? demanda Daniel d'un ton calme, comme s'il s'agissait simplement de vérifier l'exactitude des faits.

— Oui, c'est exact.

— Une habitude déplaisante, commenta Daniel avec une moue de dégoût. En fait, je dirais qu'elle reflète un mélange de lâcheté et de malhonnêteté.

— Oui, je suppose, acquiesça Edgeley.

Jemima le trouvait insupportablement arrogant. Elle jeta un coup d'œil vers Sidney et vit sa détresse, mais bien sûr il n'était pas autorisé à s'exprimer. Ce devait être un calvaire absolu que de devoir écouter des gens vous accabler sans pouvoir protester, expliquer, vous défendre d'aucune manière ! C'était comme d'être ligoté pendant qu'on vous frappe, incapable de bouger, sans parler de riposter. Vos adversaires allaient jusqu'à observer votre visage pour voir si vous souffriez assez et vous jugeaient là-dessus aussi. Il ne vous était même pas permis d'endurer votre douleur en privé.

Les regards des jurés se posaient tantôt sur Edgeley, tantôt sur Sidney. Tout homme honorable aurait voulu détourner les yeux, comme s'il avait surpris par hasard quelqu'un dans le plus simple appareil. Mais leur travail consistait à le juger. C'était leur devoir de le regarder !

— Cela a dû vous blesser, disait Daniel. Avez-vous été réprimandé pour ces erreurs, Mr. Edgeley ? Vous a-t-on refusé une promotion ? L'organisation d'une visite particulière ?

— C'est difficile à dire, répondit Edgeley avec un minuscule haussement d'épaules. Les gens ne vous donnent pas de raisons pour leurs décisions.

— Je commence à saisir combien votre profession est difficile, commenta Daniel avec compassion. À qui faites-vous confiance ? Pas à Sidney, semble-t-il.

— Pas quand on a le moindre grain de bon sens ! répliqua Edgeley.

— Et pourtant, on ne l'a pas congédié ? Curieux, n'est-ce pas, étant donné qu'il n'a ni fortune, ni relations, ni famille puissante derrière lui. Pouvez-vous expliquer cela, de façon que le jury comprenne ? J'avoue que j'en suis incapable.

Jemima retint son souffle. Elle n'eut que vaguement conscience du raidissement de Patrick à côté d'elle.

— Mr. Edgeley ?

— Je ne sais pas ! s'énerva ce dernier.

— Vous avez rapporté sa conduite à vos supérieurs, je présume ? insista Daniel, l'air de rien. Peut-être sont-ils corrompus aussi ?

— Je n'ai pas dit ça, protesta Edgeley, visiblement troublé.

— Non. Je crois savoir que vous travaillez toujours au ministère. Ou me suis-je mépris ?

— Non, j'y suis toujours.

— Et vous êtes sur le point de voir Mr. Sidney récolter ce qu'il mérite. Et même d'y apporter une petite contribution ? Cela doit être… une grande satisfaction ?

— N'insiste pas, souffla Jemima.

Patrick se tourna vers elle, déconcerté. Il ne pouvait pas l'avoir entendue, si ? Puis, soudain horrifiée, elle comprit pourquoi il la dévisageait. Elle voulait que Daniel l'emporte ! Elle l'encourageait. Ce ne pouvait être Sidney qu'elle soutenait. Elle devrait s'expliquer plus tard, lorsqu'ils seraient rentrés à la maison. En tout cas, pas maintenant.

Hillyer fut assez avisé pour ne pas prolonger l'audience et appela son témoin suivant, un homme plutôt agréable, plus âgé qu'Edgeley. Il ne se laisserait pas prendre au piège deux fois. Mr. Stains eut des propos plus amènes, qui n'ajoutaient pas grand-chose au tableau déjà brossé. Jemima s'ennuyait. Hillyer gagnait du temps, comme Daniel l'avait dit. Pourquoi ? Qu'attendait-il ?

Le déjeuner fut un supplice. Jemima et Patrick n'avaient eu d'autre choix que d'accepter l'invitation de Tobias Thorwood à se joindre à eux. Une table avait déjà été réservée dans un très agréable restaurant voisin, et le repas commandé à l'avance de sorte qu'ils n'eussent pas à attendre trop longtemps pour être servis.

Jemima y était allée la mort dans l'âme.

— Il le faut, avait dit Patrick pendant qu'ils étaient seuls, les Thorwood étant partis devant. Pour l'amour du Ciel, parle aussi peu que possible sans être impolie. Pas d'opinion, s'il te plaît, Jem ?

— Je te le promets. Vraiment !

Elle était sincère. La détresse que lui causait cette affaire lui avait fait prendre conscience de la profondeur de l'amour qu'elle lui portait. Elle se refusait à douter de son jugement, à envisager qu'il pût se tromper au sujet de Sidney. Ou qu'il eût manipulé des preuves dans le but d'exposer l'agression, bien que Sidney n'eût peut-être rien détourné du tout. Peu importait. Même s'il ne pouvait être jugé pour cet acte, encore moins condamné, il serait déshonoré. Il ne lui resterait plus rien en Angleterre. Pas de travail. Pas d'amis. Il serait mis au ban de la société, puni indirectement par elle pour compenser ce qu'elle n'avait pu forcer la loi à faire. Il n'y aurait pas de remise de peine. N'ayant pas payé sa dette, il n'en serait jamais libéré.

Était-ce là ce que désirait Patrick ? Y avait-il quelque chose d'important, de très sombre, qu'elle ignorait ?

Pouvait-elle lui poser la question, ne pas laisser ce non-dit s'immiscer entre eux ?

Pas tout de suite. Ils sortaient du tribunal. Ils étaient cinq. Deux automobiles attendaient au bord du trottoir.

Assise à côté de Patrick, Jemima ouvrit trois fois la bouche pour l'interroger, puis n'en eut pas le courage. Elle ne parvenait pas à trouver les mots qu'il fallait. Tout semblait trop accusateur. Comment pouvait-on demander à un être que l'on aimait chaque jour, chaque nuit, dont on partageait les triomphes, les rêves et les déceptions, s'il avait piégé un homme pour un délit qu'il n'avait pas commis de sorte qu'il puisse être châtié pour un autre, dont on était sûr qu'il était coupable ?

Une fois à l'hôtel, ils furent conduits aussitôt à la salle à manger. Son décor rouge de Perse, riche et profond, patiné par le temps, créait une atmosphère chaleureuse. Les meubles imposants, en chêne sculpté, semblaient être à leur place depuis un siècle au moins. Le service de table était d'un blanc immaculé, le cristal étincelant, le personnel nombreux et prêt à satisfaire le moindre de leurs désirs. Du vin blanc avait été mis à rafraîchir dans des seaux à glace et, sur la table voisine, une bouteille avait été débouchée pour oxygéner le vin.

Le repas commença sans attendre. Tout était délicieux, servi dans la plus fine porcelaine. En d'autres circonstances, Jemima aurait savouré les mets. Ce jour-là, elle en remarquait à peine le goût.

— Je ne vois pas où il veut en venir, déclara soudain Bernadette en reposant sa serviette.

Elle semblait s'adresser à Tobias.

— Qu'accomplit-il de la sorte ? Qu'attend-il ? Ces gens assomment les jurés autant que nous. Je suppose qu'il fait monter la tension pour que le témoignage de Sir John soit un complet contraste et qu'ils se souviennent de chacun des mots qu'il prononcera.

Jemima jugea cet argument logique, mais ne voulait

pas se joindre à la conversation. Bernadette devait faire allusion à Sir John Armitage.

Tobias parut légèrement surpris.

— Doit-il comparaître cet après-midi ? Je l'ignorais. Il n'en a rien dit quand je l'ai vu ce matin.

Une accusation perçait dans sa voix.

— J'imagine qu'il pensait que tu le savais déjà, répondit Bernadette, sur un ton qui signifiait que cette omission n'avait pas la moindre importance.

Rebecca, qui jusqu'alors poussait sa nourriture dans son assiette, feignant de manger, cessa complètement et prit soudain la parole :

— Va-t-il expliquer pourquoi il a fait partir Mr. Sidney d'Amérique ?

La main de Tobias se crispa sur sa fourchette, laquelle racla la porcelaine avec un couinement perçant.

Jemima prit une inspiration pour le rassurer, puis comprit que le moment était mal choisi.

— Non, bien sûr que non, répondit-il sans regarder sa fille. Armitage va se contenter de répondre aux questions qu'on lui pose. Cela dit, s'il est amené à exposer ses raisons, je suis sûr qu'il dira la vérité. Je sais ce que tu ressens, mais tu n'as rien à te reprocher. Nous en avons déjà parlé.

— Je sais.

Rebecca gardait les yeux rivés sur son assiette.

— Je… je déteste tout cela.

Bernadette posa avec douceur une main sur celle de sa fille, mettant fin au mouvement nerveux dont Rebecca ne semblait pas avoir conscience.

— Tu ne seras pas interrogée. Patrick te l'a promis, n'est-ce pas, Patrick ?

Visiblement pris au dépourvu, Patrick hésita.

Jemima se demanda alors s'il savait réellement ce

qui se passait, ce que Tobias mijotait, et avec qui. Elle le regarda et décela une ombre sur son visage, remarqua la seconde de silence qui s'écoula avant qu'il répondît.

— Vous ne savez rien, dit-il à Rebecca avec un léger sourire. Vous vous êtes réveillée en pleine nuit et vous avez découvert un intrus dans votre chambre. Vous avez hurlé. Il vous a arraché le pendentif que vous portiez autour du cou et s'est enfui. Votre père, qui était accouru à votre aide, l'a vu dans le couloir et l'a reconnu. Vous ne pouvez rien ajouter à ce témoignage. Ils le savent.

Il donnait trop d'explications, comprit Jemima. S'il avait été sûr de lui, il se serait contenté de répondre par la négative.

Rebecca se détendit et lui rendit son sourire. Elle le croyait.

En revanche, Tobias revint à la charge :

— Pourquoi Armitage va-t-il témoigner cet après-midi ? Il ne peut sans doute pas dire qu'il était au courant des agissements de Sidney. S'il avait appris que celui-ci détournait de l'argent, il l'aurait congédié tout de suite. Admettre qu'il était son supérieur et qu'il ignorait que des vols étaient commis systématiquement sous son nez le fait passer pour un incompétent. Il est bien trop fier pour cela ! N'a-t-il donc aucun sens du patriotisme ?

— Sidney, lui, n'en a aucun, à l'évidence, coupa Bernadette. Peut-être est-ce pour cette raison que Sir John l'a expédié en Angleterre, de sorte qu'il ne déshonore pas l'ambassade mais qu'il soit tout de même condamné à Londres. Après tout, il s'agit d'un délit essentiellement anglais.

Jemima se raidit, blessée par la formulation de Bernadette.

— Le détournement de fonds ? demanda-t-elle, glaciale. Vraiment ?

Bernadette posa sur elle un regard dur comme la pierre.

— Un Anglais a volé de l'argent à sa propre ambassade et a été sorti du pays par un homme haut placé dans la même ambassade, qui l'accuse dès son retour en Angleterre et témoigne contre lui dans un tribunal anglais. Je ne vois pas ce qui vous dérange là-dedans. Cela semble être une manière à la fois juste et honorable de traiter l'affaire. À tous points de vue.

Le ton hautain de Bernadette, son refus d'accepter que Jemima puisse souhaiter défendre ses compatriotes contre ce qui s'apparentait à une insulte à caractère raciste rendirent celle-ci furieuse, néanmoins elle ne trouva rien à répondre. En tout cas, rien qu'elle dût dire dans de telles circonstances. Elle était l'invitée des Thorwood et cela lui déplaisait énormément, mais elle n'y pouvait rien.

Elle sentit les doigts de Patrick se refermer sur les siens sous la table, et serra sa main en retour. Comprenait-il ? Peut-être détestait-il cette situation, lui aussi, mais le dissimulait-il mieux qu'elle ? Ou peut-être était-il plus habitué à endurer ce genre de choses.

Bernadette se pencha de nouveau sur son assiette.

— Je doute d'être appelé à témoigner, reprit Tobias. Je ne peux en rien contribuer à l'inculpation de détournement de fonds. Comment diable saurais-je ce qui se passe dans l'ambassade de Grande-Bretagne ?

— Vous connaissez Philip Sidney, intervint soudain Jemima, exprès pour le déconcerter. Vous pourriez être cité en tant que témoin de moralité.

Tobias parut abasourdi.

— Vous pensez que je vais… me présenter à la barre et dire que je pense du bien de cet homme ? Après qu'il a… agressé ma fille… dans sa chambre ? Êtes-vous… ?

Il ravala le mot qu'il s'apprêtait à prononcer.

Ce fut Patrick qui expliqua ce que Jemima avait voulu dire.

— Pas pour la défense, murmura-t-il. Pour l'accusation.

Pendant quelques secondes, personne ne parla.

— Le feras-tu ? demanda enfin Bernadette, fixant son mari, une expression indéchiffrable sur les traits. Feras-tu cela ?

— Cet homme est un… misérable !

Tobias s'étrangla à demi sur ses propres mots.

— Je ne peux pas rester les bras ballants et le laisser s'en tirer ! Est-ce ce que tu attends de moi ?

Bernadette baissa les yeux, contemplant les délicates arêtes du poisson laissées sur son assiette.

— Non, mon cher, dit-elle tout bas. Ce sera éprouvant pour toi, pour nous tous, mais tu dois agir selon ta conscience. Rebecca le comprendra. Et si c'est fait ici, ce sera bien plus facile pour nous ensuite. Je… je te remercie pour ton courage et pour ta prévoyance.

Tobias rougit violemment, mais il était impossible de dire quelles émotions causaient son trouble.

Jemima chercha quelque chose d'anodin à dire, sans rapport avec l'affaire, mais ce fut peine perdue : tout ce qui lui vint à l'esprit lui parut ridicule.

L'après-midi débuta par le témoignage de Sir John Armitage. Maintenant, enfin, les jurés étaient attentifs.

Ils se tenaient droit sur leurs sièges, les yeux grands ouverts.

Armitage déclina ses nom et qualité, puis regarda Hillyer avec gravité.

— Bonjour, Sir John, commença celui-ci sur un ton solennel, le visage presque dénué d'expression. Je crois savoir que vous connaissez Philip Sidney depuis de nombreuses années. De fait, c'est sur votre recommandation qu'il a obtenu son poste à l'ambassade de Washington.

— En effet.

Le diplomate secoua la tête d'un air de regret.

— C'est peut-être la pire erreur que j'aie commise pour ce qui est de juger du caractère d'un homme. Je connaissais sa mère. Une femme remarquable. Elle – comme beaucoup de femmes, je suppose – ne voyait que des qualités chez son fils. Je ne les discernais pas comme elle, mais je me suis fié au jugement qu'elle portait sur lui. Je m'en repens à présent.

— Il n'a pas été à la hauteur de la description qu'elle vous a donnée ?

Jemima jeta un coup d'œil vers Sidney et lut dans ses yeux, sur ses lèvres, une douleur si profonde que ce fut comme si elle la ressentait elle-même. Elle songea à ce qu'elle aurait éprouvé si son père l'avait recommandée à quelqu'un et qu'il eût été amèrement déçu par sa conduite. Elle n'aurait pu le supporter. Elle ne pouvait le supporter pour Sidney, qu'elle ne connaissait même pas ! Elle avait été le témoin involontaire d'une détresse qui aurait dû demeurer privée. Ce que disait Armitage était-il vrai, et se montrait-elle lâche, complice parce qu'elle n'était pas assez courageuse pour affronter la vérité ?

Sir John parlait des premières années de Sidney à l'ambassade. À l'époque, il semblait exceller.

— Vous ne lui trouviez pas de défauts ? insista Hillyer.

— Non, aucun, à ce moment-là, admit Armitage. Je pensais même qu'il avait une carrière remarquable devant lui. De fait, je l'ai pensé jusqu'à…

Il s'arrêta net, comme s'il en avait dit plus long qu'il n'en avait eu l'intention. Il y eut un silence.

— Jusqu'à… ? l'encouragea Hillyer.

— Ce que j'allais dire ne concerne en rien l'affaire dont il est question ici.

— Ce devrait être à nous d'en juger, répliqua Hillyer. Je…

Pour la première fois depuis le début du procès, Daniel bondit sur ses pieds.

— Votre Honneur, si ce n'est pas pertinent, cela ne doit pas être évoqué ici. Dès lors que les jurés l'auront entendu, leur point de vue en sera affecté et, par conséquent, leur jugement aussi. Malgré les meilleures intentions, nous n'oublions pas nos sentiments, alors même que nous ne nous souvenons plus de ce qui les a éveillés.

— En effet, acquiesça le magistrat, avant de secouer la tête. Mr. Hillyer, vous devriez le savoir. Vous allez à la pêche à la mouche, monsieur ? Je ne peux vous permettre de plonger avec un filet !

Hillyer lâcha un soupir.

— Non, Votre Honneur. Je vous présente mes excuses. Je reviendrai sur ce point plus tard, de manière plus directe.

Le juge lui adressa un sourire aigre.

— Vraiment.

Jemima retint sa respiration. Elle n'osait pas se tourner vers Patrick. Elle risqua un coup d'œil vers Daniel, mais il regardait droit devant lui. Armitage avait sûrement été sur le point de faire allusion, avec ou sans détour, à l'agression dont Rebecca avait été victime. Au minimum, ç'aurait été un fil que quelqu'un aurait pu dérouler. Les jurés l'avaient entendu, et devaient se demander de quoi il s'agissait.

Daniel avait dû savoir ce qu'il faisait, non ? Avait-il l'intention de défendre Sidney, de le défendre *réellement* ? Et, alors que la question se posait clairement dans son esprit, Jemima sut que la réponse était oui.

Qu'est-ce qui avait changé ?

Elle reporta son attention sur le témoignage d'Armitage.

Patrick desserra à peine les dents durant le trajet de retour à la maison et se montra presque aussi silencieux lors du dîner. À aucun moment il ne fit allusion au procès. Par deux fois, Charlotte, la sollicitude peinte sur ses traits, fut sur le point de lui poser une question, mais Jemima sourit et détourna la conversation. Ce fut seulement quand la porte de leur chambre fut refermée sur eux qu'il parla, avant qu'elle eût pu le faire. Il se tenait au centre de la pièce, le corps raidi par la tension qu'il réprimait.

— Savais-tu qu'il allait faire cela ? demanda-t-il d'une voix sèche, où perçait l'émotion.

— Non ! Bien sûr que non, répondit-elle aussitôt. Armitage témoignait pour le ministère public. Nous avons supposé qu'il allait affirmer que Sidney était quelqu'un de bien en apparence, mais corrompu en réalité. Et c'est ce qui s'est produit ! Mais il devait avoir l'intention de mentionner l'agression…

— Je ne parle pas de lui, coupa Patrick. Je parle

de Daniel ! S'il avait attendu deux secondes de plus, Armitage aurait craché le morceau. Alors, tout aurait été déballé au grand jour. Vous n'auriez pas pu étouffer l'affaire même si vous l'aviez voulu.

— Comment ça « vous » ? coupa-t-elle à son tour. Ce n'est pas moi !

— Pas toi, Jemima Pitt. Quand je dis vous, je parle des Anglais, de la société, du monde dont Sidney fait partie. Les gens sont du côté des leurs, quoi qu'il arrive.

Elle accusa le coup, submergée par une affreuse sensation d'abandon.

— Je pensais être Jemima Flannery ! rétorqua-t-elle, le cœur serré. Suis-je soudain « eux » et non plus « nous » ? Est-ce de cela qu'il s'agit ? Pas de savoir si Sidney est innocent ou coupable de l'un ou l'autre de ces actes, mais de sa nationalité ?

— Ce n'est pas de ça qu'il est question ? riposta Patrick. De loyauté. Aucun d'entre nous, à part Sidney lui-même, ne sait au juste ce qu'il a fait… et pourquoi. Nous croyons ceux que nous connaissons plutôt que les autres. Nous faisons confiance à nos semblables et inversement. C'est naturel.

— C'est du tribalisme, répliqua-t-elle. Nous devrions être au-dessus de cela.

— Qu'y a-t-il de plus important que la loyauté, le patriotisme, la confiance et le fait de s'en montrer digne ? Qu'est-ce qui est au-dessus de cela ? Le chacun pour soi ?

— Tu te sers des mots…

— Eh bien, qu'ai-je d'autre ?

— Non ! Je veux dire que tu te sers d'eux, que tu les déformes pour leur donner le sens qui te convient, que tu substitues l'émotion à la réflexion.

— À quel sujet ? La confiance d'autrui, ça compte, Jem. Regarde Cassie et Sophie. Elles ont une confiance aveugle en toi. Renoncerais-tu à cela ? Trahirais-tu leur foi ?

— C'est injuste ! Ce sont mes enfants ! Ce n'est pas du tribalisme, c'est… la famille.

— Qui est la source de la tribu. Veux-tu traverser la vie toute seule ?

— Bien sûr que non ! Mais c'est différent. Sophie est un bébé. Cassie n'a que trois ans.

— Quand comptes-tu arrêter ? Quand elle en aura six ? Douze ? Dix-huit ?

— Quand elle se mariera ! rétorqua-t-elle. La question n'est pas là, Patrick, et tu le sais ! Il vient un moment où l'on ne peut plus accorder sa confiance sans réflexion.

— Les questions de loyauté ne donnent pas souvent le temps de la réflexion.

— Dans ce cas, il faut savoir ce qui importe le plus avant d'avoir à prendre une décision.

Sa réponse semblait arrogante, et elle s'en rendit compte alors même que les mots jaillissaient de ses lèvres.

Il secoua la tête.

— Et tu sais tout, toi, Jem ?

— Non, bien sûr que non ! Mais je sais que je ne peux pas décréter que les Thorwood ont raison sous prétexte que je les connais et que Sidney a tort parce que je ne le connais pas.

— Daniel est ton frère. Cela ne signifie rien pour toi ? Tu ne me feras pas croire que tu n'as pas confiance en lui, parce que tu le connais depuis toujours.

Il eut un sourire réticent.

— J'ai vu la même expression sur ton visage quand

tu l'observes que celle que tu as quand tu regardes Cassie. Seulement l'espace d'un instant.

— Très bien, je l'admets ! Oui, c'est mon petit frère.

— Cela me plaît. Et à vrai dire, il me plaît, lui. J'ai dû lui dire hier qu'il est fort probable que l'homme qu'il défend de détournement de fonds soit aussi coupable de meurtre. Le corps d'un autre employé de l'ambassade s'est échoué sur le rivage du Potomac. Il a été plutôt stoïque… tout bien considéré.

Elle lâcha une exclamation de stupeur, puis un soupir accablé.

— Je suis tellement désolée.

— Oui. C'est grave, acquiesça Patrick. Et je comprends que tu doives être de son côté, un peu.

Au bout d'un moment, il ajouta :

— Tu sais, quand tu regardes quelqu'un que tu aimes, tu es belle, vraiment belle.

Elle le regarda, les yeux pleins de larmes.

— C'est parce que je t'aime. Cela ne signifie pas que je sois d'accord avec toi sur tout.

Il éclata de rire.

— Je ne le suis pas ! cria-t-elle.

— Je suis policier, mon cœur. J'ai compris ça dès la deuxième fois que je t'ai vue.

— Cela ne veut pas dire que Sidney soit coupable, ou innocent… ou qu'il ait raison ou tort.

— Personne n'a toujours raison ni toujours tort.

— Sottises, rétorqua-t-elle. Toi, tu as toujours raison, non ?

13

— Bon sang, qu'est-ce qui vous a pris ?

Kitteridge rattrapa Daniel et descendit avec lui les marches du tribunal pour gagner la rue encore baignée de la tiédeur du mois d'août.

Ils se tournèrent ensemble sans se concerter dans la direction de la gare du métropolitain.

L'affaire de Kitteridge s'étant terminée de bonne heure, il était venu observer le procès singulier de Philip Sidney, qu'il avait aidé Daniel à préparer.

Pendant quelques secondes, celui-ci resta silencieux. Son collègue le saisit par le bras et le força à s'arrêter au beau milieu du trottoir.

— Je ne sais pas, répondit-il avant que Kitteridge eût dû répéter sa question. Cela m'a paru mal. C'était peut-être mal. Voulez-vous qu'il soit acquitté en appel parce que son avocat était incompétent ?

À cet instant, c'était une crainte très réelle.

— Je ne sais pas si je veux qu'il soit condamné mais, en tout cas, je ne veux pas qu'il le soit parce que j'ai gâché sa défense. Dans son intérêt, et dans le mien.

— Vous ne le croyez pas coupable ! N'est-ce pas ? s'écria Kitteridge, comme s'il venait de faire une découverte.

C'était moins une question qu'un défi.

— S'il est innocent, quelqu'un d'autre est-il coupable ? Quelqu'un de l'ambassade, par exemple ?

— Coupable de quoi ? demanda Daniel.

Il était hanté par la vision du corps de Morley Cross qu'on tirait du Potomac.

— Lâchez-moi, ordonna-t-il en se dégageant. Ne restons pas là, venez boire une bière, ou autre chose. Il faut qu'on éclaircisse cette affaire. Le procès ne va pas durer éternellement. Même un escargot finit par arriver quelque part.

— Cessez de dire des âneries ! lâcha Kitteridge d'un ton sec. Vous éludez la question. Flannery a-t-il arrangé tout cela pour venger Rebecca Thorwood ? N'est-ce pas la véritable raison de sa présence ici avec votre sœur ?

— Je ne croirai pas cela avant d'y être obligé, répondit Daniel, plus bas. Ce serait…

Il s'apprêtait à dire : « épouvantable » quand il se demanda ce qu'il aurait fait à leur place. Lors du procès Graves, il s'était senti furieux, blessé, désorienté au point d'être tenté de contourner la loi. L'aurait-il fait si les choses avaient été différentes ? S'il avait été sûr d'avoir raison ? Ce qui était certain, c'était qu'il n'avait plus aucune certitude. En tout cas pas concernant Tobias Thorwood. Et de moins en moins quant à la vérité sur Sidney et l'agression de Rebecca. En revanche, il avait de plus en plus tendance à croire que Patrick avait raison d'affirmer que le meurtre de Morley Cross était lié à l'affaire.

Ils entrèrent dans une taverne d'aspect correct et commandèrent deux bières et des sandwichs au mouton accompagnés de sauce au raifort.

— Je me sentirais mieux si je savais où Hillyer

veut en venir, avoua Kitteridge alors qu'ils attendaient d'être servis. Comment se fait-il qu'on en soit arrivé à un procès ? Le ministère des Affaires étrangères a-t-il déposé plainte ? Peut-on le savoir ?

Daniel haussa les sourcils.

— Vous voulez dire demander à mon père ? Je suis d'accord avec vous, cela ne ressemble guère aux Affaires étrangères de laver leur linge sale en public.

— J'ai posé la question à quelqu'un que je connais au gouvernement, admit Kitteridge.

Il tritura sa serviette, la retourna. Les jointures de ses doigts étaient toutes blanches.

— Il se serait attendu à ce que Sidney soit renvoyé, sans préavis ni dédommagement, et que personne n'en parle plus. C'est la réputation des uns et des autres qui est en cause. En fait, si j'étais aux Affaires étrangères, je voudrais savoir pourquoi diable on a laissé cette affaire prendre de pareilles proportions. Pas vous ? Pitt, il y a là quelque chose qui va au-delà d'un détournement de fonds plutôt maladroit.

— Certains documents étaient falsifiés, renchérit Daniel, éludant la véritable question.

— Eh bien, nous ferions mieux de nous remuer pour découvrir de quoi il s'agit !

La serveuse apporta leurs sandwichs et leurs bières. Ils la remercièrent et reprirent leur conversation dès qu'elle fut hors de portée de voix.

— Une histoire de politique ? suggéra Kitteridge avant de mordre dans son pain.

— De politique interne à l'ambassade ? Ou voulez-vous dire de politique internationale ?

Lui aussi prit une bouchée de sandwich. Il était délicieux, composé de pain rustique, croustillant, et d'épaisses tranches de viande, relevée avec juste assez de raifort.

— Ou britannique ? Je ne vois pas de quoi il pourrait être question, ni en quoi l'élimination de Sidney pourrait avoir un effet. Je me suis penché sur le travail qu'il faisait, dans la mesure où on m'y a autorisé. Quelqu'un l'a remplacé, de toute façon. Rien n'a vraiment changé.

— Par conséquent, Sidney était visé personnellement ?

— Ou Thorwood ?

— Qu'a-t-il à voir avec l'ambassade ?

— Rien, que je sache. Je songeais à une vengeance contre Sidney pour son agression de Rebecca. Mais dans ce cas, il aurait fallu que Thorwood ait assez d'influence à l'ambassade pour fabriquer cette accusation de détournement.

— Le pendentif avait beaucoup de valeur ?

— D'après Jemima, c'était du cristal et non un diamant. Par conséquent, il n'avait aucune valeur, excepté sentimentale, puisqu'il avait appartenu à May Trelawny.

— Dont Sidney n'a jamais entendu parler, je présume ?

— Je l'ignore.

Kitteridge prit une nouvelle bouchée de sandwich et le regarda gravement.

— Donc, vous pensez que Sidney l'a fait.

— Quoi ? L'agression ou le détournement ?

Daniel cherchait à gagner du temps pour réfléchir, et il comprit à l'expression de Kitteridge que ce dernier le savait.

— Eh bien, le détournement a précédé l'agression, lui fit remarquer Kitteridge. Hillyer va l'accuser d'avoir dérobé le pendentif dans l'espoir de le vendre et de rembourser l'argent avant que quiconque s'aperçoive de sa disparition.

— Quoi ? se récria Daniel, incrédule. J'espère qu'il va le faire ! Cela ne tient pas debout. Hillyer serait-il stupide ? Il ne m'a pas donné cette impression. De toute façon, que fait-il là ?

— Je présume que son cabinet représente la Couronne. Qui d'autre ? Le...

— Le quoi ?

— Le ministère des Affaires étrangères l'aura engagé. Il a une excellente réputation.

— Dans ce cas, il doit avoir une dette envers quelqu'un. Ou il convoite une promotion ! Le titre de *King's Counsel*[1], peut-être ? Cela sonne bien.

— Vous croyez ? demanda Kitteridge, sceptique.

— Non. Il faudrait me payer beaucoup plus cher que ça pour que je me prête à une farce pareille !

— Un siège à la Chambre des lords ? Vous êtes un idiot, Pitt !

— Pas assez idiot pour arguer que Sidney a régulièrement détourné cinq ou dix livres ici et là durant un an, puis décidé de les rendre en arrachant son pendentif à la fille de Thorwood pendant qu'elle dormait. En prenant le risque d'être reconnu dans sa fuite. Dans l'espoir de... quoi ? De récupérer tous les documents qui prouvaient ses malversations et de les remplacer par des billets de cinq livres ! Et puis il aurait fui le pays ? Quelle défense comptait-il invoquer – la folie ? Nous pourrions toujours nous accrocher à ça !

Son collègue le dévisagea.

1. Littéralement « conseiller du roi ». Titre honorifique conféré à un juriste éminent sous le règne d'un roi. Sous le règne d'une reine, le terme *Queen's Counsel*, « conseiller de la reine », est utilisé.

— Eh bien, à quoi avons-nous affaire alors ?

— Je ne sais pas ! Mais quelque chose nous a échappé, parce que cette histoire ne tient pas debout.

Kitteridge leva les yeux au plafond.

— Pour l'amour du Ciel, Pitt, on pourrait en dire autant de la moitié des dossiers que nous traitons. Où diable avez-vous pêché l'idée que tout doive être logique ? Votre père ne vous a donc rien appris ? Et moi non plus ?

— Le droit n'est pas forcément logique, admit Daniel. Mais les éléments finissent par former un ensemble, une structure globale. Ce sera le cas ici quand nous saurons tout. Il nous manque un maillon. Hillyer n'est pas un sot, même s'il nous plairait de penser le contraire. Il sait quelque chose qui donne son sens à toute l'affaire, du moins, de son point de vue. Il nous faut découvrir quoi.

— Quelqu'un aux Affaires étrangères veut-il se débarrasser de Sidney ? Ou bien… y a-t-il un lien avec le meurtre de Morley Cross ? suggéra Kitteridge. Je ne vois pas lequel. Sidney est-il au courant d'une indiscrétion ? Il faudrait être idiot pour essayer de faire chanter un personnage haut placé, mais peut-être l'est-il ? Ou, du moins, quelqu'un l'en imagine-t-il capable ?

— Quoi qu'il en soit, nous serons bientôt fixés. Je crois qu'Hillyer gagne du temps dans l'espoir d'obtenir une preuve…

Daniel regarda Kitteridge et vit une série d'émotions défiler sur son visage : l'horreur, la pitié et, enfin, la compréhension.

— Et le fait que Cross ait travaillé dans le même service que lui désigne Sidney ? reprit-il, d'une voix enrouée.

— Je n'en ai pas la moindre idée. Peut-être, reconnut Daniel. La date du décès n'a pas été déterminée avec précision. Le meurtre a pu avoir lieu juste avant le départ de Sidney… ou juste après.

Pour une fois, Kitteridge ne trouva rien à dire.

— Dès qu'ils auront mis de l'ordre dans leurs informations, le procès va se muer en procès criminel. Cela explique parfaitement pourquoi Hillyer ennuie les jurés à mort. Tout est bon pour les garder là le temps qu'il obtienne une identification formelle, voire la date du décès.

— Pourquoi Sidney aurait-il tué Cross ?

— Parce qu'il savait que Sidney avait détourné des fonds. En fait, il est très possible qu'ils aient été complices. Ils ont pu se quereller au sujet de l'argent…

— Pour cent livres ? Ne soyez pas stupide. De toute façon, au moment où c'est arrivé, il avait sans doute été dépensé. Vous avez dit qu'on ne prenait que quelques livres à la fois.

— Ils dégoteront un mobile, murmura Daniel, accablé. Avons-nous négligé un détail ?

— Non, coupa Kitteridge. Admettons que Sidney et Morley Cross se soient querellés au sujet du pendentif, en diamant ou non, et que Sidney ait tué Cross. Peut-être a-t-il récupéré le bijou, peut-être est-il au fond du Potomac, si bien que nous ne le saurons jamais.

— Admettons. Mais pourquoi ? Sidney était très content d'accepter l'aide d'Armitage pour retourner en Angleterre sans être accusé d'agression.

— Armitage est-il au courant du meurtre de Cross ?

— Je ne crois pas, mais il sait que Sidney est accusé d'avoir volé le pendentif de Rebecca, et cela dans de tristes circonstances… d'après les Thorwood. Avons-nous tout compris de travers ? Et s'il n'y avait aucun enjeu politique ? Sidney n'est pas si important. Il n'a aucune relation notable, pour autant que je puisse en juger. Croyez-moi, j'ai cherché, et Marcus s'est renseigné de son côté. Il ne fait même pas la cour à une jeune fille de bonne famille ! Ni à qui que ce soit, d'ailleurs ! Je me suis penché là-dessus aussi, au cas où des parents auraient voulu s'assurer que leur précieuse fille n'épouse pas un inférieur. J'ai cherché du côté des familles fortunées, titrées, puissantes. Rien !

— Et Rebecca ? demanda Kitteridge, mais sans conviction. Non, vous l'auriez découvert, à l'heure qu'il est, répondit-il à sa propre question. Par Flannery ou par votre sœur, à défaut de quelqu'un d'autre. Il s'agit d'autre chose. Et je crois que Sidney sait ce que c'est, et qu'il ne peut se permettre de l'avouer. S'il est reconnu coupable, il sera déshonoré et nous n'avons pas de défense digne de ce nom. Nous faisons semblant, voilà tout. Nous renvoyons chaque balle au fur et à mesure, mais vous n'avez pas de stratégie. Vous le savez, et moi aussi. Nous ne sommes pas à la hauteur. Regardez-le !

Daniel réfléchit un instant.

— Vous donne-t-il l'impression d'un homme qui s'est sacrifié pour quelqu'un d'autre ?

— Non.

— Je ne le pense pas non plus. Je crois qu'il est encore plus perdu que nous, acquiesça Daniel, soulagé que Kitteridge eût dit « nous » et non pas « vous ». Cela dit, nous avons intérêt à trouver quelque chose très vite. Il va nous falloir faire plus que discréditer un témoin. Pouvons-nous prouver qu'une partie des documents ont été falsifiés ? Oui, d'après Miriam, mais pas tous. Quant à l'agression, a-t-elle vraiment eu lieu ? S'est-elle déroulée comme Rebecca et son père l'affirment ? À ce propos, le pendentif de May Trelawny était-il un diamant ou du cristal ? Ou les deux ?

— Il ne peut pas être les deux, lui fit remarquer Kitteridge.

— Si. Un diamant peut avoir été vendu, donné, volé ou je ne sais quoi, et remplacé par du cristal. Ou n'avoir jamais existé du tout.

— Arrêtez, vous compliquez encore la situation.

Daniel se pencha vers lui.

— J'essaie de faire le tri entre ce que nous savons réellement, et ce que nous supposons.

— Très bien. Procédons par ordre. Il y a l'argent manquant à l'ambassade, commença Kitteridge.

— Non ! Par ordre. Et nous ne savons pas si c'est Sidney qui l'a pris, de toute manière.

— Il faut que le détournement ait eu lieu avant l'agression, le corrigea Kitteridge. Après l'agression, Sidney n'a eu aucune possibilité de…

— Bonne remarque, commenta Daniel.

— Poursuivez.

— La première chose que nous savons, c'est que Tobias a signalé une agression commise sur sa fille, confirmée par celle-ci, hormis pour ce qui est de l'identification de Sidney. Cela dit, elle était sous le choc. Nous pouvons supposer que Morley Cross, s'il est impliqué, est en possession du diamant, disons que c'est un diamant, ou qu'il croyait que c'en était un. Du point de vue du mobile, c'est bon. Ensuite, Sidney quitte l'Amérique pour l'Angleterre afin d'échapper à des poursuites judiciaires. Là, il pourrait s'agir d'une tentative de notre pays pour protéger un de ses ressortissants. Je ne suis pas certain que ce soit une pratique souhaitable, mais je suppose qu'elle se comprend.

Du patriotisme – déplacé – ou un désir de le poursuivre pour le détournement, mais cela…

— … n'a pas de sens, acheva Kitteridge à sa place. En revanche, s'il a un ennemi à l'ambassade, ça en a davantage. Le hic, c'est qu'apparemment il n'en avait pas. En général, on le trouvait sympathique.

— Ensuite, les Thorwood arrivent à Londres, continua Daniel.

— Et ensuite, votre beau-frère et votre sœur arrivent à Londres. Désolé, mais c'est la vérité.

— Oui. Bon. Les Thorwood arrivent à Londres, Sidney est arrêté pour détournement de fonds, jugé, et les preuves émergent, falsifiées ou non, résuma Daniel. Et Hillyer attend des informations supplémentaires concernant Cross : l'état du corps, la date du décès et ainsi de suite, avant d'ajouter le meurtre au chef d'inculpation existant. Qu'est-ce qui manque ?

— Un véritable mobile, répondit Kitteridge. Et un lien entre les différents événements. Une motivation ! Si Sidney n'est pas coupable, pourquoi cherche-t-on à l'accabler ? Qui le hait ? À qui profite cette histoire ? Il ne peut s'agir uniquement de ces cent livres. En supposant que cet argent ait bel et bien été détourné ? Il n'y a que du vent dans cette affaire, Pitt, pas de… matière. Les hommes ne s'entretuent pas pour cinq livres !

— Je cherche un fil conducteur, répondit Daniel, pensif. Un élément qui relie le tout. Mais si tout n'était pas lié ? Je veux dire, d'une manière visible de notre part…

— Le pendentif a disparu et Sidney ne semble pas l'avoir. C'est une source de profit éventuel : s'il est véritable, il vaut bien plus de quelques livres. En revanche, s'il n'a qu'une valeur sentimentale, ça n'a pas de sens. Qu'est-ce qui a tout déclenché ? Quand un crime est commis, il se passe quelque chose qui fait qu'il arrive ce jour-là, de cette manière-là.

— Inutile de vous expliquer. Je comprends. Cela peut être un changement brutal de circonstances, ou une occasion inattendue. Qui, au départ, avait besoin d'un peu d'argent, ne fût-ce que de quelques livres ? Qui s'est aperçu que détourner de l'argent était un jeu d'enfant et en a fait une habitude ?

— Nous devrions pouvoir le découvrir, si nous creusons assez. Nous avons des notes pour toutes les lettres d'autorisation. Que s'est-il passé dans la vie de Sidney ?

— Ou dans celle d'un autre.

— Quoi ? s'écria Kitteridge, l'air surpris.

— Ce n'est pas forcément dans la vie de Sidney, si un autre que lui est coupable.

— Pourquoi un incident survenu dans la vie d'un tiers aurait-il poussé Sidney à attaquer Rebecca ?

— Je pensais qu'on commençait par le début ? De quoi s'agit-il au juste ? Quelle passion se cache derrière tout cela ? Sidney est-il au cœur de l'affaire, ou n'est-il qu'une victime accidentelle ?

Kitteridge cilla.

— Voilà qui semble brutal. Une victime accidentelle ? Et Morley Cross aussi ? Tué d'une balle dans la nuque ?

Ce fut au tour de Daniel de ciller.

— Beaucoup d'entre nous ne voient que ce qu'ils s'autorisent à voir, dit-il. Quelque chose nous échappe, Kitteridge. Qui sait ce dont il s'agit ? Le coupable est-il quelqu'un que nous examinons, ou quelqu'un à qui nous n'avons pas songé, pas de la manière dont nous avons besoin de le voir ?

Kitteridge eut un frisson.

— En tout cas, nous ferions mieux de nous dépêcher de le trouver, sans quoi Sidney va payer le prix fort. Le croyez-vous vraiment innocent ?

— Je n'en suis pas sûr. Cela vous suffit-il ?

— Non.

Kitteridge termina son sandwich. Daniel vida sa chope de bière et se leva.

— Je vais retourner voir Sidney…

Son collègue le dévisagea.

— Ce soir ?

— Demain, il sera trop tard. Il doit savoir quelque chose. Il a peur, mais pas assez peur.

— Ne l'effrayez pas au point de le rendre incapable de réfléchir, l'avertit Kitteridge. La plupart d'entre nous ne peuvent pas être lucides quand ils sont terrifiés. Cela dit, vous devez lui parler de Morley Cross.

— Je le ferai, répondit Daniel, morose. Maintenant que votre procès est terminé, allez-vous prendre la défense en main ?

— Non. Je serai votre assistant. Je sais que j'ai dit après l'affaire Graves que je ne recommencerais jamais. Mais parfois « jamais » arrive plus vite qu'on ne le pense.

— Merci, murmura Daniel avec sincérité.

14

À la prison, Daniel eut quelques difficultés à persuader les gardes de le laisser voir Sidney à une heure aussi tardive, mais ce n'était pas la première fois, et ce ne serait pas la dernière non plus, qu'un procès soulevait une question qui devait être traitée dans les plus brefs délais.

Il fit les cent pas dans la pièce grise habituelle et attendit. Ces cellules se ressemblaient toutes, et on y avait froid quel que fût le temps. Même par une soirée clémente du mois d'août, baignée des derniers rayons du soleil, l'endroit semblait éteint, sans vie.

Sidney portait encore les vêtements qu'il avait mis pour se rendre au tribunal. En d'autres circonstances, on l'aurait jugé élégant, dans un style décontracté. En entrant, il jeta un regard à Daniel et tout son corps se raidit d'appréhension. Il ouvrit la bouche, puis se ravisa et s'assit en face de lui. Le gardien les quitta, mais ils savaient l'un et l'autre qu'il était resté juste devant la porte.

— Qu'y a-t-il ? demanda Sidney à voix basse, comme s'il avait la bouche sèche. Il est arrivé quelque chose ?

Daniel aurait voulu trouver des mots pour le rassurer

un peu, mais c'était impossible. Pour le moment, il n'était inculpé que d'un détournement de fonds sans envergure. S'il était condamné, il passerait quelque temps en prison, et ce serait une épreuve, mais il survivrait. Le pire serait le déshonneur, la perte de ses amis, de sa réputation, de ses perspectives d'avenir, l'anéantissement de sa confiance et de son optimisme. Cependant, derrière tout cela, dominant de loin toutes les autres complications, se profilait la silhouette de Morley Cross, et la perspective inévitable que son meurtre fût ajouté au chef d'inculpation.

Le regard de Sidney suggérait qu'il s'attendait à d'autres mauvaises nouvelles, bien qu'il essayât de dissimuler son anxiété par un sourire. Daniel comprit qu'il devait obtenir un maximum d'informations avant de lui parler de Cross.

Il marqua un temps. Il aurait donné cher pour être n'importe où ailleurs.

— Sidney, plus je réfléchis à tout cela, plus je me dis qu'il y a quelque chose que nous ignorons.

— Je vous ai tout dit… murmura Sidney d'une voix étranglée. Je…

Il secoua la tête, accablé.

— Non, répondit Daniel tout bas. Il y a autre chose. Un élément qui donne un sens à toute cette histoire : au détournement qui a été effectué en votre nom, au fait que cela n'a été découvert qu'après votre départ, bien que, j'imagine, l'ambassade vérifie régulièrement ses comptes. Soit ces documents n'étaient pas là avant, soit quelqu'un avait dissimulé ses malversations. Pourquoi tout exposer au grand jour ? Pourquoi ne pas étouffer l'affaire et vous obliger à rembourser ? Pourquoi le révéler au monde entier ? Un employé de l'ambassade poursuivi en justice au vu et au su de tout un chacun ! On peut trouver mieux, en matière de diplomatie ! Si j'étais le ministre des Affaires étrangères, je réclamerais la tête de celui qui a traité l'incident de la sorte, pas vous ?

Sidney n'eut pas besoin de réfléchir longtemps pour répondre.

— Si, avoua-t-il. Je n'avais pas songé à ça.

— Je sais que vous êtes sous le choc, et que vous avez peur, reprit Daniel, radouci. Mais vous devez réfléchir : vous aider vous-même. Sinon vous me laissez les mains liées. Vous faites le travail à la place de vos accusateurs !

Il voulait que Sidney cessât d'être si passif.

— Si vous êtes innocent, battez-vous ! ordonna-t-il, s'autorisant à laisser percer la colère qu'il éprouvait. Cessez d'être un tel gentleman, bon sang, et luttez ! Vous n'êtes pas obligé de vous conduire comme un agneau qu'on conduit à l'abattoir ! Ce n'est pas de l'héroïsme, mais de la stupidité ! Buvez l'eau et battez-vous !

— L'eau ?

Un instant, Sidney fut décontenancé. Puis il se remémora l'histoire de Sir Philip Sidney, son illustre homonyme.

— Considérez-la comme bue, dit-il avec un semblant de vrai sourire. Outre tout ce que vous mentionnez à propos du détournement, dont je suis innocent, il y a l'agression de Rebecca Thorwood. Je ne suis pas coupable de cela non plus. Je ne l'ai rencontrée que deux ou trois fois, mais je l'aimais bien, et je ne suis pas un voleur. Je n'ai certainement pas pour habitude de m'introduire dans la chambre des gens pour les agresser. Suis-je censé avoir toujours ce pendentif en ma possession ou l'avoir vendu avant mon départ de

Washington ? Je n'en aurais pas eu le temps ! Même si j'avais su à qui le vendre.

Ses traits se crispèrent.

— Cela dit, je ne pourrais pas apporter la preuve de ce que j'avance ici, à Londres. Lawton-Smith m'a escorté jusqu'au quai, mais il est resté à Washington. Il était censé s'assurer que j'embarquais sans encombre.

Il eut un minuscule haussement d'épaules.

— Peut-être pour mon bien. Plus probablement pour vérifier que je m'en allais, en effet. Je devenais très embarrassant pour l'ambassadeur.

Daniel lut la honte sur son visage, mais ce n'était pas le moment de céder à la compassion.

— Nous pourrions lui envoyer un télégramme, je suppose, dit-il sans grand espoir. J'imagine qu'il dira ce qu'on lui ordonne de dire. Et la cour en supposera autant. Je présume que son poste en dépend. Les jurés vont penser que c'est le cas, de toute façon. Je veux quand même savoir pourquoi toute cette affaire a été rendue publique. *Pourquoi* l'a-t-on fait ? Cela ne peut guère servir les intérêts des Affaires étrangères.

Il fixa Sidney avec intensité.

— Avez-vous des ennemis puissants dont vous ne m'avez pas parlé ? Allons, mon cher, il faut que je le sache ! Je ne pourrai pas vous sauver si vous n'êtes pas franc avec moi !

— Vous imaginez-vous que je n'y aie pas réfléchi ?

Pour la première fois, la colère triomphait de la peur dans la voix de son interlocuteur.

— Je ne vois personne. Naturellement, j'ai des amis, et il y a aussi des gens qui ne m'aiment ni ne me respectent, et d'autres qui pensent que je suis un imbécile. C'est le cas pour chacun de nous. Personne ne plaît à tout le monde. On ne peut parler d'ennemis. Ce sont des gens plutôt décents, seulement…

— Ce n'est pas le moment d'être équitable, ou de prétendre qu'ils sont tous honnêtes, coupa Daniel sur un ton sec. Quelqu'un ne l'est pas. Votre carrière actuelle, et future, dépend de votre capacité à l'accepter et à agir en conséquence. Le premier Philip Sidney a peut-être donné sa dernière goutte d'eau à autrui, mais je parie qu'il ne se laissait pas marcher sur les pieds et qu'il se battait pour ses convictions. Il est tombé au champ d'honneur, non ? Il ne s'est pas assis pour attendre la mort ?

— Bien sûr que non…

Sidney prit une profonde inspiration.

— Vous ai-je vraiment donné l'impression d'être aussi faible ? Si je n'attaque personne, c'est parce que je ne sais pas qui viser. Je n'ai pas la moindre idée de l'identité de celui qui est derrière cette affaire ni de ses motivations. Si je frappe à l'aveuglette, je risque de blesser le seul ami que j'ai, de faire du mal à des innocents et de passer précisément pour le genre de dandy vaniteux qu'on m'accuse d'être.

Un instant, Daniel se sentit coupable. Cependant, il devait tirer Sidney de sa léthargie, coûte que coûte. Il eut un sourire morose.

— Eh bien, ne me visez pas, moi, ce sera déjà un bon début. Peut-être ne parlons-nous pas d'un ennemi personnel ? Il est possible que vous soyez un obstacle à la réussite de quelqu'un. Si vous ignorez dans quel domaine, il nous faut essayer de le deviner.

— Cela ne peut pas être une promotion que quelqu'un d'autre convoite, murmura Sidney à regret.

— Pour autant que vous le sachiez.

— Mon poste ne valait pas la peine qu'on mente

ni qu'on vole pour l'obtenir, dit-il avec certitude. Cela aurait pu arriver un jour, mais il n'en était pas encore question… et maintenant, il n'en sera plus jamais question.

— Savez-vous quoi que ce soit de dangereux ? Ne dites pas « non » sans réfléchir. Nous n'avons plus beaucoup d'options.

Sidney hésita et fit un effort visible pour se concentrer.

— Je ne sais rien de compromettant pour quiconque. Que des broutilles… qui garde une bouteille de cognac dans son tiroir, qui fréquente une dame de la nuit ou une femme mariée et n'est pas toujours très discret, qui gonfle ses dépenses de temps en temps. Tout individu doué de bon sens fait comme s'il n'avait pas remarqué ces choses-là.

Daniel réfléchit.

— Ce sont des faits sans grand intérêt et assez ordinaires, dit-il au bout d'un moment.

Le visage de Sidney s'assombrit.

— J'y ai pensé. Croyez-moi, j'ai passé en revue toutes les sottises que j'ai pu commettre, et aucune n'a la moindre importance. Je me suis même demandé si je n'avais pas été témoin de quelque chose que je n'aurais pas dû voir. Mais rien ne me vient à l'esprit. Je ne suis au courant d'aucun vol, d'aucune liaison.

— Dans ce cas, il s'agit peut-être d'une accumulation de choses, suggéra Daniel. Vous représentez un danger pour quelqu'un, qui pourrait être une femme aussi bien qu'un homme.

Cette fois, Sidney se mit à rire.

— Je ne risque pas de détourner l'affection d'une épouse ou d'une fille adorée ; je ne suis pas à proprement parler un beau parti.

— Pas même celle de Rebecca Thorwood ?

— Non ! Elle m'est sympathique mais, comme je l'ai dit, je ne l'ai rencontrée que quelques fois, et toujours en public ! Et si je lui avais fait la cour, pourquoi diable aurais-je tout gâché en me faufilant dans sa chambre pour lui dérober son pendentif ?

— Où vous êtes-vous rencontrés ? La première fois ?

— Lors d'une soirée à l'ambassade. J'étais là en service commandé, plus ou moins. Elle est venue parce que nous présentions une exposition de cristal de Waterford, qu'elle admire. Nous avons engagé la conversation. Cela semblait… normal, naturel.

— Le diamant de son pendentif avait beaucoup de valeur ?

Bien que surpris par le brusque changement de sujet, Sidney ne se troubla pas.

— Je ne l'ai jamais vu, par conséquent je n'en sais rien. Je ne me serais pas attendu à ce qu'elle le porte au lit, de toute manière. Écoutez, je ne me suis pas introduit chez les Thorwood. Je ne connais pas la disposition des pièces. Je ne saurais pas quelle chambre est celle de Rebecca et, même si je le savais, je n'entrerais pas par effraction. On ne peut pas avoir le beurre et l'argent du beurre ! Soit je la courtisais et j'espérais mettre la main sur la fortune des Thorwood – dans ce cas, ç'aurait été un acte de la dernière stupidité –, soit je suis un voleur à la petite semaine qui a jeté son dévolu sur elle, et qui a eu la chance de tomber sur la bonne chambre et la malchance de tomber sur son père sur le palier ou je ne sais où.

— Elle a crié et il est accouru, intervint Daniel.

— Alors, je suis rentré droit à l'ambassade, j'ai attiré l'attention de tout un chacun sur les détournements que j'ai effectués trois ans durant sans que personne s'en soit aperçu, et puis, quand Armitage m'a conseillé de fuir parce que Thorwood aurait veillé à ce que mon procès ne soit pas équitable, je suis revenu ici où il était facile de me retrouver. On devrait m'enfermer dans un établissement pour faibles d'esprit !

Il bouillait de colère.

— Comment diable a-t-on pu me trouver assez intelligent pour entrer aux Affaires étrangères et travailler dans une ambassade ? Quelqu'un devrait être sanctionné pour cela !

Daniel éprouva un élan d'espoir. Enfin, Sidney était galvanisé. Il commençait à réfléchir et à être assez furieux pour chercher des réponses, fussent-elles déplaisantes.

— Si vous ne l'avez pas fait…

Il leva la main pour empêcher Sidney de l'interrompre.

— … et que vous n'ayez rien vu que vous n'auriez pas dû voir, que vous n'ayez pas courtisé quelqu'un que vous n'auriez pas dû courtiser, ni découvert des faits compromettants sur quelqu'un ou été promu à la place d'un autre, je ne vois plus qu'une seule hypothèse : sans vous en rendre compte, vous détenez une information qui dérange. Pas nécessairement une seule, peut-être plusieurs qui, si on les ajoute les unes aux autres, forment un tout très grave.

— Par exemple ?

— Je ne sais pas, avoua Daniel, son espoir se dissipant déjà. En revanche, je crois que vous le savez, seulement cela ne vous vient pas à l'esprit. Quelqu'un a besoin de se débarrasser de vous… de vous faire taire.

Il regarda Sidney droit dans les yeux.

— Allez-vous vous soumettre comme un animal qu'on mène par le bout du nez ? Ou chercher les pièces du puzzle et qui les a placées là, autour de vous ? De notre côté, nous faisons de notre mieux pour déterminer de quoi il s'agit.

— Comment puis-je…

Sidney baissa la tête et fixa la table. Il leva soudain les yeux.

— Que désirez-vous savoir ? Je vous dirai tout ce que vous voulez. Peut-être pouvez-vous déterminer ce qui a de l'importance. Qui est derrière tout cela ? Qui cela peut-il être, et que veut-il donc ?

— Il veut vous empêcher de compléter le puzzle et, par conséquent, de l'identifier et d'identifier les raisons de ses actions.

— Comment saurais-je ce qui est lié à cette affaire et ce qui ne l'est pas ? Interrogez-moi. Demandez-moi ce que vous voulez.

Le désespoir perçait dans sa voix, mais il bataillait pour le contrôler.

Daniel s'efforça de saisir un point de départ.

— Qui connaissez-vous dans tout ce gâchis ? Qui soit de près ou de loin mêlé à ces événements ?

Sidney réfléchit.

— Mr. et Mrs. Thorwood, vaguement…

— Comment ? coupa Daniel. Comment avez-vous fait leur connaissance ? Mr. Thorwood vous a reconnu, du moins c'est ce qu'il affirme. Il a dû vous rencontrer plusieurs fois.

— Oui. Disons cinq ou six. Lors de réceptions et ainsi de suite. J'ai dîné chez eux. J'ai accompagné Rebecca à un dîner, une fois. Il devait avoir reçu des assurances à mon sujet, sinon il ne m'aurait pas laissé l'emmener. Il est très protecteur envers elle. Je suppose que, étant fille unique, Rebecca va hériter de beaucoup d'argent. Cela dit, elle est très gentille. Elle ne se sert pas de sa situation… si vous voyez ce que je veux dire.

— Revenons à Thorwood. Si vous n'étiez pas là, il n'a pas pu vous reconnaître. Pourquoi ment-il ?

— Je… j'ignore s'il s'est mépris ou…

— S'il a dit cela de propos délibéré ? demanda Daniel, intéressé.

— Je ne sais pas.

— Eh bien, continuez à me dire qui vous connaissez.

— Armitage, bien sûr. C'est lui qui m'a aidé à quitter l'Amérique. Il pensait que je ne pourrais pas être jugé impartialement. Que toutes sortes de choses seraient dites et que je ne pourrais pas prouver que c'étaient des mensonges, des erreurs ou des suppositions. À présent, je ne sais pas s'il avait raison mais, sur le moment, je l'ai cru. Je me suis enfui. J'ignore encore quel aurait été le meilleur parti à prendre.

— Depuis combien de temps le connaissez-vous ?

— Il connaissait un peu ma mère. Il est originaire du West Country, d'où je viens, et je crois qu'ils avaient des relations en commun. Il a été gentil avec moi quand j'ai débuté aux Affaires étrangères. Je pense que c'était par égard pour elle, mais je peux me tromper.

— C'était un ami pour vous ?

— Je n'irais pas jusque-là. Il se montrait bienveillant.

— Connaît-il les Thorwood ?

— La plupart des gens qui font partie de la haute société de Washington se connaissent plus ou moins. Les Thorwood sont très fortunés. Armitage est un diplomate et un gentleman. Ils étaient courtois avec lui. Je crois que leurs relations n'allaient pas plus loin. Mrs. Thorwood s'occupe de plusieurs œuvres caritatives, comme la plupart des épouses d'hommes riches, et Armitage était convié à leurs soirées mondaines. Cela ne vous aide guère, n'est-ce pas ?

— Pas encore, admit Daniel. Mais poursuivez. Nous ne devons pas renoncer.

Sidney s'exécuta patiemment, mentionnant tout ce qui lui venait à l'esprit, révélant un sens de l'humour subtil, un jugement d'autrui étonnamment perspicace, une sensibilité dont il ne laissait rien paraître la plupart du temps.

Daniel n'apprit rien qui lui parût utile. Cependant, quand le garde revint pour le reconduire, il avait découvert une chose. Il ne croyait pas Sidney capable d'un acte aussi sordide, aussi cupide, aussi malavisé, que ceux dont il était accusé. Il espérait que c'était là un avis d'avocat, qui n'était pas uniquement dû à la sympathie qu'il éprouvait à son égard.

15

Jemima venait de remporter une modeste victoire domestique. Elle avait joué avec Cassie dans le bac à sable du jardin et l'avait épuisée. Pour une fois, l'enfant ne demandait pas mieux que de faire la sieste, à vrai dire ses yeux se fermaient d'eux-mêmes. Jemima contempla le visage paisible, heureux, de sa fille aînée, puis referma la porte sans bruit et descendit. À sa grande surprise, elle trouva Daniel dans l'entrée.

— Je ne savais pas que tu étais là, dit-elle sur un ton d'excuse.

— J'arrive tout juste. La servante m'a offert du thé, mais je lui ai dit que je t'attendrais.

Elle le dévisagea avec attention, essayant de lire en lui. Il dissimulait bien ses émotions. Avec n'importe qui d'autre, il aurait pu s'en tirer, mais elle le connaissait depuis un quart de siècle. Seigneur, cela signifiait qu'ils avaient tous les deux plus d'un quart de siècle ! Elle chassa cette pensée.

— Qu'y a-t-il ? C'est le procès. Sidney, les Thorwood, Patrick… ?

— En fait, j'aurais de loin préféré jouer dans le bac à sable avec Cassie, avoua-t-il avec un demi-sourire.

Elle sut qu'il parlait sérieusement. Moins pour le

plaisir de participer à leurs jeux que pour éviter la réalité qui l'avait conduit ici, loin du tribunal, en plein après-midi, alors que Pitt était au bureau et que Charlotte avait emmené Patrick visiter la Tour de Londres, une excursion qui aurait été trop fatigante pour Cassie. Avait-il fini par demander à Kitteridge de l'aider, voire de le remplacer comme avocat principal ? C'eût été un manque de tact de lui poser la question. Elle devinait la déception en lui. Des signes subtils le trahissaient : une raideur des épaules, une hésitation dans son sourire.

— Cependant, tu es venu ici pour me parler, répondit-elle. Je le vois à ton visage. Il faut que ce soit au sujet du procès. Il ne se passe pas bien ?

Elle le précéda dans le salon, s'arrêtant près de la porte-fenêtre qui donnait sur le jardin. De là, on apercevait tout juste le bac à sable. Elle y mettrait de l'ordre tout à l'heure. Elle s'installa dans un des vieux fauteuils confortables, rembourrés à souhait, et il prit place en face d'elle. Comme si vingt ans avaient passé et qu'ils fussent ramenés à leur enfance. Les mêmes fleurs qu'autrefois s'épanouissaient dans le jardin : gueules-de-loup, soucis, capucines, pensées. Le même marronnier dominait le jardin du voisin dans la rue parallèle à la leur, son flamboiement passé, mai terminé depuis longtemps.

— Les audiences n'en finissent pas, répondit-il. Nous sommes assaillis de détails, de témoins de moralité qui disent exactement ce qu'on s'attend à entendre.

Il eut un sourire réticent.

— Je passe mon temps à guetter la bombe cachée qui va exploser au moment où on se croit en sécurité.

— Morley Cross ? murmura Jemima tout bas.

Patrick lui en avait parlé ! Il aurait dû s'en douter.

— Hillyer n'a pas encore fait allusion à lui.

Il se pencha un peu en avant, les coudes reposant sur ses genoux.

— Jem, il doit y avoir un fait important que nous ignorons. Sinon cette affaire n'a aucun sens. Il ne peut être seulement question de cinq ou dix livres disparues par-ci, par-là, ni même de savoir qui était au courant. Ni de l'agression de Rebecca. Morley Cross n'avait rien à voir avec cela, si ? Savait-il quelque chose ?

— Faut-il nécessairement qu'elle ait un sens ? rétorqua-t-elle, non pour le plaisir d'argumenter, mais parce qu'elle se le demandait sincèrement. Il m'arrive de me conduire de manière absurde et puis de ne pas savoir comment m'extraire du pétrin où je me suis mise. Sidney pourrait-il simplement être quelqu'un qui ne réfléchit pas aux conséquences de ses actes ? Qui est incapable de les prévoir et qui aggrave sa situation par des mensonges ?

— Même en admettant que ce soit le cas, cela ne nous aide pas. Quand on défend une cause devant un jury ou une personne qui écoute vraiment et va réfléchir à ce qu'on dit, on doit pouvoir répondre à toutes les questions raisonnables qui pourraient être posées. C'est crucial. Tu connais les Thorwood, surtout Rebecca. Tu sais depuis combien de temps Patrick les connaît, n'est-ce pas ?

— Je crois.

Soudain, en un éclair, il était passé du général au personnel, lequel renfermait une multitude d'interrogations, peut-être douloureuses.

— Je sais ce qu'il m'a raconté et je n'ai jamais eu la moindre raison de douter de lui, à quelque sujet que ce soit.

Elle avait prononcé cette dernière phrase avec

une insistance sur laquelle il était impossible de se méprendre. Elle était déjà sur la défensive ! Pensait-elle que Patrick fût si vulnérable ?

— Personne ne dit tout, Jem. Surtout si on ne le lui a pas demandé.

— Habile, commenta-t-elle en s'efforçant de ne pas répondre trop sèchement. Mais n'est-ce pas là que tu voulais en venir ?

Elle en avait la certitude. C'était la question qu'il ne voulait pas aborder, et celle dont elle avait peur. Pourquoi ? Que craignait-elle que Patrick eût fait ? La réponse était trop facile : que, d'une manière ou d'une autre, il eût tissé une toile autour de Philip Sidney afin de le faire condamner pour l'acte qu'il avait réellement commis. Peu importait qu'il fût ou non reconnu coupable de détournement de fonds. Telle était la conception que Patrick se faisait de la justice. À moins qu'il n'eût fait une faveur à des gens qu'il aimait bien, ou envers qui il avait une dette. Cette possibilité était répugnante ! Et dangereuse. S'instituer juge et bourreau était non seulement illégal, mais suprêmement arrogant.

Pensait-elle Patrick capable d'un tel acte ? Ou le redoutait-elle ? Elle était tentée de refouler cette pensée, mais cela reviendrait à admettre que ses craintes étaient justifiées.

— Il a fait la connaissance des Thorwood quand il est arrivé à Washington, il y a trois ans et demi.

Elle redressa le menton un peu.

— Nous n'avions pas beaucoup d'argent. J'étais enceinte de Cassie, presque à terme.

Ses mains se crispèrent alors qu'elle évoquait ces souvenirs. Ç'avait été un hiver froid et rude, qu'elle avait eu du mal à supporter. Elle n'avait confié à personne en Angleterre, pas même à sa mère, à quel point ç'avait été pénible. Elle s'était sentie très isolée. Patrick travaillait incroyablement dur pour lui offrir de petits luxes, à la limite de ses moyens et au-delà. Il semblait si souvent absent. Elle n'avait découvert que par la suite qu'il avait trouvé un second emploi pour gagner plus d'argent. Il n'avait osé l'avouer à personne. S'il avait été découvert, son supérieur aurait compris, mais il n'aurait peut-être pas pu fermer les yeux. Et le supplément d'argent avait tant amélioré leur quotidien ! Plus de chauffage ! Des denrées qu'elle n'aurait jamais osé demander, telles que du chocolat, des pommes, du bacon de bonne qualité.

Les larmes lui montèrent aux yeux.

— Jem ?

La voix de Daniel l'arracha à ses réflexions.

— Pardon. Je me rappelais… tout ce que Patrick a fait pour moi pendant ces premiers mois. J'étais sans doute difficile à vivre. Tu ne sais pas ce que c'est, que de porter un enfant. On a vraiment envie de parler à sa mère.

— Les Thorwood, Jem… ?

— Ah oui ! Tobias Thorwood voulait renforcer sa sécurité. Il connaissait déjà Patrick, parce qu'ils possèdent un appartement à New York aussi. Je ne sais pas au juste de quoi il s'agissait, mais il avait besoin d'un homme de confiance. Il n'en a jamais parlé à quiconque. Pour ne pas attirer d'ennuis à Patrick au sein de la police.

Elle sourit malgré elle en voyant l'expression de Daniel.

— Ne fais pas cette tête, Daniel. Avoir un second emploi est mal vu, mais c'est tout à fait légal, sinon

Patrick ne l'aurait pas fait. Si tu ne crois pas à sa moralité, crois au moins à son instinct de survie !

Daniel rougit.

— J'aurais fait la même chose, j'espère. Donc, c'est ainsi qu'il connaît Thorwood. Et Mrs. Thorwood ?

— Il la connaît moins bien. Quant à Rebecca, elle faisait ses premiers pas dans la société. Elle n'a que vingt et un ans.

Les souvenirs de Jemima étaient devenus plus nets.

— Il me semble qu'il s'agissait de se renseigner sur un jeune homme qui la courtisait, de déterminer s'il était un parti convenable ou pas. Je présume qu'il ne l'était pas. Je ne crois pas que cela importe. Il y a trois ans et demi, elle était trop jeune, de toute manière. Et très naïve. Elle l'est encore !

— S'agissait-il de Philip Sidney ? demanda Daniel.

Lui avait-on menti sur la date d'arrivée de Sidney à Washington ? Il travaillait à l'ambassade depuis moins longtemps que cela, mais il avait fort bien pu visiter Washington ou New York !

— Non ! s'écria Jemima aussitôt. À moins que…

— Que quoi ? Pourquoi n'aurait-il pas pu venir en visite avant de travailler à l'ambassade ?

— C'est possible.

— Il ne faut pas longtemps pour tomber amoureux, lui fit-il remarquer.

Elle sentit le rouge lui monter aux joues. Elle était partie pour un bref séjour en Amérique, afin d'accompagner une amie à son mariage, et durant ces quelques semaines… jours… elle avait rencontré Patrick et était tombée amoureuse de lui. Cela avait semblé insensé, irréfléchi, et même stupide sur le moment, et pourtant elle avait été tout à fait sûre d'elle. La seule question qu'elle s'était posée était de savoir si lui aussi. Oui… oui. Et encore oui.

— Pas comme cela, répondit-elle avec certitude. Si j'avais patienté aussi longtemps, en aimant sans savoir si j'étais aimée en retour, je serais devenue à moitié folle.

Elle vit une pointe d'amusement dans le regard de son frère.

— Très bien ! Attends un peu ! Ton tour viendra, j'espère. Mais non. Rebecca ne sait pas mentir.

— Ou elle sait très bien mentir ? suggéra-t-il.

— Oh ! Vraiment ! s'écria-t-elle, balayant sa remarque d'un geste. Non. Elle l'aime bien.

— Même alors qu'il l'a agressée ?

— Elle ne savait pas que c'était lui. D'ailleurs, elle ne le sait toujours pas.

— Ah non ?

Jemima baissa les yeux, puis les releva brusquement.

— Elle ne veut pas le croire, murmura-t-elle. Si j'étais à sa place, je ne voudrais pas non plus. C'est en partie pour cette raison que je sais qu'elle ne le connaissait pas voilà trois ans. Elle… est seulement sur le point de tomber amoureuse.

— Et Thorwood n'aurait pas approuvé ?

— Les Sidney sont une vieille famille, certes, mais s'il est apparenté à eux, il est issu d'une branche très mineure. Il n'a aucune fortune. Même s'il était plus haut placé, ce ne serait pas le premier aristocrate anglais à épouser une riche Américaine pour son argent.

— Ou la première Américaine à épouser un homme pour son titre !

— Quel titre ?

— C'est peut-être justement pour cela qu'il a cessé d'être intéressant ?

— Tu te trompes du tout au tout, Daniel. Tobias Thorwood n'a jamais entendu parler de Sir Philip Sidney, le héros romantique de l'ère élisabéthaine ! Non, non…

Elle écarta de la main sa tentative de l'interrompre.

— Rebecca n'aurait jamais voulu épouser un homme qui convoitait son argent. Cette pensée est révoltante ! Son père ferait tout pour la protéger de cela. À supposer que ç'ait été le cas avec Sidney et Rebecca, ce dont je doute.

— Ah bon ?

— Tu ne peux peut-être pas savoir si une femme est amoureuse – encore que tu devrais apprendre à reconnaître les signes – mais moi, si, en général même si c'est quelqu'un que je ne connais pas, et je connais Rebecca.

Il y eut un silence. La servante apporta du thé et des sandwichs légers, très minces, comme Jemima les aimait. Celle-ci sourit et la remercia avec chaleur, non seulement pour la collation mais aussi pour ce moment de répit dans la conversation.

Dès qu'elle fut repartie et que le thé fut servi, Daniel revint au sujet qui les préoccupait.

— Je peux comprendre que Patrick soit si loyal envers Thorwood, dit-il gentiment. Cet homme lui a donné un moyen honorable de gagner de l'argent dont il avait un besoin pressant pour t'offrir quelques gâteries à un moment où c'était important pour toi. Tu dois t'en souvenir avec chaleur chaque fois que tu regardes Cassie.

— Je ne suis pas aveugle pour autant ! rétorqua-t-elle, manquant s'étrangler de peu.

— Et Patrick ? insista Daniel, qui se refusait à lâcher prise.

— Je… je ne sais pas. Il est habitué au crime, Daniel. C'est un policier.

— Notre père aussi, mais chacun est différent. Notre père est loin d'être aussi intuitif que Victor Narraway ! Et ni l'un ni l'autre ne possédait une connaissance aussi subtile de l'esprit humain que tante Vespasia.

Il esquissa une moue.

— Elle me manque encore.

— Elle te manquera toujours, murmura Jemima avec douceur. Elle est associée à tous les bonheurs de notre enfance, et après. On ne meurt jamais dans la mémoire des gens qui vous ont aimé.

— Ne change pas de sujet, ordonna-t-il.

Elle surprit un frémissement momentané sur ses lèvres et sourit.

— C'est toi qui en as changé. Tu cherches à te renseigner davantage sur Sidney. Et il est possible que l'agression ne soit pas ce qu'elle paraît être. Ou que Tobias se soit mépris sur l'homme qu'il a vu ce soir-là ? Ou qu'il mente ? Y a-t-il quoi que ce soit qui prouve l'innocence de Sidney ?

— Non… pas vraiment. Je cherche une raison qui aurait pu le pousser à commettre pareille folie ! Même avec Morley Cross et son meurtre, il me manque le cœur de l'affaire. Pourquoi l'avoir tué ?

Il paraissait totalement perplexe.

— Il y a quelque chose de beaucoup plus sinistre derrière tout cela. Patrick détient-il à son insu des informations essentielles ?

— Telles que ?

Jemima se creusait les méninges, en vain.

— Je ne sais pas, avoua Daniel. A-t-il envers la famille Thorwood des dettes qu'il ne t'a pas avouées ? Je ne parle pas nécessairement d'argent. Cela pourrait être n'importe quoi. Peut-être même lui a-t-on fait une confidence qui lui inspire de la compassion.

Elle ne répondit pas, fouillant mentalement le passé.

— Ne fais pas semblant de ne pas comprendre, Jem. Tu sais aussi bien que moi que, si quelqu'un avait une vulnérabilité connue de toi seule, une crainte, un échec, un secret dont il aurait honte, tu ne le trahirais jamais. Tu en serais incapable. La pitié et la loyauté peuvent être des fardeaux très lourds… voire paralysants. Y aurait-il quelque obligation… ?

— Je ne sais pas !

Elle voulait savoir, et pourtant elle avait peur aussi. Patrick lui avait ouvert son cœur. Du moins, à ce qu'il lui semblait. Mais chacun d'entre nous a un jardin secret, un endroit où nul ne peut pénétrer à moins d'y avoir été invité, si proche soit-il. Cela fait partie du passage à l'âge adulte que d'avoir des secrets. Peu importe leur nature, ils ne peuvent être partagés, ou guéris, qu'en privé. Bien connaître quelqu'un signifie ne pas être indiscret, ni même éprouver l'envie de l'être.

— Je ne sais pas, répéta-t-elle. Je n'ai pas cette impression. Je suis quasi certaine que Patrick croit que Thorwood a vu Sidney dans le couloir. Ce qui signifie qu'il était là. Et même si Rebecca l'avait invité à venir, il aurait dû être assez avisé pour ne pas profiter d'elle.

Daniel secoua la tête.

— Je ne crois pas que ce soit ça. Ce serait une conduite déplorable, mais pas suffisante pour briser sa carrière. Et pourquoi aurait-il volé le pendentif ?

— Peut-être…

Elle hésita, cherchant une explication.

— Ce n'était que du cristal, pas un diamant.

— Ce n'est pas une réponse !

L'incrédulité de Daniel se lisait sur ses traits.

— Allons, Jem ! Il le lui a arraché. Cela a dû lui faire mal. Et pourquoi a-t-elle crié ? Si elle l'avait invité, pour rien au monde elle n'aurait voulu ameuter toute la maisonnée ! Il doit y avoir une explication logique, aux yeux de quelqu'un, du moins.

— Je sais. Aux yeux du coupable !

Elle déglutit avec peine.

— Au fond, tu te demandes si Patrick veut donner l'impression que Sidney est l'auteur du détournement pour le punir de l'agression ?

Daniel hocha imperceptiblement la tête.

— Oui. Il pourrait avoir une raison tout à fait légitime de vouloir s'assurer que Thorwood obtienne justice pour Rebecca. Il est possible que Patrick possède la preuve que Sidney est coupable mais qu'il ne soit pas en mesure de la divulguer… pour protéger quelqu'un d'autre. Il y a quantité d'explications qui l'innocentent de tout délit, mais lui interdisent de parler. C'est difficile d'avoir une dette. On ne peut pas s'en défaire quand elle devient coûteuse, ou gênante.

Une foule d'idées vinrent à l'esprit de Jemima, mais sa peur se dissipa un peu.

— Tu crois ? Je t'en prie… je t'en prie, démêle tout cela avec précaution.

— Je ne suis pas sûr de pouvoir tout démêler, répondit-il. Mais je serai prudent, je peux te le promettre !

Patrick revint enchanté de sa visite à la Tour de Londres avec Charlotte. Il montrait beaucoup d'enthousiasme pour ces excursions historiques avec elle, en partie par courtoisie à son égard mais aussi parce qu'il se plaisait en sa compagnie. Elle ressemblait trop à Jemima pour qu'il ne l'appréciât pas. En outre, il avait été fasciné par les reliques qu'il avait vues, et même touchées, lors de sa visite de la Tour, érigée par Guillaume le Conquérant peu après 1066. Charlotte lui avait relaté que ce dernier, vingt ans après sa conquête, avait fait établir un état des lieux du royaume. Le *Domesday Book* recensait chaque hameau, chaque maison, chaque ferme et métairie. Et bien sûr, elle lui avait parlé des Yeomen Warders – surnommés les Beefeaters – qui gardaient la Tour, vêtus du traditionnel uniforme écarlate portant leur blason.

Quand ils montèrent se changer pour le dîner, Jemima se força à saisir l'occasion d'aborder le sujet qui la préoccupait.

— As-tu passé une bonne journée aussi ? demanda-t-il, non par simple politesse, mais en l'observant avec attention, comme si c'était une véritable préoccupation.

— Oui. Cassie et moi avons bâti des châteaux de sable pendant que Sophie nous regardait.

Il sourit.

— Toute la journée ?

— Non, pas toute la journée. Daniel est venu.

Il remarqua aussitôt la différence dans le ton de sa voix.

— Au beau milieu de l'après-midi ? Pourquoi ? Ce devait être grave pour l'arracher au tribunal. Le procès n'est pas terminé… à moins que Sidney n'ait décidé de plaider coupable ? Est-ce le cas ?

— Crois-tu qu'il y songe ?

— Il le ferait s'il avait un grain de bon sens, rétorqua Patrick. En fait, il aurait dû le faire dès le début. Cela lui aurait évité un procès et nous n'aurions eu aucune occasion de soulever la question de l'agression.

Daniel ne l'a pas encore abordée, si ? Jem, est-ce pour cette raison que tu sembles si tendue ?

— Non. Du moins, pas que je le sache. Il ne l'avait pas fait quand il est venu.

— Alors, qu'y a-t-il ? Allons ! Que s'est-il passé ?

Il parlait avec douceur, mais une pointe d'anxiété perçait dans sa voix.

— Pourquoi l'aurait-il fait, Patrick ? Cela ne tient pas debout ! Et pourquoi aurait-il tué Morley Cross ? Tu penses qu'il est coupable de cela aussi, n'est-ce pas ?

— La plupart des crimes sont absurdes, quand on y réfléchit après coup.

— Ils ont un sens sur le moment pour celui qui les commet, répliqua-t-elle. C'est ainsi qu'on attrape les coupables. Les gens volent par convoitise, par cupidité ou par méchanceté. Ils attaquent leurs victimes parce qu'ils sont en colère et qu'ils ne peuvent pas maîtriser leur rage. Ou pour les empêcher de parler, ou encore parce qu'ils sont jaloux d'elles ou qu'ils les haïssent pour une raison quelconque…

— Bon, bon ! coupa-t-il. Je ne sais pas pourquoi Sidney l'a fait. Ni pourquoi il a volé l'argent. Cela ne représente pas grand-chose sur la durée, mais si quelqu'un le savait, je comprendrais qu'il ait voulu s'assurer qu'il n'allait pas être dénoncé. Et Morley Cross était idéalement placé pour savoir. Il travaillait dans le même service. Il est même possible qu'il ait fait chanter Sidney à ce sujet. Bien sûr, cela n'explique pas l'agression de Rebecca. Je ne sais pas. Mais ça ne veut pas dire qu'il n'y a pas de raison. Tobias l'a vu ! Il n'y a aucun doute possible là-dessus. Même si ça paraît complètement absurde. Peut-être qu'il était ivre ? Ou que c'était… un pari idiot ! Ou qu'il nourrit un grief que nous ignorons contre Tobias. Peu importe. Il était là !

— À moins que Tobias ne se soit trompé, objecta-t-elle, sans le regarder.

Il parut exaspéré.

— Il ne l'a pas deviné. Il l'a reconnu. Il ne le jurerait pas sous serment, il ne briserait pas la carrière d'un homme sur une devinette.

Elle garda le silence.

— Est-ce là l'opinion que tu as de lui ? demanda-t-il d'une voix sourde, blessée autant que furieuse. Que t'a dit Daniel ?

Que pouvait-elle répondre sans trahir l'un ou l'autre ?

— Que tout cela semble n'avoir aucun sens à ses yeux. Qu'il soupçonne une affaire plus sinistre derrière.

— Par exemple ?

— Je ne sais pas.

— Daniel est forcément de cet avis ! Il défend Sidney. Il faut qu'il cherche de tous côtés ! Que ferais-tu à sa place ?

— La même chose, admit-elle doucement. Je chercherais une explication qui ait un sens. J'interrogerais des gens susceptibles de savoir quoi que ce soit. Je… j'essaierais de réfuter l'identification faite par Tobias, mais j'espère que je le ferais honnêtement.

Elle recula d'un pas et leva les yeux vers lui.

— J'aurais conseillé à Sidney de plaider coupable à l'inculpation de détournement de fonds, même s'il était innocent, de façon à empêcher quiconque de soulever la question de l'agression. Il aurait ensuite offert de rembourser la somme manquante et se serait attendu à être renvoyé du service. Je ne sais pas pourquoi Sidney n'en a rien fait ! Peut-être s'imaginait-il être purement et simplement acquitté.

Elle planta son regard dans le sien.

— A-t-il détourné cet argent, Patrick ?

Il cilla.

— Tu me demandes si j'ai fait en sorte qu'il apparaisse comme coupable ?

— Non, pas toi. Mais soupçonnes-tu Tobias Thorwood de l'avoir fait ?

Il demeura longtemps silencieux.

Elle resta tout près de lui.

— Je ne sais pas, avoua-t-il. Je n'ai rien fait… Absolument rien. Et je miserais gros, pas tout, bien sûr. Il y a certaines choses que je ne risquerais jamais, même si j'étais certain de gagner : toi… Cassie et Sophie… Mais hormis vous, je parierais tout le reste sur le fait qu'il croit sincèrement avoir vu Sidney chez lui ce soir-là.

Jemima n'eut pas à dire qu'elle le croyait. Il le verrait dans son regard, le sentirait dans sa manière de lui caresser la joue, tendrement, du bout des doigts, avant de l'embrasser.

16

Thomas Pitt avait à son domicile un cabinet de travail qui, comme son bureau à Lisson Grove, était rempli de livres. C'était le seul endroit de la maison où il était autorisé à ne pas être ordonné. Personne ne faisait de commentaires ; la servante elle-même n'avait pas le droit d'y pénétrer. En dépit des apparences, il savait où se trouvait chaque chose.

Debout à la fenêtre, il songeait à Jemima. Elle lui avait manqué lorsqu'elle était partie vivre en Amérique, auprès de l'homme qu'elle aimait et qu'elle avait épousé. Il en prenait d'autant plus conscience depuis qu'elle était à la maison – non, en Angleterre, se corrigea-t-il. Désormais, son foyer était là où Patrick était. Il se serait attendu à ce que Charlotte le suivît, si son travail avait exigé qu'il allât ailleurs, et il n'avait jamais douté qu'elle y eût été prête. Malgré tout, Jemima leur avait manqué à tous les deux. Et maintenant que Cassie et Sophie étaient venues au monde, entrées dans leur monde à eux, qu'elles avaient cessé de n'être que des sujets de conversation ou des photographies, il serait douloureux de laisser partir Jemima en sachant qu'une année entière, ou deux, s'écoulerait avant qu'ils la revoient.

Pitt aimait bien Patrick. Il avait même confiance en lui. À l'évidence, il rendait Jemima heureuse. Il l'aimait, et, ce qui était plus étonnant, il lui tenait tête ! Restait à voir combien de temps il tiendrait tête à ses filles ! Cassie lui rappelait Jemima au même âge. Cela semblait remonter à un passé lointain, pourtant Cassie possédait une bonne partie des traits de sa mère, la même curiosité et la même foi absolue en l'affection qu'il lui vouait. Cela le touchait profondément, et il en éprouva une soudaine bouffée d'émotion qui le prit par surprise.

Il avait mis un point d'honneur à ne pas interroger Daniel sur les affaires dont il s'occupait. Le faire aurait pu donner l'impression qu'il doutait des capacités de son fils à les éclaircir lui-même. Cependant, ce procès-ci le troublait plus que les précédents car, bien que Pitt ne sût pas au juste comment – et il avait veillé à ne pas poser de questions –, il était évident qu'il affectait beaucoup Jemima.

Il referma la porte de son cabinet de travail et entra dans le salon. Cassie et Sophie étaient couchées, Patrick causait avec Charlotte. Ils semblaient très bien s'entendre. Peut-être faisaient-ils tous les deux un effort par égard pour Jemima mais, de l'extérieur, cela paraissait on ne peut plus naturel. Jemima était à l'autre bout de la pièce, debout près de la porte-fenêtre encore ouverte sur la tiède nuit d'août. Elle se tenait tout à fait immobile, et il percevait une tension sur son visage, dans sa posture. Il ressentit une douloureuse envie de la soulager. Elle avait peur. D'une certaine manière, il le savait plus clairement que si elle l'avait avoué. Ses épaules raidies, son profil gracieux lui rappelaient Charlotte, et Cassie aussi.

— Que dirais-tu d'une promenade ? suggéra-t-il,

les mots jaillissant de ses lèvres avant qu'il eût pris le temps d'y réfléchir. Seulement jusqu'au bout du jardin.

Elle hésita pendant de longues secondes. Redoutait-elle qu'il ne lui demandât ce qui la préoccupait ? Elle aurait raison : n'était-ce pas justement ce qu'il s'apprêtait à faire ?

— Oui, dit-elle enfin en se tournant vers lui. Allons-y. J'ai toujours emporté mes soucis au bout du jardin. Vous souvenez-vous du jour où vous m'aviez dit de les noter sur une feuille de papier et de les enterrer là-bas ?

Trop d'émotions se lisaient sur ses traits pour qu'il pût les déchiffrer. Il lui offrit son bras. Un geste curieusement désuet en ces temps modernes, qui pourtant lui parut approprié. Elle le prit et ils sortirent, longeant la pelouse. On n'entendait aucun son hormis le chuchotement de la brise dans les peupliers.

— Je ne veux pas m'immiscer dans le procès de Daniel, dit-il lorsqu'ils furent à mi-chemin de l'étendue de gazon. Il y a un accord tacite entre nous à ce sujet.

— Je sais, acquiesça-t-elle. Il me l'a dit.

— Mais je suis inquiet, reprit-il. C'est un équilibre délicat. Si je propose de lui donner des conseils, il refusera. Si je lui en donne sans lui en avoir demandé la permission, il m'en voudra, même si cela l'aide.

Un amusement affectueux s'entendait dans sa voix.

— Je n'ai aucun mal à imaginer ce que vous ressentez. Cassie n'a que trois ans et elle se fâche si j'essaie de l'aider quand elle pense pouvoir se débrouiller toute seule. Curieusement, elle laisse Patrick l'aider, en général.

— Oui. Tu étais pareille, observa Pitt.

— Ah bon ?

Elle était surprise.

— Je ne m'en souviens pas. Enfin, je ne me souviens pas de grand-chose. Je me rappelle avoir arraché des mauvaises herbes…

— Tu m'aidais, lui fit-il remarquer.

Elle garda le silence, mais il devina qu'elle souriait, bien qu'il ne pût distinguer que le contour de son visage, la ligne de sa joue. Il sut se taire.

— Puis-je solliciter un service en retour à présent ?

— Quand tu voudras.

Il y eut un autre long silence. L'air sentait la terre chaude et un parfum sucré, peut-être celui des roses tardives qui recouvraient le mur.

Il fut tenté de dire quelque chose, mais parvint à se dominer.

— J'ai seulement peur que la loyauté de Patrick ne l'empêche de voir quelque chose qui le fera souffrir en fin de compte, commença-t-elle.

— Cela concerne le procès de Philip Sidney ?

— Oui. Ou Daniel ?

— Sa loyauté envers Daniel ?

— Non, ce n'est pas ce que je veux dire. J'ai peur que Daniel ne souffre.

— Ma chérie, quand on prend un parti, il est inévitable qu'on souffre quelquefois. La seule chose qui soit pire, c'est de ne jamais s'engager et de vivre en marge de la vie, sur le bord, sans jamais y participer.

— Est-ce censé me réconforter ? demanda-t-elle, non avec colère, mais sur un ton teinté de regret.

— Que redoutes-tu, au fond ? Qu'ils ne soient du côté opposé et que l'un des deux ne finisse par être très blessé ? Tu voudrais d'une manière ou d'une autre t'interposer ?

— En partie, admit-elle.

— Qu'y a-t-il d'autre ?

— Je crains qu'une affaire très grave ne se cache derrière celle-ci, et qu'ils ne parviennent pas à l'élucider – peut-être jamais – pour de mauvaises raisons : parce que chacun des deux était trop désireux de ménager l'autre… ou de se tromper, sans que cela ait un coût.

Elle hésita.

— Ou d'avoir raison, sans que cela ait un coût… je ne sais pas lequel des deux.

— Cela arrivera tôt ou tard, lui fit remarquer son père. Pas forcément entre eux, mais avec quelqu'un. Les affaires qui peuvent blesser – parfois profondément – ceux qu'on connaît sont toujours éprouvantes. Et d'une manière ou d'une autre, on connaît une foule de gens. Si on n'en a pas conscience au début de l'enquête, on le comprend à la fin.

— Avez-vous eu beaucoup de cas de ce genre ? demanda-t-elle avec douceur.

Il évita son regard, le visage face à la légère brise.

— Un bon nombre.

— Certains de vos amis ont-ils commis de graves erreurs ? Je ne vous demande pas qui.

— Nous faisons tous des erreurs, Jem. Ce qui compte, c'est la manière dont nous vivons avec elles après. Et comment nous les pardonnons chez les autres ou pas vraiment. Il faut réellement accepter ses torts, sans s'inventer d'excuses ou blâmer autrui. Dès qu'on a dit : « J'ai eu tort », on peut aller de l'avant.

— Croyez-vous que Patrick ait eu tort ?

— Je n'en ai pas la moindre idée. Je ne sais que peu de choses de l'affaire Sidney. Veux-tu que je le découvre ?

Elle attendit un long moment avant de répondre.

— Oui, s'il vous plaît. Je crois. Daniel a posé les mêmes questions que Patrick. Pourquoi le ministère des

Affaires étrangères a-t-il engagé des poursuites contre Sidney ? Pourquoi ne pas s'être contenté d'exiger qu'il rembourse et le renvoyer ? Cette affaire va causer un grand embarras au gouvernement. Sans compter que, si l'agression est évoquée…

— Quelle agression ? coupa-t-il. Sidney n'est inculpé que de détournement de fonds.

Elle lui relata l'histoire de Rebecca Thorwood.

— Ah ! murmura-t-il.

Enfin, tout prenait un sens. Elle devina au changement de sa voix qu'il comprenait pourquoi ils se sentaient si concernés par cette affaire.

— C'est beaucoup plus inquiétant. Et ç'aurait été une raison supplémentaire pour que le ministère s'abstienne d'engager des poursuites. Tu as raison, cette affaire comporte des aspects qui nous échappent. Patrick a-t-il l'intention de faire en sorte que l'agression soit dénoncée ?

Il avait formulé sa question avec précaution, évitant celle qui lui trottait réellement dans la tête : Patrick avait-il fabriqué les preuves du détournement ? Saurait-elle que c'était ce qu'il voulait dire ?

— Il ne peut pas, dit-elle tout bas. Il n'est témoin de rien.

— Mais il veut que Daniel le fasse ?

— C'est terrible d'être attaqué dans un endroit où l'on se croit en sécurité, et où l'on est si vulnérable. Ne voudriez-vous pas voir quelqu'un puni si cela m'était arrivé à moi ? Ou à mes filles ?

Il entendit la pointe de colère et, surtout, d'angoisse, dans sa voix.

— Est-ce pour cela que vous avez eu ce congé si long pour venir ici ? Plus d'un mois au total, y compris les deux traversées ?

— Comment ?

— Ne joue pas avec moi, ma chérie. Je me demandais seulement si… si Tobias Thorwood avait usé de son influence.

— Je… je ne sais pas. Je n'y avais pas pensé. Peut-être. Mais il n'a aucune influence à l'ambassade de Grande-Bretagne ! Ni, surtout, au ministère des Affaires étrangères !

— J'espère que non. Cela dit, la plupart des choses ne sont pas aussi inconcevables que nous aimerions le penser.

Il effleura sa main très doucement.

— Je vais le découvrir, dans mon intérêt autant que dans le tien.

— Et celui de Daniel.

— Et celui de Daniel, acquiesça-t-il.

Pitt se demanda s'il devait solliciter la permission de Daniel. Ce dilemme le maintint éveillé une bonne partie de la nuit, à l'insu de Charlotte. Il tourna et retourna l'affaire dans sa tête et, le matin venu, il était parvenu à une conclusion. Que ce fût la bonne ou non, cela restait à voir.

Il ne dit rien à Charlotte. Elle était accaparée par les préparatifs d'une visite de toute la famille chez sa sœur, Emily Radley, afin de profiter au maximum du peu de temps qu'il restait à Jemima avant de retourner en Amérique.

À dix heures du matin, Pitt était au ministère. En tant que chef de la Special Branch, et compte tenu de l'état précaire des relations internationales, surtout en Europe, il fut reçu presque immédiatement par le ministre.

— Bonjour, Sir Thomas. Que puis-je faire pour vous ?

J'espère que vous ne m'apportez pas d'autres mauvaises nouvelles de cette histoire dans les Balkans ?

— Pas du tout. Il s'agit de tout autre chose. Je serai bref. Je sais que vous avez une réunion à dix heures et demie. Moi aussi. Je suis ici au sujet de cet affligeant détournement de fonds dans notre propre ambassade à Washington. Vous êtes au courant, j'imagine ?

— Oui.

Le ministre secoua la tête.

— Lamentable. Je ne suis pas au fait des détails. L'affaire est gênante, mais je ne peux plus intervenir à présent. Si c'est ce que vous voulez, je ne crois pas pouvoir vous aider. Est-ce lié à quelque chose qui vous touche ? Bon sang ! Question idiote. L'avocat est un certain Pitt. Votre fils, je suppose ?

C'était précisément ce que Pitt avait redouté. Il savait que Daniel serait furieux. Et qu'il le désapprouverait !

— Oui, admit-il. Ébruiter ce fâcheux incident semble aller à l'encontre de nos intérêts, d'autant plus que des faits plus graves risquent d'émerger.

Le ministre le regarda, la mine sombre.

— Que voulez-vous dire ?

— Philip Sidney se serait aussi introduit dans la propriété des Thorwood.

— De Tobias Thorwood ?

— Oui. Sidney nie.

— Nom d'une pipe !

— Il aurait agressé la fille de Thorwood qui était couchée et lui aurait arraché le pendentif qu'elle portait, expliqua Pitt, songeant qu'il valait mieux tout dire d'un coup. Elle a hurlé. Son père est accouru et a vu Sidney dans le couloir. Ce dernier s'est enfui, mais Thorwood l'avait reconnu.

— Est-ce donc de cela qu'il s'agit en fait ?

— Je le pense. Il semble que Sir John Armitage ait fait sortir Sidney du pays sous couvert d'immunité diplomatique, mais Thorwood réclame vengeance.

Le ministre fit la moue.

— C'est compréhensible.

— Certes, mais il aurait été préférable pour nous d'étouffer cette affaire. De verser des dommages et intérêts, que sais-je ? La jeune fille n'a pas été blessée, et le pendentif n'a qu'une valeur sentimentale.

— A-t-il été retrouvé ?

— Non.

— Bref, nous sommes face à un sacré gâchis.

— La question n'est pas là, reprit Pitt.

— Il y a autre chose ? se récria le ministre, incrédule.

— Je le crois. Si ce n'était que cela, pourquoi Armitage a-t-il fait sortir Sidney du pays, puis l'a laissé traduire en justice ici pour un vol qui se monte à peine à une centaine de livres ? Il aurait pu vous demander de fermer les yeux, forcer Sidney à restituer l'argent et le congédier. Thorwood n'aurait eu aucun moyen de l'attaquer, puisque l'agression ne relève pas de la juridiction britannique.

Son interlocuteur fronça les sourcils.

— Armitage a bien dû envisager cela.

— Si ce n'est pas le cas, il ne devrait pas occuper le poste qu'il occupe !

— Vous avez raison. Il est toujours en Angleterre. Allez lui poser la question. J'aimerais connaître la réponse moi-même. Je vais lui téléphoner.

— Special Branch ? s'écria Armitage avec surprise lorsque Pitt le retrouva dans une salle de réunion discrète une demi-heure plus tard.

Ils s'étaient déjà rencontrés, mais brièvement. Le diplomate se leva et invita Pitt à s'asseoir, avant de l'imiter.

— Désirez-vous boire quelque chose ? Du thé ? Quelque chose de plus fort ?

— Non, je vous remercie. Je ne vais pas abuser de votre temps.

Armitage sourit. Son visage s'éclaira, perdant de sa sévérité.

— J'ai une demi-heure devant moi.

— Moi aussi.

Pitt fit un effort conscient pour paraître détendu, comme s'il n'était pas personnellement concerné.

— Par conséquent, j'irai droit au but. Le procès de Philip Sidney…

— … vous intéresse, ou intéresse la Special Branch ?

Soudain, la perplexité qui se lisait sur ses traits s'évanouit.

— Bien sûr ! Pitt ! Le jeune Daniel Pitt représente la défense. Votre fils, je présume ?

L'inflexion de sa voix donnait à sa question l'apparence d'un défi.

Pitt, qui n'avait pas eu l'intention de le nier, fut quelque peu déconcerté qu'Armitage eût si vite fait le lien entre eux deux. Cela suggérait qu'il avait déjà cela à l'esprit. Intéressant.

— Oui, dit-il avec un soupçon de sourire. Je vois que cela vous préoccupe aussi.

C'était une affirmation, non une question. Armitage pouvait en penser ce que bon lui semblait.

Pitt avait bien plus d'expérience que lui à ce petit jeu.

Une lueur de compréhension traversa le regard

d'Armitage, presque trop fugace pour que Pitt la saisît. Cet entretien allait-il tourner au duel ?

— Je n'en ai pas parlé à Daniel, dit-il sans attendre. Je suis curieux de savoir pourquoi vous avez pris la décision de poursuivre Sidney.

— Ah ! soupira Armitage. Je suppose que j'aurais dû deviner que vous en viendriez là, si vous vous intéressiez à l'affaire. Daniel vous a-t-il révélé pourquoi il défend Sidney ?

— Non. Je ne lui ai pas posé la question. Je suppose que vous le savez.

— Je… euh…

Armitage leva les yeux, la mine grave et pourtant un soupçon contrite, comme s'il y avait là un certain humour.

— Je n'avais nulle intention de vous le dire, mais il m'apparaît à présent que je n'ai pas le choix. Je ne veux pas que la Special Branch s'en mêle. Ce n'est pas une insulte. Plutôt le contraire. Cependant, plus cette affaire est traitée avec délicatesse, mieux cela vaudra.

— Néanmoins, puisque j'en sais assez pour savoir qu'il y a un problème, vous allez me le dire.

— Je ne vois pas d'autre solution. Vous m'avez demandé pourquoi nous avons engagé des poursuites. La réponse est simple. Nous ne pouvons tolérer les agissements de Sidney plus longtemps. Il n'est pas l'innocent qu'il feint d'être. Loin de là. Il est très habile. Et il a tué au moins un malheureux jeune homme qui s'est dressé en travers de son chemin.

— Vraiment ?

Pitt était parvenu à parler sur un ton neutre, mais avec difficulté. Ni Daniel ni Jemima n'avaient fait allusion à un meurtre. Celui-ci avait dû avoir lieu en Amérique.

— Dans ce cas, il semble avoir été des plus maladroits. Si l'inculpation est légitime, il a détourné en catimini de petites sommes de l'ambassade, ce qui n'était pas très intelligent de sa part. Il allait forcément être pris la main dans le sac tôt ou tard. On dirait les petits larcins d'un jeune homme qui ne parvient pas à gérer ses finances et qui se retrouve sans cesse endetté pour des broutilles. Il ne semble jamais avoir le contrôle de sa situation. Ni habile ni honnête, mais il n'y a rien d'exceptionnel là-dedans.

— En effet. C'est l'impression que l'on a.

— Mais ce n'est pas la bonne ? Il dit la vérité et quelqu'un s'est appliqué à brouiller les pistes ?

— Je préfère ne pas faire de commentaire là-dessus, déclara Armitage avec un sourire d'excuse. J'ignore les détails. Mais j'en sais assez pour vous dire que le jeune Morley Cross, qui travaillait au sein du même service, a été retrouvé mort dans le Potomac, une balle dans la nuque. Le détournement, quant à lui, peut être prouvé, et c'est un délit. C'est une raison qui peut justifier le renvoi de Sidney, et son emprisonnement, au moins pour une brève période.

— Et cela sert votre objectif ? demanda Pitt, autorisant une légère surprise à percer dans sa voix.

— J'imagine qu'à eux deux, le jeune Pitt et Tobias Thorwood vont aussi parvenir à évoquer l'agression dont a été victime la fille de Thorwood. Une affaire beaucoup plus grave, même si elle ne peut être instruite en Angleterre. Si elle est mentionnée devant le juge, il ne manquera pas de condamner Sidney à la prison, et sa parole ne vaudra plus rien à partir de ce moment-là.

— Et c'est cela qui importe pour vous ? Que sa parole n'ait plus de valeur ?

Armitage s'empourpra. Son visage s'assombrit un bref instant sous l'effet de la colère.

— Pour l'amour du Ciel, Pitt ! Je ne fais pas cela à la légère… ou plutôt, devrais-je dire, je ne laisse pas faire cela à la légère. Ce que vous voyez n'est que le sommet de l'iceberg. Sidney est un traître. Pas uniquement sur le plan idéologique, mais de manière très concrète. La vérité sous tout ce fatras trivial mais sordide, c'est qu'il fournit aux Allemands toutes sortes d'informations au sujet de nos ports, de leur profondeur, de leurs conditions d'accès, des défenses que nous y avons mises en place à certains endroits, tels que les Cornouailles et le Devon, et la côte nord de l'Angleterre. Dieu sait que nous sommes assez faibles comme cela ! Nous vivons dans le passé, militairement parlant. Notre flotte, en particulier, ne vaut rien comparée à celle que le Kaiser est en train de constituer. Des sous-marins ! Les Allemands ont un avantage énorme sur nous dans ce domaine. Nous sommes une île, Pitt. On peut nous envahir de tous côtés et, maintenant, arriver sous la mer aussi. Pire, ces machines peuvent nous affamer, nous priver d'armes, de matériel, mais aussi de la nourriture dont nous avons besoin pour survivre !

Il poursuivit sans attendre que Pitt réponde.

— Je ne sais pas si cet imbécile a agressé Rebecca Thorwood et, pour être franc, dans la mesure où elle est indemne, cela m'est égal. Il y a des enjeux autrement plus importants. La trahison et, je le sais désormais, le meurtre.

Son visage était crispé, presque pincé, tendu à l'extrême.

— Je ne peux pas vous en dire davantage, Pitt. Ne vous mêlez pas de cette fichue affaire ! Si Sidney plonge à cause d'un menu larcin ridicule, et qu'il puisse être déshonoré par cette accusation d'agression, tant mieux. J'ai confiance en Tobias Thorwood. C'est quelqu'un de bien. Il affirme avoir vu Sidney chez lui, acceptons-le. Il est de loin préférable que personne ne sache que Philip Sidney est un traître, prêt à tuer pour arriver à ses fins. Laissez le jeune Daniel faire son travail. Priez seulement pour qu'il réussisse !

Pitt garda le silence. Au fond, aucune réponse n'aurait pu exprimer ce qu'il ressentait, ni soulager les craintes d'Armitage. Ce dernier savait déjà qu'il allait s'exécuter. Aucune autre solution honorable ne s'offrait à lui.

Pitt prit congé et sortit dans la rue. En dépit du soleil qui brillait, il avait froid.

Que pouvait-il dire à Daniel ? En tant que chef de la Special Branch… rien.

17

Le matin où Pitt alla voir Armitage, Daniel guetta Kitteridge sur les marches du palais de justice et le retint par la manche afin de lui parler avant qu'ils entrent. Il avait été en proie à une grande tension avant son arrivée, redoutant que son collègue ne fût empêché. Il lui était venu à l'esprit que Marcus, considérant que cette affaire était entièrement de sa responsabilité, avait pu interdire à Kitteridge de l'aider.

— Qu'y a-t-il ? demanda ce dernier en s'arrêtant.

Il était très tôt et, déjà, il avait l'air d'avoir chaud et d'être de méchante humeur.

— Ça ne peut pas attendre qu'on soit à l'intérieur ?

— Je n'entre pas, lâcha Daniel sans préambule. Avec votre permission, c'est-à-dire. Nous n'avons pas de défense.

— Eh bien, que le ciel me tombe sur la tête ! Comment ne m'en étais-je pas aperçu ? rétorqua Kitteridge, sarcastique. Ce n'est pas une excuse pour que vous alliez faire l'école buissonnière pendant que je passe à la casserole !

Daniel maîtrisa son irritation. En son for intérieur, il était aussi paniqué que Kitteridge.

— L'un de nous deux doit rester. Pensez-vous que

je sois plus doué que vous pour faire traîner en longueur ces interminables témoignages de moralité ? Et de supporter l'humeur du juge.

— Non, répondit Kitteridge sans hésiter.

— Il faut que je trouve des arguments tangibles. Je vais retourner voir Miriam. Elle pourra peut-être mettre le doigt sur ce qui cloche dans cette histoire. Si Sidney est vraiment innocent, quelqu'un d'autre est coupable.

— Et s'il n'y avait jamais eu de détournement ? suggéra sombrement Kitteridge. Je commence à me demander si ce n'est pas un coup monté depuis le début. Mais je n'arrive pas à comprendre pourquoi ni par qui. Désolé, mais je soupçonne votre beau-frère. La question serait de savoir comment il s'y est pris. Comment Thorwood ou lui aurait-il pu s'introduire dans l'ambassade, sans parler de trouver les registres et de falsifier les comptes ?

— Je ne sais pas, murmura Daniel. Il… il pourrait y avoir un rapport avec Morley Cross. À moins que sa mort ne soit qu'une coïncidence. Quoi qu'il en soit, il y a trop de choses que nous ignorons.

— Vous croyez que je ne m'en rends pas compte ? répliqua Kitteridge d'un ton sec. Nous nous battons à l'aveuglette ! Je ne sais même pas si je crois Sidney innocent ou coupable, et je ne parle pas seulement du détournement.

Daniel percevait la détresse croissante de Kitteridge. C'était comme si elle le touchait et qu'elle pût se communiquer à lui, à l'instar de la peur. Il n'insista pas.

— Nous tournons en rond, dit-il. Et je ne suis d'aucune utilité au tribunal, sauf en tant que soutien moral, pour ce que cela vaut. Miriam remarquera peut-être quelque chose qui nous a échappé. Si vous avez une meilleure idée, je vous écoute.

— Non, avoua Kitteridge plus aimablement. Voyez si elle peut nous donner une idée de ce que nous cherchons. Avons-nous toutes les pièces du puzzle, au moins ?

— Je l'ignore. Vous le savez bien ! Mais il est possible que nous les mettions à l'envers. Que nous essayions de les caser dans le mauvais sens ?

Kitteridge sourit enfin.

— Je dois convenir que vous êtes distrayant, Pitt, je peux vous accorder ça. On ne s'ennuie jamais longtemps avec vous. Maintenant, s'il vous plaît, laissez-moi passer avant que je ne change d'avis. Je dois réfléchir à ce que je pourrais dire d'utile. Hillyer va deviner que nous sommes au courant pour Morley Cross, et que je suis là parce que le procès a changé de registre. Et je ne vais pas mentir à la cour.

Daniel prit le train métropolitain jusqu'à la station la plus proche de la maison des fford Croft et fit le reste du chemin à pied. Quand il arriva, il avait décidé de ce qu'il allait dire. Tout dépendait, bien sûr, de la présence de Miriam à la maison.

Le majordome l'accueillit sans manifester d'étonnement. Après avoir passé des années au service des fford Croft, il était sans doute rarement surpris par quoi que ce fût.

— Bonjour, Mr. Pitt. Miss fford Croft est allée à la poste mais elle devrait être de retour d'ici dix ou quinze minutes. Si vous voulez bien l'attendre dans le petit salon, monsieur, je l'informerai que vous êtes là dès son retour. Je suppose que vous avez pris votre petit déjeuner. Est-il trop tôt pour vous proposer un thé ? Et un sablé ? La cuisinière fait d'excellents gâteaux, si je puis me permettre de le dire.

Daniel sourit.

— Je m'en souviens, déclara-t-il avec un certain enthousiasme.

— Très bien, monsieur.

Daniel savourait son troisième sablé et se demandait si les bonnes manières exigeaient qu'il laissât le dernier afin de montrer qu'il avait été généreusement servi, quand il entendit dans le vestibule des pas qui n'étaient en aucun cas ceux du majordome. Reconnaissait-il ceux de Miriam ?

L'instant d'après, on toqua un coup bref à la porte, et elle entra.

Il se leva aussitôt.

Elle jeta un coup d'œil à la théière et à l'assiette pleine de miettes, puis referma la porte et s'avança sur le tapis turc.

— Je vois qu'on a pris soin de vous. Je suis désolée de vous avoir fait attendre. C'est encore l'affaire Sidney ?

Tous ses arguments s'envolèrent, comme s'il n'en avait préparé aucun.

— Oui. Elle n'a pas de sens. Un fait nouveau a été mis au jour et un élément nous échappe. Plusieurs, à vrai dire. J'ai pensé que, si je vous énonçais les faits que nous connaissons, vous pourriez… les interpréter différemment.

Il parlait trop.

Elle s'assit en face de lui.

— Cela ne vous ennuie pas si je vous interromps quand j'ai besoin d'éclaircissements ?

— Non. Je… j'espère ne pas abuser de votre temps, s'excusa-t-il.

Un instant, elle parut embarrassée à son tour.

— Je… je n'ai rien d'urgent à faire. Je sais que le procès a commencé depuis plusieurs jours.

— Vous l'avez suivi ? demanda-t-il avec surprise.

Il ne présentait aucun intérêt du point de vue scientifique. Pourtant, Daniel s'en réjouit.

— Il n'y a pas grand-chose à suivre, répondit-elle, les yeux baissés.

— Pas encore, admit-il. J'ai peur que tout ne se termine avant d'avoir vraiment commencé. L'histoire ne tient pas debout. Le fond de l'affaire nous échappe. J'ai pensé que vous m'aideriez à le cerner…

Il se tut. Il se ridiculisait. Il devait paraître si jeune, si stupide.

Elle le regarda avec gravité.

— Cerner ce qui vous échappe ? Et quel est ce nouvel élément dont vous avez parlé ?

Il ne répondit pas immédiatement.

Le visage de Miriam s'assombrit.

— Quand la nouvelle atteindra Londres, je veux dire, les dernières informations en date, Sidney sera inculpé de meurtre, murmura-t-il.

Elle se raidit.

— Quoi ? Qui est mort ? Quand est-ce arrivé ?

— Un jeune homme du nom de Morley Cross. Un collègue de Sidney à l'ambassade de Washington. Il a été repêché dans le fleuve, et on ignore encore la date exacte de son décès. Tout dépend si c'est arrivé avant le départ de Sidney pour l'Angleterre.

— Comment a-t-il été tué ?

— D'une balle dans la nuque. Il ne peut s'agir d'un accident.

— Je vois.

Il était évident à son expression qu'elle comprenait parfaitement.

— Il va être difficile de déterminer la date du décès. L'eau peut causer beaucoup de dégâts. Et plus le corps est resté longtemps immergé, plus c'est difficile à estimer. Que vous manque-t-il d'autre ? Je veux dire, pour que tout prenne sens.

— Un fil qui relie le tout, répondit-il sans ambages. Qui nous permette de discerner un plan, un mobile assez solide pour pousser l'instigateur de cette affaire à venir la poursuivre ici, devant les tribunaux.

— Et les vraies raisons de toute cette histoire ?

Il fouilla son regard bleu-vert, mais n'y décela aucune moquerie.

— Ce pourrait être n'importe quoi : l'amour, la haine, l'argent, la vengeance. Même l'ambition, si quelqu'un jugeait que Sidney était un obstacle à sa promotion.

— Et la peur ?

— Oui. Cela aussi, je suppose.

— Vous avez mentionné la haine, lui fit-elle remarquer avec un sourire. Et une blessure d'orgueil ?

— Cela conduirait à un désir de vengeance, donc, oui.

Elle écarquilla les yeux.

— Supposons que Rebecca Thorwood ait repoussé les avances de Philip Sidney. Vous paraît-il être le genre d'homme qui se serait introduit chez elle pour se venger ? Si oui, il a déjà dû le faire par le passé. Elle ne peut pas être la première à l'avoir rejeté. Et le détournement de fonds serait d'une manière ou d'une autre lié à cela ?

Elle ne dit pas qu'elle en doutait, mais c'était évident à son expression.

— C'est tiré par les cheveux, n'est-ce pas ? soupira Daniel avec une moue.

Miriam se détendit imperceptiblement. Il le vit au

relâchement soudain de ses mains, posées sur ses genoux.

— Plutôt, oui. Je suppose que vous vous êtes renseigné sur son comportement passé et que vous avez demandé si Miss Thorwood l'avait jamais éconduit ?

— Bien sûr.

— Dans ce cas, il s'agit d'autre chose. Daniel, vous est-il sympathique ?

Sur le point d'arguer que la question n'était pas là, il comprit que Miriam ne l'avait pas posée par hasard. Son opinion de Sidney affectait-il son jugement ? Cherchait-il le moyen d'affirmer que celui-ci n'était pas coupable ? Non ! Il cherchait le moyen de ne pas découvrir que Patrick avait sciemment piégé un homme qu'il croyait coupable d'un méfait des plus méprisables, parce qu'il avait le sentiment qu'il le devait à la famille qui lui avait accordé son amitié.

— Oui, murmura-t-il. Mais là n'est pas mon principal problème.

Il lui expliqua son dilemme et pourquoi cela avait une telle importance.

Elle l'écouta sans l'interrompre.

— Même si Sidney est coupable, acheva-t-il, je veux pouvoir faire en sorte qu'il soit condamné honnêtement, et pas…

— Je sais.

Elle hocha la tête.

— Examinons les choses sous un autre angle, au moins pour un moment. Le pire pour vous serait que Sidney soit réellement innocent et que Patrick ait contribué à fabriquer un dossier pour le faire apparaître comme coupable. Si Tobias Thorwood a vu Sidney chez lui, au moins il dit la vérité, ou une partie de la vérité.

— Toute la vérité ! Il n'a rien dit d'autre !

— Ce n'est pas tout ce qu'il a laissé entendre, rectifia-t-elle. Thorwood est venu parce que Rebecca avait crié, n'est-ce pas ? À ce moment-là, Sidney sortait de la chambre. A-t-il descendu l'escalier ? Thorwood a-t-il tenté de l'intercepter ? A-t-il appelé la police le soir même ? Sur-le-champ ? Ou après s'être assuré que Rebecca était saine et sauve ? Si j'avais été à sa place, je lui aurais demandé comment Sidney était entré. Comment a-t-il fait ? A-t-il forcé une serrure ?

Daniel se rendit compte qu'il n'avait rien demandé de tout cela à Patrick. Sur le moment, cela n'avait pas paru important. Thorwood avait vu Sidney chez lui. Il le connaissait assez pour l'identifier. Rebecca avait juré ne pas l'avoir invité à venir, ni fait entrer. Cela ne faisait sans doute aucune différence, mais Miriam avait raison de poser ces questions.

— Je ne sais pas, avoua-t-il. Sidney s'est enfui. Il a invoqué l'immunité diplomatique et a quitté le pays. C'est l'essentiel.

— Non, le contredit Miriam en secouant la tête. C'est un fait indiscutable. C'est tout. L'essentiel, c'est ce que vous cherchez. L'émotion. La raison de tout cela. Quelqu'un qui est affecté au point d'en arriver là. Pourquoi Sidney s'est-il introduit chez les Thorwood, s'il l'a réellement fait ? S'il ne l'a pas fait, quelqu'un d'autre l'a-t-il fait ? Thorwood ment-il sur certains points ? Se pourrait-il qu'il cherche à protéger quelqu'un et que, ayant juré que Sidney était l'intrus, il ne puisse plus faire marche arrière ? Mais, si tel est le cas, pourquoi ne pas laisser les choses s'apaiser d'elles-mêmes ? Pourquoi diable suivre Sidney à Londres et intenter à tout prix un procès ? Je suppose que vous avez demandé à Sidney s'il le savait ?

— Oui. Il affirme que non.

— Vous le croyez ? En dehors du fait que vous le trouvez sympathique, vous le croyez ?

Daniel ne réfléchit qu'un instant.

— Oui. Sur ce point, de toute façon.

— Eh bien, à supposer qu'il dise la vérité, Thorwood ment ou se méprend. Qui essaie-t-il de protéger et pourquoi ? Rebecca connaît-elle la vérité ?

— D'après Jemima, elle prétend que non. Et le pendentif était en cristal, de toute façon. Cela dit, évidemment, Sidney ou une personne extérieure à la famille n'aurait pas pu le savoir.

— Et Tobias Thorwood lui-même ?

— Pourquoi ? Qu'aurait-il à y gagner ? demanda-t-il, perplexe.

— Je n'en ai aucune idée. Mais, d'après ce que vous dites, il semble que ce soit lui qui souffle sur les braises.

Elle hésita un instant.

— Qu'est-ce qui vous trouble en fait ? Le meurtre de Morley Cross ? Ou le rôle de Patrick dans toute cette affaire ?

Avait-elle lu en lui si aisément ? Cela se voyait-il comme le nez au milieu de la figure ? Il était gênant d'être si transparent pour quelqu'un. Et pourtant, il aurait été ridicule de mentir, ou même d'éluder la question.

— Je suppose que c'est cela, admit-il. C'est la première fois que je rencontre Patrick, bien que Jemima et lui soient mariés depuis quatre ans. J'étais accaparé par mes examens… je n'ai pas pu assister au mariage.

Elle lui adressa un sourire, derrière lequel il décela néanmoins une douleur.

— Je comprends. On ne peut pas prendre autant de

vacances, trois semaines au moins avec les traversées, et réussir en droit ou en médecine…

Il se souvint qu'elle avait passé et réussi avec brio les examens nécessaires pour obtenir la qualification de médecin légiste, mais qu'on refusait de la prendre au sérieux sous prétexte que c'était une femme. Aveuglé par sa propre vulnérabilité, il avait manqué de tact envers ce qu'elle avait pu sacrifier, y compris des relations sentimentales, pour finir par se voir refuser les fruits de ses efforts, et jusqu'au droit d'exercer.

— J'aime bien Patrick, dit-il en se redressant. Au fond, je ne veux pas que Jemima souffre. Elle le connaît sans doute très bien, mais jusqu'à quel point connaissons-nous vraiment quelqu'un ? Surtout si nous sommes amoureux de cette personne ?

Il regretta aussitôt ses paroles. Il avait retiré le pansement qui protégeait la plaie. C'était de cela qu'il avait peur. Et de s'égarer parmi toutes ces loyautés contradictoires. Y avait-il un sens profond à cette affaire ? Autre qu'un larcin sordide et une tentative de cambriolage commise par un jeune homme, avec plus de violence que nécessaire, comme en témoignait la mince cicatrice rouge sur le cou de Rebecca ?

Il fit part de ses réflexions à Miriam, trouvant soudain ses mots sans difficulté.

Elle resta longtemps silencieuse lorsqu'il eut terminé. Il attendit, sachant qu'elle parlerait quand elle y serait prête.

— Nous n'avons pas encore trouvé, dit-elle enfin. Mais je pense que c'est de ce côté-là que nous devons chercher. Quand nous saurons ce qui s'est passé chez les Thorwood ce soir-là et pourquoi, nous aurons au moins un fil à suivre et peut-être une idée de ce qui a pu causer le meurtre de Morley Cross.

Il sourit.

— Nous devrons le suivre jusqu'au bout ! Et quelle est cette émotion que nous cherchons ? Qu'est-ce qui compte à ce point ? Il faut que ce soit plus grave qu'une blessure d'amour-propre.

Le sourire de Miriam exprimait plus que de l'auto-dérision maintenant. Il était doux, complètement honnête.

— Je n'en ai pas la moindre idée.

18

— Rappelle-moi, qui est Miriam ? demanda Jemima.

Ils étaient de nouveau dans le jardin de Keppel Street. L'après-midi tirait à sa fin et le soleil d'août commençait à perdre de sa chaleur. Sophie faisait la sieste et Cassie dormait aussi dans sa chambre, un sourire sur les lèvres. Il avait été difficile de la calmer, tant elle était enchantée d'avoir battu Daniel dans un jeu qui comportait des bâtons et un seau de sable. Il en avait inventé les règles au fur et à mesure et avait veillé à perdre, mais de justesse. Ç'avait été une victoire excitante pour Cassie, accompagnée de rire et de cris ravis.

Maintenant, Daniel et Jemima étaient seuls, libres de parler pour la première fois depuis qu'il était arrivé deux heures plus tôt, laissant Hillyer et Kitteridge s'affronter au tribunal. Jemima lui avait dit que Charlotte et Patrick assistaient à l'audience mais qu'ils rentreraient d'ici une heure et demie au plus tard. Il le fallait, avait expliqué Jemima : Patrick et elle dînaient avec les Thorwood.

— La fille de Marcus fford Croft.

Il le lui avait déjà dit, cependant elle n'était pas sûre de ce que cela signifiait.

— Comment la connais-tu ? Et pourquoi ?

Elle observa son visage dans la lumière, surprise par la vive émotion qui se lisait dans les yeux de Daniel, sur ses lèvres.

— Elle a étudié la médecine et réussi tous ses examens pour être médecin légiste, mais personne ne veut admettre qu'elle sait ce qu'elle fait, parce que c'est une femme, répondit-il.

La tension perçait dans sa voix. La colère se mêlait à la compassion, bouillonnait en lui comme si, non seulement il la partageait, mais l'éprouvait lui-même. Pourquoi ? Parce qu'il n'aimait pas cette femme ? Ou parce que, au contraire, cette injustice le faisait souffrir ? Parce qu'il la respectait et que, dans un monde équitable, aucune compassion n'aurait été nécessaire ?

— Comment se fait-il que tu la connaisses ? répéta Jemima, contournant la blessure comme le bord d'une falaise qui risquait de s'effondrer.

— Marcus nous a suggéré de faire appel à elle lors d'une affaire très délicate. Elle a trouvé le point essentiel autour duquel tout s'articulait. Je me suis dit qu'elle pourrait nous aider dans le cas présent.

— Le peut-elle ?

— Je ne sais pas. Elle a cerné les questions que nous devrions poser. Elle a un esprit très logique. J'allais dire qu'elle te plairait mais je n'en suis pas sûr.

Tu…

Elle se ravisa. Ce qu'elle s'apprêtait à dire n'avait peut-être pas d'importance. Miriam fford Croft semblait être une femme intéressante, originale et courageuse. Jemima reporta son attention sur le procès.

— Qu'as-tu besoin de découvrir ? Je présume que je peux t'aider puisque tu es venu me voir.

Il prit une brève inspiration. Jemima se hâta de poursuivre.

— Je ne dis pas cela méchamment. Tu n'as pas de temps à perdre en visites de courtoisie. De quoi s'agit-il ? C'est Rebecca, n'est-ce pas ? Tu aimerais en savoir davantage sur l'agression, et tu veux que je me renseigne ?

— Pas exactement, répondit-il, cette fois avec un sourire d'excuse. Mais je crois que Tobias Thorwood joue un rôle central dans l'affaire.

— C'est l'avis de Miriam ?

Daniel rougit un peu.

— Si je n'étais pas d'accord avec elle, je ne serais pas ici. Tobias est un personnage crucial.

— Tu veux dire, son identification de Sidney, rectifia-t-elle. Ou es-tu en train de tourner autour du pot pour laisser entendre qu'il se devait de protéger Rebecca ? Pourquoi ? Insinues-tu qu'il s'agissait d'un rendez-vous galant ? Que Tobias l'a découverte au lit avec Sidney et qu'il a jeté celui-ci dehors ? Et puis l'a fait accuser de vol et d'agression pour qu'il ne puisse pas salir la réputation de sa fille ?

Cette pensée lui était très douloureuse, par la malhonnêteté qu'elle impliquait, mais elle ne pouvait nier que ce fût une possibilité… si l'on se basait sur les seuls faits. Rebecca était-elle faible au point de permettre la ruine d'un homme qu'elle aimait, pour l'unique raison que son père le désapprouvait ? Était-ce là ce qui la hantait réellement ? La honte, le sentiment de culpabilité ?

Daniel l'observait.

— Ne pense pas à toi-même, Jem, pense à ce dont les gens sont capables pour protéger leurs enfants, surtout s'ils les croient vulnérables. Rebecca n'est pas toi.

Tu serais horrifiée, mais le serait-elle ? Peut-être se sent-elle surprotégée, ou veut-elle s'échapper.

— Elle a crié ! lui fit remarquer Jemima. Assez fort pour alarmer son père et le faire accourir. En pleine nuit. Elle a dû hurler.

— Sidney affirme qu'il n'était pas là, insista Daniel. Et s'il disait la vérité ? Si tout le reste n'était qu'un tissu de mensonges ?

— Tu veux dire qu'elle s'est arraché le pendentif elle-même ? Je vois mal comment. Il m'est arrivé de perdre patience avec un collier que je n'arrivais pas à retirer, mais je ne suis jamais allée jusqu'à l'arracher. En fait, j'ai essayé un jour, et je me suis arrêtée assez vite, bien avant qu'il me fasse une cicatrice pareille sur le cou. Si quelqu'un ment, n'est-il pas plus probable que ce soit Sidney ? C'est dans son intérêt de le faire.

— Sauf que ça n'a pas de sens, Jem. Réfléchis un instant. Si la vérité n'est pas celle-là, qu'est-elle ?

— Que Rebecca et son père mentent.

— N'a-t-elle pas avoué qu'elle ignorait qui était dans sa chambre ?

— Si, acquiesça Jemima, songeuse. Mais si ce n'était pas Sidney, qui était-ce ? Et pourquoi Tobias prétend-il que c'était lui ?

— Et aussi, comment cet homme est-il entré, que ce soit Sidney ou un autre ? A-t-elle laissé une clé quelque part ? Ou a-t-il forcé une porte ? Celle de l'arrière-cuisine ? Du jardin ?

— Et son père aurait menti pour attirer des ennuis à Sidney ? Ou pour éviter des ennuis à quelqu'un d'autre ?

Cette éventualité paraissait écœurante, voire répugnante à Jemima. Cependant, elle n'avait jamais été attaquée. Jusqu'à quel point cela changeait-il tout en vous ?

Rebecca préférait-elle penser que son agresseur était Sidney plutôt qu'une brute qu'elle ne connaissait pas ? Peut-être, d'une manière perverse, voulait-elle que ce fût quelqu'un qu'elle pût accuser, et faire emprisonner. Alors, elle se sentirait en sécurité. Il ne pourrait jamais recommencer. Mais ce raisonnement était absurde car, si ce n'était pas Sidney, le coupable était encore en liberté. Il pourrait revenir ! Elle se réveillerait au moindre bruit dans la nuit, effrayée, elle verrait des ombres bouger et serait terrifiée ! Elle sentirait la main sur sa gorge, et son cœur cesserait de battre…

— Je ne sais pas, dit-elle. Je peux comprendre. Si quelqu'un avait fait du mal à Cassie ou à Sophie, je voudrais penser que nous le tenons ! Mais si c'était l'enfant de quelqu'un d'autre et qu'on t'accusât, toi, ou qu'on accusât Patrick, de l'avoir attaqué, je me battrais jusqu'à la mort pour prouver que ce n'est pas vrai.

Daniel demeura un instant parfaitement immobile, le visage empreint d'émotions contradictoires.

— Et Thorwood ? demanda-t-il. Pourquoi mentirait-il ?

— Que veux-tu savoir à son sujet, hormis s'il a bel et bien vu Sidney chez lui ? Ou s'il est persuadé de l'avoir vu ? Miriam avait-elle une suggestion concrète à apporter ?

— Oui.

Il plongea son regard dans le sien.

— Elle a fait une observation à laquelle je ne peux pas apporter d'explication et dont je crois qu'elle pourrait être au centre de l'affaire…

— Pas… au sujet de Patrick ! s'écria-t-elle d'une voix étranglée.

C'était la crainte qui la hantait. Elle savait combien

il avait été furieux. Parce qu'il savait quelque chose concernant Rebecca qui allait la faire souffrir, elle ?

— Non ! répondit-il aussitôt. Allons, Jem ! Je n'aborderais pas le sujet d'une manière aussi détournée ! C'est encore à propos de Thorwood. Une fois qu'il avait obtenu le départ de Sidney dans la honte, pourquoi ne s'est-il pas arrêté là ?

— Il veut…

Elle s'interrompit, incertaine.

— Oui ? Que veut-il ? Sur le moment, il voulait que l'agression soit vengée. À froid, il veut que le monde entier pense que Rebecca a bien été attaquée. Cela fait beaucoup pour le vol d'un pendentif en cristal. Est-ce elle qui l'a persuadé ?

— Non. Je crois qu'elle aurait préféré qu'il n'en fasse rien.

Elle songea alors à une conversation qu'elle avait eue avec Rebecca.

— Il dit qu'elle se sentira mieux si elle le fait mettre en prison pour qu'il ne puisse plus nuire à personne. Qu'elle serait à blâmer si une autre femme était agressée, ou blessée plus gravement qu'elle.

— Il doit être absolument sûr que c'est Sidney qu'il a vu dans le couloir, murmura Daniel, sur un ton très grave. Miriam m'a dit que, la première fois que les gens affirment avoir vu quelque chose, ils s'en souviennent. La deuxième fois, ils se souviennent de ce qu'ils ont dit la première fois. Et chaque fois suivante, il s'agit plus de ce qu'ils ont dit que de leur capacité à revivre le moment. Avec le temps, ils finissent par toujours utiliser les mêmes mots pour décrire la scène.

Elle voulut protester, puis réfléchit un instant et comprit que ce pouvait être vrai. Qu'après un certain temps la mémoire était construite par les mots, non par la vision de ce qui s'était passé.

— Je tâcherai d'apprendre quelque chose, promit-elle. Tu peux dire à Miriam que je ferai de mon mieux.

— Ce n'est pas pour Miriam ! C'est pour…

Il vit à son expression qu'elle le taquinait et il rougit.

Plus tard dans la soirée, cependant, d'autres choses chassèrent Daniel et Miriam de l'esprit de Jemima. Patrick et elle étaient montés dans leur chambre afin de s'habiller pour le dîner prévu avec les Thorwood. En regardant son mari ajuster pour la cinquième fois son nœud de cravate devant la glace, elle se rappela l'immense estime qu'il portait aux Thorwood. Jemima admirait la gratitude : éprouver de la reconnaissance était généreux. En revanche, se sentir en permanence redevable pour un cadeau mérité ou, dans le cas de Patrick, pour un service qu'on lui avait rendu, n'était pas justifié. À moins qu'elle ne sût pas tout ?

Il surprit son regard dans la glace. Soudain, tout faux-semblant s'évanouit et il se retourna vers elle.

— Tu vas me demander quel rôle j'ai joué dans certains événements à Washington, n'est-ce pas ?

— Oui. Cela concerne Tobias ?

Comme il ne répondait pas, elle insista.

— Dis-le-moi ! ordonna-t-elle simplement. Cesse de…

— Morley Cross, le collègue de Sidney à l'ambassade, tu te souviens que je t'ai dit qu'on avait retrouvé son corps dans le fleuve ? J'attends de savoir si son meurtre a eu lieu avant ou après le départ de Sidney. Je ne suis pas certain de croire que Sidney en soit vraiment l'auteur.

— Pourquoi aurait-il fait cela ?

— Je l'ignore, mais je fais tout mon possible pour

le découvrir. Viens, nous allons être en retard… et tu détestes être en retard.

Ce n'était pas le moment de négliger de vieilles obligations. Jemima devait s'efforcer de mieux comprendre qui était Thorwood. Elle se détourna quand Patrick pivota vers elle. Il lirait son anxiété sur son visage et ne mettrait pas plus de quelques secondes à en deviner la cause. Elle feignit de s'inquiéter de son apparence. Sa robe neuve était un cadeau de sa mère. Jemima n'avait aucune idée de son prix, et n'avait pas cherché à le savoir. En soie bleu foncé, magnifique, elle lui arrivait juste au-dessus des chevilles, comme l'exigeait la mode, et elle était dotée d'un décolleté généreux, à la limite de ce que Jemima osait porter. Patrick avait écarquillé les yeux en la voyant, mais n'avait rien dit. Peut-être la mode à Londres était-elle plus avant-gardiste qu'à Washington. Londres était plus proche de Paris, après tout !

Le trajet de Keppel Street à l'hôtel fut de courte durée. Ils n'eurent pas le temps d'engager une conversation sérieuse, au grand soulagement de Jemima. Elle évoqua des souvenirs de leurs visites chez les Thorwood à Washington, et observa que leur maison devait leur manquer.

Ils arrivèrent avec cinq minutes de retard. En ce qui la concernait, c'était parfait. Faire attendre ses hôtes quelques minutes relevait du savoir-vivre, les surprendre alors qu'ils n'étaient pas tout à fait prêts était regrettable.

Les Thorwood se trouvaient dans le salon de leur suite. Les politesses d'usage furent échangées, comme si aucune menace de désaccord n'existait entre eux. Tobias portait un costume foncé, très distingué sans être tout à fait un habit de cérémonie. Bernadette était extrêmement élégante dans une robe d'un rose délicat, presque prune. Le tissu, qui épousait chacun de ses mouvements, ne pouvait être que de la soie. Elle s'avança à leur entrée et, non sans avoir d'abord croisé le regard de Patrick, salua cordialement Jemima avant de jeter un coup d'œil à sa tenue, de prendre une inspiration et de décider que la remarque qu'elle s'apprêtait à faire était inappropriée.

— Quelle couleur charmante ! se contenta-t-elle de dire. Et très flatteuse.

— Merci, répondit Jemima comme si le compliment avait été sans réserve. C'est une de mes préférées.

Elle dissimula le sourire qui naissait sur ses lèvres et se tourna vers Rebecca, dont la robe verte, trop foncée pour elle, donnait l'impression qu'elle avait froid. La jeune femme était un peu trop maigre et trop pâle en ce moment pour supporter une teinte aussi prononcée.

— Je suis si contente de vous voir ! s'écria Jemima avec chaleur. Chaque fois que je pense à Washington, je songe aux cornouillers en fleur que vous m'avez montrés. Sans votre gentillesse, je ne les aurais jamais vus. Tout le monde s'extasie sur les azalées, et c'est vrai qu'elles sont splendides, mais les cornouillers sont magiques.

Le visage de Rebecca s'illumina à ce souvenir.

— Oh oui ! J'ai toujours été de cet avis.

— Nous devrons faire d'autres promenades, renchérit Jemima.

Tobias ouvrit la bouche, puis se ravisa. Il jeta un regard rapide en direction de Bernadette, qui secoua imperceptiblement la tête.

— Si nous allions dîner ? suggéra celle-ci, s'adressant à Jemima.

Cette dernière remarqua que Tobias offrait son bras

à Rebecca plutôt qu'à son épouse pour l'escorter à la salle à manger. Sinon Rebecca, étant la seule dame non accompagnée, aurait dû entrer seule. Patrick était resté à côté de Jemima, songeant peut-être qu'elle était la seule à ne pas être américaine, la seule à ne pas partager le même héritage culturel, ce qui signifiait que certaines références lui échappaient parfois. Elle en avait une conscience aiguë par moments : elle se sentait étrangère, ne partageait pas l'idéalisme d'une nation assez neuve, qui débordait de fierté pour ses nobles débuts, si peu communs. Il y avait eu une ou deux conversations par le passé sur la supériorité de la république. Jemima se sentait beaucoup trop vulnérable pour le contester. D'ailleurs, c'eût été impoli et inutile.

Sa solitude en présence d'une telle compagnie était parfois profonde. Elle devait s'assurer que Patrick n'éprouvait rien de tel au sein de la famille Pitt. Se comportaient-ils ainsi, quelquefois, sans s'en rendre compte ? Au fond, tout être humain se sentait-il à l'écart, par moments ?

Elle songea soudain à son père, anobli par la reine. C'était un des derniers actes qu'elle avait accomplis au terme d'un règne qui avait couvert le plus clair du siècle ! Et désormais, il était le confident du roi, auquel il avait rendu un service dont il ne parlerait jamais ; chef de la Special Branch, gardien des secrets d'une foule de gens, faibles et puissants, célèbres ou inconnus. Et pourtant, avec ses origines humbles, il n'avait jamais été de droit un membre de l'establishment.

Nous sommes tous seuls, songea Jemima, derrière les bonnes manières ou la gaucherie.

Elle s'aperçut soudain qu'on lui avait parlé, et qu'elle n'avait pas répondu. Patrick lui effleura le bras et répéta la question que Tobias lui avait adressée.

— Oh ! Oui, merci, dit-elle, un peu gênée.

Elle prit le siège qu'il lui indiquait. Tous les autres s'assirent aux places qu'il désignait.

Les plats furent commandés. Patrick choisit pour Jemima, ce qui ne l'ennuya pas le moins du monde. Il savait exactement ce qu'elle aimait.

La conversation fut d'abord anodine, pas tout à fait laborieuse, mais pas détendue non plus. C'était comme si chacun d'entre eux avait envie de dire quelque chose qu'il finissait par réprimer. Ce fut Bernadette qui, enfin, se pencha en avant. Son immobilité, la raideur des muscles de son cou trahissaient une telle tension que tous cessèrent de parler. Jusqu'alors, elle avait semblé s'adresser surtout à Patrick, tout en incluant Jemima de temps à autre.

— Je sais que nous n'avons pas terminé, mais nous ne pouvons éviter le sujet toute la soirée. Il pèse sur tout et nous nous concentrons tellement pour l'éviter qu'il en devient central. Tobias va être appelé à comparaître comme témoin au procès de Philip Sidney. Demain ou, sinon, très bientôt. Peut-être après-demain.

— Ils donnent l'impression de vouloir que ce soit demain, intervint Tobias. Depuis plusieurs jours, il semble que les choses s'éternisent…

— Pourquoi ? coupa Rebecca. Vous n'allez pas témoigner pour l'accusation ! Vous ignorez tout de l'inculpation de détournement, n'est-ce pas ?

Elle paraissait totalement perplexe.

— Oui, en effet, répondit Tobias, la mine défaite, comme s'il était acculé, face à des ennemis qui l'assaillaient de toutes parts. Je suis… désolé.

Il était difficile de savoir à qui ses paroles s'adressaient : Jemima, Rebecca, ou même Patrick.

— Mr. Hillyer vous a demandé de comparaître, monsieur ? demanda ce dernier.

Sous la table, il captura la main de Jemima.

— Oui, murmura Tobias.

Jemima regarda Bernadette. Elle avait un très léger sourire sur les lèvres.

— Papa ? commença Rebecca. Vous avez dit…

Sa mère lui imposa le silence d'un regard. Il était si péremptoire que Jemima elle-même se serait tue.

— Je n'ai pas le choix, admit Tobias tout bas. Il est arrivé quelque chose qui m'interdit de rester silencieux.

Il se tut.

Jemima regarda Patrick, mais son regard était fixé sur Tobias. Elle eut la certitude qu'il ignorait ce que Tobias allait dire.

Celui-ci s'adressa à Rebecca :

— Je suis navré, ma chère, mais le pendentif de ta marraine a été retrouvé.

— Comment le savez-vous ? demanda-t-elle, stupéfaite.

— La police de Washington a envoyé un télégramme à l'ambassade. On m'en a informé cet après-midi.

— Où l'a-t-on retrouvé ?

— Dans un mont-de-piété. Le propriétaire était un honnête homme et il l'a signalé.

— Le vol remonte à plusieurs semaines, objecta Patrick. Son honnêteté a mis longtemps à se manifester.

— Oui, voilà qui exige certaines explications, répondit Tobias. Apparemment, le pendentif a été apporté par un homme qui l'a accepté comme dédommagement pour une dette de jeu, le lendemain même du vol.

Patrick fronça les sourcils.

— Mais Sidney n'a pas quitté l'ambassade de jour après que vous aviez signalé l'incident, sauf pour embarquer. Cela ne peut être vrai… ou du moins cela ne peut être entièrement vrai.

Tobias se mordit la lèvre.

— Si, justement. Ce jeune homme travaillait à l'ambassade de Grande-Bretagne. Il l'a accepté de Philip Sidney en guise de paiement, et a dû le mettre tout de suite en gage. J'ai peur que cela ne scelle une fois pour toutes la question de la culpabilité de Sidney. Non qu'aucun d'entre nous en ait douté.

Patrick se pencha en avant, le front plissé par l'anxiété.

— Par conséquent, vous allez témoigner ? Cela n'a toujours aucun rapport avec le détournement. Tout ce que ce jeune homme de l'ambassade peut faire, c'est jurer que Sidney lui a donné un pendentif pour régler une dette de jeu.

Jemima le regarda, s'efforçant de déchiffrer son expression. S'agissait-il de Morley Cross, celui qui avait été abattu ? Auquel cas, ils n'avaient que la parole de l'usurier. Patrick n'avait pas l'air d'un homme qui se voit conforté dans son opinion ; au contraire, il paraissait plutôt troublé. Était-il satisfait ? Ressentait-il de la pitié pour Sidney ? À en juger par son expression, ce n'était pas un moment de triomphe. Pas du tout.

Son visage s'assombrit encore.

— Comment allez-vous introduire cela ? En fait, pourquoi vous appelle-t-on à la barre ? Si Hillyer contourne les règles, ce que, en le voyant, j'ai du mal à imaginer…

— Je suis témoin de moralité, dit Tobias simplement. Et si par un hasard quelconque, Hillyer ne parvient pas à introduire l'incident, votre homme, Kitteridge, peut le faire. Ce serait peut-être préférable.

— Délicat, commenta Patrick. Il passerait pour un imbécile. Cela donnerait l'impression qu'il essaie délibérément de saboter son client.

— C'est pourquoi Tobias veut que ce soit Hillyer qui le fasse, intervint Bernadette sur un ton patient.

Elle jeta un bref regard à Jemima, puis se tourna vers Patrick de nouveau.

— Je crains que nous ne prenions Kitteridge par surprise mais, si Hillyer pose la question, nous devons répondre.

Elle ponctua ses paroles d'un sourire satisfait.

Jemima en fut glacée. Elle tenta de se mettre à la place de Bernadette ; imagina que c'était Cassie qu'on avait agressée. Aurait-elle alors éprouvé une telle sensation de triomphe ? Pourquoi ne ressentait-elle rien d'approchant ? La réapparition du pendentif, qu'on pouvait lier directement à Sidney par l'intermédiaire d'une dette de jeu, était précisément ce dont ils avaient besoin. L'usurier avait-il identifié Morley Cross d'après une photographie ? Après cela, Daniel ne douterait plus de la culpabilité de Sidney ! Soulèverait-on alors la question du rôle joué par Morley Cross dans la transmission des documents dénonçant le détournement ? Était-ce ce qu'ils attendaient ? Alors, tout prendrait un sens.

— Qu'allez-vous faire ? demanda Jemima. Témoigner pour Hillyer et admettre à regret que vous êtes désormais en mesure de condamner Sidney sans réserve ? Et puisque le pendentif a servi à régler une dette de jeu, vous n'avez aucun mal à croire qu'il ait aussi volé… et tué ?

Sous la table, les doigts de Patrick se crispèrent sur

les siens. Il savait qu'elle ne voulait pas que Sidney fût coupable, peut-être parce que ce dernier était le client de Daniel.

Tobias la dévisageait.

— Tué ! De quoi diable parlez-vous ?

Jemima sentit le rouge lui brûler les joues. Il n'y avait pas d'échappatoire possible. Elle s'était piégée toute seule. Tous la fixaient.

— Je suis désolée, murmura-t-elle à Patrick avant de lever les yeux sur Tobias. L'homme qui, selon toute probabilité, a mis le pendentif en gage, a été retrouvé mort dans le Potomac. C'est forcément lié, n'est-ce pas ?

Bernadette blêmit.

— Je le crains, acquiesça Tobias, l'air soulagé.

— Vous allez être obligé de tout raconter, commença Jemima.

Elle regarda Rebecca qui cilla et se tourna vers son père.

— Le faudra-t-il, papa ? Ne pouvez-vous pas vous contenter de dire que le pendentif a été volé ?

— Si Hillyer possède la moindre compétence, il va demander des détails, avertit Patrick. Il ne va pas prendre cela pour argent comptant.

— Daniel ne peut-il l'en empêcher ? demanda Rebecca en regardant Jemima.

— Je lui en parlerai, répondit-elle. Mais si Hillyer soulève la question, Daniel et Kitteridge n'auront d'autre choix que de contester ses dires si c'est possible.

— Vraiment ? intervint Bernadette sur un ton sec. N'aggraveraient-ils pas la situation de leur client ? Je crois que si, vous savez. Il s'agit là d'une inculpation très grave. Bien au-delà du simple larcin !

Son visage exprimait une vive émotion. Elle respirait vite et de manière un peu saccadée, et Jemima fut envahie par une bouffée de compassion à son égard.

— Je peux souligner les dégâts que cela causerait, répondit-elle. Pour Rebecca mais aussi pour Sidney. Les gens haïront Sidney pour cela. Il écopera peut-être d'une condamnation beaucoup plus lourde. Je crois que le juge dispose d'une certaine marge de manœuvre, mais il risque d'opter pour la sentence la plus sévère de son arsenal.

À sa grande surprise, Tobias parut troublé. Il regarda tour à tour son épouse et sa fille.

Patrick l'observa un instant avant de se tourner vers Jemima.

— Pour l'amour du Ciel, lança Jemima avec impatience, aucun mal n'a été fait pour l'instant. Si vous n'êtes pas sûr de vous, les gens douteront de vous, asséna-t-elle en regardant Tobias.

Une rougeur terne se répandit sur ses joues. Il se détourna, visiblement mal à l'aise.

Bernadette s'adressa à Patrick.

— En réalité, c'est moi qui ai entendu Rebecca hurler, dit-elle avec fermeté. J'ai le sommeil plus léger que Tobias. J'ai attrapé mon peignoir et je suis sortie dans le couloir. J'ai vu un homme quitter la chambre de Rebecca. J'ai crié pour réveiller Tobias. L'homme a fait volte-face et s'est mis à courir. J'admets…

Elle s'interrompit.

Tobias posa doucement la main sur son bras.

— J'étais très secouée, reprit-elle. Je me suis précipitée dans la chambre de Rebecca, terrifiée à l'idée de ce que j'allais trouver. J'imaginais toutes sortes de choses. Par bonheur, elle était indemne. Je veux dire, elle n'était pas blessée… ou pire. Juste choquée et effrayée. Et il y avait une marque rouge sur son cou, là où le pendentif de tante May lui avait sauvagement été arraché.

Rebecca était livide. Il était clair qu'elle revivait toute la scène, qu'elle se revoyait se réveillant en pleine nuit pour découvrir un homme dans sa chambre.

— J'ai vu très nettement que c'était Philip Sidney. Je n'étais qu'à quelques mètres de lui. Il a hésité et m'a fixée. Un instant, j'ai cru qu'il allait m'agresser. Comme nous pouvons aisément nous laisser tromper par autrui… ajouta-t-elle tout bas. Il semblait…

— Nous avons tous été dupés, acquiesça Tobias. Je me sens coupable de lui avoir jamais permis d'entrer chez moi.

— Il travaillait à l'ambassade de Grande-Bretagne, Tobias, murmura Bernadette avec douceur. Si personne n'y savait quel genre d'homme il était, comment aurais-tu pu le deviner ?

Jemima sentit ses muscles se crisper. Et la main de Patrick se resserrer sur ses doigts sous la table. Elle regarda Tobias.

— Pourquoi avez-vous déclaré que c'était vous qui l'aviez vu ? Quelqu'un va vous poser la question. On pensera que ce mensonge n'était pas nécessaire.

Les lèvres de Tobias se pincèrent.

— J'essayais d'épargner à Bernadette l'épreuve de revivre cette scène devant des étrangers, dit-il d'un ton brusque.

Il était évident qu'il était agacé de devoir lui répondre.

Personne ne mit sa parole en question. Jemima pensait Bernadette tout à fait capable d'affronter une meute en furie, a fortiori un gentil petit interrogatoire par des policiers respectueux de sa place dans la société et du méfait qui venait d'être commis chez elle, mais s'abstint de le dire. Qu'avait-elle à y gagner ? Et puisque le pendentif avait été retrouvé et qu'il pouvait être lié à Philip Sidney via un autre employé de l'ambassade, la messe semblait dite. Sidney serait bien avisé de ne plus lutter contre l'inéluctable.

Pourquoi se sentait-elle si abattue ? Parce que Daniel allait perdre le procès ? C'était absurde ! S'il avait accepté de défendre Sidney, c'était uniquement pour que justice soit faite alors que les circonstances semblaient devoir l'empêcher. Et maintenant, le terrible meurtre de Morley Cross pesait sur tout le reste. Sidney était-il même au courant ? Était-il coupable ?

Elle devait faire meilleure figurc, songea-t-elle, ne pas avoir l'air accablée par la nouvelle. Daniel se trompait. Il n'y avait pas de noir secret chez les Thorwood, rien qu'un homme qui aimait sa famille et l'avait protégée au moyen d'un mensonge qui, bien qu'obéissant à un instinct naturel, se révélait, avec le recul, malavisé.

Et, bien sûr, les gens de l'ambassade de Grande-Bretagne s'étaient conduits comme des sots. Ou peut-être que non ? Peut-être qu'ils se débarrassaient de Philip Sidney de manière expéditive.

La main de Patrick serra la sienne quelques secondes de plus, puis la lâcha.

Pauvre Daniel. Il allait perdre le procès, et ç'allait être un échec cuisant pour lui. Mais c'était inévitable !

19

Tôt le lendemain matin, Jemima revêtit un ensemble gris foncé très sobre et un chemisier blanc. Elle adorait le contraste de couleurs, la fluidité du tissu qui accompagnait ses mouvements. On aurait presque dit de la soie. Au petit déjeuner, elle annonça à la cantonade qu'elle avait un rendez-vous important et se hâta de s'éclipser avant que quiconque eût pu lui poser des questions.

Patrick la suivit jusqu'à la porte.

— Que vas-tu faire ? demanda-t-il de but en blanc.

— Rien de dangereux.

— Tu vas voir Rebecca ? Tu ne peux pas. Elle sait peut-être la vérité, mais elle ne te la dira pas, pas plus qu'à personne d'autre, et encore moins au tribunal, si sa famille doit en pâtir.

— Crois-tu que ce soit le cas ? demanda-t-elle, directe.

— Ne joue pas la comédie avec moi, répliqua-t-il sèchement. Bien sûr que oui. La version qu'elle donne est-elle crédible ? Elle va s'y cantonner coûte que coûte, parce que dire autre chose reviendrait à trahir les siens. N'en ferais-tu pas autant si c'était ton père ? J'ai vu à quel point vous êtes proches…

L'émotion perçait dans sa voix. Issu d'une famille nombreuse, il n'avait pas de préférés parmi ses frères et sœurs, et pas non plus de complicité profonde avec l'un ou l'autre de ses parents.

Jemima fut aussitôt navrée.

— Je ne vais pas chez les Thorwood. Je vais voir une amie de Daniel, Miriam fford Croft, si je peux la trouver chez elle.

— Pourquoi ? Qui est-elle et que sait-elle ?

Il était sincèrement surpris. C'était une réponse à laquelle il n'avait pas songé un seul instant.

— C'est elle qui affirme que certains éléments de l'histoire nous échappent encore.

— En quoi peut-elle nous aider ?

Il n'était pas convaincu. L'anxiété se lisait sur ses traits.

— Il faut que je lui demande si elle pense que ce fait nouveau est l'élément qui nous manquait. Daniel la tient en très haute estime.

— En quel sens ? Qui est-ce ? Et ne me donne pas de réponse qui ne veut rien dire !

— Elle a fait des études de médecine et s'est spécialisée en médecine légale, mais elle n'a pas le droit d'exercer ni d'occuper un poste officiel… parce que c'est une femme.

À son air stupéfait, elle comprit qu'il se demandait si elle lui cherchait querelle.

— Elle a aidé Daniel lors d'une affaire très difficile, il y a trois mois environ, expliqua-t-elle. Je vais seulement lui demander son avis.

— La médecine légale ?

Il arqua les sourcils.

— Personne n'est mort ici, Jem. Et la seule blessure

est une égratignure sur le cou de Rebecca. Que peut-elle te dire ?

— Je ne sais pas. Peut-être ce que nous regardons sans le voir.

— Comment ça, « nous » ? Jem, tu ne t'immisces pas dans la vie privée de Daniel, n'est-ce pas ? demanda-t-il, soupçonneux.

— Ne sois pas ridicule !

L'idée la blessa, car elle aurait pu être vraie.

— Outre le fait que je ne le ferais pas, pas plus qu'il ne s'immiscerait dans la mienne, Miriam fford Croft est la fille de l'homme qui dirige son cabinet et elle a au moins dix ou douze ans de plus que Daniel. Elle est juste… intelligente.

Patrick se détendit enfin.

— Je suppose que, si je viens, je vais gêner.

— Oui, en effet ! Cela donnera l'impression que je suis venue avec des renforts ! Je veux…

— Je sais. Tu veux te rendre utile. C'est plus fort que toi.

Son sourire était à la fois ironique et empreint de tendresse.

— Ce n'est pas pour moi que… Oh ! Je vois ce que tu veux dire. C'est juste…

— … que tu ne peux pas t'empêcher de t'en mêler, acheva-t-il à sa place. Comme ta mère, apparemment !

Il se pencha et l'embrassa sur la joue.

Elle lui rendit son baiser, puis s'esquiva et partit d'un pas rapide. Elle ne savait pas du tout à quoi s'attendre. Elle aurait dû demander à Daniel plus de détails au sujet de Miriam, et même une description. Cependant, elle ne voulait pas qu'il sût qu'elle avait l'intention d'aller la voir. Il ne mettrait pas longtemps à comprendre ses raisons de le faire.

Quand elle toqua à la porte, une femme vint lui ouvrir. Ses flamboyants cheveux auburn étaient rassemblés en un chignon désordonné sur sa nuque et elle portait un tablier qui recouvrait entièrement sa robe. Jemima hésita. Elle avait les mains mouillées, les manches retroussées jusqu'au coude, comme si elle était en train de faire la lessive. On aurait pu la prendre pour une servante. D'abord franc et inquisiteur, son regard bleu-vert prit bientôt une expression amusée.

Jemima se jeta à l'eau.

— Docteur fford Croft ?

Après une seconde d'hésitation, la femme se mit à rire.

— Vous devez être la sœur de Daniel. Forcément. Vous lui ressemblez beaucoup et personne d'autre ne m'appellerait « docteur ».

— Vous pensez que je ressemble à Daniel ? s'écria Jemima, surprise. Je suppose que oui, un peu. Mais oui, je suis bien sa sœur.

Miriam sourit.

— Entrez, je vous en prie. Vous voulez parler de l'affaire Sidney, je présume.

Elle ouvrit la porte en grand et recula d'un pas.

— Je vous dérange. Je suis désolée… commença Jemima.

— Je m'acquittais de quelques corvées, répondit Miriam. Je ne suis que trop contente d'avoir une excuse pour les abandonner. Entrez.

Jemima fut stupéfaite. La fille du propriétaire se chargeait-elle du ménage ?

Miriam saisit sa perplexité et éclata d'un rire enjoué.

— Je ne lessivais pas le sol de la cuisine, expliqua-t-elle. Je lavais la table de mon laboratoire. Je ne permets pas au personnel d'y entrer.

— Je vois.

Jemima la suivit dans le vestibule, puis dans un petit cabinet de travail dont le sol disparaissait en partie sous les piles de livres et de papiers. Cependant, il restait largement assez de place pour s'asseoir, et au moins la moitié de la table en acajou foncé, de style Adam, était libre de fatras.

Miriam insista pour que Jemima s'assît la première avant de s'installer en face d'elle.

— Y a-t-il du nouveau ?

C'était à peine une question. Elle semblait avoir deviné que Jemima était venue lui dire quelque chose que Daniel ignorait lors de leur rencontre.

— Nous avons dîné avec les Thorwood hier soir, répondit Jemima. Au cours de la conversation, Mr. Thorwood a admis que ce n'était pas lui qui avait vu Sidney dans le couloir, devant la chambre de Rebecca. C'était son épouse, Bernadette. Elle était très choquée, elle avait craint tout d'abord que Rebecca n'eût été attaquée, ou même violentée. Mr. Thorwood a affirmé que c'était lui qui avait vu Sidney… pour lui épargner le désagrément d'être interrogée.

Miriam paraissait intéressée, sinon captivée. Jemima comprit qu'elle espérait davantage. Savoir qui avait vu Sidney n'avait sans doute guère d'importance.

Elle marqua un temps avant de reprendre.

— Mr. Thorwood nous a également appris que le pendentif avait été recouvré dans un mont-de-piété de Washington. La personne qui l'y a déposé travaillait à l'ambassade de Grande-Bretagne et a dit au prêteur sur gages qu'un de ses collègues le lui avait remis en guise de paiement pour une dette… C'était la veille du départ de Sidney pour l'Angleterre. Cela… cela règle tout… en quelque sorte.

Pourquoi disait-elle tout cela à Miriam ? Qu'espérait-elle ? Pourquoi se refusait-elle à accepter la culpabilité de Sidney ? S'identifiait-elle à Daniel parce qu'il croyait encore en lui ? Serait-il du même avis lorsqu'il serait au courant pour le pendentif ?

Miriam attendait toujours.

— Autre chose ?

— Je ne suis pas sûre. J'espère que vous pourrez mettre de l'ordre dans tous ces faits et discerner un lien entre eux. Rebecca m'a dit que le pendentif était en cristal. Qu'il n'avait de valeur pour elle que parce qu'il avait appartenu à sa marraine, May Trelawny, qui est décédée dernièrement.

Miriam parut soudain beaucoup plus attentive.

— A-t-elle légué tous ses biens à Rebecca ?

— Je ne sais pas. Je crois que oui.

— Mais le pendentif était en cristal, ou du moins c'est ce qui a été dit ?

Jemima se redressa.

— Vous croyez que ç'aurait pu être un vrai diamant ? Cela fait-il une différence ? Je suppose que, l'important, c'est de savoir qui aurait pu être au courant ?

— Oui. S'il l'était. Ou si quelqu'un pensait qu'il l'était. Ce pendentif semble être un lien entre plusieurs incidents. Je crois que nous devrions nous intéresser au testament de May Trelawny. Celui-ci a dû être validé, puisque les Thorwood sont venus régler la succession. J'ai des amis à qui je peux poser la question. Ce serait, à mon avis, bon à savoir.

Miriam secoua la tête.

— J'aimerais pouvoir penser que cela a de l'importance, reprit-elle en se levant. Quoi qu'il en soit, je vais me changer et nous irons voir une ou deux personnes. Je vais passer quelques coups de téléphone.

Elle ne quêta pas l'accord de Jemima ; elle le tenait déjà pour acquis.

Jemima resta assise à table, oubliant presque où elle se trouvait. Pourquoi était-elle venue ? Que s'imaginait-elle que cette femme pût accomplir, si compétente fût-elle ? Les preuves accumulées contre Sidney semblaient irréfutables.

S'il y avait le moindre fait à découvrir qui pût faire une différence, peut-être Patrick y parviendrait-il par l'intermédiaire de ses relations à Washington, avec qui il échangeait sans cesse des télégrammes. Ce travail incombait à la police de là-bas, pas à un médecin d'ici !

Elle regardait les secondes s'égrener à l'horloge, se sentant de plus en plus idiote. Pourquoi Miriam mettait-elle si longtemps à se préparer ?

Presque une demi-heure s'écoula avant que Miriam réapparût, vêtue d'un élégant ensemble bleu marine, les cheveux coiffés, pour le moment du moins.

— Je suis désolée d'avoir été aussi longue. J'ai téléphoné à mon père afin qu'il puisse entamer des recherches.

Jemima sentit une vague de remords l'envahir.

— Je ne voulais pas causer de dérangement, commença-t-elle.

Miriam sourit.

— Bien sûr que si ! Dans cette histoire, seul le dérangement nous permettra de parvenir à la vérité ! Et même si elle se révèle déplaisante et que Sidney soit coupable, au moins vous le saurez et le résultat n'aura pas été obtenu par défaut. N'est-ce pas ce que vous désirez ? demanda-t-elle en la regardant droit dans les yeux.

— Si, reconnut Jemima. Merci.

Elle se leva. Elles sortirent et hélèrent un taxi presque tout de suite.

Trente-cinq minutes plus tard, elles se trouvaient au cabinet de Marcus fford Croft à Lincoln's Inn, devant le thé offert par Impney en attendant l'arrivée de Marcus lui-même.

Il ne tarda guère. Il n'était pas très grand et avait un certain embonpoint, mais il débordait d'énergie et parlait avec de grands gestes, ses cheveux blancs flottant autour de sa tête.

— Mrs. Flannery, bonjour. Enchanté. La sœur du jeune Daniel, hein ? Mariée à un Américain ? Vous vivez là-bas, c'est ça ? Vous nous apportez cette affaire apparemment sans espoir du jeune Sidney ? Dommage.

Il sourit, ce qui lui conféra un charme étonnant, et se tourna aussitôt vers Miriam. Ils ne se ressemblaient pas du tout, pourtant on percevait des similarités dans leur attitude, leur concentration, et jusque dans leurs gestes. Ceux de Miriam étaient plus mesurés, plus délicats, mais ils signifiaient la même chose que les siens.

— Abigail May Trelawny, reprit-il. Asseyez-vous.

Il leur indiqua les fauteuils et continua. Il tenait plusieurs feuilles de papier à la main.

— Née dans les Cornouailles. C'est bien normal, avec un nom comme Trelawny. Une bonne famille. Ancienne. Le grand-père possédait beaucoup de terres. Le père était le deuxième fils. N'a pas hérité de grand-chose, mais a fait fortune tout seul. Bien réussi. Elle a acheté une propriété sur Alderney. Vous connaissez l'endroit ? demanda-t-il en regardant Jemima, les sourcils haussés.

— Oui, répondit-elle aussitôt. C'est une des petites îles Anglo-Normandes…

— Oui, acquiesça Marcus. C'est ça. Jersey et Guernesey sont les plus grandes. Peu de gens vivent sur Alderney. Encore moins sur Sark. Un endroit merveilleux. Elle possédait un manoir sur Alderney. Y vivait. L'adorait. Elle l'a légué à Rebecca Thorwood, avec les terres. Pas beaucoup d'argent.

— Que signifie « pas beaucoup », père ? s'enquit Miriam. C'est une notion très relative.

— Par rapport à la fortune des Thorwood, presque rien.

— Pourquoi a-t-elle tout laissé à Rebecca ? demanda Jemima. Étaient-elles apparentées ? Je pensais que la famille de Rebecca était américaine ? La famille de son père est respectée à Washington depuis des générations.

— C'est possible, admit Marcus. Mais sa mère n'est pas américaine. Elle a fait son entrée dans la société à Londres. Une jeune fille tout à fait ravissante, à ce que l'on dit. Je me souviens d'avoir entendu parler d'une histoire d'amour qui s'est mal terminée. J'ai oublié le nom de l'intéressé ; ç'a été tout un drame, mais elle a fait un beau mariage en fin de compte. Elle a épousé un brave homme, quoiqu'un tantinet assommant. Différent de celui dont elle était tombée amoureuse, qui, semble-t-il, était un vaurien, mais avait du charme, termina Marcus avec une pointe de tristesse, comme si c'était là une histoire qu'il n'avait vue que trop souvent. Je me demande ce qui attire les femmes chez de tels individus.

— Nous ne voulons pas de ce qui est aisément disponible, répliqua Miriam. Et certaines d'entre nous sont assez sottes pour s'imaginer qu'elles pourront les faire changer… les sauver, si vous voulez.

— Je ne crois pas, d'après ce que j'entends dire, que Tobias Thorwood ait besoin d'être sauvé, observa Marcus. Quoi qu'il en soit, May Trelawny était une femme charmante qui ne s'est jamais mariée, par sagesse ou non, et qui était heureuse d'être la marraine de Rebecca et de lui laisser tout ce qu'elle possédait. Je ne vois pas le rapport entre tout cela et Philip Sidney. Sauf qu'il est né dans les Cornouailles et que sa mère était une relation et une amie de Miss Trelawny. Les Cornouailles ne sont pas si vastes, quand on y pense, du point de vue de la bonne société, mais il peut s'agir d'une parfaite coïncidence.

— Ils ont pu se rencontrer, suggéra Miriam. Ou entendre parler l'un de l'autre. N'avez-vous pas dit que Bernadette avait rencontré Thorwood à Londres ?

— Si.

— Il y a autre chose que nous avons besoin de savoir, intervint Jemima. Le pendentif était-il en diamant ou en cristal ?

— L'avez-vous vu ? demanda Miriam avec une intensité soudaine.

— Oui.

— Décrivez-le. De quelle taille est-il ? Combien de facettes possède-t-il ? La couleur… présente-t-elle des nuances, des ombres, des points clairs, des défauts ? La lumière joue-t-elle dedans ? Scintille-t-elle ? Est-il serti d'or, d'argent, de platine ?

Jemima s'efforça de se remémorer le bijou. Quelle en était la taille, au juste ? Environ deux centimètres et demi ? Presque ? La couleur ? Un blanc tout simple, mais qui étincelait, qui brillait ? Le sertissage n'était pas doré. Était-ce de l'argent ? Elle tenta de le décrire.

— Comment est-il taillé ? insista Miriam.

— Je ne m'y connais guère en matière de taille, mais le devant était presque tout plat.

— Du cristal de roche, conclut Miriam. Très joli. Sans grande valeur, mais un bijou qu'on pourrait porter chaque jour sans donner dans l'ostentation.

— Rebecca l'adorait parce qu'il avait appartenu à sa marraine et qu'elle le trouvait joli.

— Elles étaient proches ? À quel point ? Où se sont-elles vues ? Alderney est très loin de Washington.

— Rebecca m'a dit que sa marraine lui écrivait des lettres extraordinaires. Parfois c'étaient des descriptions d'Alderney durant les différentes saisons. Elle aimait évoquer les reflets changeants de la lumière sur la mer. Le coucher de soleil était toujours différent, le lever du jour aussi. Elle appelait cela « la naissance de la lumière ».

Jemima se souvenait du plaisir de Rebecca lorsqu'elle répétait les mots de May.

— D'autres fois, elle parlait de ses animaux, surtout de ses chevaux. Et des oiseaux. Et des gens, bien sûr. Elle était souvent drôle, jamais méchante. D'après Rebecca, ses lettres étaient si vivantes qu'elle avait presque l'impression d'être là-bas.

— Et elle lui écrivait de longues lettres en retour ? s'enquit Miriam très vite.

Jemima sourit.

— Oh oui ! Elle lui racontait ce qui se passait à Washington, lui confiait ses rêves et ses espoirs aussi.

Au bout d'un moment, elle ajouta :

— Vous voulez dire, lui aurait-elle fait des confidences ? J'en doute. Rebecca mène une vie très protégée. Son père en particulier la couve énormément. Il me rendrait folle !

— Cependant, elles se connaissaient par leurs lettres ?

— Oui. Rebecca… aimait cela. May ne lui disait jamais quoi faire et ne pas faire. En fait, je pense que May Trelawny était une forte personnalité. Rebecca lui était très attachée.

Miriam eut un petit rire.

— Une amie idéale. Chaque jeune femme devrait en avoir une. Une amie qui partage vos aventures tout en restant un peu dans l'ombre. Pleine d'esprit et de bonne humeur. Qui évoque des lieux lointains, d'un autre temps. Qui ne vous critique jamais.

Jemima éprouva une bouffée de chagrin à la pensée que sa tante Vespasia avait disparu, elle aussi. Elle regrettait sa sagesse, son rire, et surtout, son indomptable volonté.

— Pauvre Rebecca, dit-elle doucement. Sa marraine va beaucoup lui manquer. Il n'y aura personne pour la remplacer. Je suis si heureuse que l'on ait retrouvé le pendentif et qu'elle puisse le porter de nouveau.

— La maison fait partie de l'héritage de Rebecca, c'est cela ? demanda Miriam en regardant son père.

— Oui. Ce sera à elle de décider si elle veut la vendre ou la conserver pour y venir en vacances. Pourquoi pas ? C'est un endroit magnifique, exceptionnel, où elle pourrait s'échapper de tout ce à quoi elle est accoutumée. Mais j'imagine qu'elle vendra dès que les formalités légales auront été réglées.

— Oui, acquiesça Miriam, songeuse. Merci, père.

Jemima la regarda, et sut qu'elle avait une idée.

Peut-être même un plan.

20

Le procès se poursuivait à une allure d'escargot, un témoin de moralité succédant à l'autre. N'étant pas plus enclin que son adversaire à arriver au terme de la procédure, Daniel menait des contre-interrogatoires qui n'avaient aucun but. Kitteridge songeait qu'il donnait l'impression de retarder l'inéluctable. Il n'avait aucune défense à présenter, et les jurés devaient en avoir conscience.

On était vendredi après-midi, tout le monde avait hâte d'entamer le week-end. Hillyer s'imaginait-il que les réponses concernant le meurtre de Morley Cross allaient lui parvenir au cours des deux jours suivants ? Daniel s'efforça de réfléchir lucidement. Toute réponse serait un point de départ. Se contenter d'attendre n'était pas suffisant. La situation allait-elle changer et, si oui, en pire ou en mieux ? Il sentit qu'on lui effleurait le coude, mais ne réagit pas. Quand on recommença, il se tourna, agacé d'être dérangé, et découvrit que l'huissier se tenait avec respect devant lui, une enveloppe à la main.

— Pour vous, monsieur. La jeune dame a dit que c'était important.

Il inclina la tête, en guise de salut plutôt que de déférence, puis retourna vers la porte. Il semblait supposer qu'aucune réponse n'était requise.

Daniel déchira l'enveloppe. Elle ne contenait qu'un seul feuillet. Il le déplia et lut :

Cher Daniel,

J'ai beaucoup réfléchi à la question et je crois que le manoir de May Trelawny à Alderney est peut-être en partie à l'origine de cette affaire.

Je me suis interrogée quant à la manière dont tout s'est déclenché, à supposer que Sidney ne soit pas coupable, ce que nous devons présumer. Je me demande si la mort de May pourrait être au centre de ces événements. Il me semble que nous devons aller à Alderney ce week-end, avant qu'il soit trop tard. J'ai pris des dispositions pour que nous puissions nous rendre en automobile sur la côte et, de là, embarquer sur un ferry pour traverser la Manche. Je me rends compte que j'ai pris là certaines libertés. Si vous n'êtes pas en mesure de m'accompagner, ou que vous n'y êtes pas disposé, j'irai seule et je reviendrai d'ici lundi vous rapporter ce que j'ai découvert.

J'ai prévu de quitter Londres cet après-midi, afin d'atteindre Alderney avant la nuit ou peu après. Si vous choisissez de venir, je vous retrouverai chez moi à seize heures.

Cordialement,

Miriam.

Il était environ quinze heures. S'il se dépêchait, il avait juste le temps de passer chez lui boucler une valise pendant que le taxi l'attendait et d'arriver chez Miriam pour seize heures.

— Kitteridge ! siffla-t-il.

— Quoi ? rétorqua l'intéressé sans se retourner.

Il essayait de se concentrer sur le fastidieux témoignage en cours, sentant qu'il devait y avoir quelque chose à en tirer en dépit du fatras de détails qui entourait les faits. Comme Daniel, il était persuadé qu'Hillyer s'entêtait parce qu'il attendait un témoin décisif ou une preuve susceptible de régler l'affaire une fois pour toutes. Une preuve accablante, à coup sûr. Il savait que Daniel n'avait aucun argument à présenter pour la défense. Son unique recours serait le doute raisonnable. Et avec une telle avalanche de faits, les jurés continuaient-ils à écouter ?

— Je vais à Alderney, annonça Daniel, sa décision prise.

Une seconde, Kitteridge resta figé sur place, puis il pivota sur son siège.

— Vous… vous quoi ? lâcha-t-il, incrédule.

— Je vais à Alderney.

— Quand ? Et que diable allez-vous faire là-bas ?

— Maintenant. Et je ne sais pas… pas encore.

Il se leva, sentit le regard du juge sur lui et s'inclina légèrement.

— Je vous prie de m'excuser, Votre Honneur. Je vous verrai à mon retour, dit-il rapidement à Kitteridge. Continuez à écouter. Cela pourrait être important.

— Pitt !

Kitteridge se leva avec difficulté, trop tard. Daniel avait remonté l'allée à grandes enjambées et sortait déjà.

Lorsqu'il arriva chez les fford Croft, le cœur lui manqua. Aucun taxi n'était en vue et il se sentit ridiculement déçu. Soudain, il comprit qu'il avait dû être la victime d'un mauvais plaisant. Bien sûr que Miriam n'allait pas à Alderney. Comme il avait été sot !

Une automobile très élégante était garée un peu plus loin, le long du trottoir. Rouge vif, comme une boîte aux lettres, elle possédait de longues courbes dont il tomba aussitôt amoureux. Sans doute était-elle capable d'atteindre des vitesses impressionnantes. Cela signifiait que Miriam avait des visiteurs. Il décida de s'en aller ni vu ni connu et de ne jamais lui parler de cet incident. Il devrait inventer une explication à donner à Kitteridge. Ce dernier n'avait pas fini de se payer sa tête !

La porte de la maison s'ouvrit. Le majordome sortit dans l'allée, jeta un coup d'œil autour de lui et vit Daniel.

— Bonjour, Mr. Pitt. C'est bien que vous soyez venu, monsieur. Miss fford Croft ne va pas tarder. Elle devait passer un dernier coup de téléphone assez important. Puis-je mettre votre valise dans la voiture, monsieur ?

Sans voix, Daniel la lui tendit. Où était le chauffeur ? Pourvu que Miriam ne s'imaginât pas qu'il était disposé à conduire ! Il eut le sentiment qu'il allait la décevoir. Il avait eu l'intention d'apprendre mais, d'une manière ou d'autre, d'autres priorités s'étaient imposées. Il s'était un peu amusé à le faire à Cambridge, avec un de ses amis qui possédait une automobile qu'il était ravi de montrer. Cependant elle était beaucoup moins impressionnante que celle-ci ! Et conduire sur des routes de campagne du Cambridgeshire n'était en rien comparable à conduire dans Londres, où on rencontrait peu d'autres automobiles, mais une multitude de chevaux, de charrettes, de haquets, d'omnibus, que savait-il encore !

La porte s'ouvrit de nouveau, livrant passage à Miriam. Elle portait un chemisier et un vêtement qui ressemblait à une jupe d'équitation et tenait une veste à la main. Son visage s'illumina lorsqu'elle le vit et elle pressa le pas pour le rejoindre.

— Vous avez pu venir ! Je suis si contente !

Elle prit une inspiration.

— C'est toujours bien mieux d'avoir un autre point de vue. Comme si on regardait avec des jumelles, pour ainsi dire. Êtes-vous prêt à partir ?

— Oui…

Que diable pouvait-il dire d'autre ? Pas qu'il était soulagé, ou terrifié, ou les deux.

— Excellent.

Elle lui indiqua le siège passager et s'installa au volant, après quoi le majordome s'employa à tourner le cric.

— J'en ai appris un peu plus long sur May Trelawny, annonça-t-elle dès qu'il eut remis la manivelle à sa place et leur eut souhaité bon voyage.

Elle engagea l'automobile sur la route avec aisance, comme si elle y prenait plaisir, tandis que Daniel gardait les yeux droit devant lui. Il était résolu à ne pas lui laisser deviner que filer vers la mer avec elle au volant, à plus de quarante-cinq kilomètres à l'heure, était presque la dernière chose au monde qu'il eût envie de faire. La dernière était de lui montrer qu'il avait peur.

— Ah bon ? dit-il, la bouche sèche.

— C'était une vraie rebelle, à sa manière, répondit-elle. Elle avait une sœur plus docile, qu'on avait obligée à faire un « beau mariage » et qui était très malheureuse. Elle est morte en couches, la pauvre, et je crois que le bébé a succombé peu après. May a été anéantie. Elle n'a jamais vraiment surmonté ce deuil. Quelqu'un qui la connaissait a dit que c'était comme si elle vivait pour sa sœur aussi.

Daniel, qui n'avait jamais connu cette femme et son enfant, ne put s'empêcher d'être attristé.

— Je suis désolé, dit-il doucement.

Il jeta un coup d'œil de côté. Des larmes brillaient sur la joue de Miriam.

— C'est à ce moment-là que May a décidé de couper les ponts avec sa famille et de suivre sa propre voie, reprit Miriam.

Elle contourna un cheval et une charrette à deux roues qui avançait deux fois moins vite qu'eux.

— Leurs relations ne se sont jamais vraiment améliorées, continua-t-elle. Mais c'était une femme intelligente. Elle a beaucoup appris sur les pierres.

Elle s'arrêta, peut-être obligée de regarder avec plus d'attention la route devant eux. La circulation était plus dense. Toutefois, Daniel songea qu'elle cherchait plutôt à maîtriser l'émotion que ce récit éveillait en elle.

Ils roulèrent en silence pendant plusieurs minutes, à une allure régulière. Ils se dirigeaient vers le sud-est. Après Guildford, puis le village de Haslemere, ils suivraient la courbe majestueuse des South Downs jusqu'à Portsmouth.

— Les pierres ? répéta-t-il.

— Oui. De toutes sortes, hormis les plus précieuses. Elle ne s'intéressait ni aux rubis, ni aux diamants, ni aux autres de ce genre. Elle aimait le cristal de roche, la malachite, la topaze et les autres pierres semi-précieuses. Et les perles d'eau douce. Elles n'ont pas toutes la même couleur, vous savez. Il y en a des foncées parfois, des grises et des mauves.

— Qu'en faisait-elle ? demanda Daniel, intéressé malgré lui.

— Elle fabriquait des bijoux et les vendait. C'est

ainsi qu'elle gagnait sa vie. Elle a travaillé pour certains joailliers célèbres. Elle signait ses pièces de son nom, Trelawny, et elle est devenue assez connue. C'est sans doute elle qui a fabriqué le pendentif qu'elle a offert à Rebecca. Si c'est un Trelawny, il aura plus de valeur que si ce n'en est pas un.

— Croyez-vous que cela ait de l'importance ?

— C'est possible. Elle a assez bien réussi, mais elle n'a jamais été riche – du moins, pour autant qu'on le sache. Elle a donné beaucoup de ses créations, à ce qu'on dit. Souvent à des gens hors du commun, qui s'occupaient d'animaux dont personne ne voulait plus, des chevaux qui ne pouvaient plus travailler, par exemple.

Elle accéléra de nouveau sur la route qui menait à la côte.

Daniel réprima l'envie de lui demander si elle avait réservé des billets pour le ferry, ou s'il y en avait plus d'un, au cas où ils manqueraient le prochain. Il n'était pas tout à fait sûr de vouloir connaître la réponse. Peut-être y en avait-il plusieurs à cette époque de l'année. Ils allaient traverser de Portsmouth à Cherbourg, sur la côte française et, de là, emprunter un autre ferry à destination d'Alderney, qui était beaucoup plus proche de la France que les autres îles Anglo-Normandes.

Par certains côtés, il connaissait très bien Miriam depuis l'affaire Graves. Il avait perçu son imagination, sa logique, son humanité, la détermination dont elle était capable dans la quête de la vérité. Il se rappelait sa compassion farouche et douce à l'égard du jeune homme qui, bien que confiné à sa chaise roulante, peut-être jusqu'à la fin de ses jours, célébrait la beauté de l'infini et l'exaltation de la liberté dans de magnifiques images d'oiseaux en plein vol, les ailes déployées. Daniel avait éprouvé la même émotion qu'elle.

Et pourtant, il la connaissait aussi très peu. Il savait ce dont elle rêvait et qu'elle ne pouvait avoir, parce qu'elle était femme. En revanche, il ignorait si elle avait d'autres rêves, plus réalisables. Il ne savait pas si elle était jamais tombée amoureuse ou espérait se marier. Avait-elle souhaité avoir des enfants mais attendu trop longtemps ? Ou aimé quelqu'un qui n'était pas libre de l'épouser ? Était-ce là une douleur trop profonde pour la partager avec quiconque ? Ce qu'il savait relevait pour une large part de l'intellect. Ce que renfermait le cœur de Miriam, il ne pouvait que le deviner.

Ce fut elle qui brisa le silence :

— Il est possible que nous n'apprenions rien.

On eût dit qu'elle s'apprêtait à s'excuser.

— Je pense toutefois que Rebecca joue un rôle plus central que nous ne l'avons supposé, reprit-elle sans paraître se rendre compte qu'elle s'incluait dans l'affaire. Elle connaissait Sidney et l'aimait bien. S'il n'a pas volé ce pendentif – s'il a dit la vérité –, il subsiste des pans entiers de cette histoire que nous ignorons. Et la personne que nous connaissons le moins est celle dont la mort a eu lieu au tout début.

— Vous voulez dire May ? demanda-t-il, s'obligeant à lui prêter attention. Les Thorwood possèdent déjà beaucoup plus d'argent que May Trelawny et Rebecca est leur seule héritière. Je présume que, si son père meurt le premier, des dispositions ont été prises pour que son épouse ne manque de rien. Mais Jemima ne m'a pas donné l'impression que Rebecca se souciait de l'argent. J'imagine qu'elle n'a jamais eu à s'inquiéter pour cela.

— Peut-être y a-t-il un rapport avec la maison sur Alderney, suggéra Miriam. Ou qu'il est arrivé là un événement qui a de l'importance.

Ils continuèrent en silence, traversant Guildford et la campagne verdoyante en direction d'Haslemere. Ensuite, la conversation roula sur d'autres sujets : ils parlèrent de littérature, d'idées, de politique. Elle soutenait le roi, mais sans grand enthousiasme. Son étrange personnalité ne lui plaisait guère, même si elle lui reconnaissait certains talents. Elle était troublée par ses fréquentes visites à son cousin l'empereur d'Allemagne et la situation politique de plus en plus tendue là-bas, ainsi que par la puissance croissante de la flotte allemande. Le père de Daniel aurait été d'accord avec elle sur ce point.

— L'Angleterre est coincée dans une bulle historique, déclara-t-elle, une pointe de peur ou de colère dans la voix ; il n'aurait su dire laquelle.

Elle fixait la route sur laquelle ils avançaient à vive allure. Pour rien au monde, il ne désirait détourner son attention, et pourtant il se demandait ce qu'elle voulait dire par là. Il lui fallait poser la question.

— Si nous ne vivons pas dans le présent, où sommes-nous ?

— Sur le plan militaire, nous avons cent ans de retard, répondit-elle sans hésitation, répétant à son insu les propos tenus par Thomas Pitt. Ou cinquante, peut-être, ce qui nous ramène à l'époque de la guerre de Crimée. En ce qui concerne la marine, nous croyons toujours être les maîtres des océans du monde entier, comme si Nelson venait de mourir, comme si nous ignorions tout des derniers progrès accomplis par les Allemands en matière de sous-marins.

— Mon père est exactement de cet avis.

Daniel se demanda aussitôt s'il avait manqué de tact, s'il avait laissé entendre qu'ils appartenaient à la même génération. Il aurait voulu retirer ses paroles, mais cela n'aurait fait qu'aggraver la situation. Il évita le regard de Miriam.

— J'aurais préféré qu'il dise le contraire, avoua-t-elle. Mais je ne l'aurais pas cru.

Malgré lui, il la regarda. Il n'avait pas besoin de lui demander si elle était sincère. Il en avait la certitude. Si Pitt avait eu une autre conviction qu'elle, elle aurait été prête à remettre la sienne en question.

— C'est vrai ? dit-il, curieux.

— Oui. Sa situation lui permet d'être beaucoup mieux informé que nous.

Il comprit qu'elle avait peur. D'instinct, il eut envie de tendre la main vers elle pour la rassurer comme il l'aurait fait avec Jemima. Il esquissa même un geste avant de se rendre compte que ce serait par trop familier. Voire condescendant, bien qu'il n'eût aucune intention de l'être.

— Pensez-vous que la puissance navale de l'Allemagne ait un lien avec cette affaire ? Avec Sidney ? Peut-il avoir su quelque chose ?

À peine eut-il prononcé ces mots qu'il les regretta. C'était une idée idiote, mais il ne pouvait pas revenir en arrière.

Elle se tourna un instant vers lui avant de reporter son attention sur la route. Elle ne vit pas les jointures blanchies de ses doigts alors qu'il se cramponnait au tableau de bord. Ils venaient d'atteindre le sommet d'une colline et un panorama immense s'offrait à leurs regards : des champs luxuriants, des bosquets, des villages d'où s'élevaient de majestueux clochers et, au-delà, le reflet scintillant de la lumière sur l'eau.

— C'est possible, dit-elle enfin. Quoi qu'il en soit, nous ne savons pas de quoi il retourne pour le moment. Cette clarté là-bas, c'est la mer.

Elle souriait. Elle ne le regardait pas et continuait à fixer la route.

Incapable de trouver une réponse appropriée, Daniel se tut.

Quand ils descendirent la colline, le bleu profond de la mer emplit l'horizon, ponctué ici et là de petits bateaux dont les voiles blanches se détachaient sur les vagues. Déjà, le soleil baissait, le ciel se teintait de couleur.

Elle pénétra dans Portsmouth et se dirigea vers le port. La ville avait une longue tradition navale et nombre de vaisseaux qui avaient joué un rôle dans l'histoire de la nation avaient été construits là. Mais c'était aussi un port vivant, qui accueillait des navires venus des quatre coins du monde.

Ils se garèrent près de la jetée, où ils allèrent acheter des billets pour le ferry à destination de Cherbourg. Il s'avéra qu'ils n'avaient qu'une vingtaine de minutes à attendre avant d'embarquer.

La brise s'était un peu rafraîchie. D'une blancheur étincelante dans le soleil déclinant, les mouettes décrivaient des cercles au-dessus d'eux, au gré des courants aériens. Miriam les observait, visiblement fascinée. Daniel, debout sur la jetée en bois, inspirait l'odeur de la marée, l'entendait laper les piliers au-dessous d'eux, et se demandait à quoi songeait Miriam. Son esprit était-il occupé à des considérations scientifiques sur la dynamique du vol ? Ou rêvait-elle d'un monde d'air et de lumière ? Il ne lui posa pas la question, conscient d'espérer qu'il s'agissait de la deuxième hypothèse.

La traversée étant assez courte. Le ferry n'avait rien

de luxueux, néanmoins le voyage fut plaisant. Assis l'un à côté de l'autre sur des sièges confortables, face à la proue, ils abordèrent de nombreux sujets et restèrent aussi souvent silencieux, absorbés par leurs propres pensées. Daniel aurait aimé laisser vagabonder son esprit, mais le temps pressait trop. Il tournait et retournait l'affaire dans sa tête en s'efforçant de donner à chacun des faits une interprétation différente.

Si Sidney n'était pas coupable, qui l'était ? Et quel était le mobile de cet individu ? Chaque étape devait mener logiquement à l'explication finale. Tout avait-il été préparé avec soin, chaque phase prévue dès le début, chaque éventualité envisagée ? Ou s'agissait-il au contraire d'une série d'accidents, de nouveaux plans échafaudés au fur et à mesure ? L'instigateur de l'affaire était-il brillant, ou bien la chance lui avait-elle souri encore et encore ?

Son mobile était-il idéaliste, quoique fallacieux ? Était-ce au contraire l'appât du gain ? Ou le besoin de se sauver, de sauver un être aimé, ou un allié indispensable pour… quoi ?

S'ils découvraient un jour la vérité, le ferait-elle souffrir ? Il s'aperçut à quel point il avait peur pour Jemima. Le rôle joué par Patrick allait-il laisser une tache indélébile sur son univers ? Haïrait-elle Daniel d'avoir été celui qui l'avait dénoncé ? Cette pensée lui donnait envie de lâcher prise. Il serait si facile de ne pas trouver la réponse. Il ne serait peut-être pas capable d'y parvenir même s'il essayait. Pourtant, combien de fois avait-il condamné d'autres gens pour avoir fait ce choix-là ? Mais qui, à part lui, saurait qu'il n'avait pas cherché ? Si Jemima l'apprenait un jour, elle saurait qu'il avait eu peur de ce qu'il allait découvrir… ce qui ne pouvait signifier qu'une seule chose, à savoir que Patrick était coupable d'avoir aidé les Thorwood à causer la ruine de Philip Sidney. Se pouvait-il qu'il l'eût fait sans en avoir l'intention ? Daniel en doutait. Patrick semblait très direct, très ouvert avec la famille de sa femme, mais cela n'avait rien d'étonnant. Il était clairement très épris de Jemima. N'importe qui pouvait s'en rendre compte. Malgré tout, il n'était pas impossible que, derrière les sourires et la bonne humeur, le désir de plaire, se cache un homme habile, à la personnalité complexe.

Si Daniel détournait les yeux de propos délibéré, son père le saurait et le mépriserait. Il aurait trahi la plus grande des confiances, celle que Pitt avait en lui, et aussi celle qu'il devait avoir en lui-même pour réussir en quoi que ce fût.

Arrivés à Cherbourg, ils allèrent droit au ferry à destination d'Alderney. Ils n'avaient que peu de temps pour attraper la correspondance.

La seconde traversée n'était que de quelques kilomètres.

Ils débarquèrent à la nuit tombante. Daniel se chargea de leurs petits sacs de voyage et ils gravirent la modeste côte qui menait à la bourgade de Sainte-Anne. L'île tout entière ne faisait que cinq kilomètres de long sur deux et demi de large.

Ils étaient venus sans avertir quiconque et sans faire de réservation. Ils n'en avaient pas eu le temps. Or on était en août, le mois préféré des vacanciers. Les hôtels risquaient fort d'être complets.

— Eh bien, le manoir de May Trelawny sera vide, lança Miriam avec un sourire ironique.

Elle ne s'excusa pas d'avoir négligé de réserver et supposé qu'il n'y verrait aucun inconvénient. À sa légère hésitation, il devina pourtant qu'elle y avait pensé.

— Elle est morte depuis plus d'un mois, acquiesça-t-il en lui rendant son sourire. À cette saison, il n'y fera pas froid, mais il n'y aura rien à manger et peut-être ni draps ni couvertures.

Il s'abstint de mentionner les autres désagrements éventuels, ainsi que la gêne qui pourrait naître du fait de partager tant de choses ensemble, tout en étant, à bien des égards, si loin l'un de l'autre.

— Et comment comptez-vous entrer ? ajouta-t-il. Ce serait une effraction.

— Oui, j'en ai conscience et cela ne me plaît guère, mais comment faire sans cela ? Daniel, nous avons vraiment besoin d'entrer dans cette maison. J'ai la ferme conviction que la mort de May Trelawny est la clé de l'affaire.

— Je sais, dit-il avec gentillesse, avant de sourire. Par chance, je sais crocheter une serrure.

— Quoi ?

— Je sais crocheter une serrure sans laisser de traces. C'est Roman Blackwell qui m'a appris.

— J'aurais dû m'en douter ! s'écria-t-elle en riant sous cape.

— Ne vous inquiétez pas, je ne vais rien endommager.

— Nous dînerons à Sainte-Anne, suggéra-t-elle. Et puis nous irons au manoir à pied. À vrai dire, je crois que nous n'aurons pas le choix. Je ne pense pas qu'il y ait d'automobiles sur Alderney.

Elle regardait droit devant elle, comme si elle faisait attention à l'endroit où elle mettait les pieds, mais peut-être évitait-elle aussi de le regarder.

— La propriété ne peut pas être à plus de deux ou trois kilomètres, dit-il. Sinon, nous serons dans la mer.

Ils étaient déjà arrivés en ville, et personne n'était en vue.

— Par chance, j'ai pensé à apporter un crochet.

— Comment ? Oh oui !

Elle se tourna vers lui dans la lumière d'un réverbère.

— Je n'avais pas songé à ça.

— Vous ! Pas songé ? rétorqua-t-il, réprimant un rire.

L'espace d'un moment, elle parut décontenancée, comme si elle n'était pas sûre qu'il la taquinait.

C'était la première fois qu'il la voyait ainsi, presque vulnérable – en tout cas, pas tout à fait sûre d'elle –, néanmoins elle se reprit très vite.

— Non. Mais nous nous débrouillerons mieux avec un crochet, n'est-ce pas ? dit-elle, d'une voix moins incertaine.

Bien que son désarroi n'eût duré qu'un instant, il se grava dans l'esprit de Daniel.

— Bien sûr, dit-il gaiement. L'hôtel nous servira un repas convenable et, avec un peu de chance, on nous dira où se trouve la maison de tante May !

— Vous croyez que je ne le sais pas ? se récria-t-elle. J'ai quand même pensé à cela. J'ai envisagé la possibilité que vous ne veniez pas !

Elle lui décocha un bref regard, puis détourna les yeux de nouveau.

Ils aperçurent bientôt la porte bien éclairée de l'hôtel, et pénétrèrent dans une salle de réception chaleureuse, agrémentée de bouquets de fleurs.

Ils ne furent guère surpris d'apprendre qu'il n'y avait pas de chambres libres et que tous les établissements de la ville étaient complets. Il avait fait un temps superbe et l'île étant très appréciée, les visiteurs avaient tendance à revenir d'une année sur l'autre. Néanmoins, ils seraient les bienvenus pour dîner.

— Nous nous y mettrons demain, décréta Daniel lorsqu'ils furent à table.

En lisant le menu étonnamment sophistiqué qu'il avait sous les yeux, il se souvint soudain que, bien que l'île fût un territoire britannique, elle se trouvait sur le plan géographique bien plus près de la France. L'influence de ce pays y était si naturelle, s'y intégrait si aisément, qu'ils la remarquaient à peine.

— Nous n'avons pas de temps à perdre en subtilités, acquiesça Miriam.

Elle choisit un plat très simple, du poisson accompagné de légumes. Il décida de commander le même.

— Avez-vous des projets précis ? Nous connaissons déjà les dispositions du testament. Tout est légué à Rebecca. La seule chose que nous pourrions apprendre, c'est en quoi cela est si important, si c'est bien le cas…

Soudain, toute l'aventure semblait absurde. Ils feignaient de croire qu'ils pouvaient réussir, mais il suffisait de toucher le mirage pour qu'il disparaisse.

— Nous pouvons découvrir qui s'intéresse à la maison, répondit Miriam, redevenue grave. Et je veux en savoir plus long sur la mort de May. Il n'y a peut-être rien de suspect, mais nous sommes ici pour en avoir le cœur net.

Avec la nouvelle du meurtre de Morley Cross, ils avaient entrevu les ténèbres tapies derrière ce qu'ils avaient cru n'être que des ombres. Désormais, ils ne pouvaient négliger la possibilité que cette affaire eût fait plus de victimes qu'ils ne l'avaient envisagé de prime abord.

— Je me demande si Sidney est jamais venu ici,

dit-il. Ou quiconque mêlé à cette histoire. Y a-t-il un policier sur l'île ?

— Il doit y avoir un receveur des postes… avec un peu de chance, ce sera une receveuse. Je parie qu'elle connaît tout le monde et les affaires de tout un chacun mieux que n'importe quel agent. Ce seront des commérages, alors laissez-moi faire.

Il arqua les sourcils.

— Vous êtes douée pour les commérages ? Je ne l'aurais jamais deviné. C'est…

Il ne sut comment terminer.

— … trop féminin ? demanda-t-elle, l'air un peu amusé.

Il ne sut comment interpréter ses paroles. S'il acquiesçait, verrait-elle là un compliment ? Ou une insulte ? Cependant, il avait perçu la même hésitation que précédemment, teintée d'une certaine douleur.

— … une approche peu rationnelle pour un esprit scientifique, répondit-il avec une soudaine assurance.

Elle sourit.

— Les avocats ne sont-ils pas rationnels, eux aussi ? demanda-t-elle en le regardant droit dans les yeux.

— Quand cela nous arrange, admit-il avec une pointe d'humour.

— Et quand cela ne vous arrange pas ?

— Dans ce cas, nous sommes aussi retors et aussi fuyants que des anguilles, rétorqua-t-il.

Elle éclata de rire. Un rire sonore, heureux.

— Il faudra que je m'en souvienne !

— Nous devrons aussi voir le médecin, ajouta-t-il. En général, il connaît la plupart des gens. Il saura qui était sur l'île au moment du décès.

— Et comment Miss Trelawny est morte, renchérit-elle, redevenue grave.

Il la dévisagea calmement.

— Vous êtes persuadée que nous n'avons pas juste affaire à une agression et à un vol sans envergure, n'est-ce pas ?

— Pas vous ? le défia-t-elle. Et s'il ne s'agit que d'un gâchis idiot, il nous faut le découvrir.

— Oui. Dès l'aube. Maintenant, savourons ce dîner et puis nous irons chercher le manoir de May. Sur une île de cette taille, nous ne pouvons guère nous égarer, même de nuit, encore que je préférerais ne pas avoir à réveiller un fermier pour lui demander mon chemin. Il risque de penser que nous n'avons aucun droit d'être là.

— C'est le cas, observa-t-elle, un minuscule pli sur le front. Cela vous inquiète-t-il ? Je sais que vous avez plus d'obligations morales que moi. Personne n'a placé sa confiance en moi.

Elle le considéra gravement.

— Mais vous envisagez, comme moi, que le mobile de l'affaire puisse aussi avoir causé la mort de May Trelawny ?

Elle avait utilisé un vocabulaire très mesuré, mais il eut soudain l'impression qu'un air glacé courait sur sa peau, et il sut qu'elle voulait dire « le meurtre ». Le meurtre de May Trelawny.

— Vous le pensez ? murmura-t-il. Sérieusement ?

— Oui. Je crois que ce serait assez important et assez noir pour être la pièce qui manque au puzzle. Pas vous ?

Il ne servait à rien d'hésiter, encore moins de nier.

— Si.

Le repas terminé et réglé, Daniel et Miriam parcoururent les deux kilomètres séparant le bourg du manoir, lequel était perché sur la côte au-dessus d'une petite baie tranquille. Sous le ciel constellé d'étoiles, ils distinguaient le jardin rempli de fleurs et, dans le potager, des rangées de haricots, de laitues, des cloches à concombres. Dans l'air immobile de l'été, le parfum sucré des plantes dominait celui de la brise salée qui venait de la mer. Personne n'était en vue, néanmoins ils choisirent d'entrer par la porte de service.

Daniel faillit demander à Miriam si elle était tout à fait sûre qu'il s'agissait de la propriété de May Trelawny, mais il lui avait déjà posé la question par deux fois. S'il insistait, elle serait offensée, cela ne faisait aucun doute. Il l'aurait été si elle lui avait confié une tâche et puis se fût entêtée à vérifier encore et encore qu'il s'en était acquitté.

Il tira le crochet de sa poche et s'appliqua à exercer l'art que Roman Blackwell lui avait enseigné. Miriam l'observa sans faire de commentaire, mais il sentait presque les questions sur ses lèvres. Il lui fallut plusieurs minutes pour arriver à ses fins. Il résolut de s'entraîner plus souvent à l'avenir pour entretenir son talent. L'entreprise était plus difficile que dans son souvenir. Il avait eu du mal à faire tourner les goupilles du cylindre.

Enfin, elle tendit la main et actionna la poignée.

La porte s'ouvrit. Avec un soupir de soulagement, Miriam franchit le seuil, puis alluma une lampe tandis qu'il refermait le battant. Ils se trouvaient dans une cuisine bien rangée. On eût dit que le propriétaire allait revenir d'un moment à l'autre.

Miriam promena le doigt sur une étagère et le regarda. Une pellicule de poussière s'était déposée là. Son visage exprima soudain une violente tristesse. Elle n'eut pas besoin de dire quoi que ce fût : Daniel lisait dans ses pensées, et partageait ce moment d'affliction.

Il se pencha et lui effleura la main avec douceur.

— Nous découvririons si elle était liée à cette affaire, promit-il impulsivement. Pour le moment, allons chercher des couvertures et un endroit où dormir. Il doit y avoir deux chambres convenables en haut. S'il n'y en a qu'une, je dormirai dans le salon. Nous avons beaucoup à faire et moins de deux jours devant nous. Le procès reprend lundi et pourrait s'achever très vite.

Miriam hocha la tête, trop émue pour parler, ou peut-être un peu gênée maintenant qu'elle faisait face à la réalité de la situation. Il était un peu tard pour cela. C'était elle qui l'avait invité, et non le contraire.

— Oui, répondit-elle, une seconde trop tard pour masquer son hésitation. Oui, bien sûr.

21

Le lendemain matin, ils se levèrent de bonne heure. La journée était claire et ensoleillée, et il faisait très doux. Ils se mirent d'accord pour aller prendre un solide petit déjeuner à Sainte-Anne avant de commencer à se renseigner sur May Trelawny et sa maison. En contrebas, le bleu vif de la mer s'étendait jusqu'à l'horizon et se brisait en écume blanche sur les rochers près du rivage.

— Nous devons découvrir si quelqu'un a tenté d'acheter le manoir, déclara Daniel quand ils furent attablés devant une assiette d'œufs au bacon accompagnés de saucisses et de champignons.

Ils pouvaient aussi avoir du café français s'ils le désiraient. Pour lui, être assis au soleil, à une terrasse ouverte à la brise marine – légère comme un souffle – était le paradis.

Miriam avait mis une robe. C'était la première fois qu'il la voyait en porter une. Il se serait attendu à ce qu'elle optât pour du bleu ou du vert pâle, teintes de prédilection pour qui avait des cheveux aussi flamboyants que les siens. Il aurait dû mieux la connaître ! Elle arborait une robe à fleurs sur fond rose et lie-de-vin, composée uniquement de couleurs chaudes.

Sans s'être demandé si c'était convenable ou non, il lui en avait fait compliment. Il s'aperçut aussitôt qu'il l'avait embarrassée, mais il se refusa à s'excuser. Il aimait cette tenue et elle lui allait bien. De fait, il remarqua que plusieurs passants et clients du café laissaient leur regard s'attarder sur elle.

— Oui, bien sûr, répondit-elle. Et interroger le médecin. J'hésite quant à la manière dont nous devrions nous y prendre.

Elle le regarda gravement.

— Je n'ai ici aucun rôle officiel. C'est un peu différent pour vous. Vous représentez quelqu'un au tribunal. Cela dit, nous n'avons aucune autorisation écrite qui nous permette de le questionner. Que diriez-vous de commencer par nous renseigner sur Miss Trelawny ? Du moins, sur les circonstances de sa mort. Essayons la poste.

Elle le vit froncer les sourcils.

— Ne faites pas cette tête ! Il faut que nous interrogions quelqu'un. Le médecin sera plus circonspect. Nous n'avons qu'aujourd'hui et demain, et demain est dimanche, de sorte que, si ça se trouve, personne ne sera disponible. Que pouvons-nous faire d'autre ?

— Aller à l'église, demain.

— Quoi ? s'écria-t-elle, stupéfaite.

— Aller à l'église, répéta-t-il. Un endroit encore plus propice aux commérages que le bureau de poste. Tout étant dit avec la plus grande solennité et les meil leures intentions du monde, cela va de soi. Regardez, on aperçoit nettement le clocher par-dessus les toits.

— Daniel !

Ses yeux brillaient d'amusement. Un instant, il craignit de l'avoir offensée aussi. Riait-elle avec lui, ou de lui ?

— Quel sens pratique ! Oui, bien sûr que nous devrions y aller ! Je n'ai pas apporté de chapeau ! Je vais devoir en acheter un.

— Cela vous ennuie ?

— Pas du tout. Je me ferai remarquer si je n'en mets pas.

— On vous remarquera de toute façon…

Là encore, les mots avaient jailli de ses lèvres avant qu'il eût pu y réfléchir ou se demander comment elle réagirait.

— Dans ce cas, je ferais mieux d'en choisir un que vous jugez discret, riposta-t-elle avec une pointe d'irritation.

— Pourquoi ? Vous tenez à être discrète ?

Elle ne répondit pas, l'incertitude transparaissait dans son regard. C'était la première fois qu'il la voyait déconcertée par quelqu'un, plutôt que par des circonstances ou des pièces à conviction. Quel curieux mélange d'assurance et de vulnérabilité !

— Parfois, le meilleur déguisement consiste à détonner.

Cela sonnait-il comme une contradiction, ou une référence assez ambiguë à son apparence ? Que pouvait-il dire sans s'enferrer davantage ?

— Vous voulez dire que je n'aurai pas l'air d'un médecin légiste ?

— Pouvez-vous imaginer Sir Bernard Spilsbury dans cette robe… et coiffé d'un chapeau ? demanda-t-il en souriant.

Elle posa sa tasse de thé avant de la renverser et éclata de rire.

— C'était vilain ! s'écria-t-elle quand elle eut recouvré le contrôle d'elle-même. Et très drôle !

— Vous ne l'aimez guère, observa-t-il.

Ils parlaient du médecin légiste le plus célèbre d'Angleterre, peut-être du monde entier, le père de la médecine légale.

— Sir Bernard n'est pas quelqu'un qu'on aime bien, répondit-elle. On a du respect pour lui quand on a raison. Et on le craint quand on a tort. L'aimer ou ne pas l'aimer serait impertinent.

Elle observait Daniel avec attention, guettant sa réaction.

— Cela suggérerait qu'il est… humain !

— Dans ce cas, je vais me montrer impertinent, répliqua-t-il. Et dire que je ne l'aime pas. Encore un peu de thé ?

— Non, merci. Il est temps de nous mettre au travail.

Le bureau de poste était situé non loin de là. Ils empruntèrent une rue pavée, ensoleillée mais ombragée ici et là par d'énormes arbres. Les boiseries des fenêtres étaient peintes en bleu ou en jaune, des plantes grimpantes déversaient leurs fleurs sur les façades en pierre.

Le soleil matinal se reflétait sur les grandes vitrines, inondant la scène de lumière.

Ils patientèrent à l'extérieur pendant qu'on servait deux ou trois clients, et profitèrent d'un moment où le bureau était vide pour saisir leur chance. C'était un petit magasin qui vendait des livres et des cartes postales, ainsi que du papier à lettres pour les vacanciers qui n'avaient pas songé à s'en munir suffisamment, ou qui trouvaient plus de choses à relater qu'ils ne l'avaient escompté. Daniel se dirigea vers le présentoir tandis que Miriam s'approchait du guichet. Après s'être acquittée des politesses d'usage, elle demanda des timbres.

— J'imagine que vous en avez de particulièrement jolis ? J'ai des amis à qui j'aimerais envoyer quelque chose qui sort de l'ordinaire. Alderney est unique, après tout.

— En effet, acquiesça la receveuse. C'est votre première visite ?

— Oui. Mais j'ai des amis qui viennent ici, et la marraine de l'une d'elles habite sur l'île. Ou plutôt… habitait sur l'île.

— Elle est partie ? s'enquit la femme, étonnée.

— Non.

Le ton de Miriam était soudain devenu morose.

— Elle est morte. J'aimerais aller me recueillir sur sa tombe, y déposer des fleurs.

— Ô mon Dieu, je suis désolée.

— Peut-être la connaissiez-vous ? demanda Miriam avec espoir.

À l'intonation de sa voix, Daniel imagina son expression aussi nettement que s'il la voyait, bien qu'il lui tournât le dos, un éventail de cartes postales à la main.

— Je connais la plupart des gens, acquiesça la receveuse avec chaleur. Ô Seigneur, j'espère que vous ne voulez pas parler de Miss Trelawny ?

— Si, en effet. Pourquoi ?

— Je suis navrée, ma chère. Une dame adorable. Elle nous manque à tous. C'est comme si l'île avait perdu un peu de sa couleur. Et…

— Et ? répéta Miriam d'une voix anxieuse.

— Eh bien… une mort si horrible, murmura la femme doucement. Pauvre âme. Je ne me serais jamais attendue à…

Elle s'interrompit, comme si le reste était trop terrible à dire.

Daniel sentit ses doigts se crisper sur les cartes postales. Il courait le risque de les plier en deux.

Il y eut un silence. Il savait que Miriam se demandait comment s'y prendre pour obtenir le reste de l'histoire sans donner l'impression d'être trop curieuse. Pour rien au monde elle ne voulait dresser la receveuse contre elle.

— Tout ce qu'on m'a dit, c'était que son décès avait été brutal, murmura-t-elle enfin. Cela ne signifie pas grand-chose, pas vraiment. Je suppose que j'aurais dû comprendre qu'ils me dissimulaient la vérité. Maintenant, je n'en suis que… plus troublée.

Elle prit une inspiration, puis exhala un soupir.

— Les gens parlent. Ils peuvent être très cruels. Toutes sortes de rumeurs sont colportées par des gens qui devraient… je présume que vous en avez entendu. Ce n'est pas chose rare. Mais je crois qu'elle ne méritait pas ces ragots. J'aimerais beaucoup pouvoir leur dire que je connais la vérité et qu'ils racontent des sottises. Il n'y a pas de scandale ici !

— Ça, non ! s'écria la receveuse avec un élan de colère. Son cheval était malade et elle s'est levée la nuit pour s'en occuper. Elle est allée à l'écurie et a trouvé l'animal très agité. Personne ne sait au juste ce qui s'est passé, mais elle a dû trébucher ou perdre l'équilibre. Le cheval a pris peur et perdu la tête. Il… l'a piétinée à mort.

— Ô mon Dieu !

Une détresse sincère perçait dans la voix de Miriam.

— Comme c'est affreux ! La pauvre femme ! Je pense… je pense que je ne dirai pas exactement cela… si on me demande d'en parler.

— Oui. Vous avez bien raison. Il ne sert à rien de

faire de la peine aux gens. Vous pourriez toujours dire qu'elle est morte très vite.

— Merci. Ç'a dû être vraiment atroce, mais vous m'avez rassurée concernant les rumeurs qui circulent à son sujet. Elle était…

Miriam hésita, comme si elle ne parvenait pas à trouver le mot juste.

— En effet, acquiesça la postière.

Daniel se retourna lentement et vit un sourire se dessiner sur le visage de la femme, comme si elle était plongée dans un souvenir heureux.

— Elle aimait ramasser des cailloux. Certains étaient très jolis, mais elle s'intéressait à tous. Certains « suivent la musique », comme on dit. Eh bien, je dirais que Miss Trelawny dansait sur un rythme bien à elle.

— Et quel sens de l'humour ! ajouta Miriam.

Daniel savait qu'elle devinait, peignant le portrait de quelqu'un qui lui aurait plu.

— Oh oui ! confirma la receveuse avec sincérité.

Sur quoi, elle en donna plusieurs exemples, et Miriam et elle rirent de bon cœur.

— Elle adorait sa maison, reprit Miriam. J'ai entendu dire qu'elle intéressait certaines personnes qui souhaitaient l'acheter à son héritière. Vont-ils s'occuper des animaux aussi ?

— Ô mon Dieu ! sûrement pas. Les chats ont trouvé un nouveau foyer. Les oiseaux qu'elle nourrissait vont se débrouiller seuls. Ils l'ont toujours fait : elle aimait qu'ils viennent, voilà tout. Et le docteur a pris les chevaux.

— C'est le docteur…

— Le Dr Mullane. Ils étaient bons amis, vous savez. Il a été très secoué par sa mort.

— Bien sûr. Vous avez été très aimable. J'ai abusé de votre temps, je le crains, s'excusa Miriam.

— Pas du tout, assura la femme. Mais le manoir n'est pas à vendre, vous savez. À aucun prix. Elle l'a légué à sa filleule. Elle y tenait plus que tout.

— Lui en a-t-on offert une bonne somme ? Oh ! Excusez-moi. Cela ne me regarde pas, se hâta de dire Miriam, comme si elle était choquée d'avoir posé une telle question.

— Eh bien, j'ai entendu dire qu'un homme lui avait offert plus de deux fois sa valeur, répondit la postière. Il insistait beaucoup, à ce qu'on dit.

— C'était un jeune ? Grand et plutôt séduisant, les cheveux blonds ? demanda Miriam, répétant la description que Daniel lui avait faite de Philip Sidney. Un peu moins de trente ans, peut-être ?

— Mon Dieu, non ! répondit la femme, amusée. Celui-là devait avoir cinquante ans au bas mot.

— Oh ! Dans ce cas, ce n'est pas la personne à qui je pensais. Merci encore de m'avoir donné des munitions pour faire taire les commérages. Bonne journée.

Miriam se dirigea vers la sortie.

Daniel choisit ses cartes, acheta deux vues de la mer et une troisième d'une rue étroite aux maisons recouvertes de glycine qu'il comptait donner à Cassie, et la suivit dans la rue.

Elle l'attendait une cinquantaine de mètres plus bas.

— Excellent, commenta-t-il en lui prenant le bras, l'éloignant du bureau de poste au cas où la receveuse serait sortie sur le pas de la porte et les aurait vus s'entretenir. Cela dit, c'est affreux que May Trelawny soit morte dans des circonstances aussi horribles. J'espère que Rebecca n'aura pas à l'apprendre. Mais…

Il se tut. Ce qu'il s'apprêtait à dire sonnait par trop glaçant.

— Mais quoi ? insista Miriam.

— Mais cela n'aide en rien Sidney.

— Ce n'est pas ce que vous alliez dire.

— Ah non ? Qu'est-ce que j'allais dire ? demanda-t-il avec calme, s'efforçant de garder un visage impassible.

Elle redressa un peu le menton.

— Que rien ne suggère qu'un crime ait eu lieu. D'ailleurs, je ne vois pas pourquoi on l'aurait tuée à cause du manoir. Et vous ? Il est charmant, mais il y en a beaucoup d'autres du même style, et en meilleur état. Quelque chose nous a-t-il échappé ?

— Je ne sais pas. Je ne vois pas quoi. Il faudrait pas mal d'argent pour en faire une demeure vraiment magnifique. Il est trop petit pour être transformé en hôtel. En revanche, il jouit d'une vue extraordinaire et je crois que le jardin est le plus beau que j'aie jamais vu. Mais on ne piétine pas quelqu'un à mort pour un jardin, même ravissant.

— C'est un endroit très solitaire, observa-t-elle. Si quelqu'un tenait à sa tranquillité…

— Un ermite, par exemple ? suggéra-t-il, plaisantant à demi.

— Pourquoi pas ? Le lieu serait propice à une retraite spirituelle. Ou bien il pourrait plaire à un peintre ou, plus probablement encore, à un écrivain. On y serait en paix.

Il avait lâché son bras et ils cheminaient dans la rue.

— Ou à un contrebandier ? reprit-elle.

— Qui vendrait quoi ? Il n'y a pas assez de clients potentiels. Du tabac ? Du cognac ? Je croyais que ce genre de trafic passait par les Cornouailles.

— Sans doute. Je ne sais pas. Nous sommes entre la France et l'Angleterre, mais la distance entre Douvres et Calais est beaucoup plus courte. Si nous allions parler au Dr Mullane ? Peut-être pourra-t-il nous apprendre quelque chose.

— Vous croyez qu'elle a été assassinée !

— Je ne serai pas satisfaite avant de m'être prouvé à moi-même qu'il n'en est rien.

— Dans ce cas, allons le trouver, lança Daniel en accélérant le pas. Et ensuite, nous irons voir s'il y a quelqu'un ici qui s'occupe de vendre des maisons. Ou qui peut au moins nous donner quelques renseignements sur la personne qui voulait acheter celle de May. À en juger par la description de la postière, il est clair que ce n'était pas Sidney.

Le Dr Mullane ne put se libérer que deux heures plus tard. Cette fois, ils étaient convenus que Daniel prendrait la parole le premier et que Miriam ne poserait des questions que si nécessaire, du moins pour commencer.

Mullane approchait de la cinquantaine. Il possédait une épaisse crinière de cheveux couleur sable qui blanchissaient sur ses tempes, un visage brûlé par le vent. Daniel le trouva d'emblée sympathique et décida d'être franc.

— Je ne suis pas venu pour un problème médical, répondit-il au médecin qui lui demandait ce qu'il pouvait faire pour lui. Du moins, aucun qui puisse être traité à présent.

Il s'était déjà acquitté des présentations, sans bien sûr mentionner les qualifications de Miriam.

— Je suis avocat. Je défends un homme qui, s'il est reconnu coupable, verra sa réputation et sa carrière ruinées et qui, au moins pour un temps, sera privé de liberté. En dehors du fait qu'il est de mon devoir de représenter ses intérêts, je le crois innocent. D'autres ont œuvré pour le faire apparaître comme coupable, afin de dissimuler un crime plus grave.

Mullane parut complètement perplexe.

— En quoi puis-je vous aider ? Je ne peux vous donner aucun avis médical sans avoir vu le patient.

— Bien sûr que non. Je ne vous le demanderais pas. Mais vous pouvez me livrer les faits médicaux d'un dossier qui est déjà clos et que, à mon avis, vous connaissez bien.

— Pas sans la permission du patient.

— Elle ne peut pas la donner. Malheureusement, elle est morte.

Mullane fit mine de se lever, le visage empreint de dégoût.

— Miss May Trelawny, acheva Daniel. Il semble y avoir un enjeu important, ici, docteur Mullane. Je pense que sa mort n'a peut-être pas été un accident.

Venait-il de commettre un faux pas ?

Mullane se figea.

— Elle a été piétinée par un de ses chevaux, murmura-t-il. Comment cela peut-il avoir été délibéré ? Et pourquoi diable aurait-on voulu infliger pareille mort à une dame âgée et pleine de charme ?

— Pour son manoir ?

— Quoi ? s'écria Mullane, stupéfait. Ne dites pas d'absurdités ! Excusez-moi, c'était impoli de ma part. Mais c'est une propriété de proportions modestes, qui a besoin de réparations considérables. Il se trouve que je sais que le patrimoine de Miss Trelawny n'était pas suffisant pour les effectuer. Si je ne me trompe pas, elle l'a léguée à sa filleule. C'est ce que May m'a dit.

— May ? répéta Miriam en arquant à peine les sourcils.

— Miss Trelawny, expliqua Mullane.

Miriam sourit, délicatement, un peu timidement.

— Vous l'avez appelée May. Cela suggère que vous la connaissiez assez bien, peut-être même étiez-vous amis ?

— En effet. C'était une femme de caractère, débordante de gentillesse, d'imagination et de… d'humour.

Il avait parlé avec chaleur et son regard exprimait des souvenirs pleins de douceur, et du chagrin.

— Comme elle me manque !

— C'est ce que dit aussi Rebecca Thorwood, intervint Daniel. Sa filleule. Je doute qu'elle connaisse les circonstances exactes de la mort de Miss Trelawny. Je ne les lui dirai pas, si ce n'est pas indispensable. Je crois qu'elle pensait que Miss Trelawny connaissait très bien les chevaux.

— C'est le cas, confirma Mullane. Ç'a été…

Il s'interrompit, esquissa un geste d'impuissance et haussa les épaules.

Le silence se fit.

Daniel regarda Miriam. S'ils voulaient en savoir davantage sur la mort de May Trelawny, c'était maintenant ou jamais.

Miriam comprit. Elle hocha la tête presque imperceptiblement.

— Docteur Mullane, que s'est-il passé au juste ?

— Que voulez-vous dire, Miss fford Croft ? Le cheval a pris peur et s'est affolé. Peut-être a-t-il heurté May et est-elle tombée… contre lui en tentant de garder l'équilibre ? Elle a reçu des coups très violents, comme si l'animal avait été en proie à une grande frayeur ou à une grande douleur, que rien ne pouvait expliquer.

Personne n'a été vu dans la maison ni aux abords de la propriété. L'incident ne peut être imputé qu'à une terrible malchance. Si vous pensez que le cheval a été drogué, il n'en est rien : nous avons effectué une analyse de sang qui n'a rien donné.

— Pas de blessures ?

— Rien que quelques contusions. La pauvre May a été piétinée. Les chevaux sont des animaux très lourds.

Sa détresse était palpable.

— Pouvons-nous voir l'animal ? demanda Miriam avec gravité. S'il vous plaît ? C'est très important.

— J'ignore en quoi cela vous sera utile, mais c'est comme vous voulez.

Il se leva et leur fit signe de le suivre. Il les précéda à l'extérieur en empruntant une porte latérale et traversa la cour pour pénétrer dans l'écurie. Il était logique qu'il possédât des chevaux et une voiture. En cas d'urgence, il ne perdait pas de temps à marcher, même si la distance à couvrir ne dépassait jamais plus de trois kilomètres. En outre, le bâtiment était assez grand pour abriter une réserve de foin et de grain en prévision de l'hiver.

— Je l'ai mise avec mes chevaux, déclara Mullane en ouvrant la porte.

Il les conduisit vers les trois box. Les animaux agitèrent les oreilles au son de leurs pas. L'un d'eux hennit.

— Tout va bien, Acorn, assura le docteur d'un ton apaisant. On reste ici. Bonjour, Hazel, ajouta-t-il en caressant le nez de la jument suivante, qui avait passé la tête par-dessus la demi-porte. Nous sommes venus voir Rosie.

Il s'arrêta à hauteur du dernier box, où une magnifique

jument les regardait. À la vue de Daniel et de Miriam, elle recula vivement.

— Tout va bien, Rosie, murmura Mullane d'une voix rassurante. Personne ne va te faire de mal, ma fille.

Il se tourna vers Miriam.

— Peut-être pourriez-vous lui parler, Miss fford Croft ? Elle a été habituée à la compagnie d'une femme, même si je suppose qu'elle devra se faire à la mienne, dorénavant.

Il se tourna vers Daniel.

— Excusez-moi.

Ce dernier s'immobilisa tandis que Miriam s'avançait à pas lents, tout en parlant au cheval. Elle ouvrit la porte du box et entra.

Daniel retint son souffle. Il brûlait d'intervenir. Et si l'animal était réellement souffrant, effrayé ou blessé et qu'il attaquât quiconque s'approchait, comme il l'avait semblait-il fait avec May Trelawny ? Comment l'en empêcheraient-ils ?

Miriam hésita.

Daniel crut qu'elle allait ressortir, mais elle resta à côté de la jument et continua à lui parler tout bas. Les oreilles de Rosie étaient dressées. Elle écoutait.

— Qu'est-ce qui s'est passé, dis-moi ? souffla Miriam en levant la main pour lui caresser le front.

L'animal demeura tout à fait immobile.

— Quelqu'un t'a fait peur ?

Daniel osait à peine respirer.

Miriam lui flatta l'encolure, continuant à parler à voix basse.

— Qu'est-ce qui s'est passé ? Il y avait quelqu'un là, à part May ? Quelqu'un qui ne te plaisait pas ?

Elle promena la main plus bas, sur le dos de la jument.

— On t'a fait du mal ?

Tout était immobile.

Miriam continuait à caresser le dos de la jument. Soudain, celle-ci rejeta la tête en arrière et lança une violente ruade.

Miriam blêmit et s'écarta d'un bond, mais ne cria pas.

Mullane s'élança, attrapa le licou et tira.

— Calme-toi, Rosie ! Calme-toi. Allons. Tout doux.

Sur le point de se précipiter vers Miriam, Daniel comprit qu'un mouvement brusque de sa part risquait d'aggraver la situation. Il se figea.

Les secondes s'égrenèrent.

La jument s'apaisa. Peu à peu, tous se détendirent.

Miriam sortit du box et s'avança vers Daniel. Sans réfléchir, il passa un bras autour de ses épaules. Elle tremblait.

Pendant que Mullane achevait de calmer Rosie, Miriam se détacha de Daniel, le prit par la main et l'entraîna vers le coin qui servait de sellerie, et qui était presque une pièce à part. Avisant l'élégante selle d'amazone, un peu poussiéreuse, elle fit mine de la ramasser, mais Daniel la devança et la lui tendit. Elle la retourna et la fixa, l'examinant avec attention, à l'affût d'une anomalie.

Daniel l'observa, puis regarda la selle à son tour. Il vit ce qu'elle cherchait le premier : une petite tache de sang séché, à peine aussi grosse qu'un ongle.

Les yeux de Miriam brillèrent.

— Qu'est-ce que cela veut dire ? demanda-t-il.

— Rosie. La jument. Elle a été blessée par quelque chose qui était dans la selle. L'objet n'est plus là, mais il a laissé une plaie sur son dos. Elle s'est infectée et elle suppure. Cela doit la faire horriblement souffrir quand on exerce une pression dessus. On ne peut pas la voir, parce qu'elle est dissimulée sous la crinière. C'est peut-être pour cela qu'elle a donné des coups de pied.

Daniel se raidit.

— Mullane ?

— Non. Il aurait veillé à soigner la plaie avant qu'elle n'empire. Il n'y aurait plus trace de blessure. Il n'a rien vu. Je suppose qu'il l'a à peine touchée. Une caresse de temps à autre, et c'est tout. La jument est très nerveuse. J'imagine que la mort de May lui a fait très peur.

Mullane se dirigeait vers eux.

— Vous êtes sûre de vous ? demanda Daniel.

— Je l'espère, lâcha-t-elle dans un souffle.

— Tout va bien, Miss fford Croft ? demanda le médecin sur un ton anxieux.

— Oui, merci.

Elle prit une profonde inspiration.

— Mais j'ai beaucoup de questions à vous poser. Et je crois que Mr. Pitt aura besoin de vous à Londres.

Le regard de Mullane alla de l'un à l'autre.

— Je ne comprends pas. Cet… incident prouve que Rosie est à blâmer. Il vaudrait mieux que je fasse d'elle une poulinière ou… que je la mette à la retraite. Je ne suis pas…

Daniel prit un risque, qui n'était guère calculé. Il sut qu'il avait été impulsif alors même qu'il prononçait les mots :

— Quelqu'un a caché un objet pointu dans sa selle pour la blesser. La plaie est là, en partie guérie, mais encore suppurante. C'est pourquoi elle a rué lorsque Miriam l'a touchée.

Mullane ouvrit la bouche, puis la referma.

Daniel sourit.

— Vous êtes médecin. Si vous étiez le coupable, vous auriez eu le bon sens de traiter la plaie, non ? Ce doit être un fragment d'épine ou quelque chose de ce genre.

Mullane était pâle.

— Quel salaud a pu faire une chose pareille ? À une femme comme May Trelawny ? Ou au cheval ?

— Je ne sais pas, répondit Daniel. Mais j'ai l'intention de le découvrir.

— Je ferai tout mon possible pour vous aider, déclara Mullane avec ferveur. Au cas où ma parole ne suffirait pas, je vais prendre des photographies. Nous les ferons développer à la poste. Miss Westcott fait cela, outre tout un tas d'autres choses. Nous les emporterons à Londres par le ferry demain. Dépêchons-nous. Il faut que je soigne ce cheval.

— Oui, acquiesça Miriam.

Étonnamment, elle ne s'éloigna pas de Daniel, qui avait remis le bras autour de ses épaules.

Il ne bougea pas non plus.

22

— Nous avons une foule de choses à faire avant de prendre le dernier ferry pour l'Angleterre demain soir.

Mullane avait fait des photographies de la plaie de Rosie et de la tache de sang sur la selle et les avait emportées à la postière afin qu'elle les développe tout de suite.

— Il n'y a qu'un seul bateau pour Cherbourg et pour Portsmouth ensuite, observa Miriam. Je suggère que nous réservions des places, car il risque d'être plein. C'est la fin des vacances et beaucoup de gens vont vouloir rentrer.

— Oui, bien sûr, acquiesça Daniel. Mais d'ici là, il est essentiel que nous en apprenions davantage sur ce qui est arrivé à May. En particulier, nous devons déterminer qui était à Alderney le jour de sa mort, ou, du moins, qui n'y était pas. Le meurtre a-t-il eu lieu dans l'écurie, à votre avis ?

Miriam réfléchit un instant.

— Non. La plaie était assez profonde. L'épine devait être petite mais très acérée, et la selle a appuyé dessus pendant un certain temps. Quelque chose a dû accentuer la pression.

— Quand May est montée sur la jument ?

— Cela a duré plus longtemps. D'ailleurs, elle ne serait pas montée dans l'écurie. Le plafond est trop bas. Il aurait fallu qu'elle se penche sur l'encolure de la jument pour franchir le seuil. Peut-être que celui qui a mis l'épine voulait donner l'impression qu'elle était tombée alors qu'elle se promenait et que le cheval affolé l'avait traînée et piétinée.

Elle cilla.

— À en juger par la description des blessures qu'elle a subies, elle a dû saigner abondamment. En cherchant bien, nous devrions en trouver des traces.

— Qu'est-ce que cela prouvera ?

— Je ne le sais pas au juste.

Elle paraissait perplexe.

— Quelque chose nous échappe, car l'ensemble ne tient pas debout. L'épine enfoncée dans la selle avait pour but de provoquer une chute et, pourtant, May est censée avoir été piétinée…

— Mullane doit savoir faire la distinction entre un accident d'équitation et une mort causée par piétinement. D'ailleurs, Miss Westcott a dit que May était morte durant la nuit.

— Oui, bien sûr. C'est d'ailleurs ce que je ne comprends pas. La personne qui a mis l'épine en place avait peut-être l'intention de la retirer mais, de toute façon, personne ne s'est aperçu de sa présence avant que nous l'examinions. Et nous ne l'avons découverte que parce que nous savions où chercher. N'importe qui aurait jugé que la mort de Miss Trelawny était un accident. Une chute de cheval n'a rien d'exceptionnel, surtout pour une femme âgée.

— Dans ce cas, pourquoi cela n'a-t-il pas fonctionné ? A-t-elle réussi à maîtriser Rosie ?

— C'est possible. Et, en retirant la selle, elle a pu

sans le vouloir enfoncer l'épine davantage, puisqu'elle ignorait que celle-ci était là, réfléchit Miriam à voix haute. Reste le fait que Miss Trelawny a été tuée la nuit, par conséquent, elle ne pouvait pas revenir d'une promenade.

— Il y a bien sûr une autre possibilité, murmura Daniel.

— Laquelle ?

— Que la jument n'ait rien à voir avec la mort de May après tout. Qu'elle ait été frappée à l'aide d'un objet aussi dur qu'un fer à cheval, et avec une force considérable, et laissée dans l'écurie pour que sa monture soit incriminée.

Miriam fronça les sourcils.

— C'est horrible, mais ç'aurait été plus rapide et plus facile. Rien ne risquait de mal tourner. Le meurtrier ne dépendait pas d'un animal. Mais alors pourquoi avoir mis une épine dans la selle ?

— Parce que, si quelqu'un avait trouvé l'épine, cela aurait renforcé l'idée qu'il s'agissait d'un accident. Celui qui l'a tuée ne voulait pas que la police soit alertée. Tout devait paraître banal. Une femme âgée a une épine dans sa selle. Ne la voit pas. Monte le cheval et, quand l'animal souffre trop, il lui donne un coup de pied. Pas d'enquête. Pas de retard dans l'exécution du testament. Rien pour attirer l'attention et rien non plus pour lier cette affaire à… qui que ce soit.

— Oui, mais qui a fait cela ? Et surtout, pourquoi ?

— Je pensais bien que vous alliez en venir là. Je n'en ai pas la moindre idée.

— Dans ce cas, nous allons consacrer le reste de l'après-midi à le découvrir, décida-t-elle. L'un de nous devrait fouiller la maison. Peut-être y a-t-il des indices quelque part. Cela me déplaît d'inspecter les effets de quelqu'un qui est mort brutalement, et qui n'a pas pu détruire ou dissimuler des choses personnelles. C'est en quelque sorte une intrusion. Mais il le faut.

— Vous devriez le faire, dit-il avec un sourire d'excuse. Il vaut mieux que ce soit une femme qui s'en charge. Non seulement par délicatesse, mais aussi parce que vous serez mieux à même de remarquer des détails qui pourraient m'échapper. Quant à moi, je vais aller chercher les photographies à la poste, me renseigner sur les visiteurs que May a reçus ces derniers temps et essayer de savoir qui s'intéressait à la maison.

— Soyez prudent ! s'écria-t-elle, avant de rougir brusquement. Je veux dire… si le coupable a bel et bien battu à mort une vieille dame à cause de cette propriété, il se sent peut-être à l'abri, mais pas forcément.

— Dans ce cas, vous ne devriez pas rester seule ici.

— Pourquoi ne pas faire nos bagages et partir ?

— Quoi ?

— Pourquoi ne pas…

— Oui, je vous ai entendue.

Il scruta son visage, cherchant à déterminer si elle plaisantait ou non ; si, derrière son cran, sa révolte contre l'injustice, la violence, elle avait réellement peur et serait reconnaissante de pouvoir partir sans avoir l'air lâche. Il ne lut rien de tel sur ses traits. C'était de la colère qui brillait dans ses yeux bleu-vert, pas de la crainte. Ou peut-être un peu des deux. Il était certain d'une chose : elle ne réagirait pas bien à un soupçon de lâcheté. Devait-il la laisser prendre la décision ?

Il répondit instinctivement :

— Je pensais bien que non. Fermez à clé derrière moi. Je sais ! Je sais ! N'importe qui pourrait entrer quand même. Mais alors il ferait du bruit. N'essayez pas de lutter. Cachez-vous.

— Pour l'amour du Ciel, Daniel ! Personne ne va venir. Tous ceux qui sont impliqués dans cette histoire sont à Londres. Ils attendent de voir Philip Sidney condamné et emprisonné avant que quiconque croie une seule de ses paroles. Allez chercher les photographies. Nous avons encore le temps d'en prendre d'autres si elles ne sont pas bonnes. Et voyez ce que vous pouvez glaner de plus. Si quelqu'un a vu un homme correspondant à Sidney, par exemple. Ou à Thorwood. Obtenez plusieurs descriptions de celui qui essayait d'acheter la maison. Il ne peut s'agir de Sidney.

Sur le point de protester, par principe, il comprit que les émotions l'emportaient chez elle comme chez lui. La mort de May Trelawny avait été violente, atroce. Le coupable s'abritait derrière un amas de mensonges et d'accusations, dont ils cherchaient depuis un certain temps à cerner les contours. Renoncer reviendrait à sacrifier tous les principes importants à leurs yeux, mais ce serait maladroit d'essayer de le dire à voix haute et il ne voulait pas donner à Miriam l'impression de ne pas comprendre.

— Je serai de retour avant la nuit, promit-il.

Daniel fut occupé tout l'après-midi. Après avoir récupéré les clichés, qui se révélèrent d'excellente qualité, il alla voir l'homme qui s'occupait des rares ventes immobilières sur l'île. Pour s'entretenir avec un agent agréé, au fait de toutes les dispositions légales, il aurait fallu se rendre à Guernesey, une île beaucoup plus grande. L'homme put seulement lui apprendre que deux personnes étaient intéressées, et que Miss Thorwood obtiendrait un excellent prix pour la maison si elle décidait de vendre. Il ne put fournir qu'une description sommaire de l'acheteur potentiel, disant qu'il avait au moins quarante-cinq ans, voire cinquante, qu'il s'exprimait avec aisance et n'avait aucun signe distinctif. Oui, il avait parlé avec Miss Trelawny à plusieurs reprises, mais elle ne souhaitait pas vendre. Elle semblait avoir décidé que l'acheteur lui déplaisait, mais avait refusé d'expliquer pourquoi.

Daniel avait aussi réservé trois places sur le ferry pour le dimanche après-midi. En outre, il avait acheté de quoi dîner et déjeuner le lendemain matin. Il avait essayé de se souvenir de ce que Miriam aimait, ou plutôt, de ce qu'elle n'aimait pas, et fut irrité contre lui-même de ne pas le savoir. Ç'avait été un manque d'attention de sa part : il était toujours trop concentré sur son expression, le choix de ses mots ou l'inflexion de sa voix, pour remarquer les plats qu'elle commandait.

Par conséquent, il opta pour du pain frais, du beurre, du fromage et des tranches de jambon, un petit pot de marmelade et du thé, auxquels il ajouta des prunes. La saison des pommes n'avait pas encore commencé.

Le soleil baissait à l'horizon et le ciel commençait à s'assombrir lorsqu'il prit le chemin du retour. La brise, légère et tiède, apportait une odeur de sel. Les mouettes décrivaient des cercles au-dessus de lui, leurs ailes reflétant la lumière. La mer ondulait comme de la soie, d'une couleur indéfinissable, ni bleue, ni verte, ni grise, ni argentée, toujours changeante. Le regard de Daniel se posa sur les abords du rivage, où les flots étaient plus lisses, satinés à l'ombre du promontoire.

Soudain, quelque chose brisa la surface immobile. Un poisson ? Très gros pour être si près du rivage. L'instant d'après, l'objet disparut. Avait-il été victime d'une illusion d'optique ? Cependant, l'eau était profonde à cet endroit. Assez profonde pour cacher un gros poisson, tel qu'un énorme requin. Les baleines descendaient-elles jamais jusque dans la Manche ? C'était un peu à l'écart des grands océans, non ? Un phoque ? C'était possible, même probable.

Ou un bateau ? Un sous-marin. Bien sûr ! Il ne s'agissait pas de contrebande, de cognac, de tabac ni de quoi que ce fût de ce genre. Quelle idée désuète ! Elle appartenait au siècle passé, ou à celui d'avant. L'endroit était idéal pour abriter des sous-marins. Dans les eaux profondes, ils seraient invisibles à tous, sauf à l'occupant du manoir de May. Soudain, tout prenait sens. C'était la marine qui convoitait la propriété, mais pas la marine anglaise, la marine allemande ! Voilà pourquoi il avait fallu éliminer May.

Daniel pressa le pas et descendit à grandes foulées la pente menant à la maison. S'il avait vu juste, jamais il n'aurait dû laisser Miriam seule ! Il atteignit la porte d'entrée et tenta de l'ouvrir. Elle était fermée à clé. Bien sûr ! Il lui avait dit de s'enfermer.

Il recula d'un pas et leva la tête vers les fenêtres. Il ne distinguait rien à travers les vitres.

— Miriam ! cria-t-il. Miriam !

Une fenêtre s'ouvrit au premier étage. Elle se pencha au-dehors. À la lumière du crépuscule, on aurait dit que sa chevelure flambait.

— Daniel ! Tout va bien ? s'écria-t-elle, alarmée.

— Oui, faites-moi entrer ! Je sais de quoi il s'agit ! Ouvrez-moi !

Elle disparut. Quelques instants plus tard, il l'entendit tirer le verrou. La porte s'ouvrit.

Il se hâta de franchir le seuil.

— Ainsi, vous l'aviez fermée ! observa-t-il.

Elle ignora sa remarque.

— Dites-moi ce qu'il y a !

Il posa ses courses sur la table du vestibule.

— Des eaux profondes !

— Quoi ? s'écria-t-elle, perplexe.

Il désigna la direction de la mer.

— Des eaux profondes. À l'ombre du promontoire. Pour les sous-marins.

La compréhension se lut sur ses traits. Elle expira lentement.

— Les Allemands !

— Oui. Je parie que ce sont eux qui voulaient acheter le manoir. C'est le seul qui ait vue sur la baie. Partout ailleurs, le rivage est rocheux, et il serait très difficile de construire dessus. D'ailleurs, puisque cette maison a une vue idéale, vous ne pourriez rien faire de secret.

— Oui. Je vois ! Je vois ! Et May refusait de vendre. Je me demande si elle se doutait de quelque chose.

Elle balaya cette idée d'un geste.

— Peu importe pourquoi elle ne voulait pas vendre… elle ne voulait pas. Par conséquent, on s'est débarrassé d'elle. Mais…

— Je sais, coupa-t-il très vite. Pourquoi avoir fait en sorte d'accabler Philip Sidney pour détournement, et pour l'agression ? Va-t-on essayer de l'accuser de meurtre aussi ?

— Quelle répugnante pensée ! Nous devons empêcher cela. Qui donc est derrière ces machinations ?

— Voilà la question, et nous avons jusqu'à demain midi pour trouver la réponse. Et, je suppose, le voyage de retour.

— Et demain soir, ajouta-t-elle. Sauf que, si nous n'avons pas compris d'ici là, il sera un peu tard.

Elle prit les courses et les emporta dans la cuisine.

— J'ai les photographies, déclara-t-il en lui emboîtant le pas. Je me suis demandé si je devais prier Mullane de rédiger un témoignage, au cas où il ne viendrait pas.

Miriam posa le sac sur la table et le regarda avec gravité.

— L'avez-vous fait ?

— Non. J'ai pensé qu'il risquait d'être offensé et de se raviser. Et sa présence à la barre, où il peut subir un contre-interrogatoire, sera beaucoup plus convaincante qu'un bout de papier, même s'il l'a signé. Pensez-vous que j'aie eu tort ?

— Non. Non, je ne crois pas. Préparons le dîner et envisageons les différentes possibilités.

D'abord stupéfait, il constata qu'elle souriait.

— Oh ! Oui, très bien, acquiesça-t-il. Vous le préparez, je vais vous regarder et, si vous faites une erreur, je vous le dirai !

En guise de réponse, elle lui lança un torchon à la tête.

Après avoir dîné, ils firent la vaisselle ensemble, Daniel participant cette fois. Il fut alors impossible de repousser la conversation plus longtemps.

— Penchons-nous sur les mensonges, suggéra-t-elle. Ils sont toujours plus révélateurs que la vérité.

— Dans ce cas, examinons les faits dont nous sommes certains, et voyons ce qui nous reste. Tobias Thorwood a déclaré…

— Non, coupa-t-elle. Je ne vous ai pas dit ? Excusez-moi. Il a menti pour protéger sa femme, Dieu seul sait pourquoi. C'est elle qui aurait vu Sidney sortir de la chambre de Rebecca. Si elle dit la vérité, Sidney ment quand il affirme ne pas être allé chez eux.

— Et s'il dit la vérité, c'est elle qui ment. Pourquoi ?

Pour cacher qui était réellement là ? Ou pour causer de très graves ennuis à Sidney ?

— Sauf que les gens de l'ambassade l'ont aidé à s'enfuir, lui fit remarquer Miriam. Pouvait-elle savoir qu'ils le feraient ?

— Peut-être. Mais pourquoi ne pas avoir dit qu'elle ne savait pas de qui il s'agissait, tout simplement ? Que c'était un inconnu qu'elle serait incapable d'identifier si elle le revoyait ?

— Parce qu'elle voulait causer des ennuis à Sidney, vous avez raison. Ou Tobias le voulait. Nous en revenons à la question de savoir pourquoi.

Elle fronça les sourcils.

— Quelle menace représentait-il pour eux ?

— Il a admis qu'il aimait bien Rebecca, mais il affirme qu'il ne lui faisait pas la cour. De toute façon, elle ne se serait pas mariée contre la volonté de ses parents. Elle n'a sûrement pas l'âge de pouvoir le faire. Le fait qu'il a été poursuivi jusqu'en Angleterre et accusé de détournement suggère qu'ils ne voulaient pas se contenter de ruiner sa réputation en Amérique, mais aller plus loin.

— C'est l'impression qu'on a, confirma-t-elle.

— Et s'il savait quelque chose sans s'en rendre compte ? Si nous rassemblons toutes les pièces du puzzle, qu'obtenons-nous ? Au moins, nous tenons le mobile. Si le coupable est britannique, il a non seulement commis un meurtre mais un acte de haute trahison.

Elle frissonna, une ombre dans le regard.

— Oui. Et qu'est la vie de quelqu'un, en comparaison ? murmura-t-elle. Là est le cœur de l'affaire.

— Nous allons dormir dans le grenier ce soir. Pas de discussion. Et nous mettrons des chaises dans les marches. De cette façon, si quelqu'un essaie de monter, nous l'entendrons arriver.

Elle ne protesta pas. À vrai dire, elle n'essaya même pas.

— L'église ! J'ai oublié d'acheter un chapeau ! s'exclama Miriam, chagrinée.

— Cela importe-t-il ? Je veux dire…

— Je sais ce que vous voulez dire, coupa-t-elle. Oui. C'est un manque de respect que d'assister à une messe tête nue ! Cela reviendrait à saboter mon fusil avant de partir à la chasse !

Il compatissait, mais l'expression qu'elle avait utilisée lui parut si cocasse qu'il éclata de rire.

Elle rougit violemment, avant de comprendre à son tour ce qui l'amusait et de lui adresser un sourire réticent.

— Vous savez ce que je veux dire !

— Oui. Ne pouvez-vous emprunter un des chapeaux de May ? Tous ses vêtements sont encore là…

Il s'interrompit, conscient d'avoir cruellement manqué de tact. Les chapeaux d'une femme de soixante ans ne ressemblaient sans doute pas à ceux que Miriam avait envie de porter. Elle risquait de penser qu'il la voyait comme étant beaucoup plus âgée que lui. Ce fut à son tour de rougir jusqu'aux oreilles. Comment avait-il pu être aussi maladroit ? Il craignait que tout ce qu'il dît désormais n'aggravât la situation.

Elle pivota sur ses talons et sortit. Il l'entendit monter l'escalier.

Il attendit, ne sachant que faire, se sentant bien plus accablé qu'il n'aurait dû. Elle avait oublié d'acheter un chapeau. La solution qu'il avait proposée était maladroite, et même assez blessante, et il l'aurait deviné s'il avait pris le temps d'y réfléchir un peu.

Les minutes s'égrenèrent. Devait-il aller la rejoindre ? Sa décision de rester au salon lui apparaîtrait-elle comme de la délicatesse ou de l'indifférence ? Ou encore de la stupidité, parce qu'il n'avait même pas compris ce qu'il avait fait ?

Des pas s'élevèrent dans le vestibule. Il était si tendu qu'il en avait mal à la nuque.

Elle ouvrit la porte et entra dans la pièce. Elle était coiffée d'un chapeau de paille tout simple, que May devait réserver au jardinage, mais autour duquel elle avait noué un foulard en soie qui retombait, au moyen d'un nœud lâche, sur un des côtés. D'un rose foncé, il offrait un contraste saisissant avec sa chevelure flamboyante, et l'effet était tout à fait ravissant.

— Je… je vais vous cueillir une rose pour la piquer dedans.

Ce n'était pas une suggestion, mais une affirmation.

— Avez-vous une épingle pour la tenir ? Ce sera le plus joli chapeau dans l'église !

— Je vais en trouver une. J'ai vu une pelote sur la coiffeuse de May.

Sur quoi, elle disparut de nouveau.

Poussant un soupir de soulagement, Daniel se rendit dans le jardin afin de cueillir la rose qu'il avait vue, et qu'il avait à l'esprit lorsqu'il avait parlé. Elle était couleur abricot, délicatement ourlée de rouge.

Il rapporta la fleur, coupa la tige et retira les épines. Puis il lui prit le chapeau et plaça la rose sur le côté, par-dessus le foulard, et l'épingla solidement.

Elle s'en coiffa et l'inclina un peu sur sa tête.

Il la regarda avec une admiration non feinte.

— Si vous vous lassez un jour d'être médecin légiste, vous pourriez toujours devenir modiste, déclara-t-il.

Le plaisir qu'il lut sur son visage lui révéla qu'elle avait pris ses propos exactement de la manière dont il l'avait espéré, comme un compliment.

— Merci. J'y songerai.

Le clocher de l'église se dressait au-dessus des toits des maisons environnantes. Ils parcoururent à pied les deux bons kilomètres qui les en séparaient, discutant du type de renseignements qu'ils pourraient glaner parmi les membres de la paroisse ; ils optèrent pour une version un brin remaniée de la vérité quant à leur identité et la raison de leur présence sur l'île, qu'ils décidèrent de ne fournir que si on les questionnait à ce sujet. Ils laisseraient dans le vague la nature de leurs relations, ainsi que l'endroit où ils séjournaient. La vérité paraîtrait trop invraisemblable pour être acceptée, sans compter qu'ils étaient tous les deux chez May, sans domestique ni chaperon. Seule la gravité de la raison qui avait motivé leur visite justifierait cela. Et sans avoir besoin d'en discuter, ils savaient que celle-ci ne devait pas être révélée. Le faire mettrait en péril le but même de leur mission. C'était affligeant de penser que, quelque part dans cette petite communauté si soudée, quelqu'un avait pu jouer un rôle dans la mort de May et, involontairement peut-être, fait un pas vers la trahison.

Miriam avait apporté un petit bouquet de fleurs du jardin dans l'intention de le déposer sur la tombe de May. Outre le fait que ce geste expliquait leur visite, elle avait envie de l'accomplir.

— Je crois qu'elle m'aurait plu, dit-elle simplement. Et à vous aussi.

Daniel acquiesça en souriant. Les mots étaient superflus.

Le cimetière se trouvait autour de l'église, comme souvent. Ils n'eurent pas besoin de chercher longtemps pour trouver la sépulture la plus récente. La pierre tombale avait déjà été sculptée et mise en place. Avec une population si réduite, le tailleur de pierre n'était peut-être pas sollicité très souvent pour ce genre de travail.

Miriam se redressait après avoir déposé le bouquet quand un petit garçon de dix ou onze ans l'interrogea.

— Pourquoi vous mettez des fleurs pour elle ? Vous la connaissiez ? Vous êtes pas de par ici.

Miriam se retourna pour lui faire face.

— Cela t'ennuie que je lui laisse des fleurs ? demanda-t-elle avec curiosité.

Ce n'était pas ce que Daniel aurait dit, mais c'était une meilleure entrée en matière pour poser des questions. Il le comprit dès qu'elle eut parlé, à l'expression du garçonnet.

— Non, je suppose. Pourvu qu'elles soient jolies.

— Ce sont les plus jolies que j'aie, répondit Miriam. Cela ne suffit pas ? Et même si j'avais cueilli des fleurs des champs, ne conviendraient-elles pas, si je les avais mises là en souvenir d'elle ?

Le garçon réfléchit.

— Vous êtes pas d'ici, mais vous êtes quelqu'un de bien ! Elle aimait les fleurs sauvages, de toute manière. Vous le saviez ?

— Oui. Viendras-tu en mettre sur sa tombe de temps en temps ?

— Ouais. Ouais, je crois que je vais le faire. Vous aussi ?

— Non. Il faut que je rentre à Londres tout à

l'heure. Mais j'aimerais penser que tu le feras. Tu l'aimais bien ?

— Ouais. Elle nous laissait prendre des pommes dans ses arbres. Autant qu'on pouvait en manger, de temps en temps. On faisait quand même semblant de les voler, vous savez ?

— Oui ?

— C'était un jeu. En échange, on cueillait des mûres dans la colline et on les déposait sur ses marches. Elle savait que c'était nous, mais elle faisait semblant de ne pas l'avoir deviné.

— Ça me paraît être un bon jeu, déclara Miriam avec un sourire.

Le garçon resta silencieux quelques instants. Il sourit, les yeux brillants de larmes dont il feignait de ne pas avoir conscience.

Miriam attendit, comme si elle sentait qu'il avait autre chose à ajouter.

Le soleil était chaud. On entendait des voix devant les portes de l'église, où les gens se rassemblaient.

— Rosie, elle allait très bien, reprit le gamin. Miss May, elle connaissait les chevaux. Si Rosie avait été malade, elle aurait demandé à mon père de la voir.

— Elle ne l'a pas fait ? Ton père est vétérinaire ?

— Oui. Il est drôlement secoué parce qu'il la connaît… Rosie, je veux dire. Et comment est-ce que Miss May aurait su que Rosie était malade dans la nuit, si elle n'avait rien la veille ? On se lève pas en pleine nuit, pour aller vérifier juste au cas où ! Miss May a dû aller la voir pendant qu'il faisait encore jour, c'est ce qu'elle faisait d'habitude. Rosie est gentille comme tout !

— Eh bien, le Dr Mullane s'occupe d'elle à présent.

— Je sais. Il va la garder. Mais Miss May est morte, elle !

— Oui, acquiesça Miriam. Je suis vraiment désolée.

L'enfant renifla.

— Ça va, murmura-t-il. Vous lui avez mis des fleurs. Et j'en mettrai un autre jour. Des fleurs des champs.

— Personne ne s'offusquerait si tu en prenais quelques-unes dans son jardin aussi, observa Miriam.

— Vous croyez ?

— Oui, déclara Miriam avec certitude. J'en suis tout à fait sûre.

Elle se retourna vers Daniel.

— Nous devrions y aller, sinon nous allons être en retard.

Ils se dirigèrent tous les trois vers le parvis et se joignirent aux fidèles qui entraient.

— Donc, ce n'est pas arrivé en pleine nuit, murmura Daniel lorsqu'ils eurent trouvé des places au fond de l'église. Plutôt au crépuscule. Dans l'écurie ou pas ? Est-elle sortie dans l'intention d'aller retrouver quelqu'un ?

— Pourquoi se donner cette peine ? Le manoir était suffisamment discret. Elle aurait pu donner rendez-vous à une demi-douzaine de personnes sans que quiconque en sache rien.

— C'est vrai, admit-il. En fait, une demi-douzaine de personnes ont pu arriver par bateau et débarquer directement sur la plage en contrebas.

Miriam se tourna vers lui, les yeux écarquillés.

— Vous êtes en train de dire que n'importe qui pouvait venir chez elle sans être vu parce que la baie n'est visible que de chez elle. Je me demande s'il existe une autre maison sur l'île qui soit aussi isolée et qui dispose d'un accès à la mer ? Si oui, quelqu'un essaie-t-il de l'acheter ?

— Si tel était le cas, il n'aurait pas été nécessaire de tuer May… mais nous pouvons nous renseigner.

— Nous sommes dimanche. Tout sera fermé…

— C'est pourquoi nous sommes à l'église. Tous les notables seront ici. Les petites villes sont ainsi. Vous l'avez dit vous-même.

Il lui sourit.

— Les gens savent tout.

Le service commençait. Elle ouvrit son recueil de cantiques et parut y consacrer toute son attention.

Après, ils se présentèrent comme étant deux amis de May Trelawny qui, venus rendre hommage à sa mémoire, s'étaient rencontrés par hasard sur le ferry. Ils eurent des conversations polies, professèrent leur admiration pour l'île, pour son climat, et demandèrent, d'un ton dégagé, s'il y avait d'autres maisons dans des baies isolées, avec d'aussi belles vues de la mer. Apparemment, beaucoup jouissaient d'une vue magnifique, mais aucune n'était aussi à l'écart.

Comme ils s'en allaient, Miriam affirma, d'une voix ferme et empreinte de tristesse :

— C'est pour cette raison.

Daniel lui prit le bras, et ils s'en retournèrent vers le manoir de May et son jardin face à la mer. Il partageait son émotion.

L'après-midi, après avoir déjeuné, ils effacèrent toute trace de leur séjour dans la maison. Daniel partit avec un vif pincement de regret. Arrivé à la barrière, il se retourna et contempla la propriété baignée de soleil. Le jardin resplendissait de plantes négligées, aux couleurs éclatantes. Les rosiers grimpants apportaient une touche de douceur aux murs qui s'effritaient doucement, les fleurs roses et jaunes rappelant les nuances de la pierre, les soulignant. Au-delà, le bleu insondable de la mer s'étendait jusqu'à l'horizon.

Miriam s'arrêta près de lui. Il la regarda à la dérobée. Sagement, elle resta silencieuse. Les mots étaient trop nombreux et pas assez forts pour exprimer toutes les choses qui auraient pu être dites. Et il était impossible d'en choisir une sans exclure les autres.

Ils se tournèrent de nouveau vers la route de Sainte-Anne et le ferry, et marchèrent dans un silence confortable, rompu seulement par le chant des oiseaux et le murmure des vagues qui lapaient le rivage.

Daniel se demandait si le Dr Mullane, qu'ils n'avaient pas vu à l'église, allait venir. S'il ne se présentait pas, pouvaient-ils tenter quoi que ce fût pour l'y obliger ? Il se disait maintenant qu'il aurait dû obtenir un témoignage, une déclaration écrite qu'il aurait pu montrer au tribunal. Cependant, il avait les photographies dans sa poche. C'était une preuve en soi. Et la receveuse avait tamponné la date dessus.

Son anxiété se révéla dénuée de fondement. Mullane les attendait, sa valise à la main. Le ferry était déjà en vue, à plus d'un kilomètre de là, un point sur l'eau étincelante.

23

Le samedi matin, Patrick sortit de bonne heure et, bien qu'il ne l'eût pas dit, Jemima fut certaine qu'il s'était de nouveau rendu à la poste. Il semblait expédier des télégrammes à Washington chaque jour à présent, deux fois par jour même. Et les réponses étaient presque aussi fréquentes. Comme il avait l'air soucieux, elle redoutait qu'il n'eût des ennuis et lui avait demandé de quoi il s'agissait, mais il refusait d'en parler.

Elle savait que sa mère s'était souvent « immiscée » dans les enquêtes de son père à l'époque où il était dans la police métropolitaine. Par la suite, lorsqu'il avait rejoint la Special Branch, il avait commencé à s'occuper d'affaires politiques, lesquelles impliquaient souvent des terroristes, des anarchistes et autres individus qui projetaient des attaques contre la population ou le gouvernement. C'était presque toujours du travail confidentiel, et il refusait qu'elle y participât. Non qu'il l'eût jamais délibérément incitée à prendre part à ses enquêtes de police. Mais elle connaissait par cœur la haute société qui lui était fermée alors et, surtout, elle avait accès à toutes sortes d'informations personnelles sur ses membres.

Jemima ne jouissait pas d'un tel avantage sur Patrick. En Amérique, il était dans son pays, parmi son peuple, et il était un policier aguerri. Elle faisait beaucoup d'efforts pour ne pas être en marge et elle avait trouvé les gens très gentils, très ouverts, beaucoup moins réticents envers les étrangers que les Anglais pouvaient l'être, elle le savait. Si, à New York, elle avait été une nouvelle venue, au milieu de nombreux autres, il en allait différemment à Washington, une ville pleine de diplomates, où les étrangers appartenaient à une catégorie particulière. Choisis parmi l'élite de leur pays pour le représenter, ils vivaient là à titre temporaire, tandis qu'elle était une résidente permanente. L'Amérique était désormais son pays autant que celui de Patrick et, bien sûr, Cassie et Sophie étaient des citoyennes américaines, nées là, naturellement intégrées.

Jemima brûlait d'aider Patrick, mais n'en avait pas la possibilité et, dans l'immédiat, pas le temps non plus. Cassie et Sophie devaient être son univers. À la différence de sa mère, Jemima n'avait pas de sœur qui pût l'épauler. Et elle aurait eu l'impression de renoncer à sa propre identité, au tempérament qui plaisait à Patrick, si elle s'était mise à ressembler aux sœurs de son mari. Non qu'elle eût quoi que ce fût à leur reprocher, mais il adorait son côté anglais, sa sophistication, son sens de l'humour si personnel.

Quand il rentra du bureau de poste, elle l'interrogea sans détour :

— As-tu télégraphié à la police de Washington ? Concernant le procès de Daniel ?

Il dut percevoir son inquiétude, car il répondit aussitôt :

— Oui. Il faut que je l'aide si je peux.

— Pour t'assurer que Sidney paie pour l'agression de Rebecca ?

Il parut abasourdi.

— C'est ce que tu penses ? Tu crois que je veux m'assurer qu'il sera condamné ?

Que dire ? C'était ce qu'il avait déclaré au début. Tant de choses dépendaient de sa réponse.

— N'est-il pas coupable ?

— Je ne sais pas, admit-il. Je croyais que si. En fait, j'en étais certain. Mais je ne le suis plus. Cela n'a rien à voir avec Daniel. Il ne s'agit pas de gagner ou de perdre. Ni de savoir qui vient d'où. T'ai-je vraiment donné l'impression d'être aussi pétri de préjugés ?

Comment pouvait-elle répondre à cela ? Avec franchise. Une maladresse risquait de le blesser. Mais un mensonge le blesserait à jamais.

— Je crois que Daniel et toi avez du mal à voir au-delà de loyautés auxquelles vous voulez croire. Je pense que je n'en serais pas capable non plus. Mais il ne s'agit plus de nationalité ou de loyauté envers les nôtres désormais. Il s'agit de meurtre. Si Sidney est reconnu coupable d'avoir agressé Rebecca, sa carrière sera détruite, et il le mérite. Mais s'il est reconnu coupable d'avoir assassiné Morley Cross, il sera pendu. Et si les jurés le croient coupable du premier délit, ils auront toutes les raisons de penser qu'il a éliminé Morley Cross, pour dissimuler son méfait et s'enfuir. Seule la vérité doit compter.

Ils étaient comme deux étrangers qui s'affrontaient, chacun de son côté de la pièce, au bord de l'abîme.

Ce fut Patrick qui le combla :

— Je sais. J'envoie des télégrammes à mes collègues chez nous parce que j'ai besoin de déterminer quand Morley Cross est mort ! Du point de vue médical, c'est trop difficile à dire. Par conséquent, il faut qu'ils trouvent quelqu'un qui l'ait vu avant sa mort.

Si une seule personne affirme avoir vu Cross en vie après le départ de Sidney, cela suffira à l'innocenter une fois pour toutes.

Ses yeux fouillèrent les siens, comme s'ils avaient besoin d'y voir une réponse, une foi en lui.

Elle le comprit aussi bien que s'il l'avait exprimé par des mots. Peut-être aurait-elle dû le savoir depuis le début, mais cela n'avait pas été le cas, elle n'en avait pas été absolument sûre.

— Ce serait merveilleux, dit-elle avec chaleur. Il n'y aurait plus aucun doute alors. Hillyer ne pourrait plus rien faire. Et… et si Sidney n'a pas tué Cross, quelqu'un d'autre l'a fait ! Et si c'était Cross qui avait détourné l'argent ? Aurait-il pu attaquer Rebecca aussi ?

— J'ai posé cette question, répondit Patrick tout bas. Il ne ressemblait pas du tout à Sidney. Cela voudrait dire que Bernadette Thorwood a menti lorsqu'elle a affirmé l'avoir reconnu.

— Je suis désolée.

Elle s'excusait d'avoir espéré que là était l'explication, la clé du mystère. Elle avait cherché une solution facile, et elle aurait dû se montrer plus sensée.

Patrick s'approcha tout près d'elle.

— Pas de solution facile, Jem, dit-il, lisant dans ses pensées. Nous avons tous les deux trop de bon sens pour y croire. Et j'ai l'impression que ta famille aussi. En ce qui concerne Daniel, j'en suis presque sûr et, pour ce qui est de ton père… je jurerais que oui.

Elle le dévisagea, stupéfaite.

— Tu le connais à peine !

Malgré tout, elle sentit une vague de chaleur monter en elle. Patrick voulait avoir sa place parmi les siens. Pas seulement parce qu'ils étaient sa famille, mais parce qu'il partageait leurs convictions. Tout devenait simple. Il aurait peut-être du mal à accepter certains de leurs goûts, de leurs habitudes ou de leurs croyances mais, sous la surface, les fondations étaient solides. Entre défendre leur pays coûte que coûte, qu'il eût tort ou raison, et défendre ce qui était juste, ils choisissaient la seconde option.

Elle tendit les bras, le serra étroitement contre elle et l'embrassa.

Bien qu'on fût dimanche, Jemima était assez sûre de trouver Kitteridge à son bureau à Lincoln's Inn. Il ne pouvait se permettre de s'octroyer un jour de congé au stade crucial d'un procès presque perdu d'avance. Espérant qu'il ne serait pas sorti déjeuner, car elle ne pouvait guère faire le tour des tavernes à sa recherche, elle pria la cuisinière de confectionner de savoureux sandwichs à son intention. Elle avait résolu de ne rien dire à Patrick au cas où il désapprouverait son idée. Cela lui déplaisait d'agir à son insu, mais la gravité de la situation l'exigeait.

Elle arriva juste avant midi. Le clerc, Impney, lui apprit que Mr. Kitteridge était dans la bibliothèque, ajoutant qu'il serait ravi de la voir.

— Voudriez-vous que j'apporte du thé, madame ?

— Oui, ce sera parfait pour accompagner nos sandwichs, dit-elle en le gratifiant d'un sourire éblouissant.

Dix minutes plus tard, elle était assise dans la bibliothèque, face à un Kitteridge nerveux, visiblement mal à l'aise. Il devait mourir de faim, et les sandwichs maison au bœuf et aux condiments, agrémentés de tomates et suivis de quelques tranches de cake, furent accueillis avec enthousiasme, ainsi que le thé d'Impney.

— Si vous pouviez tenir assez longtemps… suggéra Jemima anxieuse. C'est l'affaire de quelques jours, tout au plus. Patrick fait de son mieux. Il n'a besoin que d'un seul témoin qui ait vu Cross après le départ de Sidney. Cela prouverait son innocence au-delà de tout doute, raisonnable ou pas. Je ne sais pas si c'est possible…

— Peu importe, répliqua Kitteridge, la bouche pleine. Hillyer a fait traîner les choses en longueur pendant une éternité. Je peux en faire autant… je crois. Savez-vous pourquoi Daniel est allé à Alderney ? C'est là qu'il est allé, n'est-ce pas ?

— Oh ! Il ne vous l'a pas dit ? Je suis désolée. Il est parti en catastrophe parce qu'il devait rejoindre Miriam fford Croft chez elle à temps pour prendre le ferry. Il croit pouvoir trouver des indices sur l'île.

Alors même qu'elle parlait, elle sut qu'elle défendait son frère, instinctivement. Kitteridge méritait mieux que cela.

— On dirait que Miriam est très douée.

Kitteridge eut un soudain sourire. Un large sourire, un peu de travers, et plein d'un charme étonnant, parce qu'il n'en avait pas du tout conscience.

— Je sais ! Je l'ai vue à la barre. Elle arrive à intéresser les jurés à la science médico-légale. Et à la leur faire comprendre.

Il redevint grave.

— J'ignore ce qu'ils vont trouver à Alderney, à supposer qu'il y ait quelque chose là. Mais il sera de retour d'ici lundi, ajouta-t-il.

Jemima saisit la tension dans sa voix.

— C'est obligé, assura-t-elle.

Faisait-elle une promesse qu'elle n'avait aucun moyen de tenir ?

— Il sait qu'il doit l'être. Mais, s'il a un peu de retard, je vous en prie… commencez sans lui. N'importe comment… avec n'importe quel témoin que vous pouvez présenter…

— Entendu, répondit Kitteridge.

Il prit la dernière tranche de cake, puis baissa les yeux sur le gâteau, soudain conscient d'avoir mangé les deux autres.

Jemima se mit à rire.

— C'est pour vous que je l'ai apporté ! Je suis contente que vous l'aimiez.

— Mais…

— Il en reste à la maison, si j'en veux, affirma-t-elle tranquillement. Je vous en prie…

Jemima passa l'après-midi avec sa famille, Daniel excepté. Ils prirent le thé sur la pelouse, jouèrent avec Cassie et la petite Sophie tout en bavardant, en riant, en échangeant des souvenirs. Ils dînèrent de bonne heure, après quoi les enfants furent couchées et s'endormirent en quelques minutes. Plus tard, Jemima sortit chercher un jouet oublié dans le jardin. Elle entendit marcher sur les dalles derrière elle, puis les pas furent étouffés par l'herbe. Elle leva les yeux, s'attendant à voir Patrick, mais c'était son père.

— Tu l'as trouvé ?

— Oui. Il était là où je pensais.

Elle contempla le jardin dans la semi-pénombre du crépuscule. Le vent chuchotait doucement dans les peupliers, un dernier sansonnet tournoyait en direction de son nid. Elle fut soudain submergée par la nostalgie de ce lieu. Il ne faisait aucun doute qu'elle allait rentrer en Amérique avec Patrick. C'était sa place désormais, sans doute jusqu'à la fin de ses jours. Mais elle avait passé presque toute sa vie ici, et tous ses souvenirs étaient liés à ces êtres, à cette maison et, curieusement, à ce jardin. L'émotion lui nouait la gorge, l'empêchant de parler.

Son père passa un bras autour d'elle. Savait-il ce qu'elle éprouvait ?

Elle était fatiguée, elle redoutait l'issue du procès, pour Patrick, pour Daniel, et aussi pour Rebecca Thorwood.

— J'aime bien ton Patrick, déclara Pitt tout bas. Et c'est un bon policier.

— Comment le savez-vous ? demanda-t-elle d'une voix presque neutre.

— Parce que je suis un bon policier, moi aussi, dit-il.

Malgré l'obscurité, elle imaginait un sourire sur ses lèvres.

— Je suis contente que vous soyez de cet avis, murmura-t-elle, se demandant pourquoi il lui disait cela maintenant.

— Je suis sérieux. Je me suis laissé dire qu'il serait un atout pour la Special Branch… un jour.

Elle fut sidérée. Il lui fallut un moment pour assimiler ses paroles, et leurs implications.

Il ne la brusqua pas.

— Vous voulez dire… ici ? demanda-t-elle enfin.

— Oui. Peut-être pendant un temps, de toute façon. Je ne lui ai rien dit. Songes-y.

— Vous voulez que Cassie et Sophie restent ici, n'est-ce pas ?

Elle plaisantait à demi, avait à demi besoin que ce fût vrai.

— Bien sûr, admit-il. Et toi.

— Je serais heureuse de revenir… si Patrick l'était aussi.

24

Tout au long du trajet de retour à Londres, Daniel fut irrité par la présence du Dr Mullane, même s'il savait que c'était tout à fait ridicule. Il avait besoin de lui. En fait, sans son concours, il n'avait à peu près aucune défense. Pourtant, il aurait de loin préféré être seul avec Miriam, parler de n'importe quoi, selon son humeur, que ce fût lié à l'affaire ou non. Simplement regarder la lumière s'adoucir sur le paysage ondoyant, voir changer les couleurs du ciel et des champs aurait été parfait.

C'était absurde. Et ç'aurait été un déni égoïste de la réalité, un déni dont Sidney aurait fait les frais, et cela jusqu'à la fin de ses jours. Le lendemain matin, Kitteridge ou lui allait devoir le défendre, n'ayant qu'une vague idée de ce qui s'était réellement passé, et sans preuve à l'appui, à part une collection d'hypothèses qui ne formaient pas vraiment un tableau cohérent. Le tout alors que le spectre de Morley Cross planait sur eux. Sidney allait-il être inculpé de meurtre en plus du reste ?

Lorsqu'ils eurent déposé le médecin dans un hôtel qu'il connaissait, Daniel se sentit enfin libre d'évoquer le procès.

— Cinq chefs d'accusation, lâcha-t-il.

Miriam comprit aussitôt : l'agression, le détournement de fonds, le meurtre de Morley Cross et les deux autres délits dont la cour ignorait encore tout : le meurtre de May Trelawny et la haute trahison qui l'avait provoqué. Là était le cœur de l'affaire. Le cœur de tout ! D'une manière ou d'une autre.

— Mais pourquoi Sidney ? demanda-t-elle. Peut-être est-ce par là que nous devrions commencer ? Que vous le sachiez ou non, vous devez amener les jurés à réfléchir à ce qui s'est passé, à ce qui relie tous les éléments. Vous ne devez pas donner l'impression de chercher la réponse. Il faut qu'ils croient que vous avez choisi la manière la plus frappante de la leur exposer.

Elle lui jeta un coup d'œil de côté et il vit qu'elle souriait. Il en fut réconforté, bien que, en même temps, il eût aimé qu'elle regardât la route. Le procès l'inquiétait trop pour qu'il gaspillât de l'énergie à avoir peur de sa conduite. Comme la route décrivait un virage assez marqué, il se rendit soudain compte qu'il n'avait pas peur du tout. Qu'au contraire il y prenait plaisir.

— Vous voulez dire que le fil conducteur doit être visible, répondit-il enfin. Je suis presque sûr que Sidney lui-même est le fil. S'il met ensemble tout ce qu'il sait, cela suffira à établir un lien entre un individu et le manoir de May, sa situation isolée, proche d'un port en eau profonde… idéal pour les Allemands, à condition qu'ils l'achètent. Des sous-marins cachés là seraient invisibles de partout s'ils ne faisaient surface qu'à la nuit tombée. Comme May refusait de vendre, la seule solution était de la tuer. Rebecca hérite, et pourrait bien se laisser persuader de vendre, surtout si elle y est poussée par ses conseillers, son père en particulier.

— Tobias Thorwood serait derrière tout cela ? lança Miriam, d'une voix empreinte de doute. Pourquoi ? Il ne peut pas avoir besoin d'argent. Parce qu'il serait acquis à la cause allemande ? Il faudrait que nous en ayons des preuves. Nous ne pouvons nous contenter de supposer que c'est le cas.

— Il pourrait être l'objet d'un chantage, murmura Daniel, qui retournait des idées dans sa tête. Il nous faudrait en apporter la preuve aussi. On ne peut suggérer un chantage sans montrer un point faible, et il faudrait que ce soit un gros point faible pour quelque chose de cette envergure !

— Sa femme ? proposa Miriam. Bien des gens ont des secrets que personne ne devinerait, des faits enfouis dans leur passé, très bien dissimulés. De vieilles histoires d'amour, des dettes réglées par quelqu'un d'autre. Toutes sortes de choses. Il serait plus utile de songer à qui pourrait le faire chanter… que pourquoi. Ou à quelqu'un d'autre, qui n'ait rien à voir avec Thorwood.

— Il joue un rôle là-dedans, insista Daniel. Il a certifié qu'il avait vu Sidney sortir de la chambre de Rebecca.

— Seulement parce que Bernadette lui a dit qu'elle l'avait vu. Peut-être qu'on fait pression sur elle ?

— Ou qu'elle a un amant allemand, dit-il en souriant.

— Y a-t-il le moindre Allemand dans cette affaire, pour autant que vous le sachiez ?

— Non. Et l'étape suivante, c'est l'ambassade de Grande-Bretagne à Washington. C'est là qu'on a fabriqué l'accusation de détournement. Et là que Morley Cross travaillait. Il semblerait que ce soit lui qui ait emporté le pendentif chez le prêteur sur gages et qui ait affirmé l'avoir acquis en paiement d'une dette de jeu contractée par un collègue. Nous savons que Sidney aime les cartes. Cela l'implique étroitement.

— Oui, dit-elle. Mais Sidney n'a pas tué May, encore qu'on dira qu'il a engagé quelqu'un pour le faire. Il va falloir que vous soyez très prudent, Daniel, pour éviter qu'en essayant de disculper Sidney d'une accusation de détournement de fonds, voire d'agression de Rebecca, vous ne finissiez par le faire pendre pour meurtre.

— Je sais, dit-il sans joie, comme si le ciel s'était soudain obscurci. Je m'en rends compte !

Daniel passa une nuit épouvantable. Il avait besoin de sommeil mais, chaque fois qu'il était sur le point de s'endormir, de nouvelles idées surgissaient dans son esprit et le faisaient sursauter. Il savait quels témoins il avait besoin d'appeler à la barre : quelques-uns de ceux qui avaient déjà témoigné, plus le Dr Mullane et Miriam. Ce qui l'embarrassait, c'était de déterminer l'ordre dans lequel procéder. En général, les témoins n'étaient pas autorisés à assister aux audiences avant d'avoir comparu, au cas où des témoignages fournis par d'autres pussent affecter ce qu'ils allaient dire. Cette règle présentait des avantages et des inconvénients. L'art résidait dans la manière de s'en servir !

L'ordre des témoignages importait-il à ce point ? Oui. Il était crucial de construire son récit de manière que personne n'eût le temps d'échafauder un mensonge pour se défendre. D'amener les témoins à trébucher, à faire trébucher autrui, de tisser une toile si serrée qu'elle capturerait l'homme qui se cachait derrière toute cette affaire… non pas Sidney et, surtout, Patrick non plus. Daniel se l'avouait enfin… pas Patrick.

C'était compliqué, l'histoire changeait constamment de forme, mais l'objectif secret demeurait, à savoir l'exploitation clandestine du port en eau profonde d'Alderney.

Il resta éveillé, les yeux rivés sur le plafond. Il devait avancer d'un pas à la fois, s'assurer que les jurés le croyaient et, surtout, comprenaient et, pour cela, il devait comprendre lui-même.

Irait-il rendre visite à Jemima avant ? Qu'y avait-il à dire ? Cela importait-il ? Oui. Il savait avec une certitude déchirante qu'il était essentiel qu'il lui témoignât assez de courtoisie, et d'affection, même, pour le lui dire en personne. Et à Patrick aussi.

Allait-il être contraint d'appeler ce dernier à témoigner ? Peut-être. Il ne le ferait pas s'il pouvait l'éviter.

Il se retourna et, en moins d'une demi-heure, sombra dans le sommeil.

Daniel arriva à Keppel Street à sept heures du matin, en partie parce qu'il tenait à voir son père avant le départ de ce dernier pour Lisson Grove, le siège de la Special Branch.

La salle à manger était vide, ce qui le surprit.

— Je crois qu'ils vont tous aller au tribunal, monsieur Daniel, l'informa le majordome. Aimeriez-vous prendre un petit déjeuner, monsieur ? Je pourrais vous faire apporter des œufs au bacon. Il n'y en a que pour quelques minutes.

Daniel hésita. Il était tenté, mais il avait l'estomac noué.

— Seulement du thé, s'il vous plaît. Et j'aimerais m'entretenir en tête à tête avec Sir Thomas d'abord.

— Oui, monsieur. Très bien. Permettez-moi de

saisir cette occasion pour vous présenter mes meilleurs vœux, monsieur.

— Merci.

Pitt descendit quelques instants plus tard et conduisit Daniel à son cabinet de travail. Il paraissait bien plus inquiet qu'il ne le désirait sans doute.

Daniel se sentit à la fois vulnérable et protégé, entouré et très seul. Il referma derrière lui la porte qui donnait sur l'entrée.

— Je sais de quoi il s'agit, annonça-t-il aussitôt. Je vous le dis non parce que je veux que vous m'aidiez, mais parce que je pense que vous devez le savoir. Il se pourrait même que je vous demande de témoigner… je ne sais pas.

Un instant, Pitt parut interdit. Puis il se ressaisit et attendit la suite.

— Je suis allé à Alderney, expliqua ce dernier. J'ai visité le manoir que May Trelawny a légué à Rebecca Thorwood. Quelqu'un était très désireux de l'acheter, mais elle refusait de vendre. Elle est morte peu après. Je suis sûr qu'elle a été assassinée et j'ai l'intention de le prouver.

Pitt le dévisagea calmement, toute son attention sur lui.

— Je crois que son meurtrier voulait mettre la main sur la propriété, reprit Daniel. Elle n'a rien de spécial en soi, mais elle surplombe un port en eau profonde et en offre le seul accès possible.

Une légère surprise se lut sur les traits de Pitt.

— Une histoire de contrebande ?

— Cela vous intéresserait-il ? demanda Daniel avec dédain.

Pitt se détendit quelque peu.

— Non.

— Et qu'en serait-il d'un port en eau profonde, dans les eaux territoriales britanniques, susceptible d'accueillir des sous-marins ?

Pitt expira lentement, de plus en plus attentif.

— Cela, en revanche, m'intéresserait au plus haut point. En es-tu certain ?

— Je m'attends à l'être, dans un sens ou dans l'autre, d'ici à la fin de ce procès, répondit Daniel. Acceptez-vous… acceptez-vous de venir au tribunal au cas où j'aurais besoin de vous appeler à la barre ?

— Oui. J'allais venir de toute façon.

— Étiez-vous déjà au courant ?

Daniel ne savait pas s'il était blessé ou non. En tout cas il avait été pris au dépourvu.

— Je venais parce que c'est ton procès, déclara Pitt. Le premier procès important dont tu sois chargé personnellement. Même si tu as Kitteridge pour t'épauler. C'est exact, n'est-ce pas ?

— Oui. Mais ce n'est pas une réponse.

Malgré tout, Daniel sentit une chaleur l'envahir. Il voulait croire que son père venait pour cette seule raison, qu'elle fût importante ou non.

Pitt sourit.

— C'est la seule que tu vas obtenir.

Son sourire s'effaça.

— Fais attention à ce que tu demandes à Jemima… et à Patrick. Du moins, fais attention à la manière dont tu le demandes.

— Ils ne seront pas appelés à témoigner… je pense.

Pitt parut sur le point de poser une question, mais se ravisa.

Un instant, leurs regards se rencontrèrent, et ils furent sur un pied d'égalité. Daniel sourit et sortit dans le vestibule, puis gagna la salle à manger.

Jemima et Patrick étaient là à présent.

— Nous sommes prêts, dit sa sœur, l'air un peu incertain.

Patrick se contenta de le regarder.

— J'aimerais que vous veniez, dit Daniel à mi-voix. Je ne pense pas avoir besoin de vous appeler à la barre… ni l'un ni l'autre.

Il jeta un coup d'œil en direction de Patrick avant de reporter son attention sur Jemima.

— En revanche, Rebecca sera peut-être contente que tu sois là pour la soutenir. Et avant que tu sois tentée de me poser des questions, je ne peux rien te dire. Tout va être déballé, cela dit, je ne sais pas au juste comment. Je crois savoir, mais…

Il vit Patrick passer un bras autour des épaules de sa sœur, qui se rapprocha un peu plus de lui. Ces gestes disaient tout ce que Daniel avait besoin de savoir sur l'amour, le doute, la confiance et la douleur.

Un instant, il les envia. Son thé oublié, il les remercia et se tourna pour partir. Il avait encore une foule de choses à préparer. Dans le vestibule, il rencontra Cassie avec une des domestiques. Elle courut à lui, tout excitée.

— Oncle Daniel ! Vous allez discuter ?

— Oui, c'est ça, confirma-t-il en l'étreignant.

— Vous allez gagner ?

Ses yeux brillaient, pleins de certitude. Elle ne pouvait imaginer qu'il perdît, ni ce que cela signifierait.

— Je ne sais pas, mon chou, mais je vais essayer. Souhaite-moi bonne chance.

— Vous n'avez pas raison ?

— Je crois que si.

Devait-il ajouter que celui qui avait raison n'était

pas pour autant le gagnant ? Elle n'avait que trois ans ! Il était trop tôt.

— Grand-maman dit que vous êtes très intelligent.

— Personne ne gagne tout le temps. Mais je ferai de mon mieux.

Une seconde, elle parut un peu décontenancée, puis sourit.

— J'espère que vous gagnerez.

— Merci.

Il se pencha de nouveau et déposa un baiser très doux sur sa joue.

— Maintenant, quoi qu'il arrive, ça ne me fera pas trop mal.

Elle le regarda avec gravité pendant un bref instant, effleura sa joue là où il l'avait embrassée, puis pivota et courut à Charlotte qui, Sophie sur un bras, lui tenait la porte de la salle à manger. Le regard de Daniel croisa celui de sa mère, laquelle lui souffla un baiser. Sophie tourna vers lui ses grands yeux bleus et lui décocha un magnifique sourire de bébé, débordant d'amour et de confiance, et Daniel songea que cela suffirait à le soutenir durant la journée éprouvante qui s'annonçait.

Il sortit et gagna d'un pas rapide l'artère la plus proche, où il pourrait héler un taxi qui l'emmènerait au tribunal.

Il trouva Kitteridge presque aussitôt. Ce dernier semblait avoir fait les cent pas en l'attendant, et se demandait, peut-être, s'il allait finir par arriver. Son soulagement fut palpable.

— Enfin, vous voilà ! s'écria-t-il. Avez-vous découvert quoi que ce soit à Alderney ?

S'il tentait de dissimuler sa tension, il n'y réussissait guère.

— Pour l'amour du Ciel, parlez-moi ! Votre beau-frère ne cesse d'envoyer des télégrammes à Washington, mais ses collègues ne peuvent toujours pas lui dire au juste quand Morley Cross a été tué. Hillyer ne va plus patienter très longtemps. Il nous faudra être très habiles pour persuader les jurés que Cross a été assassiné après le départ de Sidney. Je ne le crois pas moi-même !

— J'ai découvert quantité de choses à Alderney, annonça Daniel en le prenant par le bras, d'abord pour l'obliger à se calmer. May Trelawny a été assassinée.

— Quoi ? Je pensais qu'elle avait fait une chute de cheval, ou quelque chose de ce genre ?

— On a voulu donner l'impression qu'elle avait été piétinée à mort, mais les éléments médicaux ne concordent pas avec cette interprétation. En réalité, elle a été tuée parce qu'elle refusait de vendre son manoir. J'ai amené ici le médecin de l'île pour qu'il témoigne.

— Peu importe ! Est-ce Sidney qui l'a tuée ?

— Non. Le coupable est quelqu'un de bien plus âgé.

— Pourquoi ? Qu'est-ce que cette maison a de spécial ? Je veux dire, au point qu'on commette un meurtre pour se l'accaparer. Il faut que ce soit sacrément important.

— En effet. Faites-moi confiance. Je vais l'exposer. Il s'agit de meurtre… et de haute trahison !

Kitteridge le dévisagea en plissant les yeux, un mélange de méfiance, de scepticisme et d'espoir sur les traits.

— Je l'exposerai ! Je vous le promets !

Alors même qu'il parlait, Daniel savait quel risque

il encourait, mais il avait le sentiment d'être acculé. La prudence maintenant lui ferait tout perdre.

Kitteridge le saisit par le bras.

— Eh bien, venez, dans ce cas, vous feriez mieux de passer le premier. Et plaise au Ciel que vous sachiez où vous allez !

25

Dès la reprise de l'audience, en accord avec Kitteridge, Daniel se leva afin d'entamer la défense.

— Messieurs les jurés, je vais vous présenter la longue et tortueuse histoire d'un homme accusé de deux délits qu'il n'a pas commis. Deux délits qui, en réalité, n'ont jamais réellement existé ou, en tout cas, pas de la manière dont vous les envisagez, alors qu'en revanche un crime a bel et bien eu lieu, et a été si bien dissimulé que ni l'accusé ni vous n'en saviez rien. Triple péril, donc, si vous voulez.

Il comprit à leur expression qu'il avait retenu leur attention, ne fût-ce que parce qu'ils n'avaient rien compris.

Le juge se pencha en avant.

— Mr. Pitt, soyez bref, allez droit au but et apportez des preuves de ce que vous avancez. Il est question ici d'un détournement de fonds mineur, et non d'un terrible méfait… une sottise, le geste stupide d'un jeune homme qui, mû par l'appât du gain, a détruit la carrière très prometteuse qui s'ouvrait à lui. Une tragédie, certes, mais qui n'a hélas ! rien d'exceptionnel. En faire un grand drame ne servira pas les intérêts de votre client.

Daniel se tint très droit et fit face au juge.

— Votre Honneur, avec la permission de la cour, je serai aussi bref que possible, mais je vais avoir besoin d'appeler plusieurs témoins afin de relater le déroulement des faits depuis le début, c'est-à-dire le premier crime. Il me sera peut-être nécessaire d'appeler Sir Thomas Pitt, le directeur de la Special Branch, et je lui ai demandé de se rendre disponible.

Avait-il parlé trop tôt ? Le visage du magistrat s'était assombri.

— Je sais qui est votre père, Mr. Pitt, déclara-t-il, visiblement mécontent. Je ne vous admire pas d'avoir attiré mon attention sur ce point.

Daniel sentit la chaleur lui monter aux joues.

— Si je l'ai mentionné, Votre Honneur, c'est pour que la cour sache que cette affaire, qui apparaît comme un détournement de fonds sans envergure, mène en réalité à la haute trahison et au meurtre. Et je sollicite votre permission de présenter l'histoire telle que je peux désormais la prouver.

Il jeta un coup d'œil rapide en direction de Sidney et, pour la première fois, décela une pointe d'espoir sur son visage.

— J'espère que vous dites vrai, jeune homme ! avertit le juge. Très bien, poursuivez. Et vous, Mr. Hillyer, inutile de faire objection à tout ce qui vous semble manquer de pertinence. J'interromprai Mr. Pitt sans votre assistance s'il s'égare trop.

— Oui, Votre Honneur, acquiesça Hillyer, l'air à la fois mécontent et on ne peut plus perplexe.

Le juge hocha la tête à l'intention de Daniel.

— Allez-y, Mr. Pitt. Appelez votre premier témoin.

— J'appelle Miss Rebecca Thorwood.

Hillyer fit mine de se lever, mais se rassit avant que le juge eût pu lui ordonner de le faire.

Au lieu de quoi, le magistrat foudroya Daniel du regard.

Rebecca, l'air désemparé et très vulnérable, prit place à la barre et prêta serment.

Daniel sentait les yeux de Jemima sur lui, soupçonneux, quasi hostiles.

— Miss Thorwood, commença-t-il, je crois savoir que vous êtes la filleule de Miss May Trelawny, originaire des Cornouailles ? Est-ce exact ?

— Oui.

La voix de Rebecca était à peine audible.

— Elle vivait jusqu'à une date récente dans les îles Anglo-Normandes, je crois. Sur Alderney, pour être précis ?

— Oui.

— Y êtes-vous jamais allée ?

— Non.

Le juge se pencha en avant.

— Mr. Pitt, vous seriez bien avisé de démontrer la pertinence de ces questions rapidement. Je suis prêt à vous donner satisfaction, mais jusqu'à un certain point seulement. Ce procès n'a déjà que trop duré. Nous parlons d'un détournement de fonds mineur, que diable ! Il est question de quelques livres et non du vol du siècle.

— Oui, Votre Honneur.

Daniel était très tenté de lui dire qu'il arriverait à son but bien plus vite s'il n'était pas sans cesse interrompu, mais cela ne lui rendrait pas service, et il le savait. Il se tourna de nouveau vers Rebecca.

— Miss Thorwood, Miss Trelawny est décédée

voilà plus d'un mois. Est-il vrai que vous soyez son unique héritière ?

— Oui, je le crois.

Enfin, les jurés commençaient à se montrer plus attentifs.

— La propriété comprend un manoir, ainsi qu'une baie privée sur l'île d'Alderney ?

— Oui. C'est ce que m'a dit le notaire.

— Et des bijoux. Miss Trelawny s'intéressait aux pierres semi-précieuses. Ne vous a-t-elle pas notamment offert un bijou de cristal de roche taillé ?

Hillyer s'agita sur son siège, étendit les jambes, pivota, sans cependant aller jusqu'à se lever.

— Oui, en effet, mais…

— Mais quoi ?

— Il a été volé.

— Volé à Miss Trelawny ou à vous ?

Cette fois, Hillyer se leva, mais le juge le devança.

— Mr. Pitt, si vous voulez en venir quelque part, faites-le !

— Oui, Votre Honneur. Ce bijou vous a-t-il été volé, Miss Thorwood ?

La jeune femme paraissait très pâle. Daniel savait que, s'il la brusquait, les jurés ne le lui pardonneraient pas.

— Oui, bégaya-t-elle. Il… un homme s'est introduit dans ma chambre, chez nous, à Washington, une nuit. Il m'a attaquée et il a dérobé le pendentif. Il l'a arraché à mon cou et s'est enfui dans le couloir…

Elle était de toute évidence bouleversée.

Les jurés se focalisaient entièrement sur elle, la compassion sur tous leurs visages.

Cette fois, le juge n'intervint pas.

— Savez-vous qui a fait cela, Miss Thorwood ? demanda Daniel.

Rebecca semblait terriblement malheureuse. Elle jeta un regard suppliant en direction de son père, ou plutôt de la place qu'il avait occupée le vendredi précédent, car il n'était pas là.

— L'avez-vous reconnu, Miss Thorwood ? insista Daniel.

— Non.

— Avez-vous crié ?

— Oui.

— Et quelqu'un est-il venu à votre secours ?

— Oui, mon père... je veux dire... je veux dire, ma mère d'abord, puis mon père.

Elle trébuchait sur ses mots maintenant.

— L'un ou l'autre a-t-il vu cet homme s'enfuir ? Vous dites qu'il est passé par le couloir, et non par la fenêtre.

— Oui... ma... ma mère l'a vu.

Hillyer s'agita de nouveau mais resta assis.

— L'a-t-elle reconnu ?

— Oui.

La voix de Rebecca n'était guère qu'un murmure.

— A-t-elle dit de qui il s'agissait ?

La réponse de Rebecca fut inaudible.

Le magistrat la regarda.

— Vous devez répondre de manière que nous puissions vous entendre, Miss Thorwood. Je sais que cela doit être extrêmement pénible pour vous, mais essayez, je vous en prie.

Elle s'éclaircit la gorge.

— Elle a dit que c'était Philip Sidney.

Une onde parcourut la galerie du public, accompagnée de plusieurs exclamations étouffées. Il ne faisait aucun doute que l'attention de chacun était fixée sur elle.

— En êtes-vous tout à fait sûre ? insista Daniel. L'avez-vous vu vous-même ?

Rebecca ferma les yeux.

— Je n'ai entrevu qu'une ombre. Il aurait pu s'agir de n'importe qui. Mais ma mère a juré que c'était Philip Sidney.

— Elle l'a juré ? Au tribunal ?

— Non. Mon père a proposé de le faire à sa place pour lui épargner l'épreuve de…

— Je vois. A-t-il porté plainte pour cette agression ct cc vol ? Cc bijou dcvait avoir unc grandc valcur sentimentale pour vous, puisqu'il vous avait été donné par Miss Trelawny de son vivant ?

— Oui, mais je l'ai récupéré.

— Nous y viendrons, assura Daniel.

En réalité, il ne voyait aucune objection à ce qu'elle l'expliquât. Les jurés auraient besoin de l'entendre et, si le juge empêchait Daniel de l'interroger sur ce point, Hillyer ne manquerait pas de le faire.

— Votre père a-t-il accusé Philip Sidney du vol et de l'agression perpétrée contre vous ?

— Oui. Mais…

— Mais quoi ? la pressa-t-il gentiment.

— Mr. Sidney travaillait à l'ambassade de Grande-Bretagne et il pouvait bénéficier de l'immunité diplomatique s'il la demandait. Il l'a fait et a quitté l'Amérique. Il…

Elle évitait avec soin de regarder l'endroit où il était assis, dans le box des accusés.

— Il est revenu en Angleterre.

— Où il a été accusé d'avoir détourné de l'argent

pendant qu'il était employé à l'ambassade de Grande-Bretagne à Washington ?

— Oui.

— Miss Thorwood, connaissiez-vous Mr. Sidney ?

— Oui… un peu.

— Vos parents l'appréciaient-ils ?

— Je…

Sa mine embarrassée était en soi une réponse.

— Ce n'est pas grave.

Il lui sourit.

— Aviez-vous de l'affection pour Miss Trelawny ? J'ai beaucoup entendu parler d'elle. Je crois savoir qu'elle était courageuse, excentrique, et parfois très drôle.

— Oui.

Le visage de Rebecca s'éclaira subitement. Pendant un bref instant, il refléta des souvenirs heureux.

— Nous nous écrivions souvent. Elle racontait des histoires merveilleuses.

— Comptez-vous vendre son manoir à Alderney ? Ou y vivre vous-même un jour ?

Sa suggestion parut la troubler.

— Oh ! Il ne me viendrait pas à l'esprit de le vendre !

— Je vous remercie, Miss Thorwood. J'aimerais que vous puissiez nous raconter une des histoires merveilleuses de Miss Trelawny, mais malheureusement, ce n'est ni le lieu ni le moment. Restez un instant, je vous prie, au cas où Mr. Hillyer aurait des questions à vous poser.

Hillyer se mit debout et redressa les épaules. Un instant, il parut indécis.

— Merci, Miss Thorwood, dit-il enfin, sans même accorder un regard à Daniel. Je vous présente mes condoléances pour le décès de votre marraine. Cela dit, je ne vois pas le rapport avec cette triste affaire, sauf que Mr. Pitt a jugé bon d'attirer l'attention des jurés sur l'autre lamentable délit dont Mr. Sidney est accusé, et le fait qu'il a jugé approprié de ne pas assumer sa responsabilité dans cette affaire en invoquant l'immunité diplomatique pour fuir le pays. Cela noircit encore le portrait que nous avons de lui. On peut en toute légitimité se demander si Mr. Sidney a été… convenablement représenté.

Il se rassit, l'air étonnamment abattu.

Daniel s'en voulut un peu de lui faire subir cette épreuve mais, s'il l'avait mis au courant de son projet, ç'aurait été une trahison plus grande encore vis-à-vis de Sidney et du droit. Il était tenu de l'informer s'il convoquait des témoins imprévus, rien de plus. Hillyer aurait les mêmes obligations envers lui, s'il avait l'intention de faire comparaître quelqu'un qui viendrait annoncer le décès de Morley Cross.

Quant à Sidney, Daniel n'osa pas le regarder.

Le visage sévère, le juge s'adressa à Daniel.

— J'espère que le tableau n'est pas aussi désolant qu'il paraît l'être, Mr. Pitt ? Je vous avertis qu'il est de votre devoir de défendre Mr. Sidney, quelle que soit votre opinion personnelle à son sujet. J'ai du mal à croire que vous n'ayez pas compris cela. J'espère que vous ne vous fourvoyez pas dans l'espoir d'obtenir un nouveau procès ? Cela aurait pour vous les conséquences les plus fâcheuses.

Daniel se leva.

— Non, Votre Honneur. Je crois Mr. Sidney innocent de toutes les accusations qui pèsent sur lui, mais je dois relater l'histoire dans son intégralité, sinon elle n'aura aucun sens.

— Dans ce cas, vous êtes bien parti, commenta le juge avec ironie. Jusqu'ici, elle n'a aucun sens ! Appelez votre témoin suivant.

Daniel réfléchit à toute allure. Pouvait-il poursuivre son récit sans appeler Tobias ou Bernadette Thorwood à la barre ? Il devait veiller à ne pas compliquer les choses. L'inculpation portait sur le détournement de fonds. Le véritable crime était le meurtre de May Trelawny. Et, si on venait à l'aborder, ce qui allait forcément arriver, celui de Morley Cross. Sans se laisser aller à des affirmations qu'il ne pouvait justifier, il ne devait pas non plus parler de manière trop détournée, sinon les jurés ne comprendraient rien. Et il fallait qu'il se décidât vite. Le juge manifestait déjà des signes d'impatience. Il était impératif de garder son calme. De frapper un grand coup.

— J'appelle le Dr James Mullane à la barre.

Hillyer parut totalement abasourdi. Il avait bien sûr été informé, ainsi que les règles l'exigeaient, mais il n'avait pas la moindre idée de qui était Mullane.

Celui-ci gravit la tribune, fit face à Daniel et attendit.

— Où habitez-vous, docteur Mullane ?

— Sur l'île d'Alderney. Une des îles Anglo-Normandes.

— Et vous êtes médecin généraliste ?

— Oui.

— Vous étiez le médecin de Miss Trelawny ?

— Oui. L'île est très petite.

Mullane semblait patient, solide, à l'aise, mais affligé par une profonde tristesse.

— On vous a appelé lorsque le corps de May Trelawny a été découvert ?

Devinant l'impatience croissante du juge, Daniel

posa la question suivante sans attendre la réponse de Mullane.

— Quelle était la cause du décès, docteur ?

— Tout suggérait qu'elle avait été piétinée à mort par un de ses chevaux, répondit le médecin à mi-voix.

Un frémissement d'horreur traversa la foule assemblée dans la salle. Deux jurés secouèrent la tête.

— C'était un accident ? demanda Daniel.

Tout dépendait de cela. Il ne devait pas donner l'impression d'influencer le médecin.

— C'est ce que j'ai pensé sur le moment, admit celui-ci. Mais après un examen plus approfondi des indices par le Dr fford Croft, je me suis rendu compte que la scène avait en réalité été fabriquée. J'imagine que vous désirez voir des preuves de cela.

— Oui, en effet.

— Allez-vous nous dire que ce méfait aussi est l'œuvre de Philip Sidney, Mr. Pitt ? coupa le juge sur un ton cassant.

— Au contraire, Votre Honneur, je vais démontrer qu'il est la cause des accusations fabriquées de toutes pièces à son encontre. Car Philip Sidney connaît le mobile de ce meurtre, et son auteur, mais il n'en a pas encore conscience. Il détient toutes les pièces du puzzle, simplement il ne les a pas encore assemblées. L'homme qui se cache derrière cette affaire a besoin de le discréditer et même de le détruire, avant qu'il y parvienne.

Si quelqu'un avait laissé tomber une épingle sur le sol, songea Daniel, on l'aurait entendue. Pas un des jurés ne bougeait. Ils auraient pu être sculptés dans le même bois que le banc sur lequel ils étaient assis.

— Dans ce cas, je vous suggère de le faire, avertit le magistrat. Et à ma satisfaction. Poursuivez.

— Oui, Votre Honneur.

Daniel se retourna vers le témoin.

— Docteur Mullane, c'est un grand revirement que de passer d'un accident à un meurtre. Pouvez-vous décrire brièvement les circonstances à l'origine, ainsi que les éléments nouveaux qui vous ont poussé à changer d'avis ? Comment se fait-il qu'ils aient été portés à votre attention ? Et souvenez-vous que nous ne sommes pas médecins, par conséquent, utilisez un langage aussi simple que possible, s'il vous plaît.

Bien que pâle et très ému, Mullane choisit ses mots avec soin.

— Certainement. J'admirais beaucoup May Trelawny. C'était une femme courageuse, très intelligente, toujours agréable et fort spirituelle.

Sa voix se fêla un instant, puis il se ressaisit.

— Pour autant que je le sache, elle n'avait pas d'ennemis. Alderney est une petite île. Les habitants se connaissent bien. En tant que médecin de la communauté, je dirais que la plupart des gens sont non seulement mes voisins mais des amis et, à l'occasion, mes patients. Il ne m'est jamais venu à l'esprit qu'on ait pu lui vouloir du mal. Je n'ai pas cherché plus loin que ce qui paraissait évident. Elle avait plusieurs blessures à la tête et aux épaules. Comme si elle avait trébuché et qu'elle fût tombée dans l'écurie, derrière le cheval, et que celui-ci, surpris et effrayé, se fût affolé. On pouvait supposer qu'elle avait appelé au secours ou simplement poussé un cri de douleur qui n'avait fait qu'affoler davantage l'animal… d'où la tragédie.

Daniel laissa s'écouler quelques secondes, permettant au médecin de se ressaisir et au jury d'assimiler l'impact émotionnel de son récit.

— Ce sont les questions du Dr fford Croft qui

m'ont incité à creuser davantage, reprit Mullane. Elle a découvert une plaie encore suppurante sur le dos du cheval, et aussi qu'une épine avait été dissimulée dans la selle de May. La blessure était cachée par la partie inférieure de la crinière, si bien qu'on ne l'aurait pas remarquée à moins de la chercher. Par ailleurs, nous n'avons pas trouvé trace de ruades dans l'écurie, ni de sang dans les stalles. En revanche, il y en avait une quantité considérable sur le sol.

— Avait-il été nettoyé entre-temps ? intervint Daniel.

— Oui, un jour ou deux après le décès de May. Il restait des taches. Nous ne pouvions pas… les laisser telles quelles. C'était…

Submergé par le chagrin, il ne trouvait plus ses mots.

Daniel partageait son émotion. Il avait vu le contour de ces taches. Il n'imaginait que trop clairement les flaques de sang écarlates qui les avaient causées. Il voulait que la cour, les jurés, les imaginent aussi.

Il prit une profonde inspiration.

— Cela me paraît confus, docteur. La plaie du cheval et l'épine enfoncée dans la selle suggèrent soit un accident, soit une tentative délibérée de provoquer une mauvaise chute. Cependant, May a été découverte dans l'écurie, et le sang était là aussi. Qu'en déduisez-vous ?

Mullane secoua la tête.

— Cela dépasse mes compétences, Mr. Pitt, mais je doute que May soit montée sur son cheval dans l'écurie. La porte est trop basse. Un montoir était installé dans la cour ; elle s'en servait toujours.

— Avez-vous vu le Dr fford Croft prélever des échantillons de sang sur le sol de l'écurie et sur la plaie du cheval, docteur Mullane ?

— Oui. Je possède des photographies qui montrent tout cela.

— Avez-vous aussi des clichés des blessures de Miss Trelawny ?

Mullane cilla et ferma les yeux.

— Seigneur, non ! Pourquoi diable aurais-je fait une chose pareille ? Comme si je pouvais oublier…

— Auraient-elles pu être causées par une chute, et le fait d'avoir été traînée sur plusieurs mètres, peut-être ?

— Non, répondit Mullane d'un ton sec. Non, pas du tout. Une chute aurait laissé des ecchymoses différentes de celles qui étaient là et, si elle avait été traînée sur le sol, il y aurait eu des abrasions, des lacérations, des marques distinctives sur le corps. De la poussière ou des gravillons aussi. Il n'y avait rien de tout cela.

— Qu'en concluez-vous, docteur Mullane ?

Mullane le fixa.

— Vous le savez, Mr. Pitt. Elle a été rouée de coups jusqu'à ce que mort s'ensuive.

— Je suis navré d'avoir à vous poser ces questions, docteur Mullane. Je sais que Miss Trelawny était une de vos amies et, de l'avis de tous, une femme remarquable. Avec le recul, avez-vous une idée de la raison qui aurait pu inciter quelqu'un à la tuer ?

— Aucune, rétorqua Mullane. À moins que le meurtrier n'ait convoité le manoir. Je sais qu'on avait essayé de l'acheter. Elle avait refusé. Je ne vois vraiment pas pourquoi on y tiendrait tant. Il est assez joli, mais plutôt délabré. Trop petit pour être transformé en hôtel. Isolé. Sans compter qu'il y avait d'autres maisons à vendre en meilleur état.

— À Sainte-Anne ?

— Oui. Bien situées.

— Mais pas isolées, disposant de leur propre baie, hors de vue des voisins ?

— Non, mais…

Le médecin s'interrompit.

— Mais… ? l'encouragea Daniel.

Mullane eut un geste de dédain. Le sujet lui était manifestement pénible.

— Si vous songez à un endroit propice à des contrebandiers, ils sont plutôt rares à présent, et ils pourraient tout aussi bien accoster n'importe où sur l'île. Ou sur une île voisine, d'ailleurs. Cela ne vaut certainement pas la peine de tuer quelqu'un.

— À vrai dire, ce n'est pas à la contrebande que je pensais, répondit Daniel avec un sourire amer.

Il ne devait pas perdre la compassion des jurés, ni, surtout, leur intérêt.

— Cependant, l'endroit offre un bon port en eau profonde, discret de surcroît ?

L'un des jurés se pencha en avant. Un autre se redressa.

— Oui, je suppose.

— Docteur Mullane, reconnaissez-vous Mr. Sidney ? L'avez-vous jamais vu avant aujourd'hui ?

Mullane regarda le box des accusés.

— Non.

— Vous ne l'avez pas vu sur l'île ? Se renseigner pour acheter la propriété de Miss Trelawny, par exemple ? insista Daniel.

— Non, jamais.

— Merci. Attendez, je vous prie, au cas où Mr. Hillyer voudrait vous parler.

Daniel se rassit, le cerveau en ébullition, se demandant s'il avait posé toutes les questions possibles. Une occasion manquée serait perdue à jamais. Il jeta un coup d'œil en direction de Kitteridge. Voulait-il ajouter quelque chose ? Cependant, ce dernier secoua légèrement la tête et sourit. Il était satisfait. Du moins, il ne voyait rien d'autre à dire.

Hillyer se leva, hésita un instant. Sans doute conscient de la compassion des jurés envers Mullane, il dut en conclure qu'un contre-interrogatoire ne servirait à rien.

— Je n'ai pas de questions à poser au témoin, dit-il à voix basse avant de reprendre sa place.

Daniel appela Miriam fford Croft à la barre. Il la pria de faire état de ses qualifications et de la raison pour laquelle elle n'avait pas de cabinet médical et se contentait de consultations occasionnelles en pathologie. Cela lui déplaisait de devoir se prêter à cela, car il était conscient de devoir maîtriser sa colère, ce qui lui était difficile. Si les jurés avaient de la compassion pour Miriam ou, s'ils pensaient qu'elle subissait un traitement injuste, cela suffirait. Peut-être se souviendraient-ils que Mullane l'avait appelée « docteur ».

Daniel s'éclaircit la voix. Le témoignage de Miriam serait décisif.

— Miss fford Croft, nous avons évoqué la mort de Miss May Trelawny, bien que la charge retenue contre Mr. Sidney soit celle de détournement de fonds à l'ambassade de Grande-Bretagne à Washington. Avez-vous été consultée à ce propos, en tant que spécialiste de la détection de faux documents ?

— Oui, en effet.

Aussi rapidement que possible, Daniel lui fit expliquer les signes distinctifs d'une signature contrefaite, tels que les petits pics d'encre laissés là où un stylo-plume avait été utilisé avec prudence plutôt que spontanément.

Il était essentiel que les jurés suivent son exposé et y croient.

— Tirez-vous une conclusion particulière de ces signatures, Miss fford Croft ? demanda-t-il enfin.

— Oui. Certaines sont authentiques, mais la moitié au moins a été contrefaite. On ne peut pas s'en apercevoir à l'œil nu, or très peu de gens possèdent un microscope.

Daniel n'avait pas besoin de regarder les jurés pour savoir qu'il avait toute leur attention. Ils appréciaient la concision de Miriam et le fait qu'elle avait apporté des clichés qu'ils pouvaient aisément comprendre. De plus, c'était un soulagement de parler d'un menu larcin plutôt que de la mort violente d'un être qui aurait pu leur être sympathique, un crime que, le moment venu, quelqu'un paierait de sa propre vie. C'était une trêve bienvenue, loin du fardeau de responsabilités qui accompagnait le témoignage précédent.

Daniel sourit à Miriam.

— Cela signifie-t-il que, quelle qu'ait été la destination de cet argent, ce n'est pas Mr. Sidney qui en a autorisé le versement ?

Les documents étaient disposés en deux piles distinctes devant elle.

— Il a signé ces transferts, déclara-t-elle en désignant l'une d'elles. Il n'a pas signé ceux-là.

Elle montra la seconde.

— Merci, Miss fford Croft. Maintenant, tournons-nous vers la question beaucoup plus tragique de la mort de Miss Trelawny. Avez-vous…

Enfin, Hillyer se leva.

— Votre Honneur, Miss fford Croft ne peut avoir aucune connaissance en la matière. Je ne doute pas de ses compétences en pathologie, mais nous n'accusons pas Sidney d'avoir joué un rôle dans la mort de Miss Trelawny. Les hypothèses de Miss fford Croft sur ce point, si perspicaces soient-elles, n'ont pas leur place ici.

Le juge regarda Daniel, arquant les sourcils d'un air interrogateur.

Hillyer avait raison. Daniel eut l'impression qu'un gouffre s'était ouvert à ses pieds, et qu'il venait de s'y précipiter. Il aurait dû être plus prévoyant.

— Euh… s'il vous plaît, Votre Honneur, commença-t-il, sentant tous les regards converger sur lui. La question a été posée de… la culpabilité de Mr. Sidney dans l'agression de Miss Thorwood et le vol du pendentif qui avait appartenu à Miss Trelawny. Cela semble constituer le point de départ de…

— Oui, oui, acquiesça le juge sur un ton impatient. Le vol du bijou semble être à l'origine de ce que vous cherchez si laborieusement à démontrer. Vous tournez autour du pot, Mr. Pitt. Allez-vous aboutir quelque part ? Mr. Sidney a-t-il commis ce vol, oui ou non ?

— Non, Votre Honneur, dit Daniel d'une voix ferme. Miss Trelawny a été assassinée, ainsi que le Dr Mullane l'a attesté. Sa propriété sur Alderney est la clé du crime, avec le fait qu'elle l'a léguée à Miss Thorwood.

— Eh bien, finissez-en, Mr. Pitt. La patience de la cour a des limites.

— Oui, Votre Honneur.

Ignorant Hillyer, Daniel s'adressa à Miriam.

— Miss fford Croft, vous êtes-vous rendue à Alderney ce week-end afin de visiter le manoir de feu Miss Trelawny ?

— Oui. Si vous le désirez, je vais résumer pour la cour ce que j'ai découvert d'utile ?

— S'il vous plaît… merci.

— Faites en sorte que ce soit pertinent, Miss fford Croft, appuya le juge. Et avec un minimum de démonstration de vos indiscutables compétences.

— Oui, Votre Honneur, répondit Miriam, docile. Je crois que le Dr Mullane a expliqué avec précision la manière dont Miss Trelawny a trouvé la mort. Les preuves corroborent ses conclusions : les blessures qu'il a décrites impliquent de grosses pertes de sang. J'ai examiné le sol de l'écurie à la recherche des taches correspondantes. J'en ai trouvé d'importantes, et j'ai prélevé des échantillons.

— Le sol avait été lavé ! coupa Daniel.

Le jury devait suivre son explication, et la croire.

— Certes, mais pas récuré à fond. C'est un sol dallé, irrégulier et, qui plus est, recouvert de paille. Un certain nombre d'endroits avaient été manqués. J'ai également examiné le cheval et découvert sur son dos, encore à vif, la plaie causée par une épine qu'on avait enfoncée dans sa selle.

— Et que prouvent tous ces éléments ?

— Que c'est une mise en scène.

Un silence tomba sur la salle. Tous les yeux étaient braqués sur Miriam.

— Comment cela ?

— Le sang était celui d'un porc, expliqua Miriam.

Le juge se pencha en avant.

— Qu'avez-vous dit, madame ?

— Que le sang était celui d'un porc, Votre Honneur, répéta Miriam.

— Et comment diable le sauriez-vous ? Du sang, c'est du sang.

— Avec tout le respect que je vous dois, Votre Honneur, il est possible de nos jours de déterminer si on a affaire à du sang animal ou à du sang humain. En l'occurrence, c'était du sang porcin, en aucun cas celui de Miss Trelawny. En outre, le cheval ne portait aucune blessure, à l'exception de la plaie causée par l'épine.

— Et comment expliquez-vous cela ? demanda le juge, le front plissé par la concentration.

— Je ne l'explique pas, Votre Honneur. Tout ce que je peux dire, c'est que je crois que Miss Trelawny n'a pas péri dans l'écurie, mais non loin de là. L'île est petite. Et elle a dû être tuée dans un endroit qui était hors de vue de toute habitation. Il a plu depuis sa mort si bien que les traces éventuelles ont disparu. Nous avons par ailleurs cherché en vain l'arme utilisée. Si je devais deviner, je dirais qu'elle a été jetée à la mer, sans doute dans la baie voisine, distante d'une cinquantaine de mètres.

— Je vous remercie, Miss fford Croft, dit le juge, avant de se tourner vers Daniel. Avez-vous d'autres questions à poser au témoin ?

On lisait un mélange de curiosité et d'appréhension sur ses traits.

— Non, merci, Votre Honneur.

— Mr. Hillyer ?

Ce dernier se leva.

— Merci, Votre Honneur.

Il se tourna vers Miriam.

— Miss fford Croft, vos investigations ont-elles mis au jour des éléments susceptibles d'identifier le meurtrier de Miss Trelawny ? Je parle de preuves, et non d'hypothèses.

— Non, monsieur… elles n'ont fait que montrer la brutalité du meurtre, et la raison pour laquelle il a été commis.

Hillyer, qui manifestement ne s'attendait pas à cette réponse, ne pouvait l'ignorer. Il l'avait suscitée lui-même.

— C'est-à-dire ? Et pas de devinettes, je vous prie. Je ne veux rien entendre si vous n'avez pas de preuves.

Miriam le gratifia d'un bref sourire.

— Quelqu'un s'était montré très insistant dans ses tentatives d'acheter le manoir. Il s'est rendu sur l'île par deux fois au moins et était présent au moment de la mort de Miss Trelawny. Je crois qu'il essaie encore de l'acheter et, à présent, Miss Thorwood, qui a hérité de la propriété, est l'objet de son attention.

— Des preuves ? répéta Hillyer.

Miriam le dévisagea, impassible.

Daniel comprit qu'elle allait livrer leur conclusion. S'il l'avait fait, ses propos auraient été ignorés, mais Hillyer l'avait invitée à parler. Il était tombé dans le piège qu'ils lui avaient tendu.

— Je crois que Mr. Sidney en a, répondit-elle, mais qu'il ne le sait pas. Il n'a pas assemblé les pièces du puzzle. Il est impératif pour l'acheteur potentiel qu'il n'y parvienne pas, que la réputation de Mr. Sidney soit anéantie et qu'il soit emprisonné sous n'importe quel prétexte avant de comprendre quelles sont ces pièces et comment elles se placent.

Une fois de plus, le silence s'installa, rompu seulement par de brefs raclements de gorge et, quelque part au fond de la salle, le rire nerveux d'un homme, aussitôt étouffé, qui se gaussait peut-être du malaise d'Hillyer.

Le juge ferma les yeux et prit une profonde inspiration.

Hillyer décocha à Daniel un regard exaspéré.

— Mr. Pitt ! lança le juge d'une voix forte. Je ne

tolérerai pas que mon tribunal soit transformé en théâtre fantastique. Apportez-moi des preuves tangibles de ce… de ce tas de suppositions, d'horreurs et d'histoires à dormir debout ! Ou bien entamez votre plaidoirie et nous laisserons le jury décider si Mr. Sidney peut être reconnu coupable de quoi que ce soit, hormis d'une malchance et d'une maladresse presque inimaginables.

— Oui, Votre Honneur, répondit Daniel. Merci, Miss fford Croft. J'appelle Sir Thomas Pitt à la barre.

— Quoi ? explosa Hillyer. Qu'est-ce que vous… ?

Daniel ne répondit pas.

Thomas Pitt s'avança, gravit les marches avec aisance et fit face à la cour. Il était impeccablement vêtu de noir, même élégant. Il prêta serment, déclina son identité et déclara être à la tête de la Special Branch.

Daniel sentit la sueur perler sur son corps alors qu'il se tournait vers son père et prenait une inspiration pour l'interroger.

— Sir Thomas…

Sa voix s'étrangla à demi dans sa gorge. Il avait envisagé dix entrées en matière à ses questions. Toutes semblaient inappropriées à présent : trop directes, pas assez, révélant des informations qui devaient demeurer secrètes. Il recommença.

— Sir Thomas, l'Angleterre a toujours été très dépendante de sa flotte pour assurer sa défense.

Il devait en venir au but sans tarder, faute de quoi Hillyer ou le juge le rappellerait à l'ordre.

— Elle a été fondée par le roi Alfred voilà plus de mille ans et nous a souvent sauvés depuis lors. Mais est-elle vulnérable face aux sous-marins ? Ces navires modernes qui évoluent sous la surface de la mer et qui viennent se réapprovisionner dans des ports en eau profonde, tel que celui qui se trouve à Alderney, tout près des terres possédées par feu May Trelawny, et qui appartiennent désormais à Miss Rebecca Thorwood.

Des exclamations d'alarme fusèrent dans la salle, en même temps que les jurés pâlissaient. Tous fixaient Thomas Pitt à la tribune.

— Oui, admit-il. Les sous-marins sont équipés de torpilles capables de couler des vaisseaux de guerre ou n'importe quel navire. Ils constituent la plus grande avancée dans le domaine de la guerre navale de mon vivant, et même depuis Lord Nelson et la bataille de Trafalgar. Je dirais qu'ils vont bientôt représenter un péril plus grave encore pour nos vies que l'invention des cuirassés ou de la locomotion à vapeur.

— Et le manque de surveillance des ports en eau profonde, où ces engins peuvent se dissimuler, autour des îles qui nous entourent, doit être pallié coûte que coûte ? demanda Daniel.

— Oui. Faute de quoi, nos ennemis potentiels pourraient s'en servir à des fins de haute trahison et de meurtre.

— Je vous remercie, Sir Thomas, c'est tout ce que je voulais vous demander. Face à cette menace, la ruine d'un jeune homme de l'ambassade de Grande-Bretagne à Washington est un prix si insignifiant qu'il ne vaut pas la peine d'être mentionné, ajouta Daniel délibérément, sachant comment son père allait réagir.

— L'équité est un pilier de notre système judiciaire. Elle vaut toujours la peine d'être mentionnée, déclara Pitt.

— Oui, monsieur.

Daniel se tourna vers Hillyer.

Celui-ci se leva, regarda Thomas Pitt pendant quelques secondes et déclina la possibilité de l'interroger.

Le juge jeta un coup d'œil à l'horloge, puis s'adressa à Daniel :

— Combien de témoins vous reste-t-il, Mr. Pitt ?

Daniel devait se décider sur-le-champ. Il en avait encore deux à appeler, mais l'un des deux suffirait peut-être s'il choisissait judicieusement. Il savait ce qui s'était passé, du moins il croyait le savoir. Le prouver était une autre affaire. S'il commettait une erreur de jugement et échouait, il n'aurait pas d'autre occasion. Sidney était dans la salle et avait tout entendu. Comprenait-il, au moins ? Il devait être autorisé à s'exprimer.

D'un autre côté, Armitage attendait à l'extérieur d'être convoqué et, si tout se mettait en place…

— Mr. Pitt !

— Oui, Votre Honneur. J'appelle Sir John Armitage à la barre.

La décision était prise. Plût au Ciel que ce fût la bonne !

Le juge parut exaspéré.

— Mr. Pitt, ma patience est à bout et vous en avez abusé plus que quiconque. J'ose espérer que vous savez ce que vous faites !

— Oui, Votre Honneur, répondit Daniel.

Il l'espérait plus que tout autre, en effet. Tous semblaient être là. Ses parents, Patrick et Jemima, Miriam, tous ceux qui comptaient pour lui. Cela allait être un triomphe… ou un désastre. Il sentait son cœur cogner comme s'il allait jaillir hors de sa poitrine.

26

Sir John Armitage gravit les marches de la tribune, prêta serment et se présenta, indiquant le poste qu'il occupait à l'ambassade de Grande-Bretagne à Washington.

Daniel savait qu'il n'avait pas de temps à perdre. S'il ne fournissait pas de preuves, le juge suspendrait l'audience jusqu'au lendemain, et alors il serait trop tard. Si cela venait à se produire, il devait au moins faire en sorte qu'Armitage ne puisse pas s'enfuir sans se condamner !

Une foule de gens concernés par l'affaire assistaient à l'audience, mais il s'agissait d'un duel désormais, et plus personne ne pouvait l'aider.

Daniel s'éclaircit la voix. Il fallait déstabiliser Armitage dès le début et continuer dans la même veine.

— Je crois savoir que vous connaissez l'accusé, Philip Sidney, commença-t-il. C'est vous qui lui avez donné la possibilité de travailler à l'ambassade de Grande-Bretagne à Washington. Est-ce que parce que vous étiez une relation de sa mère ?

Il offrait délibérément une occasion à Armitage d'évoquer les petites sottises ou infractions que Sidney avait pu commettre dans sa jeunesse. Pourvu qu'il la saisisse ! C'était une feinte visant à prouver qu'il connaissait le jeune homme, depuis des années. Et par conséquent, qu'il connaissait peut-être aussi May Trelawny et l'île d'Alderney.

Les jurés avaient l'air perplexes, le juge s'impatientait. Il s'apprêta à parler, mais Daniel refusa de le regarder.

— Sir John ?

— Oui, en effet, répondit Armitage. Mrs. Sidney était une femme adorable, dévouée à son fils. J'ai pensé lui rendre service. Je ne soupçonnais pas… la faiblesse de ce dernier.

— Avez-vous une faiblesse précise à l'esprit, monsieur ?

— Son amour du jeu, expliqua Armitage. Je sais que c'est cela qui est à l'origine de tout. En soi, ce n'est pas un péché, si on peut le contrôler. Et il ne serait pas le premier jeune homme qui, loin de chez lui, en poste dans une capitale étrangère excitante, perd le sens des proportions.

— Je suppose que non.

Comme Daniel disait cela, l'ultime pièce du puzzle trouva sa place dans son esprit.

— J'imagine qu'une faiblesse de ce genre rendrait un homme plutôt vulnérable au chantage… je veux dire, s'il perdait régulièrement, et de grosses sommes ?

— J'en ai peur.

— Avez-vous été témoin de cela ?

Armitage prit l'air grave d'un homme sage qui observe les insuffisances de ses inférieurs.

— Oui. J'ai essayé d'intervenir, mais mon pouvoir est limité. Et j'ai mon propre… travail à faire, qui est important.

— Certes. Et vous ne pouvez que donner des conseils, renchérit Daniel, compatissant.

Hillyer s'agita sur son siège.

Assis à côté de Daniel, Kitteridge demeurait silencieux mais l'observait avec une inquiétude croissante.

— Aviez-vous des raisons de croire qu'on faisait chanter Philip Sidney ? reprit Daniel. Manifestait-il plus d'anxiété que de coutume ? A-t-il réclamé une avance sur son salaire ? Emprunté de l'argent à des collègues ? Emprunté à l'ambassade elle-même, et recouru ensuite à des moyens désespérés lorsqu'il s'est trouvé dans l'incapacité de rembourser ?

— Je vois que vous avez une très bonne compréhension de la route qui mène à la déchéance, observa Armitage. Peut-être y avez-vous déjà été confronté ?

— L'issue est prévisible, acquiesça Daniel.

Il y eut un léger mouvement derrière lui. Patrick Flannery venait d'entrer dans la salle, un papier à la main. Il adressa un signe de tête à Daniel.

Celui-ci lui rendit son salut, puis se tourna de nouveau vers Armitage.

— À propos, puisque vous connaissiez la mère de Philip Sidney, connaissiez-vous également May Trelawny ? Elles étaient très proches l'une et l'autre, me semble-t-il.

Il ponctua ses paroles d'un sourire.

— C'est Sidney qui me l'a dit.

Il attendait une objection, mais aucune ne vint.

Le diplomate était parfaitement immobile.

— Nous nous sommes croisés une fois ou deux, admit-il.

— Et bien entendu, vous connaissez les Thorwood, reprit Daniel. Je crois que ce sont de proches amis à vous à Washington. Cela fait-il partie de votre poste que de fréquenter les personnalités influentes de cette ville ?

— Oui, bien sûr, je les connais.

L'expression d'Armitage s'était teintée de sollicitude.

— L'agression perpétrée contre Miss Thorwood était affligeante. Je… j'ai été consterné, et profondément embarrassé, qu'elle ait été commise par un Anglais, à plus forte raison un employé de mon ambassade. Je le nierais si c'était possible, mais Mrs. Thorwood l'a vu et n'a aucun doute quant à son identité.

Il paraissait chagriné, comme s'il revivait cette humiliation.

— Naturellement, opina Daniel.

Nul ne bougeait dans la salle. Daniel pria le Ciel qu'Hillyer ne choisît pas ce moment pour faire objection, exprès pour interrompre son rythme et briser la concentration des jurés.

— Il affirme que c'est sur vos conseils qu'il a invoqué l'immunité diplomatique et qu'il est rentré en Angleterre. Est-ce exact ? demanda Daniel. Compte tenu des circonstances, cela n'est pas difficile à croire.

— C'est le cas, oui, admit Armitage avec réticence. Je ne doutais pas de sa culpabilité.

— L'a-t-il reconnue ? A-t-il admis avoir volé le pendentif… par la force ?

Le témoin n'hésita qu'un instant avant de mordre à l'hameçon.

— Oui. Il avait un cruel besoin d'argent. Je crois qu'il a mis le bijou en gage pour payer ses dettes…

Sa voix s'éteignit doucement, pleine de pitié.

— En effet, acquiesça Daniel. Nous l'avons retrouvé chez un prêteur sur gages. Du moins, la police de Washington l'a fait. Elle nous a prêté un concours précieux.

— Je m'en félicite pour Rebecca, déclara Armitage avec une gravité de circonstance.

— Manifestement, l'objet a été emporté chez l'usurier alors que Sidney était consigné dans l'ambassade.

— J'imagine qu'il a demandé à un ami de s'en charger.

— Voyez-vous de qui il pourrait s'agir ? Morley Cross, par exemple ? Nous pouvons effectuer des recherches, bien entendu. Une description assez précise a été donnée de ce jeune homme.

Ça y était ! Ou avait-il frappé trop vite ?

— Je suppose que oui. C'est un jeune homme assez gentil, et ils se fréquentaient.

— Cela expliquerait la chose, renchérit Daniel. En fait, cela expliquerait beaucoup de choses. Morley Cross était-il joueur, lui aussi ? Nos investigations suggèrent que oui. D'où sa sympathie envers Sidney. Et sa capacité à se demêler de ce genre de situation, pour ainsi dire.

Armitage paraissait un peu moins à l'aise.

— Je suppose. Cela a-t-il de l'importance ? C'est Sidney qui a attaqué Miss Thorwood. Mrs. Thorwood l'a reconnu à la lumière du palier. Et c'est Sidney qui a détourné de l'argent à l'ambassade.

— À dire vrai, non, ce n'est pas lui, le contredit Daniel. Il n'a pas agressé Miss Thorwood, pas plus qu'il n'a dérobé le pendentif. Pour commencer, il savait que ce bijou n'avait aucune valeur, sinon sentimentale. Et il était consigné à l'ambassade lorsqu'il a été mis en gage…

— Je vous l'ai dit, coupa Armitage. Morley Cross l'aura fait pour lui !

Daniel acquiesça.

— Vous l'avez dit, en effet. Et comme c'est vous

qui avez suggéré à Sidney de partir et que vous avez organisé son départ, vous ne pouvez pas vous tromper.

— Précisément, confirma le diplomate, avec une tension croissante. Je ne vois pas à quoi diable vous jouez. Vous êtes censé le défendre !

— C'est ce que je fais, assura Daniel. Je crois que c'est Morley Cross qui a agressé Rebecca Thorwood, volé le pendentif et l'a mis en gage. C'est sans doute lui aussi qui a contrefait la signature de Sidney sur les factures figurant dans les archives de l'ambassade.

— Me posez-vous une question ? demanda Armitage, stupéfait. Pour l'amour du Ciel, mon brave, je n'en sais rien ! C'est votre travail, n'est-ce pas ?

Sa voix était devenue cassante.

— Mon travail consiste à défendre Philip Sidney, rétorqua Daniel. Et il me semble que la meilleure façon d'y parvenir est de découvrir la vérité sur le rôle que Morley Cross a joué dans cette affaire, et de la prouver.

— Voilà qui est ambitieux, commenta Armitage avec une pointe de sarcasme. Je suppose que vous faites allusion à une vérité de rechange où Sidney serait innocent ?

Sa mine austère reflétait le mépris qu'il avait pour cette idée.

— Il n'y a qu'une seule vérité, observa Daniel. Elle a plusieurs facettes, c'est tout. Comme un prisme, si vous voulez.

— Un kaléidoscope serait plus approprié, riposta Armitage du tac au tac. Chaque fois qu'on le secoue, on obtient une image différente.

— Les différentes facettes sont intéressantes, insista Daniel sans s'émouvoir. Examinons-les et laissons ces messieurs du jury se faire une idée du vrai tableau.

Avant qu'Armitage eût pu répondre, il poursuivit :

— Vous connaissiez Mrs. Sidney et Miss Trelawny. Vous connaissiez le manoir d'Alderney. Je crois que vous vous y êtes rendu, et cela à plusieurs reprises.

Il observait attentivement le visage du diplomate. Il crut déceler une légère rougeur sur ses joues.

— J'ai des témoins. Vous ignorez peut-être que le Dr Mullane est ici, au tribunal. Enfin, reprenons les choses dans l'ordre.

Armitage garda le silence. Les muscles de sa mâchoire étaient crispés. Daniel s'en apercevait même de là où il se trouvait.

— Vous étiez en poste à Washington, reprit-il. Vous êtes une proche relation des Thorwood. Vous connaissiez le jeune Morley Cross : il me semble que c'était un de vos assistants. J'en obtiendrai la preuve si cela se révèle nécessaire. Comme je le disais voici un instant, je suggère que Morley Cross a commis l'agression contre Miss Thorwood et volé le pendentif. Ce qui est certain, c'est que c'est lui qui l'a mis en gage. Je crois que c'est lui aussi qui a détourné les fonds de l'ambassade. Malheureusement, nous ne pouvons l'inculper.

Daniel n'hésita qu'un instant.

— C'est regrettable, mais Mr. Cross a lui aussi été assassiné. Son corps a été repêché dans le Potomac il y a quelques jours. Il avait été abattu d'une balle dans la nuque. Nous avons un témoin qui l'a vu en vie après le départ de Sidney pour Londres. Voilà donc un nouveau méfait qu'il ne peut avoir commis.

Armitage se laissa aller en arrière à la tribune, comme en proie à un profond ennui.

— Je ne vois pas de tableau pour l'instant.

— Je n'ai pas mis toutes les pièces en place, répliqua Daniel, esquissant un sourire teinté d'ironie.

Les Thorwood sont venus en Angleterre pour régler la succession de Miss Trelawny et faire valoir leurs droits sur la propriété. Quelqu'un avait fait des pieds et des mains pour l'acheter. Oh ! Vous ne le saviez pas ?

L'homme changea de position.

— Oui, reprit Daniel à mi-voix. Je suis allé sur l'île le week-end dernier. Je suis rentré hier soir. J'ai ramené le Dr Mullane. Un homme très bien. Très attaché à Miss Trelawny. C'est lui qui m'a parlé de son meurtre. Horrible. Très brutal. C'est arrivé durant votre séjour ici. Pas ici à Londres, mais quelque part en Grande-Bretagne. Sur les îles Anglo-Normandes, par exemple.

Armitage se tenait rigide.

— Peu importe si vous avez oublié, continua Daniel. Je peux interroger le Dr Mullane. Il a une très bonne mémoire. Tout comme la receveuse du bureau de poste à Sainte-Anne. C'est sur Alderney. Mais vous le savez, bien sûr…

Il jeta un coup d'œil vers Sidney, qui s'était redressé et se tenait droit comme un « I » sur son siège, le visage empreint de colère. Il semblait plus grand qu'auparavant, plus imposant.

— Je me souviens de ce que je sais ! lança-t-il.

— Mr. Pitt, contrôlez votre client sinon je le ferai sortir, avertit le juge.

— Je pense que nous devrions le faire venir à la barre, Votre Honneur, répondit Daniel aussi poliment qu'il en était capable.

Il ne voulait pas avoir l'air de donner une instruction au magistrat. Il ne pouvait se permettre de s'en faire un ennemi maintenant.

— Nous allons d'abord laisser Mr. Hillyer interroger Sir John, si vous avez terminé, répondit le juge d'un air sévère. Vous affirmez que le Dr Mullane peut identifier Sir John. Souhaitez-vous l'appeler pour qu'il le fasse ?

Daniel regarda Armitage, puis les jurés.

— Je vous remercie, Votre Honneur, cela ne sera peut-être pas nécessaire. Mais si cela le devient, je le ferai le moment venu.

Hillyer secoua la tête.

— Merci, Votre Honneur, mais je préférerais interroger Mr. Sidney quant à ce dont il prétend se souvenir si tardivement, à un moment aussi crucial.

Le juge permit à Armitage de se retirer. Il descendit les marches de la tribune.

— Je l'ai vu à Washington, déclara Sidney d'une voix claire. Je suis allé lui porter un message et j'ai frappé à la porte. J'ai cru qu'il m'avait donné la permission d'entrer. J'ai dû me méprendre, car il était furieux. Il s'entretenait avec un attaché culturel de l'ambassade d'Allemagne et ils avaient étalé une carte de la Manche sur la table. Alderney était indiqué, ainsi qu'une série de voies maritimes. Je n'y ai pas prêté attention sur le moment parce que j'étais plus sidéré encore de voir un foulard appartenant à Mrs. Thorwood, ou en tout point identique au sien, sur le dossier d'une des chaises. Je m'en souviens parce que j'étais avec Rebecca quand elle l'a acheté. Il était très cher et Rebecca m'a dit qu'elle l'avait fait confectionner spécialement pour l'anniversaire de sa mère, de sorte qu'il ne pouvait appartenir à quelqu'un d'autre. Mais je comprends à présent que c'était la carte qui importait.

Le diplomate se dirigeait vers Bernadette Thorwood.

À côté de Jemima, Patrick se leva.

Le visage du juge était cramoisi.

— Silence ! ordonna-t-il sèchement. J'exige que le calme revienne dans la salle. Sir John ! On ne vous a pas donné la permission de sortir !

Comme galvanisé par ses paroles, Armitage se jeta dans l'action. Tirant brusquement de sa poche un objet qui ressemblait à un canif, à lame courte mais très aiguisée, il saisit Bernadette par un bras et se plaça juste derrière elle.

— Si vous me suivez, je lui tranche la gorge ! lâcha-t-il d'une voix sonore.

Tout le monde se figea.

Sidney remua les mains comme pour s'élancer à sa poursuite, mais il était menotté à la chaise et ne put même pas faire un pas.

Armitage traîna Bernadette vers les portes, qu'un huissier blême lui ouvrit.

Patrick fut le premier à se précipiter, laissant Tobias retenir Rebecca affolée.

Daniel se leva d'un bond et fonça vers l'huissier encore paralysé sur place. Il aperçut Armitage qui, traînant toujours Bernadette derrière lui, sortait dans la rue. Patrick n'était qu'à quelques mètres d'eux. Il rattrapa le battant avant qu'il se referme et disparut à son tour.

Le temps que Daniel atteigne le haut des marches, Patrick courait le long du trottoir. Devant lui, Armitage cessa de tirer Bernadette. C'était inévitable. Il ne pouvait pas courir en la tenant.

Ce fut alors que l'impensable se produisit. Armitage prit Bernadette par la main et elle courut avec lui, aussi vite que lui. Soudain, une foule d'images changèrent dans le kaléidoscope, formant un tableau complètement différent, un tableau qui expliquait nombre de petits détails, comme par exemple comment Armitage était si bien informé concernant May Trelawny et la baie, pourquoi Bernadette avait menti en prétendant avoir reconnu Sidney dans le couloir, et pourquoi Armitage avait suggéré si vite à Sidney d'invoquer l'immunité diplomatique et de s'enfuir, le condamnant ainsi à avoir l'air coupable.

Patrick avançait à longues foulées et gagnait du terrain sur eux. Armitage s'arrêta devant une automobile décapotable garée non loin de là, ouvrit la portière et sauta à l'intérieur, aussitôt imité par Bernadette. Il démarra juste au moment où Patrick arrivait à leur hauteur. Ce dernier se jeta sur Armitage, qui l'attaqua violemment. Patrick tituba, puis s'effondra, atteint par un coup de couteau en pleine figure. L'arme tomba sur la chaussée dans un tintement sonore. Patrick s'en empara et se jeta en avant, mais il lui fallut quelques secondes pour se relever, et déjà la voiture s'éloignait dans un sursaut. Daniel l'ignora, s'immobilisant d'une glissade auprès de son beau-frère.

— Ça va ? Tenez ! dit-il en lui tendant un mouchoir propre.

Le sang coulait entre les doigts de Patrick et tombait sur sa main.

— Rattrapez-les ! lança-t-il, hors d'haleine. Ils ne vont pas aller loin… j'ai tailladé le pneu ! Ça va les ralentir. Nous y arriverons si vous vous dépêchez.

Il parlait d'une voix pressante, agitée, mais son teint était de cendre.

— Il faut… qu'on vous emmène chez un médecin, commença Daniel.

Patrick appuya le carré de tissu contre son visage.

— Suivez-les ! Ils ne peuvent pas aller loin.

L'automobile disparut à un détour de la route.

Une seconde plus tard, une explosion assourdissante retentit, et un épais nuage de fumée gris foncé s'éleva, aussitôt transpercé de flammes écarlates.

— Seigneur ! J'espère qu'ils n'ont percuté personne ! s'écria Patrick, le souffle coupé. Je pensais qu'ils allaient avoir un pneu à plat, rien de plus.

Un attroupement commençait à se former : Jemima, Thomas et Charlotte, Tobias et Rebecca Thorwood étaient là. Blanche comme un linge, Jemima alla droit à Patrick.

— Patrick ! Tu es blessé ?

— Non. Ce n'est rien, marmonna-t-il à travers son mouchoir imprégné de sang. Ça va.

Il se tourna vers Daniel et était sur le point de parler quand un agent en uniforme apparut au coin de la rue, venant de la direction de l'incendie.

— Allons, mesdames et messieurs, dit-il fermement. Il n'y a rien à voir ici. Rien qu'un pauvre sot qui a trop bu et qui a percuté les bornes à l'intersection. Il ne connaissait pas la route, j'imagine. Ces étrangers !

Daniel reprit ses esprits.

— Y a-t-il des blessés ?

L'agent le considéra d'un air incrédule.

— Des blessés ? Plus maintenant, monsieur. J'ai peur que la voiture n'ait été complètement anéantie, et les passagers avec elle. L'impact a dû causer une étincelle et le réservoir d'essence a explosé sur-le-champ. Ils ont grillé comme…

Il se tut, soudain conscient de ce qu'il disait.

— J'espère que ce n'était pas quelqu'un que vous connaissiez. Monsieur ? Ce sont des engins imprévisibles, ces automobiles. Ça ne serait jamais arrivé avec un cheval ! Allons, éloignez-vous, s'il vous plaît, mesdames, messieurs.

Il dévisagea Patrick avec plus d'attention.

— On dirait que vous êtes blessé, monsieur. Vous devriez aller vous asseoir à l'intérieur. Je vais vous envoyer un médecin.

— S'il vous plaît, murmura Jemima avant que Patrick eût pu répondre.

— Je vais bien, marmonna-t-il de nouveau dans son mouchoir. Nous sommes au beau milieu d'un procès. Je suis policier. Bon sang, mon vieux ! Que s'est-il passé ?

Les gens continuaient à s'agglutiner sur le trottoir, y compris des agents de police. Pitt et Charlotte regardaient Patrick d'un air alarmé. Charlotte s'approcha et resta près de lui avec Jemima.

Pitt, lui, se dirigea vers l'agent et sortit sa carte de visite.

— Il semble qu'ils aient abordé le virage trop vite, monsieur. Ils sont rentrés droit dans les bornes qui délimitent l'intersection. Peut-être qu'ils ne connaissaient pas Londres. Ils allaient trop vite pour garder le contrôle. Un homme et une femme. Je suis désolé, monsieur, mais il est impossible qu'ils aient survécu.

Pitt hocha la tête en silence et retourna près de Charlotte, Patrick et Jemima.

Derrière eux, Miriam tint Rebecca serrée contre elle un instant, puis la lâcha afin qu'elle puisse réconforter son père. Elle l'étreignit avec douceur, comme si elle était la plus forte des deux.

Kitteridge s'approcha de Daniel. À en juger par sa veste froissée, sa cravate à demi défaite, ses cheveux ébouriffés, on eût dit qu'il s'était trouvé tout près de l'explosion.

— Quelle défense ! Armitage ! Pourquoi diable… ? Je sais, ne me dites pas. Mrs. Thorwood a eu une liaison avec lui autrefois. Elle ne l'a jamais oublié. Et c'était un traître depuis le début. Depuis combien de temps le saviez-vous ?

— Environ une demi-heure, répondit Daniel avec un sourire penaud.

Du même auteur
aux Éditions 10/18

À L'OMBRE DE LA GUILLOTINE, n° 3690
DU SANG SUR LA SOIE, n° 4470

Série « Petits crimes de Noël »

LA DISPARUE DE NOËL, n° 3858
LE VOYAGEUR DE NOËL, n° 3961
LA DÉTECTIVE DE NOËL, n° 4068
LE SECRET DE NOËL, n° 4174
LA PROMESSE DE NOËL, n° 4279
LA RÉVÉLATION DE NOËL, n° 4389
UN NOËL PLEIN D'ESPOIR, n° 4496
L'ODYSSÉE DE NOËL, n° 4607
LE SPECTACLE DE NOËL, n° 4770
NOUVEAUX CONTES DE NOËL
UN NOËL À KANPUR, n° 4841
LE CONDAMNÉ DE NOËL, n° 4983
UN NOËL À NEW YORK, n° 5130
UN NOËL EN SICILE, n° 5255
UN NOËL À JÉRUSALEM, n° 5393
LE CURIEUX NOËL DE MRS. ELLISON, n° 5499

Série « Charlotte et Thomas Pitt »

L'ÉTRANGLEUR DE CATER STREET, n° 2852
LE MYSTÈRE DE CALLANDER SQUARE, n° 2853
LE CRIME DE PARAGON WALK, n° 2877
RESURRECTION ROW, n° 2943
RUTLAND PLACE, n° 2979
LE CADAVRE DE BLUEGATE FIELDS, n° 3041
MORT À DEVIL'S ACRE, n° 3092
MEURTRES À CARDINGTON CRESCENT, n° 3196
SILENCE À HANOVER CLOSE, no 3255
L'ÉGORGEUR DE WESTMINSTER BRIDGE, n° 3326
L'INCENDIAIRE DE HIGHGATE, n° 3370

BELGRAVE SQUARE, n° 3438
LE CRUCIFIÉ DE FARRIERS' LANE, n° 3500
LE BOURREAU DE HYDE PARK, n° 3542
TRAITORS GATE, n° 3605
PENTECOST ALLEY, n° 3665
ASHWORTH HALL, n° 3743
BRUNSWICK GARDENS, n° 3823
BEDFORD SQUARE, n° 3884
HALF MOON STREET, n° 3948
LA CONSPIRATION DE WHITECHAPEL, n° 3987
SOUTHAMPTON ROW, n° 4029
SEVEN DIALS, n° 4086
LONG SPOON LANE, n° 4111
BUCKINGHAM PALACE GARDENS, n° 4227
LISSON GROVE, n° 4333
DORCHESTER TERRACE, n° 4509
BRYANSTON MEWS, n° 4653
L'INCONNUE DE BLACKHEATH, n° 4786
LA DISPARUE D'ANGEL COURT, n° 5043
L'ATTENTAT DE LANCASTER GATE, n° 5178
UN TRAÎTRE À KENSINGTON PALACE, n° 5362

Série « Daniel Pitt »

UN INNOCENT À L'OLD BAILEY, n° 5444
LE MANOIR D'ALDERNEY, n° 5567

Série « William Monk »

UN ÉTRANGER DANS LE MIROIR, n° 2978
UN DEUIL DANGEREUX, n° 3063
DÉFENSE ET TRAHISON, n° 3100
VOCATION FATALE, n° 3155
DES ÂMES NOIRES, n° 3224
LA MARQUE DE CAÏN, n° 3300
SCANDALE ET CALOMNIE, n° 3346
UN CRI ÉTRANGLÉ, n° 3400
MARIAGE IMPOSSIBLE, n° 3468

PASSÉ SOUS SILENCE, nº 3521
ESCLAVES DU PASSÉ, nº 3567
FUNÉRAILLES EN BLEU, nº 3640
MORT D'UN ÉTRANGER, nº 3697
MEURTRES SUR LES DOCKS, nº 3794
MEURTRES SOUTERRAINS, nº 3917
MÉMOIRE COUPABLE, nº 4230
LA FIN JUSTIFIE LES MOYENS, nº 4446
UNE MER SANS SOLEIL, nº 4579
UNE QUESTION DE JUSTICE, nº 4747
DU SANG SUR LA TAMISE, nº 4816
LE COULOIR DES TÉNÈBRES, nº 5101
VENGEANCE EN EAU FROIDE, nº 5228
MEURTRE EN ÉCHO, nº 5376
MARÉE FUNÈBRE, nº 5461

Série « Joseph et Matthew Reavley »

AVANT LA TOURMENTE, nº 3761
LE TEMPS DES ARMES, nº 3863
LES ANGES DES TÉNÈBRES, nº 4009
LES TRANCHÉES DE LA HAINE, nº 4024
À LA MÉMOIRE DES MORTS, nº 4140

Série « Elena Standish »

DANS L'OEIL DU CYCLONE, nº 5524

MIXTE
Papier issu de
sources responsables
FSC® C003309

10/18, une marque d'Univers Poche,
est un éditeur qui s'engage pour
la préservation de l'environnement
et qui utilise du papier fabriqué à partir
de bois provenant de forêts gérées
de manière responsable.

10/18 – 92 avenue de France, 75013 PARIS

Imprimé en France par CPI

N° d'impression : 3038850
X07640/01